KERSTIN SGONINA

Die Sterne von St. Pauli

atb aufbau taschenbuch

Obwohl sie mittlerweile mit Familie und Hund in Brandenburg lebt, ist Hamburg Kerstin Sgoninas Heimat des Herzens. Besonders interessiert die Autorin mehrerer Romane die jüngere Geschichte der Hansestadt – und als frühere passionierte Clubgängerin, Türsteherin und Sankt Paulianerin besonders die der Nachbarschaft zur Reeperbahn, die so viel mehr ist als nur eine sündige Meile.

Im Aufbau Taschenbuch liegt ihr Roman »Jane Austen und die Kunst der Worte« vor, den sie unter dem Pseudonym Catherine Bell schrieb.

Hamburg, 1961: Im wilden Nachtleben der Großen Freiheit lernt Abby eine unbekannte Band aus Liverpool kennen. Und nicht nur die Musik – auch der geheimnisvolle Bassist der Beatles, Stuart Sutcliffe, fasziniert sie. Abby lässt sich vom abenteuerlichen Leben der Rockmusiker mitreißen, fotografiert die Band und hat doch nur Augen für Stu. Bis dessen Aufenthaltsgenehmigung abläuft und ihre Liebe auf die Probe gestellt wird.

Ostberlin: Als Sofia nach dem Besuch eines illegalen Rockkonzerts verhaftet wird, bringt man sie in ein Krankenhaus, in das angebliche Herumtreiberinnen zwangseingewiesen werden. Täglich ist Sofia erniedrigenden Machtspielen ausgesetzt. Einzig ein junger Arzt steht ihr heimlich zur Seite. Später findet Sofia sich in einem Berlin im Aufruhr um den Mauerbau wieder. Eine waghalsige Flucht führt sie nach Hamburg – direkt auf die Große Freiheit.

KERSTIN SGONINA

Die Sterne von St. Pauli

EINE JUNGE FRAU, DIE BEATLES
UND DIE GROSSE FREIHEIT

Roman

atb aufbau taschenbuch

Dieser Roman enthält Szenen mit
körperlicher und sexualisierter Gewalt.

MIX
Papier | Fördert gute Waldnutzung
FSC® C083411

ISBN 978-3-7466-3915-4

Aufbau Taschenbuch ist eine Marke der
Aufbau Verlage GmbH & Co. KG

1. Auflage 2024

www.aufbau-verlage.de
10969 Berlin, Prinzenstraße 85

Umschlaggestaltung Christin Wilhelm, www.grafic4u.de
unter Verwendung mehrerer Motive von © Richard Jenkins,
© www.buerosued.de, © Bob Kreisel / Alamy Stock Foto und
© Orada Jusatayanond / Alamy Stock Foto
Satz LVD GmbH, Berlin
Druck und Binden CPI books GmbH, Leck, Germany

Printed in Germany

Dies ist keine wahre Geschichte.

ABBY

Frühjahr 1961
Sankt Pauli, Hamburg

Irgendwie gut, dass sie kaum ein Wort Englisch sprach. Mehr als *thank you* oder *yes* kam Abby nicht über die Lippen; die Beatles wiederum verstanden kein Wort Deutsch, also verständigten sie sich mittels Zeichensprache und fremdartig klingenden Lauten, und niemand nahm Anstoß daran, dass Abby wie ein Waldschrat vor sich hinmurmelte, um sich zu beruhigen:

»Du schaffst das, Abby. Sollen die denken, was sie wollen. Soll Professor Wallner sagen, was er will. Genau wie dieser Mist-Verkäufer. Ob ich weiß, dass das ein Film für eine Spiegelreflexkamera ist? Und wie ich sie aufkriege, um ihn einzulegen? Nee, keine Ahnung, ich bin blond und außerdem eine Frau, woher soll ich so was wissen?«

Als sie aufsah, blickte sie in erstaunte Gesichter. Die Liverpooler in ihren Lederjacken und Bluejeans, mit vom Winde verwehten Haartollen und lässigen Mienen, wussten scheinbar nicht so recht, was sie von ihr halten sollten.

Tief hing der neblig-graue Himmel über dem verlassenen Jahrmarkt. Die Stahlskelette der Karussells erinnerten an in der Bewegung erstarrte Dinosaurier, Nieselregen glänzte auf dem Metall, der eisige Wind ließ die Scharniere ächzen und trieb hier und da Abfall vor sich her. Bestes hanseatisches Aprilwetter: Man glaubte, die Regenwolken in den Kniekehlen zu spüren.

Weil ihnen kalt und wahrscheinlich langweilig war, begannen zwei der Jungs herumzukaspern, drohten einander durchs Haar zu wuscheln oder ein Bein zu stellen. Bei ihrem Anblick kam sich Abby plötzlich sehr erwachsen vor, trotz ihrer gerade mal einundzwanzig Jahre. Wie alt mochten die Beatles sein? Der eine wirkte, als wäre er gerade erst aus der Volksschule entlassen worden, die anderen nicht viel älter.

Dabei hatten sie auf der Bühne des Kaiserkellers wie eine einzige Verheißung gewirkt, die Dielen hatten gebebt, als würde eine Büffelherde darüberrennen, das Publikum hatte schier den Verstand verloren.

Das wollte Abby auf Film bannen. Die Naturgewalt, die von diesen spillerigen Kerlen ausging.

»Kein Grund, nervös zu werden«, murmelte Abby weiter vor sich hin, denn bei dem Gedanken, warum sie überhaupt heute mit den Beatles hier war, wurde ihr vor Aufregung wieder schummrig. Klar gab es hierfür zum einen eher triviale Gründe – den einen, umwerfend aussehenden Schotten zum Beispiel, von dem sie nur schwer ihren Blick lösen konnte. Aber zum anderen hatte sie eben auch den Auftrag, ein Foto zu schießen, das mindestens eine Wucht war. Und diese Wucht musste Professor Wallner einfach beeindrucken. Es war schlichtweg zu deprimierend, von einem Fotografiedozenten die eigene Mappe mit den Worten in die Hand gedrückt zu bekommen: *»Genialität, nichts darunter, haben Sie mich verstanden, Fräulein Brandt? Momentan sind Sie davon so weit entfernt wie ich vom Rand des Universums.«*

»Niemand kennt die Beatles«, waldschratete sie weiter, »wenn das Foto nix wird, wird's nix, wird keiner je erfahren.«

Stu, der Schotte, verzog das Gesicht und grinste. Auf eine vorsichtige, unsichere Weise und so, als wäre sie die beeindruckendste Frau, die er je gesehen hatte. Was unmöglich stimmen konnte. Abby hatte Probleme. Besser gesagt: PROBLEME. Doch Stu grinste weiter. Er hatte nicht dieselbe Lässigkeit der anderen, dieses jungspundhafte Was-ich-anfasse-wird-zu-Gold. Stattdessen sah er aus, als würde er sich ähnlich wie sie durch die Welt bewegen: ein bisschen nervös, alles beobachtend, aber trotzdem mit diesem Bestreben, das beste Leben von allen zu leben ...

»There«, sagte sie nicht gemurmelt, sondern laut, und zeigte auf die Stelle, an der sie John, bitte sehr, gern stehen hätte. John aber grinste nur, schnippte seine halb gerauchte Zigarette in eine Pfütze und zündete sich die nächste an.

Trommelwirbel, ein drittes englisches Wort, das sie kannte: »No.«

»No?«, fragte John und grinste noch breiter. Er imitierte ihren deutschen Akzent, mit dem das Wort eher wie »noooh« klang.

»No. There.« Mit ziemlicher Sicherheit hieß »Stell dich bitte dorthin« auf Englisch anders. Doch als mit Pete nun auch das letzte Bandmitglied aus Abbys Auto krabbelte, schien es glücklicherweise trotzdem zu reichen, immer und immer wieder *»there«* zu murmeln, jeden an den Oberarmen zu fassen und sanft dorthin zu dirigieren, wo Abby ihn haben wollte.

»You«, sagte sie jetzt zu dem Jüngsten, dem verschüchtert wirkenden Struwwelkopf namens George. »There.« Sie zeigte auf den freien Platz neben Paul und John, die wie Zwillinge wirkten – auch wenn sie einander gar nicht ähnlich sahen. Doch die Vertrautheit zwischen ihnen war deutlich zu spüren. Als hätten sie schon als Säuglinge in der Wiege nebeneinander gelegen. Auch das sah Abby durch den Sucher ihrer Kamera und betrachtete dann die anderen: George, der an ein ausgesetztes Kätzchen erinnerte, Pete, der ihr nicht sonderlich sympathisch war – und eben Stu. Groß, dunkelhaarig, mit Wangenknochen, die sogar im neblig-weichen Schietwetterlicht aussahen wie gemeißelt.

»Jetzt reiß dich zusammen, Abby. Du bist zum Fotografieren hier, nicht zum Anschmachten.«

Vor der Achterbahn hielt Abby den Jungs ihren Handbelichtungsmesser unter die Nase, stellte die Blende ein und sah wieder auf den Lichtschachtsucher runter, war aber nicht zufrieden. Sie wartete auf etwas, das sie nicht benennen konnte. Für das es keine Worte gab, nur ein Gefühl, was die Sache nicht gerade einfacher machte. Aber es musste dieses Bild geben am Ende dieses Tages. Dieses eine Foto der Beatles, das alles zeigte und trotzdem Fragen aufwarf. Das Foto, das Wallner beeindruckte.

Sie musste nur herausfinden, wie es aussah, während sie gleichzeitig das Stativ ihrer Kamera festhielt und sich bemühte, mit ihren Ballerinas aus Stoff nicht in eine der hundertzehn Pfützen zu treten, und dabei auch noch so zu wirken wie eine, die wusste, was sie tat.

Aber wusste sie das nicht, ganz egal, was Professor Wallner behauptete? Beziehungsweise spürte sie es, eine Art Glitzern, wenn sie den Lichtschachtdeckel hochklappte, die Schärfe einstellte, das Blendenrädchen drehte?

Stu lächelte. Abby lächelte durch ihre Kamera zurück.

Von Abbys Zeigefinger dirigiert, rotteten sich die Beatles jetzt vor einem Kettenkarussell zusammen, doch auch das gefiel Abby nicht.

»Kein einziges Foto bisher«, murmelte sie. »Verdammt, kein einziges Foto.« Und laut: »Stellt euch mal dahin, ja?«

Die fünf sahen sich verständnislos an.

»There!« Sie zeigte auf einen heruntergekommenen Lastwagen, der neben der Achterbahn parkte.

John zuckte mit den Schultern und trottete zum Lastwagen. Mit hängenden Armen und der größten Lustlosigkeit, von der sie jemals Zeuge geworden war, stand er davor, dann gähnte er demonstrativ und rülpste.

»Ja, Blödmann«, sagte sie leise. »Ich versteh dich schon. Aber du mich nicht, oder? Ich höre auf keinen mehr. Ich hör auch nicht auf dich, und wenn du vor Langeweile stirbst, klar?«

Moment! Die Instrumente, Teile davon jedenfalls, lagen doch in ihren VW Käfer gequetscht. Sie klappte das Stativ wieder zusammen, hängte sich die Kamera um den Hals, krallte sich George, der ohne Proteste mitkam, und ging mit ihm zum Auto. Wenig später hingen um Pauls und Johns Hälse Gitarren, vor Pete stand eine kleine Trommel, und er ließ die Schlagzeugstöcke mit arroganter Miene zwischen zwei Fingern kreisen. Jetzt gab es noch eine Gitarre, die George nahm, und einen Bass, den Abby Stu entgegenhielt.

»Deiner, nicht?«

Er lächelte sanft und nickte, gerade so, als habe er auf wundersame Weise plötzlich ihre Sprache gelernt, griff nach dem Bass und postierte sich neben den anderen vor dem Laster.

Es gab diesen Moment, den sie über alles liebte: wenn das, was sie fotografieren wollte, bereit war und sie Ruhe spürte, es war fast zärtlich, eine Ruhe und Zuneigung zur Welt, nein, Liebe ... Im Anschluss prüfte sie ein letztes Mal den Bildausschnitt – so nahe an der Perfektion, wie es möglich war –, Licht und Schärfe, ihr Finger glitt zum Auslöser, und wenn sie ihn drückte, stand die Welt still. Dann flitzten am Firmament keine Sterne mehr umher. Dann hielt das Universum inne. Für einen Sekundenbruchteil nur, sodass es bis auf Abby keiner merkte. War dies der Moment?

Nö. Mist.

»Warum nicht?«

John und Paul sahen schräg links an ihr vorbei. George blickte verschüchtert in ihre Richtung, Pete mit hochnäsiger Arroganz direkt in die Kamera. Wieder sah sie zu Stu. Ohne das Gesicht abzuwenden, klopfte er die Taschen seines Jacketts ab, zog eine Sonnenbrille raus und schob sie sich die Nase hinauf.

Abbys Finger umschlossen den Kabelauslöser. Das Gefühl von Schwerelosigkeit durchglitt sie wie eine warme, sanfte Welle. Das Universum hatte innegehalten.

Klick.

Hamburg-Eimsbüttel
Zwei Monate zuvor

Wer behauptete, es sei eine Kleinigkeit, die Wohnungstür zu öffnen, die Nase in das nach Zigarettenrauch und gekochtem Kohlrabi riechende Treppenhaus zu stecken und einen Schritt hinaus zu tun, hatte nicht mehr alle Tassen im Schrank. Wie sollte das gehen? Einfach die Tür hinter sich zuziehen, umdrehen, fertig?

Klar, andere konnten das. Abby hatte es auch mal gekonnt, vor einer Ewigkeit (die tatsächlich erst vier Monate zurücklag). Aber an diesem eiskalten Februarmorgen war ihr mehr danach, über solche Anwandlungen traurig zu lachen.

Es war unmöglich, weil da draußen die Angst wohnte, die sich wie eine Hyäne auf sie werfen würde, wenn sie auch nur den großen Zeh aus der Tür schob. Allein bei dem Gedanken bekam sie Schweißausbrüche. Und sie würde es ganz gewiss nicht versuchen, nicht mal die Klinke runterdrücken, nein danke, auch wenn Heiner ihr ständig damit in den Ohren lag, dass sie natürlich ihre Zeit brauchte, aber langsam, *gaaanz langsam,* doch mal etwas tun könnte.

Sollte.

Müsste.

Selbst hinter der geschlossenen Tür hörte sie aus der Nachbarwohnung Connie Francis *Die Liebe ist ein seltsa-*

mes Spiel schmettern. Abby verzog das Gesicht. Gott, sie hasste diese deutschen Schlager. Hatte denn heutzutage überhaupt niemand mehr Geschmack?

»Guten Morgen, Liebes.« Die Tür zum Schlafzimmer ihrer Mutter ging auf, und Charlotte kam heraus, das dunkle Haar so perfekt frisiert, als habe sie keine Minute lang geschlafen.

Ihre Mutter und sie sahen einander nicht im Mindesten ähnlich: Abby hatte weißblondes, schulterlanges Haar und eine Stupsnase samt einer Menge Sommersprossen, sogar im Winter; ihre Mutter war brünett, klein und zierlich und hatte eine Miene, die an die Mona Lisa ohne das Lächeln erinnerte.

»Morgen, Charlotte.«

»Guten Morgen, Abby. Es heißt nicht einfach nur ›Morgen‹.«

Ihre Mutter sah müde aus, abgekämpft und so, als sehne sie sich nach nichts so sehr, als dass es endlich wieder Abend würde. Ohne ein weiteres Wort verschwand sie in ihrem rosa geblümten Rüschennachthemd und den Pantoffeln mit Bommeln im Badezimmer, einem grasgrün gefliesten Schlauch, in dem dicht an dicht eine Dusche, ein Waschbecken und eine Toilette standen und man über Letzteres steigen musste, um zu Ersterem zu gelangen.

Abby fühlte Enttäuschung in sich hochsteigen. Heute war ihr Geburtstag. Es wäre schön gewesen, mit Liedern und Küssen überhäuft zu werden, auch wenn Abby diesen Gedanken bemitleidenswert kindisch fand. Auf der anderen Seite gehörte sie nun einmal zu den Menschen, die gern Geburtstag hatten. Schließlich war es der eine Tag im Jahr, in dem alle Welt reizend zu ihr war, es

Schokoladenkuchen gab und manchmal sogar Dosenananas.

Während sie noch halb traurig, halb wütend im Flur stand, weil es doch nicht sein konnte, dass ihre Mutter tatsächlich vergessen hatte, welcher Tag heute war, öffnete sich die Badezimmertür wieder, und Charlotte trat heraus, die Schultern nach oben gezogen, der Rücken sehr, sehr gerade. Sie steckte gerade die wahrscheinlich hundertdritte Haarnadel fest, die das Gebilde aus dunklen Locken noch fester zurrte, als es das Haarspray allein schaffte. Als sie auf sie zuging, zog Abby der durchdringende Geruch von Taft in die Nase.

»Was ist denn, Abby, warum stehst du da wie festgenagelt?« Plötzlich weiteten sich ihre Augen. »Ach Gottchen, Kind! Herzlichen Glückwunsch! Ich ... Sei mir nicht böse, ja? Manchmal vergesse ich sogar, wie ich heiße, seit im Laden so viel los ist.«

Sie streckte die Arme aus, tätschelte aber nur ungelenk Abbys Schultern und gab ihr einen Kuss auf die Wange, der so flüchtig war, dass Abby ihn kaum spürte.

»Ich hoffe, du machst es dir nett heute.«

»Ja«, sagte Abby. »Das mache ich.«

»Aber du hast nur Heiner eingeladen?«, vergewisserte sich Charlotte.

Abby nickte.

»Ach, Kind.« Charlotte räusperte sich. »Du weißt, dass ich es schade finde, dass du keine deiner Freundinnen mehr sehen möchtest. Immer nur dieser Heiner.« Misstrauisch kniff sie die Augen zusammen. »Ihr werdet doch aber nicht ...«

»Nein. Natürlich nicht.«

Ihre Mutter lächelte schmallippig. Sicher versuchte sie

sich gerade nicht auszumalen, dass ihre Tochter und dieser Kerl in den Bluejeans womöglich ... Nein, würden sie?

»Charlotte«, sagte Abby beschwichtigend. »Ich verspreche dir hoch und heilig, dass Heiner und ich Musik hören und reden und sonst gar nichts tun.«

Das Lächeln wurde noch verkniffener. »Du musst mir nichts versprechen. Ich vertraue dir.«

Was überhaupt nicht stimmte. Nicht einmal im Mindesten. Aber davon wollte Abby jetzt nicht anfangen.

»Ich bin um sechs zurück«, sagte Charlotte.

Abby notierte in Gedanken: um fünf. Sie wusste, dass Charlotte auf diese Weise sichergehen wollte, dass ihre Tochter und Heiner nicht etwa doch Dinge taten, die zwei Menschen unter gar keinen Umständen miteinander tun sollten, solange sie nicht verheiratet waren.

Bei dem Gedanken musste sich Abby ein Grinsen verkneifen. Nicht mal mit der Kneifzange würde Heiner sie anfassen und sie ihn ebenso wenig. Es gab keinerlei Anziehung zwischen ihnen, nur tiefe Freundschaft, aber was in aller Welt hieß hier *nur*?

Ohne Heiner würde sie nicht mal darüber nachdenken, an ihrem Geburtstag etwas zu veranstalten, das grob einer Feier ähnelte. Ohne Heiner wäre das Leben so scheußlich, dass es kaum auszuhalten wäre.

»Er wird aber keinen Alkohol mitbringen?«, murmelte Charlotte mehr zu sich selbst.

»Woher sollte er welchen bekommen? Heiner ist noch keine einundzwanzig.«

Ihre Mutter antwortete nicht darauf. Abby war nun volljährig, wahrscheinlich war das Charlotte auch gerade aufgegangen. Aber wie in aller Welt sollte sie in den Laden gehen und Hochprozentiges kaufen?

»Treibt keinen Unfug«, sagte Charlotte abschließend und verschwand wieder im Bad.

»Unfug«, murmelte Abby in sich hinein. »Was denn für ein Unfug?«

»Und Abby, Schätzchen«, erklang es wieder dumpf durch die Badezimmertür, noch ehe Abby sich abwenden konnte. »Sei so gut und lies dir doch die Broschüre durch, die ich dir auf den Küchentisch gelegt habe, ja?«

»Ja.« Mit einem leisen Seufzer ging Abby in ihr Zimmer, ließ sich auf ihr Bett fallen und wartete auf das gewohnte Geräusch der ins Schloss fallenden Wohnungstür. Ständig legte ihre Mutter ihr neue Sachen hin, die sie sich durchlesen sollte. Mal fein säuberlich ausgeschnittene Berichte aus dem *Hamburger Abendblatt* über das Glück der jungen Hausfrau und Mutter. Mal die Werbung einer Schule für angehende Sekretärinnen (»Wir bieten Internatskurse im landwirtschaftlich schönen Voralpenland«). Oder Anzeigen einer Kochschule, deren ausgewiesenes Ziel ein perfektes Soufflé war. Aber Abby wollte weder Hausfrau werden noch Sekretärin. Sie hatte einen der wenigen begehrten Studienplätze an der Modeschule bekommen. Und alles in den Sand gesetzt.

Mit einem leisen Klacken zog ihre Mutter die Wohnungstür hinter sich zu. Klappernde Geräusche verklangen auf den Treppenstufen. Abby kniff die Augen zusammen und schärfte sich ein, jetzt nicht loszuheulen.

Erstens hatte sie etwa die Menge des Bodensees an Tränen vergossen in den letzten Monaten, und zweitens war heute ihr Geburtstag. Ihr einundzwanzigster auch noch. Den sie sich so häufig ausgemalt hatte wie andere Mädchen ihre Hochzeit.

Erwachsen.

Die Welt stand ihr offen.

Ha, ja.

In ihren Träumen war der Tag immer perfekt gewesen. Bunt hatten die Lampions vor dem Winterhimmel über dem Elbstrand geleuchtet. Der Sand unter ihren Füßen war weich und eiskalt, sodass man sich besser nicht daraufsetzte. Das prasselnde Lagerfeuer verströmte einen urigen Duft, die Flammen warfen zuckendes Licht auf die Gesichter ihrer Freunde. Und Heiner – klar – schrabbelte auf der Gitarre Lieder von Elvis und Eddie Cochran.

Eine perfekte Nacht.

Jetzt aber würde sie an ihrem einundzwanzigsten Geburtstag auf ihrem Bett hocken und abwechselnd sehnsuchtsvolle und wütende Gedanken haben, denn es war so traurig wie einfach: Sie war erwachsen, aber nicht in der Lage, sich wie eine Erwachsene zu verhalten. Sie konnte keine Strandparty feiern. Sie konnte überhaupt nichts tun, außer die Wand anzustarren.

Oder lesen. Was immerhin etwas war. Doch als Ersatz für ein gelebtes Leben taugte es nicht.

Als sie den Blick hob, sah sie ihre eigene dunkel gekleidete Gestalt im Wandspiegel. Zum Bedauern ihrer Mutter schminkte sie sich nicht mehr, sie bürstete sich auch nur bestenfalls zwei Minuten am Tag die Haare und trug ausschließlich Schwarz. Alles nicht schlimm, fand Abby, von ihrem blassen, traurigen Gesicht abgesehen.

Da hörte sie im Treppenhaus lautes Poltern, gleich darauf hämmerte jemand gegen die Tür. »Aufmachen, oder ich schieße!«

Froh darüber, aus ihren trüben Gedanken gerissen zu sein, trat Abby in die Diele.

Heiner, der in lässiger Haltung und dürr wie ein Ast im Türrahmen lehnte, hatte ein Gesicht, das durch die Tolle, zu der er sein dunkles Haar mittels Kernseife zusammengekleistert hatte, noch länger wirkte. Seine schräg stehenden braunen Augen guckten immer reichlich gelangweilt – was er todsicher jeden Morgen aufs Neue vor dem Spiegel probte, diese Unterstellung aber stets aufgeregt von sich wies –, und wenn er die Stirn runzelte, konnte man glatt eine Haarspange in den Falten verstecken.

»Moin«, sagte er. »Herzlichsten, gnä' Frau. Bereit für den Tag aller Tage?«

»Hm. Ja, klar.«

Er grinste über ihre fehlende Begeisterung hinweg und hob den linken Arm an, an dem eine Vielzahl an Stofftüten baumelte. »Du wirst schon sehen, dies wird ein Tag, den du so bald nicht vergisst.«

Damit marschierte er vor und lümmelte wenig später in Lederjacke, Bluejeans und schwarzem Hemd auf ihrem Bett.

»Da drin ...«, er nickte in Richtung der Einkaufstaschen, die er vor dem Bett auf den Boden hatte fallen lassen, »... sind so viele Geschenke, dass du bis heute Abend brauchst, um sie auszupacken. Gehe ich eigentlich richtig in der Annahme, dass du nicht gerade die beste aller Launen hast?«

Abby verzog das Gesicht, kam jedoch nicht dazu, ihm zu antworten.

»Verständlich, nur zu verständlich, wenn man bedenkt, dass du all das verpasst, was da draußen los ist.« Er grinste schief, sich wohl dessen bewusst, was er gerade gesagt hatte. »Was für ein Glück, dass wir in der langweiligsten aller Städte leben. Hier passiert nichts. Rein gar nichts. Nur Operetten und Abtanzbälle im Atlantic oder Hildegard Knef.« Er schüttelte den Kopf. »Ganz recht hast du, dich hier einzuschließen. Jeder sollte das machen, jeder junge Mensch bei Verstand jedenfalls.«

Als Abby in die Knie ging und einen der Stoffbeutel öffnete, schnaubte sie verwundert. »Wandfarbe?«

Ein breites Grinsen zog sich über Heiners Gesicht.

»Guck genauer hin, Chérie. Du wolltest eine Strandparty. Wir bringen dir eine nach Hause.«

Drei Stunden später ließen sie sich erschöpft auf Abbys Bett fallen. Aus dem Wohnzimmer dröhnte Buddy Hollys *Send Me Some Lovin'*, zu dessen Rhythmus Heiner trotz seiner Erschöpfung den Fuß wippen ließ. Zufrieden sah er sich um.

»Und?«

Abby atmete tief durch, während sie ihr gemeinsames Werk betrachtete. Sie konnte noch nichts dazu sagen. Die untere Hälfte jener Wand, in der sich die Tür befand, leuchtete gelb. Sandgelb und sanft geschwungen, eine Düne mit grünem Schilf, hinter der blassblau das Meer wartete. Das Wandbild war hübsch geworden, gleichzeitig beschlich sie ein seltsames Gefühl, als sie darauf starrte. Ein Gefühl, das sie nicht wollte.

Sehnsucht?

Schnell sah sie weg. Die anderen drei Wände waren weiß wie zuvor, langweilig-weiß, sodass sie sich fragte, wie in aller Welt sie je zufrieden hier hatte leben können.

Ihr Blick fiel in den Wandspiegel. Sie sah auch langweilig aus.

»Mensch, Häschen«, sagte Heiner und krauste besorgt

die Stirn. »Wenn man dich anguckt, glaubt man ja, die USA hätten die UdSSR angegriffen.«

»Ich weiß nicht, wie lange ich das noch aushalte«, sagte Abby so leise, dass sich Heiner vorbeugen musste.

»Was?«

»Alles. Mich, mein Leben. Einfach alles.«

»Dann ändere es«, erwiderte er.

»Ich kann nicht.«

»Doch.«

Sie schüttelte den Kopf.

»Dann ... Ich weiß nicht ...« Nachdenklich hob er die Schultern. »Vielleicht solltest du mit was Kleinem anfangen. Und dann, keine Ahnung ...«

»Und dann einfach rausgehen? So wie früher?« Sie lachte bitter. »Was, wenn ich für immer hier drin bleiben muss?«

»Oder dieser bescheuerte Arzt hat recht«, wandte Heiner ein. Doktor Bornstedt, von ihrer Mutter gerufen, hatte Abby eine nervöse Störung attestiert.

»Früher nannte man das weibliche Hysterie.« In aller Seelenruhe, erinnerte sich Abby, hatte der Arzt sein Stethoskop in die Tasche seines Jacketts gleiten lassen und sie aus wässrigen Augen milde interessiert angesehen. *»Bis vor Kurzem am liebsten mit so rasch wie möglich herbeigeführter Schwangerschaft, zuvor natürlich Heirat, kuriert. Heutzutage ist man da weiter, und ich würde auch nicht von Hysterie sprechen, sondern von einer nervösen Störung samt Hypochondrie.«*

Hypochondrie hatte Abby nachschlagen müssen und das Wörterbuch mit einem bitteren Geschmack im Mund wieder geschlossen. Ein Blick auf ihre Mutter hatte ihr deutlich gemacht: Charlotte glaubte dem Arzt jedes Wort.

Dass ihre Tochter das Haus nicht mehr verließ, war reines Getue, gepaart mit grundsätzlicher Furcht vor dem Erwachsenenleben.

Was so was von unsinnig war! Erst recht, wenn man sich vor Augen führte, dass Charlotte sehr wohl wusste, was geschehen war.

»Das denkst du?«, fragte Abby Heiner mit einem scharfen Unterton in der Stimme. »Dass dieser Stümper in Weiß recht hat?«

So war Heiner: Manchmal redete er furchtbaren Unsinn daher, aber dann berappelte er sich glücklicherweise schnell wieder.

»Nee. Tue ich nicht. Aber ich muss zugeben, dass ich einfach nicht verstehe, was mit dir passiert ist.«

Wie sollte er auch? Nachdem sie ihrer Mutter davon erzählt hatte, hatte sie sich vorgenommen, nie wieder darüber zu reden. Immerhin angedeutet aber hatte sie ihm, was vorgefallen war.

»Ich hab ein bisschen was, äh, gelesen«, sagte er nun ungewohnt verlegen. »Bücher über Psychologie. Gar nicht so uninteressant.«

Seine Worte ließen Abby überrascht das Gesicht verziehen. Als Dreher in einer Altonaer Metallfabrik kam Heiner eher selten mit Büchern über Psychologie in Kontakt, nahm sie an. Doch er war klug, auch wenn er das gern von sich wies.

»Und was steht da drin?«, fragte sie.

»Ich bin noch nicht wirklich weit«, gab er zu. »Aber so viel Angst zu haben wie du ist wohl gar nicht so unnormal.«

»Danke«, sagte sie trocken. »Das klingt ungemein beruhigend.«

Heiner fuhr fort: »Jedenfalls hab ich gelesen, dass diese Angst, also ... Es gibt da die Zwei-Faktoren-Theorie der Angst, ein Amerikaner hat sie entwickelt. Sie besagt, dass man die Angst erst erwirbt, und zwar durch ein Erlebnis, das man hat ...« Er sah sie forschend an, doch Abby schüttelte wie immer, wenn er darauf zu sprechen kommen wollte den Kopf. Es ging nicht. Sie konnte ihm nicht davon erzählen, es war schlicht unmöglich. »... doch wenn das Erlebnis vorüber ist, bleibt die Angst bestehen. Um mit ihr umzugehen, entwickelt der Mensch ein Verhalten des Vermeidens. Auf diese Weise versucht er die Angst in Schach zu halten, fördert sie allerdings damit nur, weil er nun nicht mehr lernen kann, dass es auch ungefährliche Situationen geben kann.«

Streng sah Abby ihn an. »Und was genau willst du mir damit sagen? Willst du mich auch am Hemdsärmel packen und rauszerren? Oder gleich aus dem Fenster werfen, dann erspare ich mir immerhin das Treppenhaus?«

Er verzog das Gesicht, dann schüttelte er den Kopf. »Du weißt, dass ich dich liebhabe.«

Seine Worte ließen Abby grinsen, aber auch verlegen werden. In ihrer Familie redete man so gern über Gefühle wie über Kunst, Frauenrechte oder Nazis.

»So was würde ich dir nie antun«, fuhr er leise fort. »Aber ich glaube, du ... Egal. Heute ist dein Geburtstag. Wir haben dein Zimmer in einen Strand verwandelt. Und was jetzt?«

Abby hob die Schultern. Sie schwiegen ein paar Minuten, bis Heiner aufstand und im Wohnzimmer Musik auflegte. Sie erkannte das Lied von den ersten Klängen an. *»Uhuhuh, it's now or never, come hold me tight, kiss me, my* *darling, be mine tonight*«, schmetterte gefühlvoll Elvis Presley. »*Tomorrow will be too late.*«

Das passte ja, in gewisser Weise, wenn man die Küsse wegließ. Ihr wahres Leben begann jetzt oder nie.

Also wohl eher nie.

»Weißt du, was du brauchst?«, fragte Heiner, als er wieder in ihr Zimmer trat.

»Heitere Lektüre von Hedwig Courths-Mahler? So versucht mich meine Mutter aufzumuntern. Auch mit Johanna Spyri.«

Heiner fingerte eine Zigarette aus seiner Lederjacke und rollte sie, ohne sie anzuzünden, zwischen den Fingern. »Einen magischen Regenschirm.«

»Hä?«

»Etwas, hinter dem du dich verstecken kannst. Das dich beschützt, wenn du rausgehst. *Damit* du endlich mal wieder rausgehst.«

Sie stand auf. »Ich habe aber keinen magischen Regenschirm. Und wenn ich mich nicht täusche, besitzt du auch keinen, den du mir borgen kannst.«

»Wir brauchen irgendetwas«, redete er unbekümmert weiter, »womit du dich sicher fühlst. Sicher und anders.«

»Anders?« Müde schüttelte sie den Kopf. Ja, sie würde sich wirklich gern anders fühlen. Am liebsten sogar in eine neue Haut schlüpfen. Hinter den Fenstern, da, wo Schneeflocken zu fallen begonnen hatten, was sie früher dazu veranlasst hätte, auf der Stelle das Haus zu verlassen, um sie mit der Zunge, den Kopf im Nacken, aufzufangen, da war etwas, was sich gut anfühlte. Hier drin hingegen fühlte sich alles wie ewige Dämmerung an.

»Du hast recht. Wenigstens anders ...«

Verständnislos schüttelte Heiner den Kopf und beobachtete interessiert, wie sie zu ihrem Sekretär ging, eine Schublade nach der anderen aufzog, aber nicht fand, was sie suchte. Schließlich stapfte sie ins Bad und kramte zwischen den diversen Haarwässerchen, Dosen mit Nivea-Creme und Lux-Seife, bis sie sie endlich in den Händen hielt. Die Schere.

»Hier.«

Heiner, der sich wieder auf ihr Bett geworfen hatte, setzte sich fragend aufrecht hin.

»Zumindest anders.« Damit stellte sie sich vor den Wandspiegel, nahm eine dicke Strähne ihres hellblonden Haars und säbelte sie ab. Zu ihrem Erstaunen gab Heiner keinen Mucks von sich. Stattdessen schaute er zu, wie sie sich einmal rund um ihren Nacken arbeitete. Ein immer größer werdender Haufen Haar sammelte sich zu und auf ihren nackten Füßen.

»Gefällt es dir?«, fragte sie schließlich. »So hab ich zumindest nicht mehr ausgesehen, seit ich ein Kleinkind war.«

»Hm«, sagte Heiner langsam und musterte sie unentschlossen.

»Ich finde es gut.« Trotzig reckte Abby ihr Kinn in die Höhe.

Das Gesicht ihres Freundes hellte sich langsam auf. »Immerhin sieht man jetzt mal dein Gesicht. Vorher war es immer verdeckt. Du bist so hübsch, hübsch auf eine ... hmhmhm, na ja, putzig-schwedische Art und Weise. Du ähnelst einem Hundewelpen, hab ich dir das schon mal gesagt?«

»Heiner, verdirb mir nicht die Laune.«

»Das war nett gemeint.«

»Es klingt bescheuert.«

Abby wandte sich von ihm ab und drehte sich zurück zum Spiegel. Sie hatte große blaue Augen und eine Himmelfahrtsnase, volle Lippen und Augenbrauen, die Heiner zum Vergöttern fand: sehr gerade und seltsamerweise trotz ihres hellen Haars brünett. Es stimmte, was er sagte: Nun sah man ihr Gesicht, das zuvor meist verdeckt gewesen war, außer wenn sie einen Pferdeschwanz getragen hatte.

Heiner räusperte sich. »Du siehst aus, als wärst du aus der *Twen* gefallen.«

Überrascht blickte sie ihn an. »Danke!«

»Und wenn wir Glück haben, sieht dich eines Tages auch mal wieder jemand«, ergänzte er und zwinkerte ihr zu.

Ein Glück, dass ihr Haar gewellt war, dachte Abby, als sie sich wieder anguckte. So verzieh es die Stellen, an denen sie unsauber gearbeitet hatte. Aber sie sah genauso aus, wie sie es gewollt hatte: etwas strubbelig, jungenhaft, mutig und forsch. Es passte zu dem, wie sie sich fühlte. Oder gefühlt hatte, früher. Wild. Nicht im Mindesten so, wie man sich ein Mädchen wünschte.

Außerdem war der Pferdeschwanz weg. Nicht dass es auch nur das kleinste Fünkchen Angst besänftigte. Nicht dass es irgendetwas veränderte.

Aber es fühlte sich gut an. Ein winziges bisschen hoffnungsvoll.

Um kurz vor fünf ähnelte ihr Zimmer nichts, was auf dieser Welt zuvor schon einmal existiert hatte. Das jedenfalls waren Heiners Worte, und irgendwie hatte er recht. Sie hatten aus Buntpapier Sterne und Kleeblätter geschnitten, die Sternen und Kleeblättern nicht wirklich ähnelten. Aber sie besaßen eine interessante Form, »kubistisch«, sagte Abby gewichtig und versuchte, Heiner zu erklären, was Kubismus war, doch sie hatte es selbst längst vergessen. Sie hängten sie an bunten Kordeln auf und ließen die Schnipsel, um nichts wegwerfen zu müssen, auf den Dielenboden rieseln. Sie hörten Musik, laut, sehr laut, bis Frau Kölle von unten mit dem Besenstiel gegen die Decke donnerte. Dann nur noch halb laut, dazu tanzten sie und schmachteten in radebrechendem Englisch mit – *looove me tender, looove me sweeeeet* –, wobei Heiners Sprachkünste Abbys um Längen übertrafen.

Als aus dem Treppenhaus Geräusche laut wurden, klappernde Schritte auf den Stufen, leises Gerede, schauten sie sich grinsend an.

»Fünf Uhr«, sagte Abby.

»Fünf Uhr«, bestätigte Heiner und rollte die Augen, als sie hörten, wie Charlotte die Wohnungstür aufschloss und Horst etwas zuflüsterte.

Horst: netter Kerl, eigentlich. Er mochte ihre Mutter. Das sollte reichen, um Abby nicht ständig in Gedanken an ihm herummäkeln zu lassen, doch sie konnte nicht anders. Sie fand nicht, dass er einen auch nur halbwegs adäquaten Ersatz für ihren Vater darstellte. Überhaupt nicht, eher war er ein abgeranztes Micky-Maus-Heft im Vergleich zu den gesammelten Theaterstücken von Tennessee Williams. Schwerfällig, grobschlächtig, gutmütig, während ihr Vater über einen messerscharfen Verstand verfügt und ihre Mutter damit regelmäßig in den Wahnsinn getrieben hatte.

Aber brauchte man mit einundzwanzig noch einen Vatersatz? Natürlich nicht!

»Hoffentlich haben sie alkoholische Getränke im Gepäck«, befand Heiner.

Mit einem müden Lächeln sah sie ihn an. Horst hatte seine Vorstellungen von einem gelungenen Fest, vermutete sie. Wenn überhaupt, würde er Eierlikör reichen, irgendwas, was farblich zu seinen Polyesteranzügen passte.

»Hallo, ihr Lieben!« Die Stimme ihrer Mutter klang viel zu munter. Verhaltenes Gemurmel im Flur, dann steckten beide gleichzeitig die Köpfe durch Abbys Zimmertür. Horst guckte so professionell fröhlich, als habe er es vorher im Rückspiegel von Charlottes VW Käfer geübt. Als er die Dekoration entdeckte, wich sein Grinsen einem unsicheren Gesichtsausdruck. Dann schweifte sein Blick zu Abby, er öffnete den Mund, schloss ihn wieder, machte ihn dann aber doch wieder auf. »Oh, ja, äh, sieht ... richtig, hm, also ...«

Er war einen Kopf größer als Charlotte, hatte ein breites Gesicht mit schmalen Lippen und hervorquellenden Augen. Es war nichts Ungewöhnliches, dass er erst nach Worten suchen musste, zumindest wenn es nicht um seine Arbeit als Sparkassenfilialleiter ging oder seinen Hund. Wann immer Abby ihn sah, befiel sie eine Ungläubigkeit darüber, dass Charlotte so jemanden für sich ausgewählt hatte.

Auf der anderen Seite: Durfte ihre Mutter sich nicht neu verlieben? Vor allem ein bisschen Freude empfinden, nach der furchtbaren Zeit?

Horst schien sich von seinem ersten Schreck erholt zu haben und erinnerte sich wieder an die Blumen in seiner Hand, orangegelbe (exakt wie die Farbe von Eierlikör), deren Name Abby nicht einfallen wollte. Sie dufteten nach nichts.

»Danke.«

Zu ihrer Überraschung – und Heiners Freude, das war ihm an der Nasenspitze anzusehen – zauberte Horst als Nächstes eine Flasche Schaumwein aus der Tasche. Das dunkelgrüne Glas glitzerte verhalten im Licht der Deckenlampe.

Nachdem sie in der Küche angestoßen hatten, verschwand Heiner hüpfend im Wohnzimmer, um wieder Musik aufzulegen. Serge Gainsbourg diesmal. Abbys Vater hatte den französischen Chansonnier heiß und innig geliebt.

Als Heiner zurückkehrte, schenkte Horst sich gerade ein zweites Mal nach. Immer wieder warf er Charlotte lange Blicke zu, die Abby beunruhigten. Sie wirkten, als hätten sie etwas ausgeheckt, irgendwas, das ihnen großartig vorkam und von dem Abby bezweifelte, dass es sie ebenso begeistern würde. Vielleicht waren die beiden aber auch einfach nur erleichtert, dass Abby nicht heulend allein in ihrem Zimmer gesessen hatte oder sie sie mit Heiner knutschend erwischt hatten. Die Stille in der winzigen Küche schwoll derart an, dass man meinen könnte, es mit einem für die menschlichen Ohren unhörbaren Orchester zu tun zu haben.

»Wir könnten den Plattenspieler herholen«, schlug Abby vor, schließlich sagte nicht mal mehr Heiner einen Mucks, und das war wirklich ein bedenkliches Zeichen. Er hatte sich mit dem Rücken gegen die Anrichte gelehnt und blickte amüsiert zwischen Horst und Charlotte hin und her.

»Den Plattenspieler? Klar«, sagte Horst großmütig, während er Charlotte zuzwinkerte. »Später vielleicht.«

Es gefiel ihr nicht, wie er sich aufführte. Als sei dies seine Küche, seine Wohnung, als könne er über alles bestimmen, was sie taten. Gedämpft drang *Çe mortel ennui* an ihr Ohr, untermalt von gezupften Gitarrenklängen.

»Was sagst du eigentlich zu meiner neuen Frisur?«, fragte Abby schließlich. Bei ihrem ersten Blick in den Spiegel hatte sie sich ein bisschen verwegen gefühlt, das war toll gewesen. Erwachsen, nicht mehr so brav. Zwischenzeitlich hatte sie dann schon wieder vergessen, dass sie zur Schere gegriffen hatte, aber als sie sich eben mit der Hand über den Nacken gefahren war, war es ihr wieder eingefallen. Jetzt wartete sie mit wachsender Aufregung auf die Antwort ihrer Mutter. Klar, eine Frau mit kurzen Haaren: Das war in den Augen Charlottes nicht sonderlich weiblich und schmälerte garantiert die Heiratsaussichten.

Trotzdem hoffte Abby, dass sich ihre Mutter einen Ruck gab. Dass sie dachte: Sie sieht aus wie ein zwölfjähriger Junge und benimmt sich manchmal auch so, aber was soll's. Wenn es sie glücklich macht, bin ich zufrieden.

In diesem Moment verzog Charlotte das Gesicht zu einem so gezwungenen Lächeln, dass Abby übel wurde. Enttäuschung plumpste auf sie hinab.

»Sag schon«, forderte Abby sie störrisch auf.

»Was soll ich dazu sagen?«, fragte Charlotte abwehrend. »Es sieht ...« Dann weiteten sich ihre Augen, Besorgnis schlich sich in ihren Blick, und Abby bekam ein ganz, ganz schlechtes Gefühl. Als sie sich umdrehte, sah sie Horst etwas aus seiner Tasche ziehen. Es war klein, ein Notizbuch vielleicht oder eine Postkarte. Mit einem entschlossen wirkenden Grinsen hielt er es ihr hin. »Von deiner Mutter und mir.«

Das war doch die Höhe! Sie kannte ihn seit einem halben Jahr. Und dann überreichte *er* ihr das Geburtstagsgeschenk, das doch sicher Charlotte ausgesucht hatte?

»Abby, das ist ...« Charlotte war aufgesprungen. Ihr Haarturm zitterte ein wenig. Sie warf Horst einen verärgerten Blick zu und flüsterte: »Nicht gleich, so hatten wir es doch verabredet, Schatz.«

An Abby gewandt, fügte sie unsicher hinzu: »Ich hoffe, du freust dich. Aber lass es erst mal auf dich wirken, bevor du etwas sagst, ja? Bilde dir in aller Ruhe deine Meinung.«

Normalerweise bekam Abby keine Geschenke mit Gebrauchsanleitung. Normalerweise schenkte Charlotte ihr günstigen Modeschmuck, der trotzdem aussah, als stammte er aus den Zeiten ihrer Urgroßmutter. Mittlerweile besaß Abby einen ganzen Schuhkarton voll falscher Perlen. An Weihnachten behängte sie sich damit, um ihrer Mutter einen Gefallen zu tun, ansonsten brachte sie es aber nicht über sich, sie zu tragen.

»Nun pack schon aus.« Wieder Horsts jovial klingende Stimme, betont munter.

Mit einem noch schlechteren Gefühl als vorher öffnete Abby die Schleife, die das Packpapier zusammenhielt. Darin lag ein Schild aus biegsamem Email, auf dem in romantisch verschnörkelten Lettern stand:

Abby Brandt

Hamburg 33

Nölkensweg 11

Verwirrt blickte Abby auf. »Was ist das?«

Horsts Grinsen zog sich nun über das gesamte massige Gesicht. »Was denkst du denn?«

»Ein Adressschild?«

»Hurra!« Er klatschte in die Hände. »Tausend Punkte, junge Frau, du hast es begriffen!«

Sie hatte ihn nie besonders gemocht, jetzt aber verwandelte sich diese Abneigung in etwas, das erheblich düsterer war. Er behandelte sie, als sei sie heute fünf geworden.

Mit eingefrorenem Lächeln wandte sie sich an ihre Mutter, die wieder Platz genommen hatte und mit dem Saum ihrer Bluse nervös ihren Daumennagel polierte. »Du hast gesagt, ich soll mir nicht sofort eine Meinung bilden.« Ihre Stimme klang heiser und belegt. »Dann erklär mir bitte, was ich sonst damit anfangen soll.«

»Nun sieh doch mal«, schaltete sich Horst ein, bevor Charlotte etwas sagen konnte.

Heiners Augen wurden riesig. Er sah aus, als platze er jeden Augenblick vor Lachen, vor Abscheu oder vor sonstigen Gefühlen, die Abby nicht näher bestimmen könnte. Dann schlug er sich in plötzlicher Erkenntnis die Hand vor den Mund. »Das ist deine neue Adresse!«

Triumphierend schnipste Horst in Heiners Richtung, doch Abby beachtete ihn nicht weiter. Stattdessen sagte sie zu ihrer Mutter: »Da wohnt er.« Mit dem Kopf machte sie eine Bewegung, die auf Horst verwies.

Charlotte nickte. Sie blinzelte zu schnell.

»Wieso sollte ich auch da wohnen?«

»Also ...«, begann wieder Horst.

»Sei ruhig!«, herrschte Abby ihn an.

Verblüfft schloss er den Mund.

»Abby!«, sagte ihre Mutter flehend. »Wir haben darüber geredet, dass wir uns heute gut verstehen wollen.«

»Ich will mich auch gut verstehen.« Jetzt hörte sie sich an, als würde sie jeden Augenblick anfangen zu weinen. Und so fühlte sie sich auch, wenn auch ziemlich viel Wut in ihr brodelte. »Also erklär mir bitte das hier.« Sie hielt das Schild in die Höhe.

»Horst und ich wollen zusammenziehen.«

Abby hatte das Gefühl, als kippe der Raum. Lege sich frech zur linken Seite, verharre dort ein wenig, um dann mit einem Rumms in sich zusammenzufallen. Ihr Atem wurde schneller. Das Blut rauschte in den Ohren.

Nicht jetzt, dachte sie panisch. Nicht jetzt, nicht jetzt, Angst, nicht jetzt!

Aber die Angst ließ sich von ihr nichts sagen. Sie kam, wie es ihr gefiel, und jetzt, fand sie wohl, war ein hervorragender Augenblick, um über Abby herzufallen. Sie stülpte sich über sie wie eine Glasglocke, unter der die Geräusche dumpf wurden wie unter Wasser und die Luft zum Atmen knapp.

Auch Charlotte wirkte wie hinter einer Milchglaswand. Abby sah ihre Umrisse, mehr allerdings war nicht. Ihr Herz fühlte sich an wie ein verzweifeltes Vögelchen. Mehr und mehr schnürte sich ihr Hals zusammen. Sie begann zu schwitzen und spürte jedes einzelne Haar auf ihrem Kopf, als picke jemand mit einer Pinzette daran.

»Abby«, hörte sie irgendwen dumpf sagen. »Abby, beruhig dich.« Es war die Stimme ihrer Mutter, glaubte sie. Dann Horsts: »Macht das Mädchen schon wieder so ein Theater!« Und Heiner: »Lassen Sie sie in Ruhe, bitte.« Alles klang verschwommen, war unscharf. Als hätte jemand ein Glas Wasser über einem Aquarellbild ausgeschüttet; alles verlief, bildete Rinnsale, mischte sich neu.

Irgendwie schaffte sie es in ihr Zimmer. Wie? Keine Ahnung, sie stellte nur fest, dass sie dort an der Tür lehnte, hörte, wie von außen jemand sanft rüttelte.

»Abby? Abby!«

Heiner?

»Abby, mach auf, bitte.«

Heiner, ganz sicher. Aber immer noch raste ihr Herz,

sie wollte niemanden sehen, vor allem aber von niemandem angesehen werden. Nie fühlte sie sich schwächer, als wenn die Angst kam. Die Angst machte, dass sie sich ihr, aber auch allen anderen, hilflos ausgeliefert fühlte, und wer wollte schon hilflos sein?

»Bitte, Abby, mach auf.« Dann fast unhörbar: »Oder soll ich mit Polyester-Horst weiter Sekt trinken? Tu mir das nicht an, ja?«

Wie auf Kommando verlangsamte sich ihre Atmung. Es dauerte, aber sie verlangsamte sich. Ihr Herzschlag ebenfalls. Als sie die Tür einen Spaltbreit öffnete, blickte sie in Heiners freundliche Augen.

»Tut mir leid«, murmelte sie und zog ihn ins Innere.

»Hä? Was denn?«

Sie glaubte ihm, dass er wirklich nicht fand, dass sie sich schämen oder entschuldigen müsste, und würde ihm dafür für immer dankbar sein.

»Sag bloß, du hast keine Lust drauf, in die Provinz zu ziehen?«, fragte er grinsend. »Warum nicht?«

Die Aussicht, zusammen mit Horst und Charlotte Tag um Tag rumbringen zu müssen, mit Blick auf eine Schotterstraße und zwei dürre Haselnusssträucher in Horsts Vorgarten, war derart finster, dass ihre Angst fast zurückkehrte.

Glücklicherweise aber nur fast.

Sie ließ sich an der Tür runterrutschen, bis sie auf dem Boden saß, zog die Knie an und vergrub das Gesicht in ihren Händen. »Was mache ich jetzt?«

»Tja, außer nach Barmbek-Nord zu ziehen gibt es wohl nicht allzu viele Möglichkeiten.« Überraschenderweise klang sogar Heiner ein wenig traurig. Sie nahm die Hände wieder runter.

»Oder denkst du, es gibt noch diese Heime für gefallene Mädchen?«, redete er weiter. »Da stand mal eins am Schwanenwik. Feine Adresse. Du unterschlägst einfach die Hausnummer, sobald dich jemand fragt, wo du wohnst.«

»Ich bin ja wohl kein gefallenes Mädchen! Was soll das überhaupt sein?«

»Frag nicht mich. Aber wirklich, Abby, was willst du sonst machen? Du kannst doch nicht da raus in die Provinz ziehen!«

Nachdenklich sah sie ihn an. »Nee«, sagte sie nach einer Weile. Dann kehrte schlagartig Lebensenergie in sie zurück. Und eine Erkenntnis. »Ich bin einundzwanzig.«

»Ja, und?« Ratlos zuckte er mit den Schultern.

»Ich könnte ausziehen.«

»Sag ich doch.«

»Ich meine, allein leben.«

»Ha.«

Das klang so müde, dass sie ihn strafend ansah. »Warum denn nicht?«

»Ja, und wie willst du das bezahlen? Mir fallen auf Anhieb nicht sonderlich viele Berufe ein, die man ausüben kann, ohne je ...« Den Rest des Satzes schluckte er erschrocken runter.

»Was wolltest du sagen – ohne je das Haus zu verlassen?«

»Entschuldige«, murmelte er zerknirscht.

»Wieso? Stimmt doch.« Sie lehnte den Hinterkopf an die Tür und betrachtete die kleinen Papierkunstwerke, die Heiner und sie gebastelt hatten. Durch das Holz hindurch hörte sie ihre Mutter und Horst in der Küche halblaut flüstern. Offenbar wussten sie nicht, wie sie sich verhalten sollten. »Weißt du was? Mir wird was einfallen.« Abby stand auf. Ein lange vermisstes Gefühl rieselte durch sie hindurch. Entschlossen wie seit Urzeiten nicht mehr öffnete sie die Tür und ging in die Küche zurück.

»Danke für euer Geschenk«, sagte sie zu Horst und Charlotte. Beide sahen zugleich ratlos und verärgert aus, doch bei ihren Worten blinzelte Charlotte beschämt.

»Ich wollte nicht undankbar wirken«, sagte Abby schnell, bevor irgendjemand sonst das Wort ergriff. »Aber ich muss jetzt auf eigenen Beinen stehen. Wenn du zu Horst ziehen willst, dann mach das. Ich freue mich für euch.« Er musste Charlotte wirklich lieben, wenn er in Kauf nahm, dass deren erwachsene Tochter mitkam, um womöglich nie wieder zu gehen, schoss es ihr durch den Kopf. »Aber ich komme nicht mit.«

»Wie bitte?« Ihre Mutter rückte ihren Stuhl zurück, stand sehr gesittet auf, sodass kein Millimeter Stoff ihres Rocks verrutschte, und kam auf sie zu. »Abby, das geht nicht.«

»Doch«, sagte sie verstockt.

»Ich kann dir die Wohnung hier nicht bezahlen. Wie soll das gehen?«

»Das weiß ich noch nicht. Aber es wird funktionieren.«

»Abby, das kann ich nicht erlauben. Sieh dich doch an!« Das hatte anklagend geklungen und war wohl auch so gemeint gewesen. Die Augen ihrer Mutter leuchteten zornig, dann wurde ihr Blick wieder milder. »Niemand von uns erwartet, dass du, was du erlebt hast, schon hinter dir lässt. Du brauchst Zeit, das verstehen wir. Wir haben dich noch ... Wir ...«

Jetzt hieß es also nur noch »wir«? Und was wollte Charlotte wohl sagen?

»Wir, also, Horst glaubt auch, dass du am besten raus aus der Stadt kommst. In Barmbek, da geht es viel gemütlicher zu. Da ist es sicher.«

»Sicher«, wiederholte Abby leise. Nirgends war es sicher. Überall gab es Menschen, oder etwa nicht?

»Ich lasse das nicht zu«, sagte ihre Mutter noch einmal, doch sie klang kraftlos. Zutiefst enttäuscht, wieder mal.

»Trotzdem«, sagte Abby und schon hinterher, auch wenn niemand etwas sagte: »Es wird schon irgendwie gehen.«

Aber wie, fragte sie sich am selben Abend. Sie hatte Kopfschmerzen, die in unregelmäßigen Abständen in ihrer Schläfe pulsierten, um gleich darauf wieder zu verschwinden. Müde blickte sie aus dem Fenster, wo im Licht der Straßenlaternen immer noch Schneeflocken herabschwebten.

Zum Abschluss hatte Heiner sie fest umarmt. Auch ihre Mutter und Horst waren gegangen. Seltsamerweise war das keine Schwierigkeit für Abby: Sie konnte nachts allein bleiben, ohne aus Albträumen aufzuschrecken. Selbst in den Träumen bot ihr die Wohnung Schutz. Sie war als Baby hergekommen, sie hatte ihr ganzes bisheriges Leben hier verbracht. Und auch wenn sie sich innerhalb dieser vier Wände in den zurückliegenden Wochen immer mehr wie in einem Gefängnis gefühlt hatte, liebte Abby sie. Heiß und innig und mit aller Kraft. Ihr Vater hatte hier mit ihnen gelebt. Er hatte mit ihr auf dem runden Teppich im Wohnzimmer Purzelbäume geschlagen, er hatte sie die Diele hinuntergejagt und sich in der Küche im Wandschrank versteckt, was dessen durchgebrochenen Boden erklärte. Er war überall hier, in jedem Staubkorn, so kam es ihr jedenfalls vor.

Wie, *wie* in aller Welt sollte sie es schaffen, sich eine neue zu suchen? Was gäbe sie dafür, einfach hier wohnen zu bleiben, aber der Gedanke allein war Blödsinn. Zu groß, zu teuer. Selbst wenn sie eines der Zimmer inserierte, würde sie es sich nicht leisten können. Denn auch wenn das Haus keinesfalls zu den imposanten Altbauten gezählt werden konnte, über die Hamburg so zahlreich verfügte, so lag es doch in einer guten, sprich nicht ganz billigen Gegend.

Sie liebte Eimsbüttel! Es war ein gemütlicher Stadtteil, dennoch belebt, aber nicht hanseatisch vornehm. Außerdem war es ein Stadtteil, in dem ihr nichts passiert war.

Passiert war es in ...

Nein, sie wollte nicht darüber nachdenken.

Doch dann fielen ihr Heiners Worte wieder ein. Ein magischer Regenschirm – was sich anhörte wie der Einfall eines Zehnjährigen. Aber vielleicht hatte seine Idee sie heute dazu gebracht, nicht starr auf das Adressschild aus Email runterzublicken und zu nicken, sondern sich ihrer Mutter und Horst entgegenzustellen. Etwas, das Abby seit ihrem Rückzug aus der Welt nicht mehr getan hatte.

Dieser Rückzug ... Wurde es jetzt Zeit, ihn zu beenden? Statt sich zu verstecken, mutig zu sein? Aber woher den Mut nehmen?

Bisher hatte Abby immer behauptet, dass nichts wirklich passiert war. Sie hatte nicht darüber reden, nicht darüber nachdenken wollen. Sie hatte alles so weit von sich geschoben, wie es nur möglich war.

Aber es war nicht möglich.

Alles kehrte immer wieder zu ihr zurück, überfiel sie mal brutal, mal kam es lautlos herangeschwebt. Die Erinnerung. Das Gefühl der Angst, der Verzweiflung. Die Ahnung, sterben zu müssen.

Einen Tag, bevor ihr Studium beginnen sollte, hatte es diese Verkettung von Umständen gegeben. Dunkelheit; ein Verkehrsunfall nahe dem U-Bahnhof Mundsburg, sodass sämtlicher Verkehr umgeleitet wurde; ein wie leergefegter Bürgersteig und eine Straße, über die nun niemand mehr fuhr. Ihr blonder Pferdeschwanz, der mit einem festen Ruck nach hinten gezogen wurde, ein Männerkörper, der mit ihr rang und plötzlich auf ihr lag und sie hinabpresste, in die kalte, nasse Erde hinein, die nach Moder und Winter roch.

War es ihr Fehler gewesen? Hätte sie nicht den Weg durch den Park nehmen dürfen? Oder ein Kopftuch oder einen Hut tragen? Hätte sie an jenem Tag besser nicht das Haus verlassen? Sie hatte den langen Spaziergang gemacht, um sich das Schulgebäude noch einmal vorfreudig von außen anzusehen.

Bald ist es mein zweites Zuhause, hatte sie gedacht. Bald bin ich eine von den Auserwählten, die geschäftig die langen Flure entlangströmen.

Alles wäre ihr erspart geblieben, wäre sie nicht dorthin gegangen ... Wäre nicht dieser Verkehrsunfall passiert, der zur Folge hatte, dass die Autos umgeleitet wurden ... Und wären mehr Passanten unterwegs gewesen. Doch es hatte seit Tagen geregnet, ein fieser, ununterbrochener Oktobernieselregen, der von unten und seitlich heranwehte und einem unter die Hosenbeine und Rockschöße kroch.

Was dann kam, wusste sie nur noch, weil sie es anschließend aufgeschrieben hatte. Die echte Erinnerung war fort.

Der Geruch seines Rasierwassers war süß gewesen. Der Kragen seines Mantels mit rotem Satin eingeschlagen. Die Schwärze des Himmels über ihr. Ein Licht, irgendwo in der Ferne. Kälte, die sich durch ihren Mantel in ihre Haut fraß, doch ihr war viel zu heiß, um sie wirklich zu spüren. Ihr Körper schien weit fort, schien jemand anderem zu gehören, von einer anderen Abby bewohnt zu werden.

All diese Eindrücke waren fest verwebt in ihrem Kopf, aber sie waren einzelne Teile, kein Ganzes, an das sie sich erinnern könnte. Scherben eher.

Was würde sie vor sich sehen, wenn alles zurückkam? Würde sie sich daran erinnern können, wie es dazu kam, dass er von ihr abließ? Und eine Erklärung für das Blut bekommen, das an ihren Wangen und Händen klebte, als sie stolpernd nach Hause rannte?

Es schien nicht ihres gewesen zu sein, das jedenfalls hatte ihre Mutter verstört wiederholt. »Alles ganz«, hatte sie gemurmelt, »du blutest nicht, Liebes. Es ist nichts passiert.«

Es ist nichts passiert. Ein Mantra, das sie wiederholt hatte, wieder und wieder. *Es ist nichts passiert, esistnichtspassiertesistnichtspassiert.*

Und doch war alles passiert. Sie hatte das Gefühl verloren, unverletzlich zu sein. Sie hatte die Hoffnung verloren, beschützt zu werden. Sie hatte sich selbst verloren in diesen Minuten, die sie zappelnd und sich wehrend dagelegen hatte.

Und als es vorüber gewesen war, hatte die Angst Einzug gehalten. Anfangs kaum merklich, sie war nicht einfach wie eine tollwütige Katze hereingestürmt und hatte sich mit den Krallen voran auf sie geworfen. Oh nein. Wie ein Kätzchen hatte sie sich herangeschlichen. Vielleicht hatte sie sogar ein bisschen geschnurrt. Doch in Abbys zweiter Studienwoche, es war Mitte Oktober gewesen, da war das Viech plötzlich dick und schwer gewesen. Abby war aufgewacht und hatte sie auf sich sitzen gespürt: Angst, lähmende Angst.

Sie hatte nicht aufstehen können.

Sie hatte nichts essen, kaum etwas trinken können.

Sie hatte nicht mehr aufgehört zu weinen.

Ihre Mutter hatte sich bei ihrer Arbeitsstelle krankgemeldet und an ihrer Seite gesessen, doch das hatte nichts genützt. Charlotte hatte sie sogar auf die Toilette begleitet. Sie hatte Abbys Hand gehalten und Tröstliches gemurmelt.

Es war nie besser geworden seither, auch wenn das alle glaubten. Abby spielte ihnen vor, dass es langsam aufwärts ging, dass sie ihr Studium vielleicht im Frühjahr wieder aufnehmen könne. Tatsächlich aber hatte sich die Angst nicht das kleinste bisschen bewegt.

Zwar tappte sie nicht mehr auf kleinen, felligen Katzenpfoten umher, das war aber auch der einzige Unterschied. Nun lag sie wie ein Monolith auf Abbys Brust, man könnte ihn nicht sprengen, nicht mit allem Dynamit der Welt.

Ja, Heiner hatte recht. Sie brauchte einen magischen Regenschirm.

Mit einem Blatt Papier bewaffnet setzte sie sich in die Küche. Es war noch handwarm gewordener Schaumwein da, den Abby ungeachtet ihrer Kopfschmerzen in sich hineinkippte. Ihr Magen zog sich grollend zusammen, doch das war ihr egal. Als sie sich bückte, um den Stift aufzuheben, der ihr vom Tisch gerollt war, fand sie neben dem Geschenkpapier, in das ihr scheußliches neues Adressschild eingewickelt gewesen war, eine Broschüre.

Ach ja, ihre Mutter hatte sie ihr heute Morgen hingelegt. Mit einem müden Lächeln, das schnell zittrigen Lippen wich, las sie von der Schule für angehende Bräute, die der Frau von heute hervorragende Zukunftsperspektiven bot.

Glaubte ihre Mutter tatsächlich, dass so eine Schule Abby dazu verleiten konnte, endlich wieder hinauszugehen?

Sie legte den Kopf in die Hände. Nein, sie würde nicht weinen. Sondern sich immerhin einen Plan zurechtlegen.

Probleme, schrieb sie, *Geld & vor allem Angst.*

Zukunft: so dunkel wie der Marianengraben.

Was sich definitiv nicht wie ein Plan anhörte ...

Trotzdem erlaubte sie sich, beim Nippen an dem handwarmen Sekt an den Artikel zu denken, den sie vor ein paar Monaten gelesen hatte. Von den Tauchgängen, die Jacques Piccard und Don Walsh im pazifischen Ozean unternommen hatten, war darin die Rede gewesen, von im Dunkel des Marianengrabens leuchtenden Quallen und Fischen, die den Männern am Grund des Meeres über den Weg geschwommen waren, dort, wo sie zwar Sand und Stein vermutet hatten, keinesfalls aber Leben. Wie beim Lesen damals erfüllte sie der Gedanke auch jetzt mit Sehnsucht. Ob sie wohl je die Gelegenheit bekommen würde, im Meer zu schwimmen? Nicht in dieser Tiefe natürlich, aber von Wellen getragen zu werden und Luftbläschen an sich vorbeiströmen zu sehen ...

Die Familie Brandt hatte diesen Plan gehabt. Nordsee. Alle drei zusammen, woraus nichts geworden war. Begeistert hatte Abbys Vater damals in Vorbereitung alles über Unterwasserfotografie gelesen, was er in die Hände bekommen hatte. Seine Leidenschaft, das Fotografieren, kombiniert mit Schwerelosigkeit und der bunten Welt, die dem menschlichen Auge sonst verborgen blieb ... Hätten Jacques Piccard und Don Walsh eine solche Kamera mitgenommen – ob sie in dieser unfassbaren Tiefe wohl funktioniert hätte? Was hätten die Männer wohl mitgebracht an Fotos, statt nur beschreiben zu können, was sie entdeckt hatten?

Abby stand auf, um ins Wohnzimmer zu gehen. Die Bücher ihres Vaters im Regal waren zerfleddert, wie es sich für gute Lektüre gehörte. Sie zog einen schmalen Band heraus, aus dem ihr Vater gern zitiert hatte, immer mit Bandwurmsätzen, die man nicht mal verstand, wenn man sie las, geschweige denn, wenn jemand sie vortrug. Sie schlug das Buch auf. *»In der Luft oder zu Wasser – von den Geheimnissen einer gelungenen Fotografie unter den widrigsten Umständen, erarbeitet von Professor Richard Sorgenfrei, Künstler, Wissenschaftler, Universalgelehrter«*. Auf der ersten Seite stand eine Widmung an ihren Vater, der den Verfasser gekannt und manchmal augenzwinkernd erzählt hatte, dass Professor Sorgenfrei die vier Exemplare seines Buchs höchstselbst abgetippt, verleimt und gebunden hatte.

Vor mehr als hundert Jahren waren die ersten Unterwasserfotografien angefertigt worden, las sie, ein Unterwasserfilm vor 46 Jahren gedreht. In den Vierzigerjahren, also noch nicht so lange her, war ein Plastikgehäuse für die Rolleiflex entwickelt worden, ihr Vater hatte diese Information achtfach unterstrichen und Ausrufezeichen dahintergemalt. Ja, weil er selbst eine zweiäugige Spiegelreflexkamera der Firma besaß und bestimmt mit dem Gedanken gespielt hatte, sich dieses Gehäuse vor ihrem Nordseeurlaub zuzulegen.

Warum noch mal dachte sie ausgerechnet jetzt daran? Ach ja, wegen des Marianengrabens, der in puncto Düsternis ihren Zukunftsaussichten nichts voraushatte ...

»Nicht ablenken lassen«, murmelte sie in sich hinein. »Du wolltest über dich nachdenken, nicht über Fotoapparate und die Tiefsee.«

Nachdem sie das Buch zurückgestellt hatte, kehrte sie in die Küche zurück. Setzte sich, trank noch einen Schluck. Dachte darüber nach, was heute passiert war. Über den Anflug von Mut und Entschlossenheit, der sie gepackt hatte.

Also, wie könnte sie die Probleme lösen, die sich ihr stellten? Sie benötigte Geld, und um es zu bekommen, brauchte sie die Abwesenheit der Angst. Denn Geld bekam, wer arbeitete oder reich heiratete, und Zweiteres fiel für sie raus. Was *könnte* sie denn, wenn sie nicht vor Panik wie gelähmt wäre? Papiergirlanden anfertigen, sich einen interessanten, wenn auch etwas seltsamen Haarschnitt verpassen. Fotografieren, hatte ihr Vater gesagt, *»Abby, du bist ein Naturtalent!«*

Schamlos übertrieben natürlich.

Doch der Gedanke daran ließ ihre Fingerspitzen kribbeln. Sie lehnte sich in dem Stuhl zurück und schloss ihre Augen.

Er hatte es geliebt, mit seiner zweiäugigen Rolleicord zu hantieren. Und hin und wieder hatte er Abby mitgenommen auf seine Streifzüge durch die Stadt.

»So siehst du das wirkliche Leben«, hatte er gesagt. »Nicht umsonst haben die Leute in einigen Kulturen Angst davor, fotografiert zu werden – du stiehlst zwar niemandes Seele, wenn du ein Bild von ihm machst, aber du kannst in sie hineinblicken.«

Sie waren in Sankt Pauli gewesen, was ihre Mutter, als sie davon erfuhr, ernsthaft erzürnt hatte. Das Armeleuteviertel war nicht nur arm, sondern auch kriminell und sündhaft. Kein Ort für eine Fünfzehnjährige!

Aber Abby hatte jeden Augenblick geliebt, den sie dort mit ihrem Vater verbracht hatte. Er hatte durch den Sucher geblickt und den Apparat dann ihr gereicht.

»Erkennst du es?«

»Was denn?« Sie sah einen hutzligen alten Mann, der sich mehr schlecht als recht auf seinen Stock stützte.

»Sein Wesen.«

Abby war sich nicht sicher, ob sie so weit gehen würde. Das Innerste, die Seele? Konzentriert schaute sie durch den Sucher, betrachtete den alten Mann, bis er sich ihr plötzlich zuwandte, direkt in die Kamera blickte, und lachte. All seine Falten, sein grausträhniger Bart, sein gesamter Körper schienen Teil des Lachens zu werden, und er strahlte - auf seine ganz eigene Weise. Und Abby konnte es sehen. Sie erinnerte sich, wie sie damals ein Gefühl ergriffen hatte ... Als es ihr jetzt wieder einfiel, spürte sie, wie ihre Augen zu leuchten begannen.

Damals hatte Abby das warme Gefühl beschlichen, tatsächlich Teil dieser Welt zu sein. Sie, die immer schüchtern gewesen war, sich als Kind hinter ihrer Mutter oder Bäumen versteckt hatte aus Furcht, bemerkt und vielleicht gehänselt zu werden, sie war vor Selbstsicherheit plötzlich fast geplatzt. Es gab einen Platz für sie dort draußen, war ihr damals klargeworden.

Ein berauschendes, erfüllendes Gefühl, das die Kamera ihr verliehen hatte. Und sie hatte es vergessen.

Abby schloss die Augen, atmete tief ein, stand auf und ging ins Wohnzimmer zurück. Langsam zog sie die Schublade der rötlichen Kommode aus Mahagoni auf und holte die Kamera ihres Vaters hervor.

Kühles Metall und weniger kühles Plastik. *Franke & Heidecke Braunschweig* stand in aufgestanzten Metallbuchstaben unter der Doppellinse. Und darüber, in derselben geschwungenen Schrift: *Rolleicord.*

Wie pure Hoffnung fühlte sich die Kamera in ihren Händen an. Zärtlich strich sie über das Gehäuse.

Wäre sein und ihr Leben anders verlaufen, hätte ihr Vater an jenem verhängnisvollen Morgen nicht vor dem Spiegel Halt gemacht und sich mit empörter Miene über den Bauch gestrichen? »Ich werde fett!«, hatte er entrüstet gesagt. »Dagegen muss was unternommen werden!«

Fragend hatte sie ihn angesehen, schon seine Tasche mit der Kamera balancierend.

»Pantherchen, wir gehen heute nicht fotografieren. Es tut mir leid. Morgen. Heute mache ich Sport!«

Damit war er im Hof verschwunden, wo die Fahrräder parkten, um nach einer Weile ölverschmiert und mit zerzaustem Haar zurückzukehren. »Tschüs«, hatte er gesagt und ihr zum Trost die Wange getätschelt, sich in der Tür noch einmal umgedreht und mit einem schelmischen Zwinkern hinzugefügt: »Wenn du mich das nächste Mal siehst, bin ich rank und schlank!«

Als sie ihn das nächste Mal sah, war er tot. Von einem Lastwagen überfahren. Drei Straßenecken von ihrem Haus entfernt. Zehn Minuten, nachdem sie ihm Tschüs gesagt hatte.

Was wäre gewesen, fragte sie sich weiter, wenn er und sie auch an diesem Tag in dem froschgrünen VW Käfer durch die Straßen gebraust wären auf der Suche nach einem Motiv? Wenn er fotografiert hätte, statt sich um seine Figur zu sorgen? Wenn er einfach so wie immer gewesen wäre – er, ihr Leben, alles?

Aber es war anders gekommen, und das würde sie nun akzeptieren lernen müssen. So wie sie akzeptieren musste, dass dieser wildfremde Mann über sie hergefallen war und ihr alle Zuversicht, alles Selbstvertrauen, jede Hoffnung geraubt hatte.

Sie trat in den Flur und stellte sich vor den Spiegel, genau an die Stelle, wo ihr Vater gestanden hatte. Strich über das Gehäuse der Kamera, die jetzt am Tragegurt um ihren Hals baumelte, blickte sich an, dann senkte sie den Kopf und prüfte, ob ein Film einlag. Sie stellte die Blende ein, drehte an dem Rädchen, das die Tiefenschärfe regulierte, sah sich selbst durch den Lichtschachtsucher im Spiegel, sah das Spiegelverkehrte des Spiegels wiederum verkehrt herum, also rechts, wo rechts war, und links links. Und sie sah sich, wie sie wirklich war – durch die Kamera. Ihr Vater hatte recht gehabt.

Sie sah ihr Wesen. Sie sah ihre Angst, ihre Sehnsucht, ihre Entschlossenheit, ihre Träume. Den Willen, endlich alles hinter sich zu lassen, genau wie die Furcht davor, es auch nur zu wagen.

Ihr magischer Regenschirm. Hier war er.

Unwillkürlich musste Abby lächeln.

Klick.

SOFIA

Frühjahr 1961
Prenzlauer Berg, Berlin, Hauptstadt der DDR

Als die schwere Haustür hinter Sofia ins Schloss fiel, machte ihr Herz einen kleinen Hüpfer. Finster und verlassen lag die Dunckerstraße da, eine schräg zur Prenzlauer Allee verlaufende und vom Schicksal und der Welt vergessene kopfsteingepflasterte Straße.

Ihre Mutter hatte nichts davon bemerkt, dass Sofia sich davongestohlen hatte. Und sosehr sie jetzt die Ohren spitzte, sie konnte keine Stimme hören, die aus dem Fenster in den Hof rief: *»Sofia? Sofia, wo willste n hin?«*

Nachdem sie im Gebüsch im Nachbarhof den glockigen Rock gegen eine Nietenhose getauscht hatte und die Rüschenbluse, die aussah, als habe sie sie zu ihrer Jugendweihe getragen, gegen eine mit reichlich mehr Pepp und Ausschnitt, schoss die Freude ungebändigt durch ihren Körper.

Schon vor Wochen hatte sie jede Minute genau ausgetüftelt: wann sie das Haus verlassen musste, um eine Straßenbahnhaltestelle weiter als sonst in die Bahn zu steigen, sodass sie weniger Gefahr liefe, von einem der Nachbarn gesehen zu werden; wie lange sie vom Zionskirchplatz, wo sie aussteigen würde, bis zur Rosenthaler Straße brauchte und was eine meterlange Schlange vor dem Eingang mit ihrer Planung anstellen würde.

Heute war die Nacht aller Nächte, und sie, Sofia Nordmann, hatte neunzehn Jahre lang darauf gewartet. Nicht ganz, verbesserte sie sich in Gedanken, während sie an der Haltestelle der Straßenbahnlinie 46e aufmerksam um sich blickte. Nirgends ein bekanntes Gesicht, ein Glück. Neunzehn Jahre waren es nicht ganz, da sie die ersten fünf ihres Lebens kein großes Interesse für Musik aufgebracht hatte. Dann aber, als sie von ihrer West-Tante eine Kindergitarre geschenkt bekam, war sie geboren: ihre große Leidenschaft.

Seither lebte Sofia in der Welt der Klänge. Ihr Herz schlug im Viervierteltakt. Wer sie nach ihrer Stimmung fragte, erhielt in den meisten Fällen die Antwort: »Allegro.« Und während ihre Kolleginnen schon mal ein Kind mit den Worten anschnauzten: »Klappe halten, aber uffe Stelle!«, sagte Sofia: »Pianissimo«, was die Kleinen verwirrt grinsen und augenblicklich verstummen ließ.

Als surrend die Bahn einfuhr, blickte sich Sofia erneut um. Es war kurz nach acht, die Geschäfte in der Schönhauser Allee längst geschlossen. Zu ihrer Erleichterung stellte sie fest, dass ihr keines der Ehepaare, das an ihr vorüber über die zerklüfteten Bordsteinplatten flanierte, bekannt vorkam. Oft sah sie die Mütter, die ihre Kinder in der Wochenkrippe abgaben, in der Sofia arbeitete, nur für ein paar Minuten, doch sie hatte ein gutes Gesichtsgedächtnis und fürchtete nun, dieses Talent könnten auch andere haben. Nein, wie es aussah, würde sie Glück haben.

Die Nacht der Nächte konnte beginnen!

Eine Viertelstunde später eilte sie auf das Lokal zu, das angeblich *Hotte* hieß – genau wusste sie es nicht, da sie es nie zuvor besucht hatte und über dem Eingang selbstverständlich kein einladendes Schild samt Namen hing. Zu gierig war die Volkspolizei, solche Läden auszuheben und die Verlotterten, die sich erdreisteten, darin zu Musik des imperialistischen Feindes zu tanzen. Aus diesem Grund war die *Hotte* eine Kneipe, die nur manchmal existierte, immer dann nämlich, wenn es begründete Hoffnung gab, nicht von der Obrigkeit gestürmt zu werden.

Sofias Herz holperte vor Aufregung. Wenn das Konzert wirklich stattfand, und das hoffte sie inständig, war sie fortan Mitglied im Klub der Seligen. Nie wieder würde sie auf das schlechte Wetter schimpfen, auf die Zustände bei der Arbeit, darauf, dass ihre Mutter manchmal über Tage nicht aus dem Bett kam. Sie wäre glücklich, versprochen. Immer!

Hauptsache, sie konnte heute Abend Pony Arglos sehen. Und hören.

Nachdem sie in einem seit Jahren nicht mehr geputzten Erdgeschossfenster einen prüfenden Blick auf sich geworfen hatte, nickte sie zufrieden. Sie sah gut aus, fand sie: Die unechte Bluejeans saß perfekt, ganz egal, ob ihre Mutter der Meinung war, dass sie ihre Beine verstecken sollte.

»Stampfer haste, wie dein Vater.«

Klar, es waren immer die unangenehmen Dinge, die Sofia von ihrem Vater geerbt hatte, wobei ihre Mutter nach wie vor keine Erklärung dafür hatte, wieso Sofia in Sachen Busen großzügig bedacht worden war, während sie selbst lang und dürr war wie ein Lineal. Konnten Männer die Brustform vererben? Sofia hatte da ihre Zweifel.

Ein stolzes Lächeln glitt über ihr Gesicht. Tagelang hatte sie darüber nachgedacht, wie sie eine krumplige Osthose in eine knallenge Westhose verwandeln könnte, und war schließlich darauf gekommen: Sie überbrühte sie mit kochend heißem Wasser. Anschließend nähte sie an die Seiten und an den Po Nieten auf.

Wer nicht allzu genau hinsah, könnte ihr glatt abnehmen, in einer waschechten *Levi's* umherzustaken. Dazu trug sie an den braun gebrannten Füßen Sandalen mit Absätzen des *VEB Bella*, gar nicht so unschick. Obenrum die schwarz-weiß gemusterte Bluse, enger genäht und am Kragen umgearbeitet. Ihr dunkler Pony fiel ihr rasiermesserscharf geschnitten in die Augen, ihre blauen Augen hatte sie mit Lidstrich betont und nachtschwarz getuscht, und jetzt zog sie den Mund mit einem korallenroten Lippenstift nach. Marke Gardeen, super Farbe.

»Hübsch, hübsch«, sagte sie zufrieden.

Nachdem sie die Wilhelm-Pieck-Straße überquert hatte, bog sie in die Rosenthaler ein und ballte vor Vorfreude die Fäuste. Keine Schlange vor dem Eingang.

Aber wie naiv war es eigentlich anzunehmen, die Leute stünden brav in einer Reihe und machten so jeden Nachbarn und jeden vorbeifahrenden Vopo-Wagen auf sich aufmerksam?

Sie war wirklich eine blutige Anfängerin, was das Nachtleben anging. Aber sie würde sich machen, versprochen, wenn nur heute Abend alles glattging.

Klug genug, nicht arglos ins Innere zu stürmen, verlangsamte Sofia ihre Schritte.

»He da!«, flüsterte jemand.

Zu Tode erschrocken fuhr sie herum.

Aus einem der düsteren Hauseingänge löste sich ein Schatten. »Na, mein Kind?«

Sofias Herzschlag verlangsamte sich nur mit Mühe. »Menschenskinder, musst du mich so erschrecken?«

Veronika grinste, steckte sich auf unglaublich lässige

Weise eine langstielige Zigarette in den Mund und schaffte das Kunststück, Sofia zugleich einen Luftkuss zuzuwerfen, wie auch sich selbst Feuer zu geben.

»Wollt nur ma gucken, ob du ooch uffpasst.«

»Klar, passe ich auf.« In Veronikas Beisein kam sich Sofia stets etwas landpomeranzig vor, aber so würde es wohl jedem gehen, auch wenn man wie sie in Berlin geboren war und nie mehr als drei Tage am Stück auf wiesenartigem Gelände verbracht hatte. Veronika wirkte so erwachsen und weltgewandt. Außerdem hatte sie angeblich schon fünf Beziehungen gehabt. Fünf!

Sofia hingegen wusste nicht mal, wie sich eine Schwärmerei anfühlte.

»Warst du schon drin?«, flüsterte Sofia, räusperte sich aber augenblicklich, als sie Veronikas abschätzigen Blick bemerkte.

»Also?«, fragte sie in normaler Lautstärke. Sie wollte rein, sie wollte Musik hören, nebelartig verrauchte Luft einatmen, den Bass in den Fußsohlen spüren, das Wummern des Schlagzeugs wie ihren eigenen Herzschlag. »Was denkst du, ist die Luft rein?«

Man *musste* vorsichtig sein heutzutage. Es gab Gerüchte, dass die Vopo weit geschickter war, als man ihr zutrauen würde. Manches Mal sollte sie den Leuten hinter der Eingangstür auflauern, hin und wieder mischte sie sich auch in Alltagskleidung unter die Zuhörer und Tanzenden. Vor allem die Studenten konnten ein Lied davon singen, hieß es (Sofia allerdings kannte niemanden, der studierte). Jeder, der in Verdacht war, nicht nur Westmusik zu hören, sondern auch westlich zu denken, stellte eine Gefahr dar.

Und was taten die Leute da oben, um diese Gefahr einzudämmen? Sie erfanden den Lipsi.

Nicht zu fassen.

Nachdenklich legte Veronika den Kopf schief. Sie war sehr blass, sehr blond, und ihre Augen standen ein wenig zu eng zusammen. »Tja, ich weiß wirklich nicht, ob die Luft rein ist. Wirkt irgendwie n bisschen ... zu ausgestorben.«

Möglichst unauffällig sah Sofia sich um. Nicht dass es nicht sonst wo auch wirkte, als habe irgendwer die Zeit angehalten und ganz Berlin sei in Dornröschenschlaf gefallen. Aber angesichts dessen, dass heute die Nacht der Nächte war, lag die Rosenthaler Straße tatsächlich ein wenig zu verwaist da. Graue Häuser rechts und links, in den Vorgärten die Reste des lange zurückliegenden Krieges. Kein hutzliger Strauch, kein Baum, nichts, das etwas Farbe ins Grau bringen würde. Vor allem aber keine Menschenseele.

»Denkst du, es findet gar nicht statt?« Unsicher blickte Sofia zum Eingang, der bloß aus einer verkratzten, morschen Holztür bestand. Die Fenster waren von innen mit Brettern vernagelt, um die Täuschung perfekt zu machen.

Wenn Pony Arglos nicht auftrat, würde sie sterben. Gleich hier und jetzt, das war beschlossen.

»Pfff, was weiß ich?« Veronika zuckte mit den Schultern. Sie sah wirklich umwerfend aus in ihren knallengen Nietenhosen – echte Bluejeans, das sah Sofia sofort, keines der frisierten Dinger wie bei ihr –, dem knappen knallroten Oberteil und den hohen Schuhen. Verständlich, dass allen Kerlen die Augen rausfielen, sobald sie irgendwo reinkam. Und dann konnte Veronika wirklich flirten. Sie schaffte es, zugleich lasziv zu blinzeln, die Hüfte einzuknicken und von irgendwoher Kaugummi zu bekommen, das sie langsam zerkaute und um ihren Finger wickelte. Es war wie ein Theaterstück mit nur einer Schauspielerin und einem Haufen Statisten drumherum, die nur geifern und gucken durften ...

Im Grunde aber war Sofia das egal. Sie war nicht wegen der Jungs gekommen. Sie wollte Musik, sie *brauchte* Musik.

»Ich gehe rein«, sagte sie kurzentschlossen. »Wenn wir noch länger hier rumstehen, fällt das ja doch nur auf.«

Auch wenn sie eigentlich nicht glaubte, dass irgendwer aus den umliegenden Häusern sie verpfeifen würde. Das passte nicht zu den Leuten. Eher hieß es »Wir gegen die Oberen«, wenn es um Politik und Polizei ging.

Veronika zuckte mit den Schultern. »Mach nur.«

Mit wackligen Beinen ging Sofia auf den Eingang zu. Näher und näher kam sie der Tür, die sicher tausendfach gestrichen worden war, sodass hier ein fingernagelgroßer Fleck Gelb auftauchte und dort ein abgeschabter Klecks Rot. Irgendwer hatte in krakeliger Schrift »Wir wollen nur noch Rock ›n‹ Roll!« in das Holz gekerbt.

Nun glaubte sie nicht mehr, dass sie die Polizei im Dunkel des Flures erwartete. Die hätte die Buchstaben sicher rausgebrannt oder die ganze Tür aus den Angeln gerissen.

Vorsichtig öffnete sie sie einen Spaltbreit. Dahinter nichts als stickige Dunkelheit, die Sofia zögern ließ. Gerade begann die Enttäuschung über sie herzufallen, da schoss eine Hand vor und packte sie am Kragen. Bevor sie wusste, wie ihr geschah, stolperte sie ins Innere.

»Was zur Hölle«, protestierte sie und begann zu lachen, als sie das Gesicht erkannte. »Mensch, Torben, ich hätte fast einen Herzkasper bekommen!«

»Musst du dich da unbedingt den ganzen Nachmittag

vor der Tür rumtreiben und die Aufmerksamkeit auf dich lenken?«, fragte er, glücklicherweise nicht ernsthaft böse auf sie.

Er war der Lässigste aller Lässigen. Sah aus wie Horst Buchholz mit seinem schmelzenden Lächeln und der Art, wie er die Augen zusammenkniff, um einen zu mustern. Wenn sich Sofia je verlieben würde, dann wohl in ihn. Aber wie das Schicksal es wollte, schlug ihr Herz nicht für Männer, sondern einzig für Musik.

»Also«, sagte er gedehnt.

»Also was?«

»Will die uns verpfeifen?« Er nickte mit dem Kinn in Richtung Tür. Er hatte ihr unter dem Siegel äußerster Verschwiegenheit von dem heutigen Konzert erzählt. Natürlich hatte sie ihm hoch und heilig geschworen, nichts weiterzutragen. Wieso sollte sie schließlich? Sie liebte Pony Arglos, sie würde nichts tun, um seinen Auftritt zu gefährden. Und sie war dankbar bis zum Gehtnichtmehr, dass sie überhaupt davon erfahren hatte. Als Erzieherin sang sie öfter: *»Kam ein kleiner Teddybär aus dem Spielzeuglande her, und sein Fell war wuschelweich, alle Kinder rufen gleich: Bummi, bummi, bummi, brumm ...«*, als Lieder, die verboten waren. Es war ein Glücksfall, dass Torbens kleine Schwester in ihrer Gruppe war und er sie manchmal abholte, wenn seine Mutter keine Zeit hatte.

So hatten sie einander kennengelernt. Und nein, sie hatte bis auf Veronika niemandem von dem heutigen Auftritt erzählt – und Veronika, also wirklich. Veronika würde niemals etwas erzählen.

Sie lachte. »Veronika? Unsinn!«

»Ich hab da Sachen gehört ...«, murmelte er, redete dann aber nicht weiter. Stattdessen sagte er: »Da geht's lang«, und deutete den schmalen, düsteren Gang hinunter, an dessen Ende etwas Licht aufblitzte.

Nach einem kurzen Blick hinter sich, wo Veronika immer noch rauchend auf dem Bordstein stand, ließ Sofia die Tür hinter sich ins Schloss fallen. Als sie Sekunden später den kleinen Raum betrat, der das Herzstück des Lokals bildete, war sie im Himmel. Es war genau, wie sie es sich vorgestellt hatte: vernebelt vom Zigarettenrauch, vollgestopft mit Leuten, sogar ein paar Männer mit aufwendig frisierter Elvis-Tolle waren darunter, bei deren Anblick sie sich fragte, wie sie sich in der Öffentlichkeit wohl bewegten. Amerikanische Frisuren kamen nicht gut an bei denen, die was zu entscheiden hatten. Vielleicht hatten sie große Schlapphüte getragen, um herzukommen.

Am Tresen zahlte sie das Eintrittsgeld und legte zehn Pfennig mehr dazu, um eine Flasche Mandora zu bestellen. Mit der Orangenbrause in der Hand bahnte sie sich dann den Weg zurück zur Tür.

Wo blieb nur Veronika?

Auf der kleinen, windschiefen Bühne wurden eifrig Instrumente aufgebaut. Die Lautsprecher, die im ganzen Raum verteilt auf dem Boden standen, gaben ihr Bestes, klangen jedoch ziemlich jämmerlich. Aber das würde Pony Arglos nicht stören und das Publikum auch nicht.

Ihr Herz schlug schneller, als ein hochgewachsener, schlaksiger Kerl das Bretterensemble betrat und nach der Gitarre griff, doch er begann sie nur selbstvergessen zu stimmen.

Sofia hatte tausend Sachen über Pony Arglos gehört, wusste jedoch nicht, wie er aussah. Wie er sich anhörte hingegen schon. Diese rauchige Stimme. Das kehlige »Bäämbääm«, von dem sie keinen Schimmer hatte, was es bedeutete. Er streute es zwischen Refrain und Zeile ein auf der einzigen Schallplatte, die von ihm im Umlauf war. Natürlich besaß Sofia sie nicht, so wenig, wie sie einen Plattenspieler besaß. Aber sie kannte jemanden, der wen kannte, und bei dem ... Eine kurze, wertvolle Stunde lang hatte sie in einer fremden Küche auf dem Boden gesessen und wieder und wieder und wieder die Nadel auf die Platte gelegt, dem verheißungsvollen Kratzen gelauscht, den einsetzenden Gitarren (zwei. Zwei davon!) und dem Schlagzeuggewitter. Seine Stimme hatte sie vom Hocker gehauen. Besonders in dem einzigen deutschen Lied, das er auf der Platte sang: *»In Pankow jab's keen Essen, in Pankow jab's keen Bier, war allet uffjefressen, von fremden Leuten hier, nich ma ne Butterstulle hat man ihm reserviert! Aber dennoch hat sich Bolle janz köstlich amüsiert.«*

Manchmal sang sie es leise vor sich hin und fühlte sich augenblicklich getröstet, wenn sie müde oder traurig war. Pony Arglos konnte das: mit seiner Stimme die Welt schöner machen, selbst wenn er mit Worten eigentlich etwas ganz anderes sagte. Das war fast, wie Kaffee zu trinken, was ja *das* Allheilmittel schlechthin war.

Und gleich würde sie ihn das erste Mal sehen!

Wieder blickte sie zu dem Durchgang, durch den sie eingetreten war. Keine Spur von Veronika. Die Jungs auf der Bühne waren jetzt fertig damit, die Instrumente zu stimmen und zurechtzurücken, ein Letzter stellte sich vor das Mikro und sagte: »Eins, zwei.«

Leise. Eigentlich brauchte Pony Arglos kein Mikro, durfte die Lautstärke nicht einmal halb aufdrehen, weil über dem Lokal ganz sicher Leute wohnten.

Und dann kam er.

Pony Arglos, er musste es sein. Wie sie feststellte, war er nicht besonders groß, nicht besonders gut aussehend, aber seine Augen flackerten, und er hatte etwas ... etwas Wildes an sich, etwas, das so ungebändigt wirkte, dass Sofia ein Schauder die Arme hinunterlief.

»Hallo«, sagte er leise ins Mikro.

Vierzig, fünfzig Leute vor, neben und hinter ihr platzten fast voll Vorfreude und Anspannung.

»Gleich geht's los.« Er hatte eine tiefe, warme Stimme. Sie fühlte sich wie eine flüchtige Umarmung an. »Macht euch bereit.«

Er grinste. Leiser Applaus. Die Leute hatten sich wirklich gut im Griff.

Ein Krachen ließ Sofia zusammenschrecken. Krachende Tritte gegen Holz und Torbens Stimme – zumindest glaubte sie, dass es Torbens war –, der im Gang schrie: »Haut ab! Polente!«

Wie gelähmt stand sie da, als ein erneutes Krachen ertönte. Holz barst, dann Getrappel, ein dumpfes Ächzen, sicher von Torben. Körper, Instrumente, Gläser, Flaschen, mit einem Mal war alles in Bewegung. Die Leute versuchten panisch einen Ausgang zu finden, von dem niemand wusste, wo er sich befand.

Nur Pony Arglos war augenblicklich verschwunden, und nichts, was jetzt noch auf der Bühne stand, konnte mit einer Musikgruppe in Verbindung gebracht werden. Es war wie in einem Theaterstück für Kinder, bei dem jedes Mal, wenn sich der Vorhang hob, etwas anderes auf den Brettern stand, die die Welt bedeuteten. Jetzt war es nur noch ein umgefallener Holzstuhl.

Sofia, die immer noch reglos dastand, wurde von einem Pulk Menschen gegen die Wand gedrückt. Beruhige dich, versuchte sie sich zusammenzureißen. Sie musste nachdenken, auch wenn die ersten Vopos hineinstürzten. Knüppel schwangen. Dumpfe Geräusche, entsetzte Schreie, jemand warf eine Flasche, die mit einem hellen Knall an der Wand zerplatzte.

Da sah sie aus den Augenwinkeln, wie sich der Junge, der ihr die Brause verkauft hatte, auf allen vieren aus dem Dunkel der Theke unter den Bretterverhau der Bühne rettete. Ohne darüber nachzudenken, dass sie in dieser Position jeden Überblick verlieren würde, glitt sie in die Hocke. Über ihr Dutzende Körper, Knie, Beine, Arme, Hände, Hände mit Polizeiknüppeln, die dumpf herabkrachten. Sie machte sich so klein wie möglich und dachte daran, wie sie mit den Kindern aus der Krippe Igelchen gespielt hatte. Geduckt bewegte sie sich voran, dem Strom an Leuten entgegen, die versuchten, von der Tür wegzukommen, durch die immer mehr Polizisten strömten.

Dann war sie neben der Theke, rollte sich unter die Bühne, schmeckte Staub und fühlte Spinnenweben im Gesicht. Das Geräusch der Schläge wurde leiser, das Keuchen aber hörte sie noch, jemand weinte. Ihre Hände ertasteten einen schmalen Durchgang von der Größe eines Fensters, sie zwängte sich hindurch, setzte sich auf und blickte sich ratlos um. Das Zimmer war winzig, eine alte Abstellkammer oder der frühere Eisschrank. Eine Tür gab es nicht, aber im Mauerwerk fehlten ein paar Steine, durch die mildes Abendlicht fiel. Als Sofia ihren Kopf hindurchstreckte, entdeckte sie die moosbewachsenen Steine eines Innenhofs. Der Brauseverkäufer war nirgends zu sehen. Vorsichtig ließ sie sich rausgleiten und kam mit den verstaubten Sandalen auf dem Fundament auf.

Frische Luft. Der Nachthimmel über ihr. Mit angehaltenem Atem rappelte sie sich auf und sah sich um. Rechts und links erhoben sich hohe, dunkelgraue Hausmauern. Durch ein Fenster im Hochparterre fiel orangener Schein. Grasbüschel wucherten neben ihren Füßen. Augenblicklich fraß sich die Kälte durch den dünnen Stoff ihrer Bluse.

Unschlüssig, ob sie dem Rest des Publikums helfen sollte, hockte sie sich noch einmal vor den Spalt und versuchte ins Innere zu linsen. Sie konnte kaum etwas erkennen, dann aber bemerkte sie, dass sich im Dunkeln etwas bewegte.

Ihr Herz setzte kurz aus. Ein Vopo? Sie glaubte, eine graugrüne Mütze entdeckt zu haben.

Weg hier! Geduckt, rannte sie auf eine dunkle, mehr schlecht als recht in den Angeln hängende Tür zu, die sich in eine düstere Durchfahrt öffnete. Sie war kopfsteingepflastert, und Sofia meinte noch, die Hinterlassenschaften der Droschkenpferde zu riechen, die einst hier ihr Nachtlager gehabt hatten. Nach einem Blick hinter sich schob sich Sofia ins Innere und schlich auf Zehenspitzen an tannengrünen, an der Wand hängenden Briefkästen vorbei zum Tor, durch das sie auf die Straße lugte. Augenblicklich zuckte sie zurück und ließ die Tür sanft zurück ins Schloss gleiten. Dort draußen wimmelte es nur so von Uniformierten. Zahlreiche weiß-grüne Moskwitschs standen quer über die Straße geparkt. Ein echter Großeinsatz. Da war nicht jemand zufällig vorbeigekommen und hatte es seinen Kollegen gemeldet. Dies sah aus wie von langer Hand geplant.

Verzweifelt schloss sie die Augen. Was jetzt? Und wo waren Torben, Pony Arglos, Veronika? Den Geräuschen nach zu urteilen wurden jetzt die ersten Besucher rausgeführt.

Erneut öffnete sie die Pforte einen Spaltbreit, konnte jedoch niemanden entdecken, den sie kannte. Da hörte sie hinter sich das hohle Echo von Schritten und erstarrte.

»Na, watt stehste hier rum?«, nuschelte der Mann, der aus dem Treppenhaus in den Durchgang trat. Er hatte so viele Falten, dass sein Gesicht aussah wie von einem Traktor zerfurcht.

»Ich wollte nur ...« Was wollte sie? Ihr fiel rein gar nichts ein.

»Lipsi tanzen?« Als er grinste, breiteten sich noch tiefere Furchen in seiner wie aus Leder wirkenden Haut aus. Er hatte nur noch wenige Zähne, und die waren schwarz.

»Lipsi?« Sie musste an sich halten, um nicht in eine Mischung aus Gelächter und Tränen auszubrechen.

Da war er wieder, der dumme Tanz, in der DDR erfunden, um die Jugend davon abzuhalten, sich dem amerikanischen Twist hinzugeben. Was ja nicht so zufriedenstellend klappte. Kein junger Mensch, der was auf sich hielt, wollte noch paartanzen. Da nutzte auch das Lied nichts, das flugs dazu komponiert worden war und in dem es hieß: *»Heute tanzen alle jungen Leute im Lipsi-Schritt, nur noch im Lipsi-Schritt, allen hat der Takt sofort gefallen, sie tanzen mit, im Lipsi-Schritt«.*

»Und watt willste dann?« Der Alte guckte freundlich, aber trauen sollte sie ihm wohl eher nicht.

»Ich warte auf eine Freundin«, log sie.

»Aber die is vielleicht abgedackelt«, gab er zurück.

Verwundert runzelte sie die Stirn. Hatten seine Worte eine tiefere Bedeutung, oder wollte er sie nur foppen?

»Ich sachs ma so«, redete er weiter. »Da war ja schwer watt los. Oder isses immer noch?«

Sie nickte. Es war nach wie vor eine Menge los. Viel zu viel für ihren Geschmack.

»Tja, manchet Mal ...« Schabend kratzte er sich am stoppligen Kinn, »manchet Mal sollte man lieber mal überlejen, wem man traut, wa?«

»Äh, ja.« Sie hatte keinen blassen Schimmer, was er ihr damit sagen wollte.

»Komm.« Er nickte hinter sich, und in Sofias Kopf begannen die Alarmglocken zu läuten. »Keene Bange. Ick will dir nix. Da kommste raus, und keiner kann dir watt.«

Wohl war ihr nicht, als sie ihm folgte, aber was sollte sie tun? Die Polizei war nicht pingelig, ganz und gar nicht pingelig, viel schlimmer aber war es, wenn man vor Gericht kam. Sofia hatte von Leuten ihres Alters gehört, die in den Jugendwerkhof gesteckt wurden, weil sie keinen ordentlichen Seitenscheitel spazieren führten. Ein paar waren sogar wegen Landfriedensbruchs verurteilt worden. Nur weil sie ein Transparent gemalt hatten, auf dem die Forderung stand, sie wollten Elvis Presley hören.

Sie waren im Gefängnis gelandet. Dabei hatten sie niemandem etwas getan.

Also folgte sie dem humpelnden alten Kerl in den Hof, wo es noch eine weitere Tür gab. Sie reichte ihr nur bis zur Schulter. Dahinter gähnte ein schwarzes, nach Kohle riechendes Loch.

»Da musste rinne. Und anne anneren Seite wieder raus.«

Also, das war nun wirklich nicht vertrauenerweckend. Ihr schlug das Herz bis zum Hals. Doch dann nickte sie ihm dankend zu, zog den Kopf ein und setzte einen Fuß auf die Schwelle. Den nächsten die Treppe runter. Dann kam die Dunkelheit.

Der Alte hatte die Tür zugeschlagen.

Mit wummerndem Herzen starrte sie in die eisige Finsternis. Sie war allein, er war ihr nicht gefolgt, so viel konnte sie erkennen. Sie wandte sich wieder nach vorn und tastete sich mit gesenktem Kopf Schritt für Schritt hinab, bis sie den Boden erreichte. Rechts und links niedrige Kohlekeller, die zu dieser Jahreszeit kaum mehr gefüllt waren. Mit der Hand fuhr sie an den Holzstreben entlang, die die einzelnen Abteile voneinander trennten, und entdeckte am Ende des Ganges eine weitere halbhohe Pforte.

Ihre Finger waren mittlerweile derart klamm, dass sie das daran baumelnde Vorhängeschloss erst beim dritten Anlauf öffnen konnte. Dann blickte sie auf eine kaum durch Straßenbeleuchtung erhellte schmale Straße. Wo war sie? Ob sie unterirdisch die Gormannstraße erreicht hatte, die links zur Wilhelm-Pieck-Straße und rechts zur S-Bahn-Station Marx-Engels-Platz führte?

Behutsam ließ sie das Holztor hinter sich ins Schloss fallen und sah sich um. Ja, sie war wohl in der Gormannstraße gelandet. Weit weg von der Rosenthaler, weit weg von der Hotte und der Polizei.

Vor Erleichterung wurde ihr schwindelig.

Fast gänzlich dunkel war es nun, als sie an bröckelnden Häuserfassaden vorübereilte und die vierspurige Wilhelm-Pieck-Straße erreichte. Sie überquerte sie und tauchte erneut ins Dunkel der Gormannstraße ein. Mit jedem Schritt wummerte ihr Herz etwas weniger, und als sie an dem Laden vorbeikam, auf dessen dunkelgrauer Hauswand abblätternde Buchstaben *Goldankauf* verhießen, fiel auch der letzte Rest Anspannung von ihr ab. Doch je weiter sie ging, desto beklemmender erschienen ihr die Worte des Alten. Hatte er andeuten wollen, etwas beobachtet zu haben? Aber was?

Nein, er hatte sie bestimmt bloß hochnehmen wollen. Manche Leute fanden es toll, einem Angst einzujagen. Zwar passte dazu nicht, dass er ihr den einzigen sicheren Weg nach draußen gezeigt hatte ... Aber nein. Er hatte ganz gewiss nicht recht mit dem, das er angedeutet hatte.

Trotzig begann sie leise zu singen. »*Heute tanzen alle jungen Leute im Lipsi-Schritt, nur noch im Lipsi-Schritt ...*« Der rauchige Klang ihrer Stimme wirkte beruhigend auf sie, auch wenn ihre Gedanken weiterhin rasten.

Um nicht weiter an den Alten zu denken, konzentrierte sie sich auf ihren Zorn. Wieso durfte die Jugend nicht selbst entscheiden, was sie hören wollte? Was war so schlimm daran, englische Texte mitzusummen? Niemand wurde dadurch zum Klassenfeind.

Die blöden Kerle vom Zentralkomitee sperrten sich gegen alles, was sie nicht kannten. Eine Runde aus faltigen, grau-gesichtigen Männern, so stellte sie sich die Angelegenheit vor, in adretten Anzügen und langweiligen Schlipsen, mit Sockenhaltern und langen Unterhosen. Da saßen sie und debattierten, wie sie die jungen Leute von diesem scheußlichen Irrsinn abbringen konnten, imperialistische Musik zu hören und der Heulboje, wie sie Elvis nannten, nachzueifern, wenn diese die Hüften schwang.

»*Allen hat der Takt sofort gefallen, sie tanzen mit, im Lipsi-Schritt. Heute haben alle jungen Leute den Lipsi gern, er ist modern!*«

Als sie die Schönhauser Allee erreichte, war es stockfinster. Glücklicherweise musste sie nicht befürchten, dass ihre Mutter vor dem Zubettgehen noch einmal nach ihr gesehen hatte. Nein, ihre Mutter würde sie morgen Früh wecken, wie immer. Sofia blieb also genug Zeit für einen Fußmarsch, da sie das Risiko nicht eingehen wollte, in einer erleuchteten Straßenbahn herumzufahren.

Sie lief und lief, und ihr Zorn versickerte mit jedem Schritt. Als sie sich eine Viertelstunde später hinter dem Busch versteckte, in dem ihre biederen Kleider versteckt waren, liefen ihr Tränen der Enttäuschung übers Gesicht.

»Aufstehen!«

Als sie die Augen öffnete, sah Sofia oberhalb von sich das Gesicht ihrer Mutter. Hanna Nordmann: früher eine Schönheit, dann aber hatte das Leben Stück für Stück davon genommen. Jetzt war sie über vierzig, ihr einst braunes Haar war von Silber durchzogen und fiel ihr in trocken wirkenden Locken auf die Schultern. Sie hatte große Augen, aus denen sie stets angstvoll in die Welt blickte. Oder traurig. Oder gar nicht, dann nämlich, wenn sie für mehrere Tage am Stück auf dem Sofa lag und sich die Decke über den Kopf zog.

An Tagen wie solchen hatte Sofia eine Menge damit zu tun, dafür zu sorgen, dass niemand ihre Mutter für arbeitsunwillig hielt. Die Kapitalsünde im Arbeiter- und Bauernstaat. Selbst wenn dich der Krebs zerfrisst, solltest du dem Lande treu dienen, selbst wenn du nur wie Hanna Nordmann für den VEB Herrenbekleidung Fortschritt Hemdskragen nähst.

»Bauchschmerzen sind weg?«

Sofia nickte, als ihr glücklicherweise schnell genug einfiel, dass sie gestern ja angeblich krank gewesen war.

»Arbeiten kannste?«

Sofia nickte erneut.

»Na dann raus mit dir. Is schon nach sechse.«

Mit einem leisen Stöhnen erhob sich Hanna und ging zur Tür. Sie reichte Sofia nur bis zum Schlüsselbein und hatte in den letzten Jahren zugelegt, was dazu führte, dass sie ihre Kittel hatte größer nähen müssen. Nun leuchteten neben den großformatigen Blumen des originalen Baumwollstoffs grellorangene Karos, was sie bei gleißendem Sonnenschein regelrecht flimmern ließ. Doch Sofias Mutter schien es seit Langem gleichgültig zu sein, wie sie aussah. Es war Jahre her, vielleicht Jahrzehnte, dass Sofia sie dabei beobachtet hatte, mit Stolz oder Freude in den Spiegel zu blicken.

Nachdem die Tür hinter ihr zugefallen war, setzte sich Sofia auf. Dämmriges Licht drang durch die zugezogenen Vorhänge. Der gestrige Abend fiel ihr wieder ein, und sie war augenblicklich hellwach. War Pony Arglos festgenommen worden? Und Torben, was war mit Torben? Sie fühlte einen Stich, als sie an seine Schwester dachte, Lorchen. Vielleicht wusste die Kleine ja etwas.

Sofia stieg aus dem Bett und begann sich anzuziehen. Wenig später rannte sie die Treppen hinab, noch den Geschmack von Zahncreme im Mund. Ihre Mutter hatte schon wieder auf dem Sofa gesessen. Auf Sofias Frage hin, ob sie gefrühstückt habe, hatte sie nur geseufzt.

Mit schlechtem Gewissen fragte sich Sofia, ob sie etwas tun könnte. Irgendwas. Aber aus Erfahrung wusste sie, dass egal wie sehr sie sich abstrampelte, um ihre Mutter aufzuheitern, an manchen Tagen kein Lächeln möglich war. Eher kostete es sie Anstrengung, dem Blick ihrer Tochter zu begegnen, und jedes Mal, wenn Sofia den Raum verließ, hörte sie sie erleichtert aufatmen.

Heute Abend, nahm sie sich dennoch vor, würde sie etwas kochen. Zwar war der Laden an der Ecke schon nachmittags immer wie leergefegt, aber wenn sie Herr Tröger nett bat, fand er hinten vielleicht noch etwas Feines für sie.

Mit dieser Hoffnung stieg sie in die Straßenbahn. Rappelvoll war sie, und die meisten hielten die Augen noch halb geschlossen. Sofia aber sah hinaus. Sie konnte nicht genug davon bekommen, die Straßen und wenigen hutzligen Bäume im Licht der Morgensonne an sich vorbeifliegen zu sehen. Alles glitzerte verheißungsvoll. Die Welt wirkte wie herausgeputzt und wartend auf Abenteuer. Ein Werbeaushang für eine Tanzveranstaltung ließ ihre Gedanken jedoch zum gestrigen Abend zurückgleiten, und ihre gute Laune erhielt einen Kratzer.

Veronika ... Aber nein, sie konnte nicht glauben, dass ausgerechnet sie Pony Arglos angeschwärzt hatte. Auch wenn sie zugeben musste, ihre Freundin noch nicht besonders lange zu kennen, war Veronika ganz sicher kein Spitzel. Aber warum hatte der alte Mann im Hof so etwas Seltsames gesagt? Sie solle sich überlegen, wem sie traute?

Am Bahnhof Pankow stieg sie aus, ging ein Stück stadteinwärts und bog in die Granitzstraße ein, die verschlafen und leer dalag. Auf dem Gehsteig waren grobe Platten verlegt, deren Schlaglöcher groß genug waren, jemanden darin zu beerdigen. Seit drei Jahren arbeitete Sofia in der Wochenkrippe mit angeschlossenem Kindergarten und fände den Weg dorthin im Schlaf. Keine Not also, den Kopf gesenkt zu halten, um nicht zu stolpern. Aus diesem Grund sah sie den Toniwagen schon an der Ecke, sicher dreißig Meter von dem langgezogenen, zweistöckigen Gebäude entfernt, in dem der Kindergarten untergebracht war, und fragte sich, was in aller Welt die Polizei hier wollte.

Mit einem unangenehmen Gefühl der Beklemmung, die Schritte jetzt schneller, eilte sie daran vorbei. Schlimm war es immer, wenn ein Arzt kommen musste - es kam vor, auch wenn niemand darüber redete. Ein Kind, das sich verschluckte und bläulich anlief, eines, das von der Schaukel hüpfte und hässlich umknickte. Aber die Polizei ... Die war noch nie dagewesen.

»Da bist du ja, Sofia«, sagte ihre Kollegin Helene, als Sofia eintrat. Der lang gezogene Flur lag noch schläfrig da, auch wenn aus den angrenzenden Räumen schon die vertrauten Geräusche erklangen. Geglucker der Kleinsten, leises Weinen, ein Kind kicherte und schlug mit einem Spielzeug auf irgendetwas ein.

»Du sollst zu Fräulein Tempe kommen.«

Zur Leiterin? Die Nervosität, die in Sofia erwachte, zog ihr kribbelnd die Arme bis in den Nacken empor.

»Wieso?«

Helene hob die Schultern und wandte sich, nachdem sie ihr einen scheelen Blick zugeworfen hatte, eilig ab.

Die zweite Tür vor dem Ende des Ganges führte zum Zimmer von Fräulein Tempe. Sofia klopfte an.

»Ja?«

Sie trat ein. Flaniert von zwei Männern in Polizeiuniform saß Fräulein Tempe an ihrem Schreibtisch. Sie blickte erst Sofia ernst an und wandte den Kopf zu einem der Polizisten, als warte sie darauf, dass er das Kommando übernahm.

»Genossen Wachtmeister«, sagte sie nur und nickte.

»Sie sind Fräulein Nordmann?«, erkundigte sich der eine, der links von Fräulein Tempe stand und so breitbeinig dastand, als wolle er einen Spagat wagen. »Sofia Nordmann?«

»Ja.« Ihre Stimme zitterte. Woher kannten die beiden ihren Namen? Vor allem aber: Was wollten sie von ihr?

»Mitkommen.«

Fräulein Tempes hohe Stirn glänzte im Licht der Morgensonne, die durch das nach Osten hin gelegene Fenster auf den Linoleumfußboden fiel.

»Aber warum?«

Die beiden antworteten ihr nicht, sondern griffen fast simultan nach ihren Armen.

»Bin ich etwa verhaftet?«, fragte sie. »Ich habe doch nichts getan!«

Nach einem flehenden Blick auf Fräulein Tempe, die konzentriert auf ihre tannengrüne Schreibtischplatte starrte, drehte Sofia den Kopf. Eben hatte sie sich vor allem ungläubig gefühlt, jetzt aber kroch Angst heran. Auf den Polizeistationen ging es grob zu, hatte sie gehört, und mancher verschwand für Monate, ohne dass irgendwer über seinen Verbleib Bescheid wusste.

Der Mann zu ihrer Linken, dicklich, mit rundem Mund, der wirkte, als verziehe er ihn immer zu einem erstaunten Oh, griff fester zu. »Wir haben nicht alle Ewigkeit Zeit.«

»Fräulein Tempe, bitte, sagen Sie meiner Mutter Besch ...«

Bevor sie den Satz zu Ende sprechen konnte, hatten die Vopos sie schon auf den Flur gezerrt, wo einige ihrer Kolleginnen in den Türrahmen erschienen. Ihre Blicke folgten ihr. Mitleidige Blicke, aber auch erschrockene oder angewidert wirkende.

Dann saß sie im Wagen. In seinem Innern roch es nach Plastik und abgescheuertem Leder, nach Zigarettenrauch und Käsebrot. Der Himmel über der Prenzlauer Promenade, in die sie nach ein paar Minuten Fahrt einbogen, wirkte unendlich und silbern. Plötzlich machte er ihr Angst. Er wirkte so unheilvoll und bedrückend, dass ihr die Luft knapp wurde.

Die ersten Minuten der Fahrt war sie unfähig gewesen, etwas zu sagen, dann überwand sie die Angst.

»Wohin fahren wir? Was haben Sie vor? Sie können mich doch nicht einfach mitnehmen!«

Niemand antwortete ihr.

Südlich ging es. In Richtung Alexanderplatz. Brachten sie sie nach Hause? Dort vorn ging die Wisbyer Straße ab, ein paar Meter, und sie könnten von ihr in die Dunckerstraße abbiegen. Doch der Wagen hielt die Spur, die Prenzlauer Promenade wurde zur Prenzlauer Allee, sie brausten an der Wichertstraße vorüber, wenig später an Herrn Trögers kleinem Laden, in dem sie heute Abend etwas für das Abendessen besorgen wollte.

Was würde ihre Mutter zu alldem sagen? War sie überhaupt in der Lage, sie bei der Polizei abzuholen? Immerhin war sie heute Morgen aufgestanden. An guten Tagen verhieß das ein bisschen Hoffnung, dass auch der Rest funktionierte: zu arbeiten und sich später sogar ein bisschen zu unterhalten.

Als sie an einer Ampel hielten, spürte sie neugierige Blicke auf sich. Wie eine Volksverräterin kam sie sich im ersten Moment vor, doch als sie den Kopf hob, um störrisch zurückzustarren, schienen ihr die Mienen der Passanten, die jetzt die Kreuzung überquerten, eher mitleidig.

»Wohin bringen Sie mich?«, fragte sie, als sie feststellte, dass sie von der Prenzlauer Allee nach links abbogen.

Wieder erhielt sie keine Antwort.

»Müssen Sie mir keinen Grund nennen, mich von der Arbeit abzuhalten?« Was großspurig hätte klingen sollen, überzeugte nicht mal ihre eigenen Ohren. Aber wenn sie sich von ihnen bange machen ließe, würde das die Männer nicht noch mehr in dem Glauben bestärken, sie habe es verdient, ohne die Angabe von Gründen einfach abgeholt und in einen Toniwagen verfrachtet zu werden?

»Ich war gestern übrigens krank«, fügte sie hinzu. »Was mit dem Magen. Nicht schön. Und womöglich ansteckend. Ich an Ihrer Stelle würde so viel Platz zwischen Ihnen und mir lassen, wie es nur geht.«

Immer noch nichts. Langsam kehrte die Panik zurück, und sie hatte das Gefühl, dass ihr Hals enger und enger wurde.

»Wohin bringen Sie mich?«

Zwei Minuten später kam der Streifenwagen mit quietschenden Bremsen zum Stehen. Ungläubig blickte Sofia hinaus. Auf einem Schild war *Stadtkrankenhaus Prenzlauer Berg* zu lesen.

Das Herz schlug ihr bis zum Hals, doch Sofia tat alles, um sich die Angst nicht anmerken zu lassen. Auch das wäre in den Köpfen dieser Kerle doch sicher ein Schuldeingeständnis, darauf würde sie wetten – und es war vollkommen gleich, dass sie nicht einmal wusste, worin ihre angebliche Schuld überhaupt bestand.

»Ich weiß, ich hab gesagt, dass ich krank bin, aber Ihre Sorge in Ehren, ins Krankenhaus muss ich deswegen noch lange nicht. Wirklich, ich finde es nett, wie mitfühlend Sie sind, aber nur weil ich gestern ein paarmal spucken musste …«

»Raus«, knurrte der Fahrer, der den Sitz umgeklappt hatte, und griff nach ihrem Arm.

»He, nicht so grob! Wer erlaubt Ihnen, so was mit mir zu machen? Sie können mich nicht einfach festnehmen!«

»Von Festnehmen hat keiner was gesagt«, schimpfte er, wobei sein Schnurrbart bei jedem Atemzug zitterte. »Los jetzt!«

Sofia schrie auf, als er sie aus dem Wagen zerrte und ihre Stirn die scharfkantige Karosserie streifte. Der zweite Polizist flankierte ihre andere Seite, fasste sie jedoch nicht an. Ein paar Schritte später kamen sie vor einem Pförtner zum Stehen, der sie kaum eines Blickes würdigte.

»Venerologische Station?«, brummte er.

Der Polizist nickte. »Ja, Genosse.«

Was für eine Station? Irgendwas mit Venen, also Blutgefäßen? Mit ihren war alles in Ordnung, soweit sie wusste, und auch wenn nicht: Wieso sollte sich die Volkspolizei darum scheren?

Wortlos deutete der Pförtner mit dem Daumen hinter sich.

Den Weg schienen die beiden zu kennen, denn ohne sich erst umzusehen, schleppten sie Sofia zwischen sich den Hauptweg entlang. Gelbe Backsteinbauten rechts und links, in manchen geöffneten Fenstern leuchteten Geranien. Sie hörte Sand, dann Kies unter ihren Füßen knirschen und achtete auf lauter Seltsamkeiten wie den Löwenzahn, der sich zwischen den Gehwegplatten aus der Erde schob. Auf die Hummel, die tief summend an ihr vorbeiflog. Auf die Geräusche aus dem Innern der Gebäude: Geschirrklappern, sonore Stimmen, hier und da ein verhaltenes Lachen.

Wohin brachten die Männer sie?

Sie wurde langsamer, versuchte, sich einen Überblick zu verschaffen.

»Keine Fisimatenten, Mädel!« Unsanft wie zuvor riss der Vopo an ihr, und sie stürzte beinahe.

»Sofia Nordmann«, stellte er sie Minuten später bei einer Schwester vor, die wie aus dem Nichts aufgetaucht war.

Die Frau in weißem Kittel, adretter Mittelscheitelfrisur und hartem Blick musterte sie kaum. Den Mund zu einem missbilligenden Strich verzogen, streckte sie die Hand aus.

»Sie sind spät.«

Ob sie damit Sofia meinte oder die Vopos, erschloss sich Sofia nicht, die erneut am Arm gepackt wurde, diesmal von der Schwester, und zu einem Tor gezogen.

Dem Ausgang? Ein hoher Zaun trennte das Krankenhaus von dem, was dahinter lag. Klirrend holte die Schwester einen Schlüsselbund hervor und schloss auf. Als die vergitterte Pforte aufschwang, war Sofia, als setze für eine Sekunde ihr Herzschlag aus.

Dies war nicht der Ausgang. Es war der Eingang. Aber wohin?

»Nu mach schon!«

Sie stolperte hinein. Wieder Schlüsselklirren. Grimmig sah die Schwester sie an.

»Willste festwachsen, oder was?«

»Nein, aber ... Ich bin hier nicht richtig. Ich bin nicht krank. Sie müssen ...«

»Halt den Mund!« Die Schwester versetzte ihr einen so derben Stoß, dass Sofia hinfiel. Unter dem Zaun hindurch, dessen Streben einen halben Zentimeter über der Erde endeten, gerade genug Platz, um eine Fingerspitze hindurchzuschieben, sah sie die Uniformen der Polizisten. Sie waren schon wieder fast beim Wagen angekommen. Am liebsten würde sie ihnen hinterherschreien: *Nehmt mich mit!* Aber sie wusste, es würde nichts nutzen. Sie hatten sie schließlich hergebracht und ihre Schritte wirkten derart forsch, als wollten sie nichts wie weg.

»Nu mach!«

Die Schwester, die kein Namensschild trug, zerrte sie wieder in die Höhe. Ein paar Schritte, und sie befand sich in einem kalten, dunklen Flur. Milchig gelbe Wände, am Boden angenagt aussehendes Linoleum. Wie Peitschenhiebe klangen ihre Schritte.

Den Kopf hoch erhoben, eilte die Schwester, die Finger immer noch fest um Sofias Arm gekrallt, den Gang entlang. Türen zogen vorüber, dahinter war kein Laut zu hören. Nach ein paar Schritten erst fielen Sofia die Fenster ins Auge, die klein und vergittert waren.

Schließlich blieb die Schwester stehen. Wieder holte sie klirrend den Schlüsselbund hervor und steckte einen davon ins Schloss. Die Tür schwang lautlos auf und öffnete den Blick in einen weiteren Flur. Auch er war fensterlos, im Gegensatz zu dem vorherigen aber einigermaßen hell erleuchtet, selbst wenn nur die Hälfte der Lampen funktionierte. An seinem Ende entdeckte Sofia hinter einer Tür aus Stahlgitter einen Besen und einen Putzeimer.

Ohne ein Wort schritt die Schwester darauf zu. Wieder zog sich Sofias Herz vor Panik zusammen. Wieso sagte ihr niemand, wohin man sie brachte?

»Bitte.« Vor Angst konnte sie kaum sprechen. Ihre Stimme klang rau, ihr Hals war wie ausgetrocknet. »Was wollen Sie von mir?«

»Mach hinne jetze!«

Und dann war sie auf der anderen Seite des Stahlgitters, die Schwester schlug die Tür wieder zu, drehte den Schlüssel, verschwand.

Kühl fühlten sich die Streben an, um die Sofia ihre Hände legte. Sie lehnte die Stirn dagegen. Sie war nassgeschwitzt und erschöpft, aber ihr blieb doch keine Zeit, hier herumzustehen!

Dennoch verharrte sie einen Moment so, die Augen geschlossen, die Kälte des Metalls an ihrer Stirn und ihrer Wange. Dann drehte sie den Kopf. Die Putzutensilien neben sich hatte sie ja eben schon gesehen. Aber sie befand sich nicht in einer Kammer, wie sie zunächst angenommen hatte, der Raum verlief L-förmig um eine Ecke, um die sie zaghaft blickte.

Der düstere, langgezogene Flur wirkte wie ausgestorben. Zahlreiche Türen gingen an jeder Seite davon ab. Auch hier waren die Wände in einem verblassten Gelb gestrichen. Der Boden sah schmutzig und verkrustet aus.

Ein helles *Rrrring* ertönte. Sofia zuckte zusammen.

Erneut: *rrring*. Die Tür zur Linken flog auf. Wortlos winkte eine Schwester sie ins Innere.

»Sofia Nordmann?«

»Ja.«

»Ausziehen.«

Ungläubig sah Sofia sie an. Wenn sie nicht solche Angst hätte, solche kalte, nagende, sie komplett erfüllende Angst, sie hätte schallend losgelacht.

»Ausziehen!«

»Aber – wieso?« Es hatte sie allen Mut gekostet, das zu sagen, doch da die Worte erst einmal über ihre Lippen perlten, wurde es leichter, fortzufahren. »Ich weiß nicht einmal, wieso ich hier bin. *Wo* bin ich überhaupt?«

»Auf der Venerologischen Station im Krankenhaus Prenzlauer Berg.«

So viel hatte sie dann doch schon gewusst. »Aber wieso? Ich bin nicht krank.«

»Das werden wir gleich feststellen. Ich sage es Ihnen jetzt ein letztes Mal: Ziehen Sie sich aus. Falls nicht, werde ich das übernehmen.«

Allein bei dem Gedanken grauste es sie. Die Schwester war stämmig, hatte dunkles, volles Haar und einen Hals, der nur aus faltigen Ringen zu bestehen schien.

Unsicher, ob sie sich nicht besser wehren sollte, um ihren Standpunkt zu klären, sah Sofia an sich hinunter. Sie trug, was sie immer zur Arbeit trug: einen schlichten braunen Faltenrock, braune Kniestrümpfe, eine Bluse, darüber die Strickjacke, die ihre Oma ihr geschenkt hatte. Zitternd fuhr sie erst aus dem linken Ärmel, dann aus dem rechten.

»Mit ein bisschen Tempo, wenn ich bitten darf!«

Die Schwester war an ihren Tisch zurückgetreten, setzte sich jedoch nicht, sondern legte eine Hand auf die Linoleumplatte. Außerdem gab es einen grünen Aktenschrank aus verbeultem Blech, davon abgesehen war der Raum leer.

Auch sein Fenster, bemerkte Sofia jetzt, war vergittert.

»Wenn ich untersucht worden bin, darf ich dann wieder gehen? Fräulein Tempe erwartet mich im Kindergarten, ich habe einiges zu tun und ...«

Die Schwester stieß ein verächtliches Schnauben aus. Angestrengt versuchte Sofia ihre Tränen zurückzublinzeln, während sie sich ihrer Bluse entledigte, des Rocks und der Strümpfe. Nun stand sie im Leibchen und Unterhose da. Kälte drang durch den schleimgrünen Boden an ihre Fußsohlen.

»Ich bin nicht krank«, versuchte sie es erneut, ungeachtet der Tatsache, dass sie fünf Minuten zuvor das glatte Gegenteil behauptet hatte.

»Das werden wir sehen.« Die Schwester trat auf sie zu, musterte sie von Kopf bis Fuß, den schmalen Mund abfällig verzogen. »Da.«

Sie hielt ihr ein Klemmbrett unter die Nase. In eng gestellter Druckschrift war dort die Hausordnung aufgeführt. Unzählige Punkte, wie Sofia erschien.

»Gelesen?«, bellte die Schwester.

Sofia hatte gerade einmal ausreichend Zeit gehabt, um die ersten Zeilen zu überfliegen, da riss die Frau das Klemmbrett wieder an sich. Dennoch nickte Sofia. Nein zu sagen erschien ihr geradezu fahrlässig.

Um eine Liste handelte es sich, wie man sich als Insassin zu benehmen hatte. Das Wenige, das sie hatte lesen können, war schon wieder aus ihrer Erinnerung verschwunden, und sie hatte nichts als Angst.

Etwas Metallenes glänzte im Licht der Morgensonne. Die Schwester trat neben sie, packte sie grob am Pferdeschwanz, dann machte es *Ratsch.*

Ihr Pferdeschwanz fiel zu Boden. Ungläubig starrte Sofia darauf.

Ohne ein Wort schnippelte die Schwester weiter, packte Sofia zwischendurch mit hartem Griff an den Schultern, um sie ein Stück weiterzudrehen, *ratsch*, ihr Pony, *ratsch,* sämtliche noch übrige, längere Strähnen.

Angestrengt versuchte Sofia nicht zu weinen. Sie hielt die Luft an, ballte die Fäuste und spürte den Schweiß, der sich zwischen ihren Fingern bildete. Als rund um sie genug weiches, dunkles Haar lag, nickte die Schwester und trat zurück.

Sofia wagte nicht, sich zu rühren. Aus einer beim Aufziehen quietschenden Schublade zog die Schwester etwas, das Sofia erst beim näheren Hinsehen erkannte. Sie kniff die Augen zusammen.

Nun das noch ... Sie spürte dieselbe schwer zu definierende Trauer wie damals im Sommerlager, als alle Mädchen zur Entlausung vorbereitet wurden. Eine Trauer, die nicht nur ihren Kopf betraf, nein, es ging tiefer. Das Haar kurz zu tragen wäre ungewohnt, aber in Ordnung. Doch geschoren werden. Das war entwürdigend.

Die Schwester ging gründlich vor. Hin und zurück, mehrfach, wobei der stumpfe elektrische Rasierer an Sofias Haarwurzeln riss und ihre Haut verletzte.

Endlich zufrieden, kommandierte die Schwester: »Raus.«

Schon stolperte Sofia in Unterwäsche durch den Flur, immer der Schwester hinterher, deren Gummisohlen bei jeder Berührung mit dem Fußboden ein grelles Quietschen verursachten. Sofia hielt die Arme verschränkt, um sich vor Blicken zu schützen, doch ihnen begegnete niemand, nicht eine Menschenseele, den gesamten langen Flur entlang bis zu dessen Ende. Dort betrat die Schwester einen Untersuchungsraum.

Sofia kannte die Stühle. Nachdem sie sechzehn geworden war, hatte ihre Mutter sie zu einem Frauenarzt geschleppt. Kalter Stahl, kaltes Leder. Die Schwester breitete ein Handtuch darauf aus.

»Ausziehen, alles.« Sie deutete auf Sofias Unterwäsche. »Dann da rauf.«

Sofias Herz klopfte so schnell, dass ihr schwindelig wurde, während sie den Anweisungen Folge leistete. Fieberhaft überlegte sie, ob eines der Mädchen, die sie kannte, je von einer solchen Untersuchung erzählt hatte – eine, die ohne Ankündigung vorgenommen wurde, zu der man nicht eingeladen wurde, sondern verschleppt. Nein, keine hatte je so etwas erwähnt.

Verschämt schob sie ihren Po auf den Sitz, spürte die Kälte des Metallsitzes und kam sich nackter und verletzlicher vor als jemals in ihrem Leben.

»Beine spreizen.«

»Was? Aber ...«

»Beine spreizen!«, bellte die Schwester.

Statt dem Folge zu leisten, versuchte Sofia ihre Arme um sich zu legen, doch die Schwester kam ihr zuvor. Brutal packte sie Sofias Handgelenke, zog sie ruckartig nach vorn, knallte die rechte Hand auf die Lehne.

»Die andere auch«, forderte sie Sofia barsch auf.

Sofia schaffte es nicht mehr zu denken, sie schien nur noch aus Angst zu bestehen.

»DA DRAUF!«

Mama, dachte Sofia. Mama, wo bist du? Wieso beschützt du mich nicht?

Mit einem Geräusch, das wie ein Peitschenknall klang, riss die Schwester an einem Lederriemen, der sich in Sekundenschnelle um Sofias Handgelenke schloss. Dann nahm sie Sofias anderen Arm, rammte ihn auf die Lehne und befestigte auch ihn.

»Nein. Nein! Was tun Sie da? Lassen Sie mich!« Aus ihrem Mund kamen kehlige, verzweifelte Schluchzer, während sie sich zu befreien versuchte, doch sie konnte nur noch mit den Beinen treten und gleichzeitig versuchen, sie zusammenzupressen, so fest sie konnte. An den beiden Metallstützen, auf die sie die Füße stellen sollte, befanden sich ebenfalls Lederschlaufen, wurde ihr schlagartig bewusst. Sie begann zu schreien, bekam eine Ohrfeige, noch eine, schloss den Mund, ihre Wangen pulsierten, sie spürte etwas Warmes an ihrer Lippe, Blut vielleicht oder Spucke, die Schwester näherte sich mit dem Gesicht drohend ihrem.

»Ruhig. Ruhig, Mädchen, ansonsten werde ich dir sehr, sehr wehtun«, zischte sie und starrte Sofia drohend an.

Aber selbst wenn sie wollte, Sofia könnte nicht stillhalten, unkontrolliert brachen sich die Schluchzer Bahn, und obwohl sie versuchte, leise zu weinen und sie Rotz und Blut schluckte, machten ihre Beine einfach weiter, pressten sich aneinander, egal, mit wie viel Gewalt die Schwester sie auseinanderzubiegen versuchte.

»Jetzt reicht es! Wer nicht hören will, muss fühlen!«

Silbern blitzte etwas auf, in der drohend erhobenen Hand. Ein Skalpell. Verzweifelt versuchte Sofia sich zu beruhigen. Ihr Herz raste, und sie war so angespannt, dass sie am ganzen Leib schlotterte.

Beruhigen. Sie musste sich beruhigen!

Das Skalpell noch in der Luft, nickte ihr die Schwester zu.

Sofia schloss die Augen. Sang unhörbar: *»I keep a close watch on this heart of mine. I keep my eyes open all the time«*. Johnny Cashs Worte und seine warme, beruhigende Stimme in ihrem Kopf trösteten sie, hüllten sie mit Wärme ein. *»I find it very, very easy to be true.«* Sie sah die herübergeschmuggelte Albumhülle vor sich, den gelben Aufkleber mit der schwarzen Schrift: *I Walk The Line*.

Ihr Körper gab auf. Wurde schlaff, jeder Widerstand vorbei.

»Gut so.«

Die Schwester befestigte Sofias Füße mit den Schlaufen und zog so fest an, dass das Blut dahinter stauen würde.

»Ich gebe dir einen gutgemeinten Rat. Es wird nicht besser, wenn man sich wehrt. Das ist noch keinem der Mädchen gut bekommen.«

Sofia spürte die Tränen, die unter ihren immer noch geschlossenen Lidern hindurchquollen. Mit zusammengebissenen Zähnen nickte sie.

Wortlos verließ die Schwester den Raum. Sofia lag da, die Beine gespreizt, nackt, in der bleichen Kälte eines von Leuchtstoffröhren beleuchteten Raumes, in dem es so still war wie auf dem Grund des Meeres.

Sie wusste nicht, wie lange sie gewartet hatte. Schritte wurden laut, schwungvoll flog die Tür auf.

»Ah, Fräulein Nordmann!«

Das Einzige, was sie bewegen konnte, war ihr Kopf. Zwei Fingerbreit vielleicht gelang es ihr, ihn anzuheben. Der Mann, der eingetreten war, trug einen Doktorkittel, ihm wuchsen Unmengen dunklen Haars auf dem eiförmigen Kopf, und sein Gesicht war zu einem breiten, gewinnenden Lächeln verzogen.

Sofia empfand jähe Hoffnung, die sofort in sich zusammenfiel, als er beim Anblick ihrer festgebundenen Arme und Beine zufrieden schnalzte.

»Na, etwas ungestüm gewesen? Sie haben doch Schwester Barbara nicht verärgert, wie ich hoffe?«

»Ich ...«, begann sie, aber dann versagte ihre Stimme. Was würde er mit ihr machen? Warum musste sie dafür gefesselt werden? Warum hatte ihr nie jemand von diesen Untersuchungen erzählt?

Weil sie die Erste war? Oder weil sich alle Frauen

derart geschämt hatten, dass sie es unbedingt vergessen wollten?

Er griff nach einem Hocker und rückte ihn heran. Ihre Finger krallten sich um die Armlehne, wieder zuckten ihre Beine, wollten sich um alles in der Welt zusammenpressen und sie beschützen, aber es gelang nicht.

Erneut schnalzte der Arzt, missbilligend diesmal. »Jetzt ruhighalten, dann ist es so gut wie vorbei.«

Was, wollte sie fragen, doch sie traute sich nicht. Was ist vorbei und wann? Untersuchte er sie nur oder passierte Schlimmeres? Das Skalpell von Schwester Barbara, besaß auch er eines? Wenn ja, wo war es?

Hektisch drehte sie den Kopf zur Seite, entdeckte aber nichts, was nach OP-Besteck aussah.

»Still«, wies er sie wieder an, immer noch in ruhigem Ton, dem sie dennoch die Abfälligkeit anhörte. Sie war kein Mensch für ihn, wurde ihr klar, und die Angst, die dieser Gedanke in ihr auslöste, schnürte ihr die Kehle zu.

Weg hier, hämmerte durch ihren Kopf, tu was, du musst weg hier!

Aber sie konnte nicht. Sie war festgeschnallt. Gefangen.

Sein Kopf verschwand zwischen ihren Beinen. Etwas Kaltes war erst an ihrer Scham zu spüren, dann drang es ohne jede Warnung in sie ein. Sie wimmerte, versuchte, sich zusammenzureißen, ihre Beine und Arme davon abzuhalten, unkontrolliert zu zucken in dem Versuch, sich loszureißen. Jede noch so kleine Bewegung brannte, als habe er etwas Gleißendes in sie hineingestoßen.

Was machte er mit ihr? Als sie versuchte, den Kopf zu heben, zu erkennen, was er tat, zischte er, ohne sie anzusehen: »Jetzt werden wir sehen, ob du dich wirklich rumgetrieben hast.«

»Was?«

Darauf antwortete er nicht, sondern stieß, was immer in ihr war, noch tiefer und bewegte es brutal kreisend. Der Schmerz nahm ihr den Atem, ließ sie einen heiseren, kaum hörbaren Schrei ausstoßen.

»Wer nicht hören will«, murmelte er zufrieden, »der muss eben fühlen.«

Raus hier. Raus hier. Raus hier! Da fiel Sofia ihr Trick wieder ein: Als Kind, wenn sie traurig gewesen war und niemand sie getröstet hatte, war ihr klargeworden, dass sie zaubern konnte. Nicht wie eine Hexe. Nicht wie ein echter Zauberer. Aber wenn sie sich auf etwas konzentrierte, das sie liebte, hörte sie auf, in ihrem Körper zu sein. Sie kroch in ihren Kopf. Existierte nur noch in ihren Gedanken. Dort war sie sicher. Niemand konnte sie finden, niemand konnte ihr wehtun.

Zitternd atmete sie ein. *»Mr. Brown is reading«,* rezitierte sie stumm aus dem Kapitel »Die erweiterte Form bei mehreren Handlungen« in ihrem Englischbuch. *»His wife is writing, and Tom is looking at his stamps. Mr. Brown is reading, and Tom is looking at his stamps.«* Aber die Welt draußen arbeitete sich zurück, rief nach ihr, und als er das Instrument wechselte, spürte sie es, wieder ein gleißender Schmerz, der durch sie hindurchschoss, Tränen rollten an ihren Schläfen hinunter und tropften in ihre Ohren. *»His wife is writing, and Tom is looking at his stamps. While she is cleaning the windows he is repairing his bicycle.«*

Es reichte nicht. Sie hörte ein Klirren, hörte, wie der Hocker bei jeder Bewegung des Arztes quietschte, sie spürte seinen warmen Atem an ihren Oberschenkeln, wie er in ihrer Mitte, so tief in ihr, wie es tiefer nicht ging, an etwas kratzte, brennend heißer Schmerz kroch in jeden Winkel von ihr.

Sing, Sofia, sing! Und als sie es tat, für niemanden hörbar als für sich, sah sie die Töne – sah, wie sie in Wellen durch die Luft glitten, wie sie tanzten, die Melodien sich ineinander verschlangen. *»I keep my eyes open all the time. I find it very very easy to be true.«* Jetzt war es ihre Stimme, die zu den Vibrationen von Johnny Cashs Gitarrensaiten ertönte, sie hörte sich selbst, samtig und tröstend, und es reichte, um den Arzt zu vergessen, den fensterlosen Raum, das gesamte Krankenhaus und die nagende Frage, warum sie hier war.

Als sein Kopf wieder auftauchte, brauchte Sofia ein wenig, um ebenfalls zurückzukommen. Ihr Unterleib wirkte wie von ihr abgeschnitten, aber sie ahnte, dass dort etwas nicht in Ordnung war.

In der Hand des Arztes lag ein Glasrohr. Blut und etwas Milchiges vermischten sich darin.

»Nun, nun.«

Etwas Warmes, Flüssiges breitete sich unter ihrem nackten Po aus.

»Ich kann Ihnen nur raten, Sie erzählen alles wahrheitsgemäß. Je ehrlicher Sie sind, desto rascher werden Sie wieder entlassen.«

Die Worte benötigten ein paar Sekunden, um zu ihr durchzudringen.

»Entlassen?«, fragte sie schließlich, ein Krächzen war es mehr. »Wieso entlassen? Bin ich gefangen?«

»Aber gutes Kind.« Amüsiert schüttelte er den Kopf, dann seufzte er. Es war ein Seufzen wie von einem enttäuschten Ehemann oder Vater, wenn wieder einmal nichts so war, wie er es sich wünschte. »Sie sind doch im Krankenhaus.«

»Ich weiß. Aber Sie sagten *entlassen.*«

»Wenn Sie gesund sind.«

»Ich bin nicht krank.«

»Das sehe ich anders.«

Es kostete sie unbändige Kraft, den Kopf noch etwas weiter anzuheben, um ihm ins Gesicht zu blicken, denn er war zurückgetreten und notierte etwas auf einer Kladde.

»Und was habe ich? Wieso bin ich hier? Zum Arzt geht man freiwillig.«

»Sie sind auf der Venerologischen Station, weil uns zu Ohren kam, dass Sie sich herumtreiben. Und den Beweis dafür haben Sie eben selbst angetreten.«

»Wie? Wann? Was habe ich ...«

Doch er hatte sich schon umgewandt, die Tür klappte hinter ihm zu, dann öffnete sie sich erneut. Eine andere Schwester, diese blond und mit roten Wangen, trat ein und löste Sofias Fesseln. Vorsichtig hob Sofia einen Arm, dann den anderen. Sie schaute an sich hinab. Schmale Rinnsale Blut sickerten an der Innenseite ihrer Oberschenkel hinab. Immer noch war alles taub, aber der Schmerz wartete nur darauf, zu ihr durchzudringen, das wusste sie genau.

Sofia setzte einen Fuß auf den kalten Boden, ging zu dem Stuhl, auf dem ihre Unterwäsche lag, nahm erst die Hose, dann das Hemd. Sie fühlte sich, als würde sie sich aus der Luft beobachten, jede Regung, das Blut, das nicht mehr floss, sondern langsam trocknete. Wortlos reichte ihr die Schwester ein Stofftuch. Es war trocken, das Blut ging nicht ab, bis Sofia etwas Spucke nahm. Nun war das Tuch himbeerrot.

Sie blinzelte, fragte sich, ob sie je wieder eine Himbeere essen würde und sich spüren, ganz spüren, oder fortan immer nur halb?

Dann ging es zurück den langen, dunklen Flur entlang. Sofia tappte hinter der Schwester her, und plötzlich fühlte sie sich wie in einem dieser Träume, in denen man alles tut, was jemand fordert, sich nicht fragt, warum, nicht protestiert, bloß jeden Handstreich ausführt und hofft, auf irgendetwas hofft ...

Die Schwester führte sie in ein Zimmer, in dem fünf Eisenbetten standen. Auf einem davon, dem mittleren in der Reihe aus drei, zwei weitere standen an der Wand gegenüber, lag ein Häuflein Stoff. Nicht ihre Kleider, sondern ein blauer Kittel aus grobem, nach Schweiß riechendem Baumwollstoff. Vor dem Bett ein Paar Schlappen, auf das die Schwester wortlos deutete.

Sofia schlüpfte hinein. Sie waren kalt und hart und viel zu groß. Der Kittel ebenfalls. Doch sie war froh, wieder etwas am Leib zu tragen.

Als aus dem Flur Gelächter laut wurde, zuckte Sofia zusammen. Die Tür schlug auf, und zwei Frauen, die wesentlich älter wirkten als Sofia, kamen herein. Auch sie trugen die dunkelgrauen Kittel. Als sie die Neue sahen, glitt ein hämisches Grinsen über das verlebte Gesicht der einen. Sie hatte rotblondes Haar, früher jedenfalls einmal, das war an den Stoppeln zu erkennen, die auf ihrer Kopfhaut wuchsen.

»Tach.«

Schweigend verließ die Schwester den Raum.

»Reden kannst du nicht, oder was?«

»Doch«, sagte Sofia leise. Sie fragte sich, was passieren würde, wenn alles Fühlen auf einmal zurückkam.

»Dann tu's doch. Langweiler brauchen wir hier keine, das kannste dir hinter die Ohren schreiben.«

Sofia nickte zum Zeichen, dass sie verstanden hatte.

Die andere der beiden Frauen, auffällig klein und zierlich, aber mit einem harten Blick, streckte die Hand aus. Das nicht vorhandene Haar ließ ihre Augen riesig wirken. Mit einer Mischung aus Wut und Anklage starrte sie Sofia an.

»Petra heiß ick.«

»Ich bin Sofia.«

Als sie die Hand nehmen wollte, zog Petra sie blitzschnell wieder weg. Ohne sie eines weiteren Blickes zu würdigen, wandte sie sich um und trat an ihr Bett, das links von Sofias stand.

Sie wusste nicht, was sie tun sollte. Hinsetzen? Die Rothaarige starrte sie immer noch unverhohlen an. Ihre Haut wirkte dick wie Leder, mit großen Poren, die Wangen waren von rötlich schimmernden Adern durchzogen.

»Freiwillich?«, fragte sie schließlich.

»Wie bitte?«

»Ob du freiwillich hergekommen bist.«

Sofia schüttelte den Kopf.

»Immerhin. Dachte schon, da stecken se uns wieder so ne Strohdoofe rein.«

»Die Polizei hat mich hergebracht.«

»Und wieso? Haste dich rumgetrieben?«

Schon wieder dieses Wort. Wieder traten ihr Tränen in die Augen, doch sie war klug genug, sich abzuwenden und die Luft anzuhalten, bis es wieder ging. Auch wenn sie wenig Erfahrung auf diesem Gebiet besaß, schien hier das Recht des Stärkeren zu gelten. Wenn sie losheulte, würden ihr die beiden Frauen wohl eher ein paar pfeffern, statt sie zu trösten.

»Nee«, sagte sie. Glücklicherweise klang ihre Stimme

klar und zitterte nicht. »Sie haben mich bei der Arbeit abgeholt. Ich habe keine Ahnung, wieso.«

»HWG«, spuckte die Rothaarige aus.

»H - was?«

»Häufig wechselnde Geschlechtspartner.«

Verblüfft öffnete Sofia den Mund, schloss ihn jedoch wieder.

»Deswegen buchten sie die meisten von uns ein.«

»Na ja«, protestierte Petra von ihrem Bett aus spitz, wo sie das Bein angewinkelt hatte und ihren verschorften Fuß betrachtete. »Du bist ja wohl wirklich ne Bordsteinschwalbe, wenn ich dit mal anmerken darf.«

Die Rothaarige lachte gutmütig. »Ich geb's wenigstens zu, im Gegensatz zu manch anderer hier.« Sie wendete sich wieder Sofia zu. »Willste dich nicht setzen? Hast n besseren Ausblick vom Bett aus.«

Weil Sofia nicht wusste, worauf sie anspielte, sah sie unschlüssig zwischen ihrem Bett und der Rothaarigen hin und her. Sie wagte es nicht, sich zu setzen, genauso wenig aber, der Aufforderung nicht Folge zu leisten. Wo eben nur ein Hauch von Aggression in der Luft gehangen hatte, schien sie mit einem Mal davon zu flimmern. Galt sie ihr? Was würde passieren, wenn sie so tat, als hätte sie sie nicht gehört?

Dann wurde ihr klar, dass sie mitspielen musste. Im Sinne von: so rotzig tun wie die beiden Frauen.

»Ich hab eine Ewigkeit auf diesem verdammten Gynäkologenstuhl gehockt, ich bleib stehen.« Sie reckte das Kinn vor und stopfte, Entschlossenheit simulierend, die Hände in die Kitteltasche.

Die Rothaarige warf ihr einen milde interessierten Seitenblick zu, dann trat sie auf das Bett ihrer Freundin zu, nahm sie in einer einzigen fliegenden Bewegung in den Schwitzkasten, presste deren Gesicht auf die Bettdecke, packte sie gleichzeitig am Kragen und riss so kräftig daran, dass Petras Nacken knackte.

Schreckerstarrt stand Sofia da. Petra blinzelte verwirrt und stieß einen kehligen Laut aus. So rasch, wie sie zum Angriff übergegangen war, ließ die Rothaarige wieder ab. Kraftlos fiel Petras Kopf auf die Matratze zurück.

Mit einem gefährlichen Grinsen trat die Rothaarige auf Sofia zu. »Das passiert, wenn man der Stubenältesten widerspricht, klar?«

»Klar«, flüsterte Sofia.

»Also versuch's gar nicht erst.«

»Mach ich nicht.«

»Dann setz dich!«

Sofia ließ sich auf ihr Bett sinken, die Hände um die kratzige, bretthartе Decke gekrallt. Die Rothaarige begann röhrend zu husten. Sie stand immer noch so nahe, dass Sofia ihren Atem auf ihrer Wange spürte. Die Frau roch nach Schweiß und Zigaretten, nach süßlichem Waschmittel und Essen. Sofia musste schlucken, um sich die aufkommende Übelkeit nicht anmerken zu lassen.

Irgendwann war es Zeit für das Abendessen. In langen Reihen saßen sie in einem riesigen eiskalten Raum, dessen Wände steingrau gestrichen waren. Es gab große, vergitterte Fenster, die auf einen kargen Hof hinausgingen. Der Boden geteert, nicht einmal ein Hauch von Grün fand sich hinter den schmutzigen, gewellten Scheiben.

Während Sofia den Teller auf dem Tisch vor sich anstarrte, könnte sie nicht sagen, wie sie die zurückliegenden Stunden verbracht hatte. Die Rothaarige hatte irgendwann den Raum verlassen, schlurfend und mit hängendem Kopf war Petra ihr gefolgt. Sofia hatte dagesessen und nach einer Weile bemerkt, dass sie zitterte. Und dass die Sonne tief stand und jegliche warme Farbe verloren hatte.

Sie zitterte immer noch. Sie zitterte so sehr, dass sie nicht wagte, nach dem Besteck zu greifen. Was vor ihr auf dem Teller lag, sah sowieso nicht besonders appetitlich aus. Ein Haufen orangefarbenen Breis mit einem Zwieback an der Seite.

»Ich an deiner Stelle«, erklang links von ihr eine dünne, leise Stimme, »würde das essen. Denn wenn nicht, kriegst du morgen überhaupt nichts.«

Sofia wandte den Kopf zur Seite. Es kostete sie Mühe. Sie hatte Angst, in ein weiteres gehässiges Gesicht mit brutalen kalten Augen zu blicken, zudem schien es ihr, als gebe es hier Gesetze, die sie nicht verstand. Was, wenn sie ihre Sitznachbarin nicht ansehen durfte, so wie niemand der Stubenältesten widersprechen sollte?

Das Mädchen neben ihr aber wirkte nicht besonders angsteinflößend. Sie war klein und dürr und hatte ein schmales Gesicht mit einer spitzen Nase.

»Iss. Die gucken schon.«

Wer *die* waren, wusste Sofia nicht, aber sie wagte nicht nachzufragen. Sie nickte dem Mädchen nur zu und tauchte den Löffel in den Brei, doch als sie ihn anhob, um ihn zu ihrem Mund zu führen, traf sie damit ihre Wange. Ihr wurde heiß vor Scham. Die Angst prickelte unter ihrem Haar und in ihrem Nacken. Sie stellte die Haare auf ihren Unterarmen auf.

»He«, sagte das Mädchen neben ihr leise. »Geht allen so am Anfang, mach dir keinen Kopf.«

Zitternd ließ Sofia den Löffel wieder sinken. In ihrem

Hals hatte sich eine Menge angesammelt, das unbedingt hinauswollte, doch das war unmöglich. Sie. Durfte. Nicht. Weinen.

Auf keinen Fall.

»Ich heiß Annie.«

»Sofia«, flüsterte Sofia. »Freut mich.«

Ihr Brustkorb senkte sich zu schnell, und sie wurde das Gefühl nicht los, dass sämtliche Frauen im Raum sie anstarrten. Wie viele mochten es sein? Achtzig, neunzig? Alle kahlgeschoren, doch keine von ihnen so frisch wie Sofia.

Als sie vorsichtig den Blick schweifen ließ, bemerkte sie, dass nur ein paar zu ihr hinübersahen. Die Rothaarige war dabei und auch Petra.

»Bist du mit denen auf dem Zimmer?«, fragte leise Annie.

»Ja.« Ihre Stimme war bloß noch ein heiseres Piepsen.

»Verdammtes Pech. Aber das kriegst du hin. Mach dich einfach ganz klein.«

Was meinte sie damit? Sofia wagte nicht, nachzufragen, da die Rothaarige die Augenbrauen zusammenzog und sie mit der eiskalten Strenge eines Inquisitors anblickte.

»Jetzt versuch's noch mal. Iss.« Annies Stimme war kaum zu verstehen, was vielleicht daran lag, dass es in Sofias Ohren zu dröhnen begann.

Sie musste sich konzentrieren. Sie musste essen. Wenn sie nicht aß und auch morgen nichts bekam, würde sie keine Kraft mehr dafür aufbringen können, sich gegen die Stubenälteste zu behaupten. Dies war kein Ort, an dem man Angst haben durfte, auch wenn es der angsteinflößendste war, den sie sich überhaupt vorstellen konnte. Sie musste essen. Sie musste stark sein. Sie musste denken können, denn das war womöglich das Einzige, das sie besser konnte als ihre Zimmergenossinnen.

Beim vierten Anlauf gelang es ihr, den Löffel zum Mund zu führen. Sie nahm an, dass der Brei nur wenig Geschmack besaß, aber auch falls er doch ein Aroma irgendeiner Form besaß, bemerkte sie es nicht. Sie schmeckte nur das Bittere heraus. Sie schluckte dennoch, harte, unförmige Brocken, einen nach dem anderen.

Nach dem Essen wurde Sofias Name aufgerufen, und sie folgte einer Traube anderer junger Frauen in die Spülküche. Es war sieben, vielleicht aber auch acht oder halb neun, genauer ließ es sich nicht sagen. Nirgends gab es eine Uhr, was sich die Zeit noch weiter ausdehnen ließ.

Unter denen, die nun ohne weitere Aufforderung ihrer Arbeit nachgingen – eine ließ warmes Wasser in ein großes Emailbecken ein, eine andere raspelte Seife darüber, wieder eine lud Stapel von Tellern auf die Ablage daneben –, war auch Sofias Sitznachbarin Annie. Nachdem sie ihr ein Geschirrtuch in die Hand gedrückt hatte, dessen Stoff sich rau wie ein Hobel anfühlte, fragte sie so leise, dass niemand sie hörte: »Was haste gemacht?«

Müde zuckte Sofia mit den Schultern.

»Wenn du's nicht weißt, muss es wer anderes tun.«

Sofia benötigte ein paar Sekunden, um den Sinn dieser Worte zu erschließen. Eben noch hatte sie sich danach gesehnt, sich hinzulegen und nur die Augen zu schließen und zu hoffen, sie schliefe schnell ein und wache für lange, lange Zeit nicht auf, doch jetzt war sie hellwach.

»Du denkst, irgendwer hat mich verpfiffen?«

»Gab's was zu verpfeifen?« Annie beherrschte das Kunststück perfekt, so zu wirken, als sei sie ganz aufs Abtrocknen konzentriert. Wer nur mehr als einen Meter von ihnen entfernt stand, ahnte nie und nimmer, dass sie sich unterhielten. Sogar ihre Lippen bewegte sie beim Sprechen kaum.

»Nein.«

»Biste dir sicher?«

Im letzten Augenblick hielt sich Sofia davor zurück, zu nicken. Keine auffälligen Bewegungen! Auch wenn sämtliche Frauen beschäftigt wirkten, war Sofia doch, als streiften sie ständig Blicke.

»Gestern war ich auf einem Konzert«, flüsterte Sofia nach einer Weile, in der sie überlegt hatte, ob Pony Arglos irgendetwas damit zu tun haben könnte, wo sie sich nun befand. »Aber sie haben mich nicht bekommen. Da war ein Mann, der mir geholfen hat, aber er kennt meinen Namen ja nicht, und ...«

Sofia hatte Mühe, auf dem glitschigen Fliesenboden nicht auszurutschen, während sie getrockneten Teller um getrockneten Teller auf einen weiteren Rollwagen verfrachtete.

»Was für n Mann? Und was für n Konzert?«

Mit einem Mal empfand sie Annie als etwas zu neugierig. Sofia schloss den Mund, bevor ihr etwas hinausschlüpfen konnte, und schüttelte nur den Kopf.

»Was für n Konzert?«

»Nichts Besonderes. Nur ein paar Studenten der Musikhochschule, die Bach gespielt haben.«

Erleichtert, dass ihr etwas derart Unverfängliches eingefallen war, schlitterte Sofia zu dem monströsen Abtropfgestell zurück und griff nach einem weiteren Teller. Er war nur ins bestenfalls handwarme Wasser eingetaucht worden, orangefarbene Krusten klebten darauf, doch sie würde einen Teufel tun und darauf hinweisen.

Stattdessen spuckte sie unauffällig darauf und begann, die Essensreste wegzureiben.

»Bach? Was n das?«

»Klassische Musik. Nichts Besonderes.«

Misstrauisch sah Annie sie an, und Sofia zuckte die Schultern.

Traue niemandem, dachte sie, mach ja nicht den Fehler und denke, irgendwer hier wäre dir wohlgesonnen.

Der riesige Raum, in dem die Schritte der Frauen von den gefliesten Wänden widerhallten, die Kälte, die trotz der Anwesenheit von sicher zwei Dutzend Leuten in der Luft hing, die schiere Wortlosigkeit, die herrschte, ließ sie mit einem sehnsuchtsvollen Stich an ihre Mutter denken. War jemand zu ihr gefahren, um ihr mitzuteilen, dass ihre Tochter nun hier war? Oder war sie irgendwann am Nachmittag besorgt zur Krippe geeilt und hatte dort erfahren, dass zwei Polizeibeamte Sofia mitgenommen hatten?

Nun, wenn sie ehrlich zu sich war, musste sie wohl zugeben, dass das eher unwahrscheinlich war.

Sofia schluckte die aufkommende Verzweiflung hinunter. Sie blinzelte, einmal, ein weiteres Mal, dann ging es wieder. Immer noch spürte sie selbst so gut wie nichts unten herum. Ihre Beine, ihr Po, ihr Bauch: Sie wirkten wie anästhesiert.

»Wieso bist du denn hier?«, fragte sie leise Annie, die jedoch beschlossen zu haben schien, ihr nun die kalte Schulter zu zeigen.

Und so trocknete Sofia weiter ab. Teller um Teller. Glitschte über den immer feuchter werdenden Boden. Versuchte nicht daran zu denken, was morgen würde.

Beim Frühstück gelang es ihr kaum, richtig zu sitzen. Alles Gefühl war zurückgekommen, schon in der Nacht und mitten im Traum, ein so grelles Brennen, dass Sofia keuchend emporgeschossen war. Aus weit aufgerissenen Augen hatte sie in die Dunkelheit gestarrt, ihr Herz hatte gepoltert und geklopft, und sie hatte das Gefühl gehabt, immer noch das Glasrohr in sich zu spüren, das der Arzt mit so viel Brutalität in sie hineingejagt hatte, um einen Abstrich zu nehmen. Irgendwann war sie zurückgesunken und wieder eingeschlafen. Es hatte sich wie Bewusstlosigkeit angefühlt.

In aller Frühe waren sie aus den Betten gejagt worden. Sofia hatte zu lange gebraucht, um sich darüber klar zu werden, wo sie sich befand, und dann hatte sie noch ein paar weitere Minuten darüber verloren, ihren Kittel zu suchen, den eine ihrer Zimmergenossinnen versteckt haben musste.

Sie fand ihn schließlich. Zusammengerollt und feucht unter einem Becken im Waschraum. Anschließend war sie verhaltenen Stimmen gefolgt und hatte sich in eine Schlange Frauen eingereiht, die mit hängenden Köpfen, teils wohl halb schlafend, auf etwas warteten.

»Acht Minuten«, zischte die Schwester wütend, als es an Sofia war, in den winzigen Vorraum einzutreten. Einen Tisch, einen Stuhl gab es, mehr nicht. Nicht mal ein Fenster. »Acht Minuten zu spät, Nordmann! Das wird sanktioniert!«

Sofia nickte nur. Sie hatte keine Angst mehr. Sie ahnte, was sie erwartete, und diese Ahnung wurde bestätigt, als die Schwester sie in das nebenliegende Untersuchungszimmer scheuchte, ein anderes als gestern. Derselbe Stuhl aber darin, dieselben Fesseln.

»Die brauche ich nicht«, sagte Sofia, zog den Kittel aus, dann die Unterwäsche und legte alles gefaltet auf einen Haufen. »Ich halt still.«

Der Blick, den die Schwester ihr zuwarf, war halb misstrauisch, halb anerkennend. Sofia setzte sich, spreizte die Beine, legte die Füße auf die Ablagen. Sie wusste nicht, was dazu geführt hatte, dass sie sich so fühlte – entschlossen, von jetzt an allem mit Trotz entgegenzutreten, mit Stärke und dem Willen, sich nicht unterkriegen zu lassen, keinen Millimeter weit. Aber es war besser als das, mit dem sie sich gestern geholfen hatte.

Sie wollte nicht mehr taub sein. Sie wollte fühlen, gleich hier und jetzt, damit es nicht in jeder Nacht zu ihr zurückkehrte.

Die Schwester ging weniger brutal vor als der Arzt gestern. Sie machte dasselbe, nahm einen Abstrich, kratzte an Sofias Gebärmutter, es blutete, doch nur zwei dünne Rinnsale diesmal. Sofia hatte es geschafft. Sie hatte sich nicht gewehrt. Jetzt kletterte sie vom Stuhl runter und zog sich an, ging in den Speiseraum, nahm sich einen Teller, eine Tasse, steinhartes Brot, Margarine oder Butter gab es nicht.

Niemand blickte zu ihr auf, und das war gut, denn als sie sich setzte, schoss trotzdem wieder der Schmerz durch sie hindurch. Sie unterdrückte ein Keuchen, kniff die Augen zusammen, fragte sich, ob sie wieder blutete.

»Da.«

Die Zähne zusammengebissen, wagte Sofia einen Seitenblick. Die Frau zu ihrer Linken hatte die Hand leicht geöffnet. Ein krümeliger Keks lag darin.

»Nimm«, wisperte sie.

Sofia, die nicht wusste, ob sie einen Fehler beging, wenn sie tat, was die Frau sagte, oder ob der Fehler erst einträte, wenn sie es verweigerte, zögerte. Nie zuvor hatte sie so wenig gewusst, was richtig, was falsch war. Oder nein, was zu weiteren Schmerzen führen könnte. Was die Frau vielleicht dazu bringen würde, Sofias Kopf auf den Tisch zu knallen.

Sie hob die Hand. Himmel, wie sehr sie zitterte.

Dann griff sie nach dem Keks. Er zerfiel beinahe zwischen ihren Fingern, war warm und feucht. Womöglich hatte die Frau ihn während des Schlafens in der Hand gehalten und an ihre Wange gepresst. Vielleicht hatte sie Trost darin gesucht.

Aber wieso gab sie ihn ihr?

Nachdem Sofia einen prüfenden Blick durch den Raum geworfen hatte, brach sie ein Stück davon ab, tat, als müsse sie husten, und legte ihn sich auf die Zunge. Die Süße, gepaart mit der Frische von Zitronen, ließ sie fast erneut losweinen.

Sie schloss die Augen, drückte mit der Zungenspitze ganz sanft das Gebäck gegen ihren Gaumen und hatte ein Gefühl, als streiche eine warme Brise an ihren Armen entlang.

»Danke«, murmelte sie leise.

Die Frau sagte nichts darauf, löffelte weiter den grauen Brei von ihrem Teller, das Gesicht nichtssagend.

Klug genug, zuerst ihren eigenen Haferschleim zu löffeln, kratzte Sofia schließlich den letzten Rest von ihrem Teller, täuschte ein erneutes leises Husten vor und legte den Rest des Zitronenkekses auf ihre Zunge.

Plötzlich war sie in Italien. In der Toskana, deren Hügel in warmem dunklem Grün sanft abfielen. Sie sah Zypressen vor sich, schmale dunkle Striche vor einem sanftblauen Himmel, und sie glaubte, Wacholder zu riechen,

Oliven und das süße Aroma von Apfelsinen. Nie hatte sie sich sehnlicher irgendwo hin gewünscht. Und nie war das, was vor ihrem inneren Auge flimmerte, so anders gewesen als das, was sie wirklich sah.

Kälte zog in sie ein. Sie schwebte von den Sohlen über die Knie in ihr Herz.

Als sie den Blick hob, waren die meisten der Frauen aufgestanden. Nur sie und eine kleine Handvoll verstreut Sitzender befanden sich noch in dem kalten, kühlen Raum, und ein Mann, den sie zuvor nicht bemerkt hatte. Er trug einen Arztkittel, was sie vor Angst zusammenzucken ließ, doch glücklicherweise beachtete er sie gar nicht.

Ohne ihr in die Augen zu sehen, wartete er an der Tür, bis sie hindurchgegangen war. Dann zog er sie zu und schloss ab, leise, nicht klirrend, beinahe so, als nehme er Rücksicht auf die anderen Frauen und sie.

Doch das bildete sie sich gewiss nur ein.

Mit einer kaum erkennbaren Handbewegung hatte ihre Sitznachbarin von heute Morgen sie aufgefordert, ihr zu folgen. Sofia, die sich so haltlos fühlte, als treibe sie in einem riesigen Ozean, hatte nicht lange überlegt. Immerhin hatte die Frau ihr einen Keks geschenkt. Sie konnte es nicht schlecht mit ihr meinen. Oder doch?

Nun standen sie nebeneinander in einer engen Abstellkammer, und die Frau stellte sich bezeichnenderweise als Krümel vor. Sie war weit jünger, als Sofia angenommen hatte. Dreiunddreißig erst. Mit ihrer grauen Haut, den gelblichen, stumpfen Zähnen und müden Augen könnte sie ebenso gut dreiundfünfzig sein.

Krümel schob ihren Kittel hoch, um aus dem Bund

ihrer Strumpfhose eine Zigarette hervorzuziehen. »Watt willste wissen?«

Unschlüssig sah Sofia zu Boden. Ihre Knie leuchteten rot, da sie den Vormittag damit zugebracht hatte, auf allen vieren den Boden im Speiseraum zu scheuern. Sie hatte tausend Fragen. Aber was, wenn sie Krümel nicht trauen konnte?

»Na gut, dann fang ich mal mit dem Grundlegenden an: Dit hier, das is die Tripperburg.« Mit gewichtiger Miene zeigte Krümel um sich. »Nie gehört, ernsthaft?«

Sofia schüttelte den Kopf.

»Hier kommen alle her, die sich rumtreiben. Sprich, für Geld mit den Männern mitgehen.«

Sofias Augen weiteten sich. Sie öffnete den Mund, aber Krümel winkte müde ab.

»Weeß ick, weeß ick, in Wirklichkeit wills keene jewesen sein.«

»Aber ...«

Krümel zündete die Zigarette an und schloss genüsslich die Augen, als sie daran zog.

»Aber hast schon recht. Siehst tatsächlich mal wie eene aus, bei der dit sogar stimmen könnte. Dit Problem is: Dit interessiert keenen. Die sind nich hier, um die Wahrheit rauszufinden. Die wollen ... äh, wie heißt der Spaß gleich ... n Exempel statuieren. Dit iset. Und wenn ihnen mal eene wie du ins Netz hüpft, ooch nich schlimm. Dann wissen se wenigstens, dass du so watt später nich machst.«

»Für Geld mit Männern mitgehen?«, vergewisserte sich Sofia leise. Die Wände der Kammer schienen sich langsam auf sie zuzubewegen, immer enger wurde sie, und die Luft ...

Unsinn, versuchte sie sich zu beruhigen. Atmen, Sofia, einfach atmen.

In einer großen, weißlich-grauen Wolke pustete Krümel den Rauch aus. »Janz jenau. Und nu überleg mal, wieso se bei dir druff jekommen sind.«

Verständnislos schüttelte Sofia den Kopf.

»Na, wer könnte dich gemeldet ham? Ich sach dir, oft jenug sinds die eigenen Eltern, auch wenn man denkt, dit is nich die Möglichkeit. Oder der Chef oder deine Lehrerin.«

Fräulein Tempe? Niemals. Und ihre Mutter hatte sie gewiss nirgends gemeldet – wieso sollte sie? Ja, sie hatten so ihre Probleme, aber das war wohl kaum Grund genug, die eigene Tochter in ein Krankenhaus zu stecken, das sich wie ein Gefängnis anfühlte.

»Manchmal sind's ooch Freundinnen, die selber ins Netz jegangen sind, und um sich rauszureden, erfinden se Jeschichten. Dann kann dit schon mal passieren, dass dich ne Arbeitskollegin anschwärzt, mit der du gestern noch n Kaffee jetrunken und nett jeplaudert hast.«

Wieder verwarf Sofia den Gedanken, dass ihr so etwas passiert sein könnte. Sie hatte gar keine richtige Freundin. Auch trank sie mit ihren Kolleginnen keinen Kaffee. Überhaupt, fiel ihr auf, beschäftigte sie sich eher selten mit Menschen, mit solchen jedenfalls, die mehr als ein Meter dreißig groß waren.

»Nee, nüschte?«, fragte Krümel. »Dann weeß ick's ooch nich.«

Oder ... Nein. Unmöglich, wieso sollte sie ...? Könnte Veronika ...?

»Hm«, sagte Krümel und blickte sie zwischen halb geschlossenen Lidern herausfordernd an. »Fällt dir doch wer ein?«

Langsam nickte Sofia. Es war das Einzige, das irgendwie Sinn ergab. Veronika musste sie verpfiffen haben. Aber wieso?

»Jedenfalls«, fuhr Krümel fort, »damit du die Begrifflichkeiten verstehst: Also, wir hier, wir sind HWGs.«

Den Begriff kannte Sofia mittlerweile. Die Stubenälteste hatte ihn erwähnt.

»Dit heißt: *häufig wechselnde Jeschlechtspartner*. Und wieso sie uns dann jeden Morgen und Abend fröhlich uffe Stühle schnallen, is, um diesen fiesen kleenen Jeschlechtskrankheitchen uffe Schliche zu kommen. Kapiert?« Sie sog erneut den Rauch ein und ließ ihn aus dem Mundwinkel entweichen.

»Wie lange ...«, sagte Sofia leise und sie spürte, wie ihr Herz schneller und kräftiger gegen ihren Brustkorb schlug, wie ein gefangener Vogel, der gegen Käfigwände flatterte. »Wie lange bleibt man normalerweise hier?«

»Och. So drei, vier Monate. He, watt n los, kriegste keene Luft mehr?«

Sofia hatte zu schwitzen begonnen, ihr ganzer Körper war angespannt, so sehr, dass sie jede Faser darin zu spüren glaubte. *Drei Monate?* Sie war erst den zweiten Tag hier drin, und es fühlte sich an wie eine grauenvolle Ewigkeit. Drei Monate mit der Rothaarigen, drei Monate mit Untersuchungen am Morgen und am Abend, drei Monate, in denen fremde Ärzte, fremde Schwestern ihre Beine auseinanderdrückten und so taten, als sei ihr Körper etwas Lebloses, das man anfassen und untersuchen durfte, als besäße Sofia keine Seele. Drei Monate lang schutzlos sein.

Sie begann so laut zu schluchzen, dass sie sich die Hand auf die Lippen presste, aber es nützte nichts. Wieder und wieder schüttelte es ihren Brustkorb durch, Tränen strömten ihr die Wangen hinunter, und Krümel blickte ungerührt ins Nichts, während sie die Zigarette zu Ende rauchte.

»Jetzt musste aber leise sein«, sagte Krümel schließlich. »Weil, wenn die uns hier drin hören, dann unterstellen die uns wat, wat die uns besser nich unterstellen sollten. Denn wenn die glauben, wir zwei, wir hätten wat miteinander, dann wirste hier nich eine Sekunde lang froh.«

So eine unvorstellbare Ewigkeit wie eine Sekunde würde Sofia zwar sowieso nicht froh sein hier drin – aber noch verschlimmern, falls das überhaupt möglich war, wollte sie die Zeit gewiss nicht. So tat sie einen tiefen Atemzug und hielt die Luft an. Eine Sekunde, zehn Sekunden, fünfzig. Dann ging es wieder. Sie hatte ihre Verzweiflung zusammengeknüllt und in die Ecke geworfen.

»Und nu fang mit der Arbeit an, nen Grund sollten wir schon haben, uns hier drinne uffzuhalten.« Sie angelte einen Besen aus der Ecke, reichte ihn Sofia, und schnappte sich selbst einen.

Sie begannen mit dem Flur, und auch wenn sich alles in Sofia dagegen sperrte, so hatte das Putzen doch einen positiven Effekt. Ihre Gedanken wanderten zunächst weiter, und dann verstummten sie ganz.

Ruhe breitete sich in ihr aus, als ihr eines ihrer Lieblingslieder zuflog. Blecherne Saxophonklänge, zugleich melancholisch und aufmunternd, dann setzte Jelly Roll Mortons leicht knödelige Stimme ein, und Sofia vergaß, wo sie war: *»She's got such lovin' ways, got my head in a daze.«*

»Spinnste jetzt, oder watt?«

Sofia fuhr zusammen und blickte verwirrt auf. »Was ist denn?«

Krümel kniff die Augen zusammen. »Du kannst doch hier nich singen. Und dann noch uff Englisch. Hat dir eener zwischen de Ohren jeschissen, oder watt?«

Sofia wurde rot. Sie hatte nicht bemerkt, dass sie gesungen hatte. Das durfte ihr kein zweites Mal passieren.

»Hoffentlich hat keener zujehört.« Krümel sah sich um. Der Gang war menschenleer. »Weeste ja, die Türen ham Ohren. Aber vielleicht haste Glück jehabt diesmal. Kommste aber noch mal uff die Idee, hier imperialistische Lieder zu trällern, mach dit bitte ohne mich, klar?«

Sofia nickte. Aus den Augenwinkeln glaubte sie eine Bewegung wahrzunehmen, doch als sie den Kopf wandte, war dort niemand. Oder doch?

Mit vor Angespanntheit weit leuchtenden Fingerknöcheln machte sie sich wieder an die Arbeit. Die Ruhe, die in dem weitläufigen Gebäude herrschte, könnte trügerisch sein. Was, wenn eine der Schwestern sie gehört hatte?

Doch ihr Herzschlag beruhigte sich, als weder Schritte laut wurden noch eine herrische Stimme. Sie fegte weiter.

»Mach ma auch im Aufenthaltsraum«, rief Krümel, die vor Anstrengung feuerrote Wangen hatte, ihr aus ein paar Metern Entfernung zu.

Der Aufenthaltsraum war ein kleines, stickiges Zimmer mit vergitterten Fenstern, in dem sich der Zigarettenrauch der vergangenen Jahrzehnte gesammelt hatte. Sobald sie eintrat, begannen ihre Augen zu tränen. Als sie damit begann, die wackligen Stühle beiseitezustellen, um unter den kleinen, nicht minder instabilen Tischchen zu fegen, erklang aus der Ecke ein Räuspern.

»Sie haben eine schöne Stimme.«

Ihr lief es eiskalt den Nacken hinunter. Das war keine Mitinsassin, sondern ein Mann, eindeutig hörbar. Und Mann auf dieser Station bedeutete: Arzt.

Sie wagte nicht, in seine Richtung zu blicken.

»Danke«, murmelte sie fast unhörbar.

»Ihre Freundin hat aber ganz recht. Sie sollten es besser nicht wiederholen.«

Sie blinzelte. Gab er ihr etwa einen gutgemeinten Ratschlag? Aber das war doch unmöglich. Die Ärzte, da hatten die anderen Frauen sicher keinen Unsinn erzählt, waren Schweine, jeder Einzelne.

Scheu blickte sie zu ihm hinüber. Er war viel jünger als die anderen, vielleicht Anfang oder Mitte zwanzig und trug nicht den Ausdruck selbstgefälliger Grausamkeit im Gesicht herum. Na, das würde bestimmt noch kommen. Irgendetwas an ihm kam ihr bekannt vor. Lange musste sie nicht darüber nachdenken, so viele unterschiedliche Männer tauchten hier nicht auf. Er war derjenige, der gestern Abend den Speisesaal verschlossen hatte. Leise, wie es ihr erschienen war, um niemanden zu erschrecken.

»Ist das hier nicht der Aufenthaltsraum für die Patientinnen?«, fragte sie, obwohl sie sich mit dieser Frage womöglich noch mehr Ärger einhandelte.

»Eigentlich wollte ich nur kurz meine Ruhe haben. Dazu eignet sich dieser Raum verblüffend gut, da sich, wie Sie ja wissen, niemand hier aufhalten darf außer zwischen sieben und acht am Abend.«

Sie nickte. Noch so eine absurde Regelung, sicher einzig erfunden, um den Frauen das Gefühl zu rauben, ein bisschen Zeit für sich zu haben.

»Na ja, und dann habe ich Sie singen gehört. Es klang schön.«

»Melden Sie es?«

Verblüfft verzog er das Gesicht. Eigentlich sah er nett aus, aber hatte sie ihre eigenen Gedanken etwa schon vergessen? Es galt, niemandem zu trauen, am allerwenigsten Menschen in weißen Kitteln.

»Nein.«

»Gut.« Sie wandte sich zum Gehen. »Danke.«

»Ähm ...« Er schien noch etwas sagen zu wollen, aber da war Sofia schon draußen. Ihr Nacken kribbelte unangenehm, und sie stellte fest, dass sie vor Angst zu schwitzen begonnen hatte.

Die Musik war immer ihr Ausweg gewesen, ein Traumland, in das sie reisen konnte, in dem es keine Zwänge gab und keinen Schmerz. Und nun war sie plötzlich eine Gefahr?

Der Gedanke war zu furchtbar, um ihn denken zu können.

Nicht mehr singen, nahm sie sich vor, nicht einmal mehr summen. Aber das war nicht möglich. Sie würde keine Untersuchung überstehen, wenn sie nicht ihren heimlichen Ausweg benutzte.

Sie musste aufpassen.

Aufpassen, wach sein, keine Sekunde mehr unachtsam.

ABBY

Frühjahr 1961
Hamburg-Eimsbüttel

Sollte es verdammt noch mal nicht bergauf gehen, wenn man sich im Tal befand? Abby war sicher gewesen, dass der erste Schritt der schlimmste sei und die, die darauf folgten, schon irgendwie machbar sein würden. Doch sie hatte nicht damit gerechnet, dass es am Berg tatsächlich hinaufging, nach der nächsten uneinsichtigen Kurve allerdings womöglich schon wieder runter.

Im freien Fall befand sie sich jetzt. Im freien Fall im Treppenhaus, auch wenn das für Außenstehende natürlich nicht so aussah. Immerhin stand sie auf beiden Füßen. Ein Knochenbruch war nahezu ausgeschlossen, wenn man sich in einem Jahrhundert, in dem es in Hamburg nicht ein einziges Erdbeben gegeben hatte, ans Treppengeländer klammerte und weit und breit niemand in Sicht war, der einen von der Stufe hinunterstoßen würde. Dennoch stand Abby schreckliche Schmerzen aus und Angst.

Ihre Hände fühlten sich so heiß an, als stiege von ihnen Dampf auf. Auch ihr restlicher Körper war in Schweiß gebadet, und ihr Herz machte wieder diese unangenehmen Dinge: poltern, rasen, fast hörbare flattrige Geräusche von sich geben.

Dabei war es gestern noch so gut gewesen. Sie hatte es bis zum Briefkasten geschafft. Achtzehn Stufen hinunter! Drei Schritte durch den dunklen Flur auf die Haustür zu!

Geradezu heroisch hatte sie sich danach gefühlt. Und war mit diesem Gefühl heute Morgen auch aufgewacht. Sie war aus dem Bett gehüpft und hatte verwegen mit dem Gedanken gespielt, Heiner zu überraschen, indem sie ihn von der Nachtschicht in der Fabrik abholte, so wie früher. Was für ein Gesicht er machen würde! Sie hatte sich diebisch darauf gefreut, sich leise singend das Haar geglättet und die Zähne geputzt, hatte sich den Wintermantel übergezogen, und dann hatte sie den Wohnungsschlüssel genommen und die Tür geöffnet und ins Treppenhaus geblickt.

Ha!

Aber in dem Augenblick, in dem sie all die Dinge, die sie früher automatisch erledigt hatte, erledigt hatte, wie Tür zuziehen, abschließen, sich umdrehen, auf die erste Stufe zugehen, war alles schiefgelaufen. Plötzlich kamen die Wände auf sie zu, schoben sich immer dichter an sie ran. Sie musste weg. Schnell. Am besten sich auflösen. Oder unter dem Bett verschwinden und nie wieder zurückkehren.

Atmen, Abby, atme!

Aber sie zitterte zu sehr. Sie schwitzte. Alle Nerven waren angespannt wie zu stark gezogene Gitarrensaiten. Bei jeder noch so kleinen Bewegung vibrierten sie. Alles surrte grell und summte und klang metallen und ...

Zurück, nichts wie zurück in die Wohnung! Irgendwie schaffte sie es, einen Fuß vor den anderen zu setzen und die drei Stufen, die sie nach unten geschafft hatte, wieder hinaufzustolpern. Zitternd drückte sie die Türklinke hinunter, aber die Tür bewegte sich nicht. Weil sie abgeschlossen hatte. Klar hatte sie abgeschlossen, sie hatte ja Heiner abholen wollen.

Sie stöhnte frustriert auf. Ihre Hände zitterten. Viermal fiel ihr der Schlüsselbund auf den Boden. Dann endlich öffnete sie die Tür. War drinnen, im dunklen, kühlen Flur, in dem die Luft schal und abgestanden roch. Mit geschlossenen Augen lehnte sie sich dagegen. Ihre Knie gaben nach. Dann saß sie, die Beine angezogen, und weinte.

Ihr Geburtstag lag zwei Wochen zurück, und sie hatte, nachdem sie zunächst nur Dinge in der Wohnung und aus dem Fenster heraus fotografiert hatte, mehr und mehr Mut geschöpft. Wirklich, ihr war es so vorgekommen, als habe sie ein Mittel gefunden.

Jetzt hingegen wirkte es, als habe sich rein gar nichts verändert.

Sie hob den Kopf. Die Diele sah bedrückend aus, wieso war ihr das zuvor nie aufgefallen? Die Holzvertäfelung in Karamellbraun hatte sie früher an ihren Vater denken lassen, der sie angebracht hatte, jetzt aber fand sie, sie ließ die Decke wirken, als befände sie sich bestenfalls auf Stirnhöhe. Verblichene gelb geblümte Tapete. Ein runder Läufer, der zu breit war und sich an den Seiten hochrollte.

Staub überall. Und die stickige Luft.

Sie hatte rausgewollt, weil sie sich nach einem neuen Leben sehnte. Und das nicht einmal nur wegen ihrer Mutter, der Wohnung und des Umstands, dass Abby nie und nimmer zu Horst nach Barmbek ziehen wollte. Nein. Sie *brauchte* ein neues Leben. Sie musste wieder atmen lernen.

Wieso hatte sie dann die Kamera nicht mitgenommen? War nicht sie es gewesen, die ihr an ihrem Geburtstag überhaupt einen Grund gegeben hatte, Hoffnung zu haben? So viel Sehnsucht hatte sie in ihr ausgelöst. So viel Sehnsucht nach der Welt dort draußen, endlich, wo sie doch vorher nur Ablehnung gespürt hatte. Sogar wenn sie ihre Bewerbungsmappe für die Modeschule durchgeblättert hatte – der Anblick hatte rein gar nichts in ihr ausgelöst. Also, worauf wartete sie, verdammt noch mal? Warum hatte sie sich nicht die Rolleicord umgehängt auf ihrem Weg in die Wildnis von Altona?

Dennoch sollte sie auf dem Teppich bleiben, rief sie sich selbst zur Vernunft. Schritt für Schritt tun. Nicht Riesensprünge wie den, es gestern bis zu den Briefkästen geschafft zu haben und heute Heiner abholen zu wollen. Altona, das war so weit weg wie Australien für sie. Als nächstes Ziel eignete sich vielleicht besser die Haustür.

»Was ist das für ein Quatsch?«, fragte Abby, die in lautes Kichern ausbrach und die Augen öffnete.

Heiner riss sich zusammen und schaffte es gerade so, nicht allzu genervt auszusehen. Sie saßen in Abbys Zimmer auf dem Fußboden, wo es immer noch nach frischer Farbe roch. Diesmal nach weißer (auch wenn sich der Geruch von weißer im Vergleich zu bunter Farbe wohl kaum unterschied), denn sie hatte den Strand schon wieder übermalt. Der Vermieter würde nur schimpfen, wenn er ihn sähe, hatte ihre Mutter gemutmaßt, und da es sowieso keine Rolle mehr spielte, hatte sich Abby dem gefügt.

»Das ist kein Quatsch«, sagte Heiner. »Sondern Wissenschaft.«

Skeptisch schüttelte Abby den Kopf. »Ich hab ja reichlich Fantasie, aber dass ich eine Wohnung finde, nur weil ich sie mir vorstelle ... Wirklich, Heiner, das klingt bescheuert.«

»Wissenschaft«, wiederholte Heiner trocken. »Und wenn du es dir nicht mit geschlossenen Augen vorstellen willst, mal es halt.«

»Was?«

»Deine Wohnung. Zeichne sie. Das kannst du doch.«

Wirklich, der Mann machte aufregende Zeiten durch, wie es schien. Normalerweise galten Heiners Hauptinteressen Alkohol und woher er ihn bekommen könnte sowie Musik. Sich irgendetwas vorzustellen, um es durch die Magie der Gedanken zur Realität werden zu lassen, klang für Abby ähnlich dubios und befremdlich, als würde sich Heiner bei nächster Gelegenheit in eine Kiste genagelt in der Elbe versenken lassen.

»Wer bist du? Mein guter alter Freund Heiner jedenfalls nicht.«

»Ich hab drüber gelesen.«

Schon wieder. Seine neue Liebe zur Psychologie nahm ja langsam wirklich Form an.

»Und wie genau soll das funktionieren? Es klingt einfach schrecklich albern, tut mir leid.«

»Wenn du nicht willst«, sagte er verärgert und stand auf, »dann lass es.«

»Nein, schon gut.« Wieso auch nicht? Sie wollte sich nicht mit Heiner streiten. Er war ihr bester Freund, und seit sie hier mehr oder minder eingeschlossen war, hatte er sich mit einer Leidenschaft um sie gekümmert, die sie ihm nie vergessen würde. Sie griff nach einem Bleistift und holte ein Blatt Papier. »Also, erklär es mir noch mal.«

Er zögerte, sagte aber schließlich: »Schließ die Augen. Stell dir vor, wie du rausgehst. Die Treppe runter. Leg die Hand auf die Türklinke. Was siehst du?«

»Die Tür.«

»Abby! Mach mit oder lass es, aber tu nicht so, als wäre es das Albernste, das du je unternommen hast.«

»Schon gut. Entschuldige.« Sie versuchte sich zu konzentrieren und sich die Tür vorzustellen, wie sie sie langsam öffnete. Das Angenehme an dieser Art des Spazierengehens war eindeutig, dass sie sie nicht nervös machte. Sie trat hinaus auf die Straße, blickte nach rechts und links.

»Wie ist das Wetter?«

»Wie?«

»Scheint die Sonne? Regnet es? Ist es warm oder kalt?«

»Wir wohnen in Hamburg. Wie sollte hier die Sonne scheinen, und das im Februar?«

»In deiner Vorstellung, Abby! Mein Gott, wo ist denn deine Fantasie, wenn man sie mal braucht?«

Er hatte recht.

»Dreißig Grad, die Sonne knallt.« Sie glaubte zu spüren, wie sich die Wärme auf der Haut anfühlte, das helle Licht sich in ihre Netzhaut einbrannte. Jede Erinnerung an einen Mann, der ihr auflauerte, löste sich auf wie Morgennebel, was sie mit einer fast vergessenen Leichtigkeit erfüllte.

»Wo bist du jetzt?«

»Schulterblatt.« Wie war sie so schnell dahingekommen? Fröhlich sah sie sich um. Es war viel los auf den Straßen, und sie empfand nicht das kleinste bisschen Angst. Arbeiter, Kinder, die von der Schule kamen.

»Was siehst du?«

Verwundert starrte Abby in das Dunkel hinter ihren Lidern.

»Abby?«

»Einen Hinterhof. Mit Efeu und einer Platane in der Mitte.«

»Wo befindet er sich?«

»Keine Ahnung. Ich weiß jetzt gar nicht, wo ich bin.«

»Kannst du dich nicht umsehen?«

»Heiner.« Sie öffnete die Augen und verspürte einen kleinen Stich der Enttäuschung, ihr langweiliges Zimmer vor sich zu sehen statt den kleinen Fleck Erde, der sich aus ihrer Erinnerung oder einem Traum herausgeschält hatte. »Ich *bin* nicht dort. Besser gesagt war es nicht.«

Heiner, der anders als sie die Augen weiter geschlossen hielt, reagierte nicht.

»Ich bin hier, hier in Eimsbüttel, so wie du übrigens auch.«

»Ich bin in Italien«, sagte er leise. »Ich bin in Viareggio am Strand.«

Mit gerunzelter Stirn sah sie ihn an. Er musste sich über sie lustig machen, eindeutig. Doch statt darauf herumzureiten, dachte sie an den hübschen kleinen Hof zurück, den sie vor sich gesehen hatte. Um den Baum herum, war da eine Bank gewesen? Sie hätte gern eine runde, rote Holzbank, sie würde gern die Blätter über ihrem Kopf rascheln hören, sie wäre gern dort, an diesem Fleckchen Erde, wo immer es sich befand.

»Was ist das für eine Wissenschaft?«

Heiner öffnete die Augen. Er sah anders aus als sonst, ein bisschen zumindest, zufriedener und ruhiger.

»Katathymes Bilderleben, so heißt es.«

»Woher bekommst du bloß all diese Bücher?«

»Geheimnis.« Grinsend zuckte er mit den Schultern.

»Und wieso Italien?«

»Hast du irgendwo sonst so schöne Männer gesehen?«

Das war interessant. Heiner redete sonst nie so.

»Ich war nie da, daher: keine Ahnung.«

»Und du?«, fragte er, da ihm das Gespräch plötzlich unangenehm zu werden schien. »Der Hinterhof. Was hat dir daran gefallen?«

»Die Ruhe. Es war mitten in der Stadt, glaube ich, aber darin ... Es war friedlich und herrlich still.«

»Sollen wir ihn suchen?«

»Du spinnst. Ich bin nicht übernatürlich begabt. Sagst du nicht andauernd, dass ich nicht hellsehen kann, hä? Der Hof existiert in meinem Kopf und nur dort.«

»Oder er ist ein Hinweis.«

Sie beschloss, nicht darauf einzugehen. Sie liebte es, mit Heiner über die Partnerschaft Simone de Beauvoirs mit Jean-Paul Sartre zu sprechen, darüber, dass die beiden einander siezten, was Heiner und sie eine Zeitlang nachgeahmt, dann aber wieder vergessen hatten. Mit Heiner ins Theater zu gehen war ebenfalls ein Erlebnis – gewesen, fügte sie gedanklich hinzu, aber wer weiß, vielleicht würde sie es ja irgendwann mal wieder so weit raus schaffen. Heiner sog förmlich ein, was er dort hörte und sah, und hatte später stets die eindrucksvollsten Zitate bei der Hand, die Abby schon wieder vergessen hatte. Aber Psychologie, die wie Traumtänzerei klang? Nichts, was sie gern vertiefen würde.

»Abby ...« Heiner, der den Mund geöffnet hatte, schloss ihn, als er Abbys warnenden Blick sah.

»Ich kann nicht hellsehen«, sagte sie leise.

Heiner fuhr sich mit der Hand nachdenklich über das Kinn. »Mir ist klar, dass das aus meinem Mund überraschend klingt, aber ich sag's trotzdem: Wer weiß. Und unabhängig davon, Abby: Ja, du hast gelitten, und das verstehe ich, du musst dir die Zeit nehmen, die du brauchst, aber so geht's nicht weiter. Willst du mit zweiundzwanzig auch nur mit mir zusammenhocken? Mit dreiundzwanzig? Mit fünfzig?« Angewidert verzog er das Gesicht. »Ich werde bestimmt nicht so alt. Nein, ich schließe es sogar aus, so alt zu werden. Also, überleg dir was, wenn du dann nicht vollkommen allein sein willst. Du hast noch dreißig Jahre Zeit, dich zu berappeln. Aber ich würde lieber früher als später damit anfangen, wenn ich du wäre.«

Aus zusammengekniffenen Augen sah Abby ihn an. Sie gab es nur ungern zu, aber seine Worte bewirkten, dass sich ihr Brustkorb anfühlte, als stecke er in einem Korsett, das unsichtbare Hände enger und enger zogen.

Wie sah das Leben aus, nach dem sie sich sehnte? Das sie wollte?

Bestimmt nicht so: im Innern einer Wohnung Tag um Tag vergehen lassen. Alt werden, runzlig werden, ständig für sich.

Das Gemeine war ... Sie holte tief Luft, weil sie das Bedürfnis hatte, es nicht nur sich selbst, sondern auch Heiner zu erklären. »Das Gemeine ist, dass es nicht so funktioniert, wie ich dachte: dass es, wenn ich die Angst einmal besiegt habe, vorbei ist. Dass ich wieder zu der alten Abby werde, sobald ich es schaffe, allein ins Kino oder so zu gehen.«

»Du warst im Kino?«

»Quatsch! Aber ...« Sie atmete tief ein. »Aber ich hab es versucht. Ich bin ins Treppenhaus. Und runter zu den Briefkästen.«

Seine Augen wurden größer und größer.

»Ich hab dir davon nichts gesagt, weil es nur einmal funktioniert hat und dann eben nicht wieder. Nicht mal mit deinem blöden magischen Regenschirm. Er ist nicht blöd«, fügte sie leise hinzu und malte mit dem Zeigefinger unsichtbare Muster auf die Dielen. »Und ich hab nämlich einen gefunden. Der Fotoapparat meines Vaters. Ich glaube, er ist so etwas …« Schüchtern sah sie zu Heiner auf, der zu strahlen begann.

»Aber leider schaffe ich es trotzdem nicht raus.« Sie zuckte mit den Schultern, als wäre es ihr egal, aber das war es nicht. Sie fühlte sich klein und ungeschützt und traurig, wütend aber auch, so sehr, dass sie explodieren könnte, so viel Zorn war in ihr.

»Wieso sprichst du nie darüber? Ich bin doch dein bester Freund.«

»Du könntest auch sagen, mein einziger.«

»Trotzdem dein bester. Also, warum darf ich nichts davon erfahren?«

»Ich glaube einfach nicht, dass es hilft, wenn ich drüber rede. Es ist nicht wie ein Splitter, den man nur aus der Wunde ziehen muss, damit sie verheilt. Und ich glaube auch nicht, dass sie je verheilen wird.«

Langsam beugte sich Heiner vor, und sie sah den warmen Schimmer in seinen Augen. »Erzähl es trotzdem.«

»Ich will nicht.«

»Mach es.«

»Ich kann mit niemandem darüber sprechen«, sagte sie, und ihr Mund fühlte sich so trocken an, als habe sie seit Tagen nichts getrunken. »Ich habe versucht, es meiner Mutter zu erzählen.«

An Heiners Miene sah sie, dass er verstand, was sie meinte. Sie beide waren zu Beginn des Krieges zur Welt gekommen, Heiner 1941, sie 40. Von den Kriegsjahren selbst hatten sie nicht allzu viel in Erinnerung behalten. Von den Jahren danach mehr. Als Kinder hatte es keiner von ihnen begriffen, wohl aber später. Ihre Mütter waren gezeichnet von dieser Zeit. Wie genau, wusste weder Abby, noch tat es Heiner. Aber es gab Dinge, die man nicht ansprechen durfte. Bei denen beide Frauen, jede für sich, erstarrten. Und in deren Augen blanker Hass aufflackerte, Hass, mit dem sie auch ihr Kind anstarrten, nur weil es etwas gefragt hatte, was es nicht hatte fragen dürfen.

Der Monolith, jetzt war er so groß wie das Universum. Er begrub sie unter sich.

»Ich hatte Angst zu sterben«, sagte sie verzagt. »Und obwohl das nicht geschehen ist, habe ich weiterhin immer nur Angst. Schreckliche Angst. Aber sei mir nicht böse, Heiner, ich ...«

Er nahm sie sanft in den Arm. »Böse? Halt bloß die Klappe.« Und damit versenkte er seine Nase in ihrem Haar.

Nachdem er sich eine Stunde später verabschiedet hatte, um zur Arbeit zu gehen, ließ sie sich mit einem traurigen Seufzer auf ihr Bett plumpsen. Die Gedanken wirbelten durch ihren Kopf.

Sie hatte es versucht, der Angst zu entkommen, aber stets zaghaft, den Atem anhaltend. So wie jemand den großen Zeh ins kalte Seewasser steckte, sich aber nicht hineinwagte. Vielleicht war es das: Vielleicht musste sie springen. Mitten in die Angst hinein.

Sie ging zum Fenster und öffnete es weit. Nieselregen wehte herein. Die kühle Luft ließ die Scheiben beschlagen.

Nicht mehr davonlaufen.

Sie schlüpfte in ihre Schuhe und suchte mit den Augen den Flur ab. Ihr magischer Regenschirm ... Das Band der Rolleicord um ihren Nacken fühlte sich so kratzig wie beruhigend an. Abby öffnete die Tür. Sie wartete nicht darauf, dass die Angst kam, sondern schloss die Tür, drehte den Schlüssel, ging die Treppe hinunter, an den Briefkästen vorbei.

Raus auf die Straße, wo ihr feuchte, ein bisschen nach Frühling riechende Luft um die Ohren wehte. Der kühle Wind in ihren Haaren fühlte sich an wie ein Streicheln. Sie ging bis zur Straßenecke, hörte ihren Herzschlag, der ein bisschen schneller war als sonst, aber nicht rasend. Und dann ging sie weiter. Und weiter. Und noch ein bisschen weiter.

»Ein Hof, oder?« Heiner war noch nicht mal zur Tür reingekommen, sondern redete schon, als er noch die Treppe raufrannte. Japsend versuchte er sich zugleich das Haar über den Ohren zu glätten. »Verdammter Regen.«

»Was hast du gesagt? Hof?«

»Ja. Hof.« Seine Wangen zierten hellrote Flecken. Er schien den gesamten Weg von Altona hergerannt zu sein. Oder mindestens von der S-Bahn-Haltestelle. »Du hast einen Hof vor dir gesehen.«

»Ja, und?«

»Ich hab einen!«

»Du hast einen Hof? Seit wann?«

»Nicht ich. Aber ich hab einen aufgetan. Durch Enzo.«

»Wer ist Enzo?«

Die Flecken wurden noch etwas zahlreicher. »Ein Kollege.« Verlegen wich er ihrem Blick aus.

»Gefällt es dir in der letzten Zeit eigentlich in der Fabrik? Du beklagst dich gar nicht mehr«, fiel Abby plötzlich auf. Wahrscheinlich, weil der Ärmste immer ihr zuhören musste. Das würde sich jetzt ändern, nahm sie sich fest vor.

»Hof«, sagte Heiner und tat, als hätte sie gar nichts gesagt. »Es gibt einen, und nicht nur das, es gibt ihn und eine zugehörige Remise, und die ist zu mieten.«

»Remise, Himmel, das klingt sehr elegant und teuer. Aber warte mal, warum ...«

»Elegant ist sie überhaupt nicht«, fiel er ihr ins Wort und tippte mit dem Zeigefinger gegen ihre Nase. »Man könnte auch Schuppen sagen, großer Schuppen plus kleiner Schuppen, aber Remise klingt schöner. Bis vor Kurzem hatte ein Tierpräparator seine Werkstatt darin, was womöglich der Grund dafür ist, dass sich einfach kein zukünftiger Mieter finden will.«

Was in aller Welt war in ihn gefahren? Ja, zugegeben, Heiner hatte ganz schön zurückstecken müssen in den letzten Monaten, um ihr zur Seite zu stehen – aber warum weigerte er sich jetzt, ihr zu antworten?

Dann fiel ihr auf, was er als Letztes gesagt hatte.

»Tote Tiere?« Abby verzog das Gesicht. »Riecht es auch so?«

»Blödsinn, bestimmt nicht. Du musst dir die Remise angucken. Heute, um genau zu sein, jetzt. Bist du bereit?«

Ihre Augen weiteten sich vor Schreck. Im ersten Augenblick wollte sie abwiegeln und Heiner vor die Tür setzen. Im zweiten aber sagte sie: »Ich bin vorgestern spazieren gegangen.«

Mit blankem Gesichtsausdruck starrte er sie an. Dann fragte er: »Bis zum Briefkasten?«

Sie grinste vor Stolz und platzte raus: »Bis zur Sternschanze! Und dann zum Isebekkanal!«

»Nee!«

»Doch!« Zwei Tage war es her, dass sie zunächst bis zum S-Bahnhof Sternschanze gekommen war und dann sogar noch etwas weiter: einen Haken schlagend die Weidenallee hinunter bis zur rot leuchtenden Christuskirche, am Sommerbad am Kaiser-Friedrich-Ufer vorbei, wo fröhliche Kinderstimmen wie ein in der Ferne rollendes Gewitter an ihr Ohr gedrungen waren, und sogar ein Stück den Isebekkanal entlang durch die Wiesen, wo sie die Feuchtigkeit der Grashalme an ihren Knöcheln gespürt hatte.

Es war so berauschend gewesen, weiter und weiter zu gehen, während die Kamera um ihren Hals hüpfte und sich ihre Lungen weiteten und zusammenzogen und ihr Herz hämmerte. Auch wenn die Kamera klein war und sie selbst viel größer, hatte sie sich wie von ihr umhüllt gefühlt. Sie war ihr Kokon, ihr Sicherheitsraum. Und dabei musste sie nicht mal in den Sucher blicken – nur das kühle Gehäuse zu spüren, wann immer sich die Angst anschlich, hatte genügt.

Wieso? Abby hatte nicht den blassesten Schimmer.

Außerdem hatte sie kein einziges Foto geschossen. Das wollte sie sich aufsparen – sie glaubte zu wissen, dass irgendwann der Moment käme, der so absolut und einmalig wäre, dass sie es augenblicklich spüren würde.

Als sie nassgeschwitzt und an der Grenze zur Erschöpfung nach Hause zurückgekehrt war, hatte sie sich mit weichen Beinen die Treppe hinaufgeschleppt und war auf ihr Bett gekippt, und dort, auf ihrer Decke liegend, hatte sie erst geweint und dann gelacht, bis sie eingeschlafen war.

Am nächsten Tag war ihr das Lachen wieder vergangen. Aber immerhin war sie im Vorteil gewesen. Sie wusste von dem Berg mit seinem mäandernden Weg. Mal hoch, mal runter, wieder hoch, wieder runter. Die Erlösung kam nicht schlagartig. Sie wollte zentimeterweise erarbeitet werden; und gestern sowie den bisherigen Tag hatte sich Abby nicht mal millimeterweise rangetraut.

»*They call me the wanderer*«, begann Heiner grinsend zu singen. »*Yeah, the wanderer. I roam around, around, around* ...«

Weil Abby den Text nicht konnte, begann sie mitzusummen. Ein paar Worte hatte sie sich gemerkt: »*Mmmh, I'm a wanderer, yeah* ...«

»*Oh well, I roam from town to town.*« Heiner zog sie an sich und drückte sie, bis ihr fast die Luft wegblieb. »Ich bin stolz auf dich, Baby. Also gehen wir?«

Abby holte tief Luft. »Wir gehen.«

Auf dem Weg nach draußen, wohin ihr Heiner baff vor Erstaunen folgte, sagte sie betont nonchalant über die Schulter: »Dieser Enzo ... Ist er Italiener? Aus Viareggio vielleicht?«

Empört blieb Heiner stehen. »Glaubst du, ich nehme dich als Anstandsdame mit? Oder weil ich mich nicht traue, ihn allein zu treffen?«

»Womöglich. Du warst noch nie verabredet. Vielleicht kannst du es dir nicht eingestehen, aber es könnte doch der Grund sein, auch ...«

»Ich tue das für dich, Abby«, schnitt er ihr das Wort ab. Dann aber grinste er. »Du glaubst, ich hätte mein Herz verschenkt? Woher willst du eigentlich so genau wissen, dass ich ...«

Sie sah ihn ernst und wortlos an. Natürlich hatten sie nie darüber gesprochen, aber es war doch sonnenklar. Oder etwa nicht?

Statt etwas zu sagen, zwinkerte ihr Heiner zu. Sie zuckte mit den Schultern, und dann gingen sie, in einhelligem freundschaftlichem Schweigen, die Treppe hinunter. Draußen auf der Straße sah er zu ihrer Wohnung empor.

»Schaffst du es wirklich?«

»Klar.« Was in ihrem Kopf weit überzeugender geklungen hatte als ausgesprochen. Dementsprechend zweifelnd sah er sie an. »Aber vielleicht ...«

Ihr wurde schon wieder schwindelig, verdammt. Die Straße schien zu schlingern, die Luft fühlte sich in ihrem Mund entsetzlich kalt an, in der Lunge ebenfalls. »Ähm, Heiner, vielleicht ...« Sie glaubte Enttäuschung in seinen Augen aufblitzen zu sehen, und das war das Schlimmste.

Immer wieder, immer wieder, wieder, wieder!

»Es tut mir so leid«, flüsterte sie. Sie bekam kaum noch Luft, ihr war heiß, ihre Knie fühlten sich wie Pudding an.

»Wo ist dein magischer Regenschirm?«, fragte er besorgt. Vielleicht war er doch nicht so enttäuscht wie angenommen?

Sie tastete nach ihrem Hals, den Brustkorb runter. Nichts. »Ich hab ihn vergessen!«

»Soll ich ihn holen?«

Sie nickte, eierte mehr, als dass sie ging, zu einer halbhohen Mauer und lehnte sich daran. Die Kühle der moosigen Steine unter ihrer Handfläche brachte sie ein Stück ins Hier zurück. Als sie die Eingangstür klappen hörte, Heiner kurz verschwand, aber schon wieder zurück war und ihr die Rolleicord entgegenstreckte, als wäre es eine dringend benötigte Gasmaske, musste sie fast lachen. Wenn sie nur nicht vorher heulen musste.

Noch mal entschuldigte sie sich, während sie sich die Kamera um den Hals hängte. Ihr Herzschlag beruhigte sich langsam. Trotzdem ließ sie den Kopf hängen.

»Ich komme mir so albern vor.«

»Quatsch, albern!« Er knuffte ihr gegen die Schulter. »Ich warte auf Ihr Kommando, mein *wanderer* – wann immer Ihnen nach Laufen zumute ist, werde ich folgen.«

»Ein bisschen wird es wohl noch dauern.«

»Macht nichts. Wie groß ist die Auswahl eigentlich?«, fragte Heiner. »Abgesehen von der Wohnung, die ich dir gleich zeige, meine ich.«

»Die Auswahl? Es gibt keine.«

»Aber die Annoncen ...«

»Entweder muss man ein Vermögen aufbieten oder wohnt bei einer alleinstehenden Dame, die abends mit einem Rommé spielen will.«

»Und, wäre das nicht was? Ich meine, wenn es dir schlechtgeht ...«

»Dann brauche ich niemanden, mit dem ich Rommé spielen kann. Außerdem wünschen sich diese Frauen sicher jemanden, der sich um sie kümmert. Sehe ich aus, als wenn ich das könnte?«

Statt darauf zu antworten, grinste er.

»Ich weiß sowieso nicht, wie ich eine Wohnung bezahlen soll«, merkte sie mutlos an.

Heiner stemmte die Hände in die Seiten. »Wenn du so weitermachst, können wir uns gleich auf den Boden werfen und flennen!«

»Entschuldige. Ich hab bloß das Gefühl ... Ich sehe keinen Lichtblick.«

»Ich zeige ihn dir doch gleich!«

»Ja, aber ...« Himmel, sie hasste es, wenn Leute bei allem das Haar in der Suppe suchten. Und jetzt machte sie es genauso. Das Problem war natürlich schon, dass Wohnungen in Hamburg teuer waren. Was unweigerlich darauf hinauslaufen würde, dass sie in eine dieser Laubenkolonien ziehen musste, in denen jene, die nach dem Krieg nach Hamburg gekommen waren, immer noch lebten. Waltershof, Wilhelmsburg, es gab auch ein paar

Kolonien beim Stadtpark im Norden. Alle weit weg von der Stadtmitte. Zu Fuß konnte sie, wenn sie überhaupt rauskam, keinesfalls irgendwohin gehen. Aber Bahn fahren? Bus? Allein der Gedanke ließ den Schweiß bei ihr ausbrechen ...

Das war aber nur eines ihrer Probleme. Das andere: Was sollte sie mit sich anfangen? Sie war einundzwanzig und hatte alle Träume und Pläne so weit nach hinten gestellt, dass sie über den Rand gekippt und verschollen gegangen waren.

Heiner, der sie einfach zu gut kannte, als dass es gesund sein konnte, nickte nachdenklich. »Erst die Wohnung, dann nehmen wir uns den anderen Kladderadatsch vor.«

Sie nickte dankbar. »Ich glaube, jetzt geht es«, sagte sie nach einer Weile.

»Das schaffst du, Abby«, sagte sie leise und legte die Hand auf die Rolleicord. »Das schaffst du!«

Und sie schaffte es tatsächlich. Nach einer halben Stunde erreichten sie das Schanzenviertel. Hier fühlte sich Abby ein bisschen sicherer auf ihren Beinen. Sie traute sich sogar, nach rechts zu blicken und nach einer Weile auch nach links. Als sie merkte, dass sie Heiners Hand umklammert hielt, löste sie ihre Finger.

»Geht's?«

Sie nickte, nicht fähig, gleich zwei Dinge auf einmal zu tun: zu gehen *und* zu reden.

Aber eben hatte sie gemerkt, dass es ihr half, sich umzublicken. Die Ablenkung machte was mit ihr, holte sie weg von ihren kreisenden Gedanken, weg davon, sich davor zu fürchten, sich zu fürchten. Also versuchte sie sich darauf zu konzentrieren, was um sie herum geschah: den Geruch, der aus einem Lokal wehte. Die blauen Augen eines kleinen Mädchens, das sie neugierig ansah und gleich das Interesse verlor. Das Knattern eines Auspuffs und das Rot der Isetta, die an ihnen vorbeirollte. Frauen mit Einkaufstüten und Kopftüchern standen vor einem Laden und schwatzten. Männer mit Pausengeschirr am Gürtel, die rauchend auf einer niedrigen Mauer saßen.

Nun bogen sie in die Juliusstraße ein, die etwas später zur Bernstorffstraße wurde. Während sie langsam in Richtung Elbe gingen, wo der Himmel weiter und blauer war, schien die Umgebung in einen Dornröschenschlaf zu verfallen. Im Schanzenviertel hatte noch Leben geherrscht. Hier aber war niemand. Nichts als eine sanft nach unten verlaufende schmale Gasse mit Kopfsteinpflaster, niedrigen Häusern rechts und links und dem leisen Rauschen von Verkehr zwei Straßen weiter.

An einer Ecke machte Heiner Halt. Prüfend sah er sich um, dann nickte er.

»Hier geht's rein.«

Links erhob sich das dunkle Rot einer Kirche, welcher, wusste Abby nicht. Sie war nie zuvor hier gewesen.

Erneut langsamer geworden, klopfte Heiner an eine blau gestrichene Pforte, deren Farbe eher einer vagen Erinnerung glich. Schritte erklangen, die Pforte schwang auf, und Enzo, nahm sie an, um die fünfzig, mit kugelrundem Bauch und nicht beginnender, sondern sich kurz vor dem Ende befindlicher Stirnglatze breitete zur Begrüßung die Arme aus.

»Da sind Sie ja!«

Vollkommen unmöglich, dass Heiner ein Auge auf ihn geworfen hatte, oder? Sie warf ihrem Freund einen prüfenden Blick zu, der zu strahlen begann wie ein Honigkuchenpferd.

»Abby?«, fragte Enzo und strahlte Heiner an.

»Ja, bin ich.«

»Enzo Keller, sehr erfreut.«

»Sie sind gar kein Italiener?«, platzte sie heraus.

Verblüfft hob er die blonden Augenbrauen. »Ach, wegen meines Vornamens? Nein, ich bin kein Italiener. Aber meine Eltern haben sich in Viareggio kennengelernt und verliebt. Daher ...«

»Ach so«, echote sie. »Daher.« Ehrlich gesagt würde sie ihren besten Freund am liebsten augenblicklich einem Kreuzverhör unterziehen. Andererseits waren sie wegen etwas anderem hergekommen.

»Wollen Sie reinkommen?« Schwungvoll deutete er hinter sich. »Ihr Reich, wenn Sie wollen.«

»Eher, wenn ich das Geld zusammenbringe«, sagte sie und klang exakt so hoffnungslos, wie sie sich bei dem Gedanken fühlte.

»Gucken Sie es sich doch erst mal an, und dann reden wir übers Geschäft.«

Nachdem sie durch das schmale Tor getreten war, stand sie in einem kopfsteingepflasterten Hof. Moos spross aus den Granitsteinen hervor und Unmengen von anderem Unkraut. Eine Platane wie in ihrem vermeintlichen Hellsehertraum gab es nicht, auch keine rote Holzbank. Stattdessen unzählige rostende Fässer, am Rand gestapelt, lauter Bretter mit daumengroßen Wurmlöchern daneben und so viele Zigarettenkippen, dass sie sich fühlte, als würde sie auf Watte laufen.

»Wir haben noch nicht aufgeräumt«, sagte Enzo verlegen.

Hoffentlich steckte in keinem der Fässer ein totes, noch unpräpariertes Tier.

»Äh, hier lang.«

Er führte sie auf ein Gebäude zu, zu dem der Begriff Schuppen erheblich besser passte als Remise. Eigentlich aber war auch *Schuppen* ein Euphemismus, selbst *Hütte* würde es nicht richtig treffen. Wrack. Ja, dieser Begriff würde ihr einfallen, auch wenn sie nicht sicher war, ob er nicht nur in der Schifffahrt gebräuchlich war.

Wellblech, das unter dem fingerdicken Moos zu ächzen schien, darunter angegraute Ziegelsteine, in deren Fugen entweder ebenfalls Moos oder dicker Schimmel spross. Kastenfenster, das Holz verwittert, die Scheiben wellig. Zitternd spiegelte sich darin der Himmel, was immerhin ein hübscher Anblick war. Sobald Abby sich aber wieder auf das konzentrierte, was sich nicht über, sondern neben ihr befand, verlor das Wort *schön* jede Bedeutung. Verstohlen drückte sich der Bau gegen die Mauer, im hintersten Winkel des Hofs, so als suche er Schutz. Im Vergleich zu den umliegenden Häusern, die immerhin dreistöckig waren, erinnerte er an ein lauerndes Tier.

Sie räusperte sich und versuchte sich mit dem Gedanken anzufreunden, nach Barmbek zu ziehen. Was an sich schlimm genug wäre. Aber Horsts Haus ... Sie war nie dort gewesen, hatte aber natürlich ihrer Mutter zugehört, wenn diese davon geschwärmt hatte.

»Ein Bungalow, Liebes, so modern! Horst hat einen tollen Geschmack. Allein bei der Auswahl der Tapete.« Sie war braun und grau kariert, hatte Charlotte weitergeredet, und dazu passend hatte Horst auch alle weiteren Möbel ausgesucht. *»Du magst es doch dunkel, oder nicht?«*

Ja, mochte sie, aber eine grau-braun karierte Tapete in einem Bungalow, dessen Deckenhöhe um die zwei Meter lag und der Teppich – als Farbklecks – beige war, vermittelte Abby schon beim Zuhören das Gefühl tiefer Mutlosigkeit.

Vor allem aber: Sie wollte keinen Horst in ihrem Leben. Und seinen Hund ebenso wenig.

»Wollen wir rein?«, fragte Enzo, dem anzusehen war, dass ihm Abbys skeptische Miene nicht entging. Sie grinste entschuldigend und fingerte an ihrer Kamera herum, was seine Augen leuchten ließ. »Machen Sie das beruflich? Brauchen Sie die Remise als Dunkelkammer? Es gibt einen fensterlosen Raum, der sich dazu eignen würde!«

Bei dem Hinweis auf den Raum ohne Tageslicht wurde ihr schummrig, was an der Assoziation mit toten Tieren lag – sie wollte sich nicht vorstellen, was der Präparator dort gemacht hatte. Im gelblichen Schein einer Glühbirne Fledermäuse in Reagenzgläser gestopft? Von innen Hirschköpfe gepolstert?

»Nein«, antwortete sie ihm und blickte zu Heiner, der sie auffällig nachdenklich ansah, sich dann aber wieder mit der Miene eines Bären, der einen Honigtopf fand, Enzo zuwandte.

Ob Enzo die Begeisterung wohl teilte? Einen Ring trug er nicht, sah sie, aber mochte er Männer? Und falls ja: Wie gefährlich könnte das werden? Bisher hatte sich diese Frage bloß halbwegs theoretisch gestellt, schließlich hatten Heiner und sie nie darüber geredet. Aber so viel wusste Abby: Homosexualität war strafbar. Und wenn einer der beiden auch noch minderjährig war, würde das entsetzlichen Ärger bedeuten.

»Na, wie dem auch sei«, sagte Enzo und schwang die Pranke. »Rein mit Ihnen!«

Die schmale Tür führte ohne Umwege durch eine Diele in einen Raum, der die gesamte Frontseite des Baus einnahm. Vier Kastenfenster zeigten zum Hof hin, was zu der Annahme führte, dass der Rest des Wracks stockdunkel sein musste, jedenfalls wenn man von natürlichem, durch ein Fenster einfallendem Licht sprach. An den Seiten des Gebäudes hatte sie nämlich kein einziges entdeckt; und hinten klebte das Gebäude ja an der Mauer.

Im zweiten, nach hinten gelegenen Zimmer war es stockdunkel, aber es roch nicht nach langsam verwesenden Kadavern oder Ethanol, ein Glück. Schloss man die Tür, fiel nicht mal der kleinste Lichtstrahl herein. Eine Dunkelkammer wäre also wirklich denkbar.

Aber war sie denn verrückt? Sie würde es sich im Leben nicht leisten können!

In der Teeküche im Flur schimmerten die abgetretenen, geölten Dielen in warmem Braun. An der Seite klemmten ein schmales Regal und ein Spülbecken, mehr Ausstattung gab es nicht.

»Der vorherige Mieter hat die Küche selten benutzt«, sagte Enzo entschuldigend.

»Ich koche sowieso nicht so gern«, sagte Abby.

Sie gingen in den großen Raum zurück. Ein Bad ging davon ab, einfach, aber ausreichend mit seinem schmalen Waschbecken, der Toilette und einer Wanne, in der man nur mit angezogenen Knien sitzen konnte. Besser als nichts. In ihrer Eimsbütteler Wohnung gab es auch ein Badezimmer, aber die meisten Häuser in der Stadt kamen nach wie vor mit WCs auf halber Treppe daher.

Abby zog den Kopf wieder zurück und sah sich noch mal in dem großen Zimmer um. Es wirkte so schlicht, so hell, so ... ruhig, dass sie sich unweigerlich wohlzufühlen begann. Die eine Wand schien nur aus Fenstern zu bestehen. Von der anderen hingen große, metallen wirkende Haken herab.

»Befand sich vor dem Tierpräparator ein Schlachthof hier drin?«

»Wie? Oh nein, die Haken, äh, daran, na ja ...«

Wenn Abby es genauer bedachte, wollte sie es lieber nicht wissen. »Schon gut. Und was ist das?«

Sie deutete auf ein dunkles eisernes Ungetüm, das sich die der Tür gegenüberliegende Wand entlangzog.

»Oh, die Küchenhexe? Mit ihr wird die Remise beheizt. Praktisch, wenn man bedenkt, dass man darauf auch kochen kann. Hier.« Enzo hob eine Reihe gusseiserner Ringe in die Höhe. »Darauf kommt der Topf, darin brennt das Holz. Sehr behaglich im Winter.«

»Und ...« Abby nahm ihren ganzen Mut zusammen. Besser gleich erfahren, dass es vollkommen unmöglich für sie war hier einzuziehen. »... was soll es kosten?«

»Na ja ...« Enzo wirkte mit einem Mal verlegen. »Die Tätigkeit des vorherigen Mieters ... Nun, wir hätten da besser darauf achten sollen, uns jemanden auszusuchen, der ... Schwamm drüber. Meine Eltern aber haben sich darüber keine Gedanken gemacht, damals. Sie wussten nicht, dass es abschreckend wirken könnte. Fünfzig Mark. Für fünfzig Quadratmeter.«

Abby bemühte sich, nicht zusammenzuzucken. Fünfzig Mark waren eine Menge Geld. Weit, weit mehr, als sie sich leisten konnte. Schließlich wollte sie unter keinen Umständen etwas von ihrer Mutter annehmen. Wie also das Geld zusammenkriegen?

»Im Hof gibt es noch etwas«, sagte Enzo, der wohl spürte, dass Abby zauderte. »Einen Schuppen. Der vorherige Mieter wusste nicht viel damit anzufangen. Ich glaube, er hat ihn überhaupt nicht benutzt.«

Das war definitiv erleichternd zu hören.

»Kommen Sie.« Enzo watschelte vor, und Abby warf Heiner ein Grinsen zu, der so tat, als bemerke er es nicht.

»Ich kann nicht hier einziehen«, flüsterte sie, während sie Enzo in den Hof folgten. »Von welchem Geld denn?«

»Von welchem Geld wolltest du denn woanders einziehen?«

Gute Frage. Dann standen sie vor dem Schuppen, dessen Wände aus dunkelroten Ziegeln bestanden, die Tür, deren azurblaue Farbe abblätterte, war mit Eisen beschlagen. Mit mehreren Tritten versuchte Heiners Arbeitskollege, sie zu öffnen. Krachend flog sie schließlich auf und gab den Blick frei auf einen vielleicht drei mal vier Meter großen Raum. Nichts als verstaubter Holzboden und Licht, viel Licht, erstaunlich, war der Aprilhimmel von einem dunklen Grau.

»Nordausrichtung«, murmelte Enzo, an niemanden im Speziellen gewandt.

Es roch nach altem Holz. Abgestanden riechende Luft zog aus dem Innern ab und strich Abby zart um die Hände. Sie dachte an die Sehnsucht, die sie an ihrem Geburtstag ergriffen hatte: danach, einen Lufthauch auf der Haut zu spüren. Jetzt tat sie es, sie hatte es geschafft, das Haus zu verlassen, sie war sogar mehrere Kilometer weit gelaufen. Sie stand mit zwei Männern in einem Hof herum! Gut, einer davon war ihr bester Freund, aber trotzdem. Sie fühlte sich stark. Endlich wieder. Stark genug, um dem Leben zu trotzen.

»Den Schuppen könnten Sie vermieten.«

Perplex sah sie Enzo an.

»Also, untervermieten. Wir haben nichts dagegen.«

Wer sollte einen Schuppen mieten wollen? Es war nur ein Raum, nichts weiter. Wenn auch ein schöner Raum, das musste sie zugeben.

»Als Atelier vielleicht. Nordseite, das sagte ich ja. Das mögen Künstler.«

»Stimmt«, sagte Heiner. »Das hab ich irgendwo gelesen.«

Verwunderlich, fand Abby, dass Enzo derart erpicht darauf war, ihr die Remise unterzujubeln. Aber wahrscheinlich stimmte, was er sagte: Wer wollte in einem Haus leben, in denen Tiere ausgestopft worden waren? Die Vorstellung gruselte auch sie.

»Ihr Freund«, sagte Enzo, der wohl Gedanken lesen konnte, mit einem warmen Seitenblick auf Heiner, »hat uns Sie empfohlen. Er sagte, Sie ziehen bestimmt so fix nicht wieder aus, weil das, wirklich, das mögen wir nicht.« Wer war *wir*, fragte sich Abby. Ob Heiner es wusste? »Uns ständig um wechselnde Mieter kümmern zu müssen.«

»Oh, ich würde sicher bleiben«, sagte sie. »Darüber müssten Sie sich keine Gedanken machen.«

»Keine Heirat in Aussicht?«

»Oh, nein, ganz sicher nicht.«

Das hatte sie in dem Brustton der Überzeugung gesagt. Männer hatten sie vor dem ... Ereignis schon nicht besonders interessiert. Die Liebe war ihr immer wie ein mystisch verwobenes Spinnennetz erschienen, in das sie lieber nicht geraten würde. Doch nun, seit dem Kerl, fand sie es ganz und gar ausgeschlossen.

Jemanden küssen? Jemanden berühren? Bei dem Gedanken schüttelte sie sich, was Enzo verwundert kommentierte: »Sie mögen die Liebe nicht?«

»Nein.«

»Oh. Nun ... Gut.«

»Wo genau sind wir eigentlich?«, fragte sie, um das Thema zu wechseln. »Gehört die Bernstorffstraße noch zu Eimsbüttel oder schon zu Altona?«

»Tja, na ja«, druckste Enzo herum.

»Sankt Pauli«, sagte Heiner.

Diese Neuigkeit ließ Abby grinsen. Das war ein bisschen gemein, aber auch ein Omen. Ihre Mutter hasste den Stadtteil. Alles Schlechte, so Charlottes Meinung, kam von hier. Aber ihr Vater hatte eben auch gesagt, dass man hier das wahre Leben fand.

Und das war es, wonach sich Abby sehnte.

Leben. Das wahre Leben. Egal, wie wild.

Sankt Pauli war allerdings auch weiter von Eimsbüttel entfernt als, nun ja, Eimsbüttel, wo sie gehofft hatte, bleiben zu können. Das aus einem Haufen unprätentiöser zwei- oder dreistöckiger Arbeiteraltbauten bestehende Viertel war ihr so vertraut ... Man hörte jedes Husten aus der Nachbarwohnung, was immerhin den Vorteil barg, dass man sich nie allein fühlte.

»Was jetzt?«, fragte Heiner, der sie die ganze Zeit über angesehen hatte.

Sie zückte ihre Kamera, klappte den Deckel auf, sah durch den Sucher. Drehte sich ein paar Mal wie ein Hund, der sich zum Schlafen hinlegt, ihr Finger tastete nach dem Auslöser. Der Moment, wann war er?

»Einen Augenblick«, murmelte sie, ging in den Hof, dann wieder in die Remise, drehte sich noch mal im Kreis, blickte durch den Sucher, wurde von einer weiteren Welle Wärme gepackt.

Nichts konnte sich so richtig anfühlen, wenn es falsch war.

Wieder im Hof, rief sie zum Schuppen rüber: »Ich nehme sie.«

»Was?«, fragte Heiner verdattert, als er aus der Tür kam. »Wirklich, Abby?«

Sie nickte. »Wirklich.«

»Erledigt.«

Erstaunt sah Abby zu Heiner auf, der in der Tür ihres Zimmers stand. Es war vom Aprilregen durchfeuchtet.

»Du hast alle Zettel aufgehängt?«

Heiner nickte und sah sich, die Daumen in die Hosentaschen eingehakt, um. »Du bist ja auch schon fast fertig.«

»Viel habe ich ja auch nicht.«

Immerhin durfte sie nun, da Horst mehr als genug Möbel (und laut ihrer Mutter Geschmack) besaß, den hölzernen Bauernschrank aus dem Flur mitnehmen, blau und grün bemalt, der im Innern nach Kampfer und Zedernholzringen duftete. Auch den Tisch aus der Küche samt den beiden pastellfarben gestrichenen Stühlen sowie einer Kommode, die ihren Großeltern väterlicherseits gehört hatte. Morgen würde der Umzugswagen kommen. Abby wurde schwindelig, wenn sie nur daran dachte.

Sie würde allein wohnen. Obwohl ihre Angst noch da war, mal weniger groß, mal innerhalb weniger Sekunden zu einem Riesen anwachsend. Nie ließ sich voraussagen, wann sie wieder böse winkend in der Tür stand und sich, so jedenfalls stellte es sich Abby manchmal vor, mit übereinandergeschlagenen Beinen auf ihr Bett setzte.

Ja, die Angst. Sie hatte viele Gesichter angenommen. Mal schleichend und fast schon niedlich wie ein Kätzchen, dann riesig und dunkel wie ein Monolith. Und die, die daherkam wie ein zum Plaudern aufgelegter Bekannter.

Aber daran wollte sie jetzt nicht denken, denn an die Angst zu denken konnte sie schließlich aufwecken, und danke sehr, danach sehnte sich Abby überhaupt nicht.

»Sag mal, Abby ...«

Sie legte das letzte Buch in die Umzugskiste und schloss den Deckel. »Ja?«

Sie setzte sich auf den Boden. Heiner klang, als habe er etwas auf dem Herzen. Er redete selten über sich, doch wenn, lohnte es sich, zuzuhören.

Er ließ sich neben sie fallen und fuhr sich verlegen durchs Haar. »Willst du, na ja ... Heute ist ja der letzte Tag hier und ... Ich dachte, vielleicht wäre es gut, wenn du jetzt darüber redest. Was genau passiert ist, meine ich. Dann könnte es hierbleiben. Du nimmst es nicht mit.«

Sie kniff die Augen zusammen. Was er sagte, ergab Sinn. Auch wenn es natürlich eine Einschränkung gab.

»Ich nehme es immer mit, glaube ich.«

»Ja, vielleicht. Du musst auch nicht, wenn du nicht willst.«

»Doch«, sagte sie. Plötzlich wurde ihr die Luft knapp. Sie atmete so tief wie möglich ein und wünschte sich, ruhig darüber reden zu können, das allerdings war wenig überraschend nicht besonders einfach. »Ich ...« Und augenblicklich war alles wieder da.

Die Angst, angeschwollen zur Größe eines Kontinents; die Dunkelheit; die Kälte. Der Boden so kalt und feucht unter ihr. Die Hand, die an ihren Mantelknöpfen zerrte, glitschig. Gestammelte Worte, Stöhnen.

Wie paralysiert starrte sie in sich selbst hinein, in das tiefe Schwarz, das unendliche Schwarz, das seither in ihr lauerte, Tag und Nacht. Als sie etwas an ihrem Hals spürte, zuckte sie zusammen und riss die Augen auf.

Dann merkte sie, dass es ihre eigene Hand war, die ihre Kehle bedeckte.

Sie schluckte. Es gelang ihr nur mit Mühe. »Er hat mich in den Park geschleift und sich auf mich gelegt. Ich hatte seine Hände an meiner ... an meiner Kehle. Er hat mich gewürgt. Ich hatte Angst zu sterben.«

»Und ... dann?«, fragte Heiner nach einer Pause, in der er sie so traurig wie mitfühlend angesehen hatte.

»Ich habe um mich geschlagen. Ich lag auf dem Rücken und hab gestrampelt wie ein Käfer. Meine Arme und Beine haben es von allein gemacht, ich konnte nicht mehr, ich konnte nicht ...«

»Denken?«

Abby nickte.

»Aber du hast ihn trotzdem in die Flucht geschlagen, bevor er ...«

Langsam nickte sie.

»Und du hast überlebt. Du hast dich gewehrt, das hat geklappt, und du hast überlebt.«

Sie schloss die Augen. Ja. Trotzdem fühlte sie sich ... kaputt. Zerbrochen wie eine auf den Boden geschmetterte Porzellantasse.

»Das ist das Wichtigste«, sagte er leise. So weich war der Klang seiner Stimme. Behaglich wie eine Umarmung. Doch sie hörte ihn kaum, so sehr raste immer noch ihr Herz. Übelkeit kroch in jeden Winkel ihres Körpers. Und dann das Rauschen in ihren Ohren. Dumpf und grollend wie ein Ozean im Sturm. Die Welt schien sich zurückzuziehen. Nur sie gab es noch, allein im eisigen Universum.

»Abby.«

Warm legte sich seine Hand auf ihre.

Plötzlich kamen ihr doch die Tränen. Unmengen davon, ein wahrer Sturzbach, der sie zittern ließ und in Form von Rotz aus ihrer Nase schoss. Und dann legte Heiner den Arm um ihre Schulter, redete nicht, sagte nichts von diesem beruhigenden Zeug wie »Es wird schon wieder« oder »Alles gut, alles wird gut«, was sie sowieso nicht glauben würde.

Die Gefühle rannen aus ihr heraus. Wurden aus ihr herausgeschüttelt. Wasser überall. Wasser, das ihre Angst, Wut und Verzweiflung mit sich trug. Als sie schließlich aufhörte, zu weinen, fühlte sie sich leer. Und so ruhig wie seit Langem nicht. Furchtbar erschöpft. Wunderbar leicht. Und dennoch niedergedrückt.

»Danke«, murmelte sie und atmete dankbar den Geruch seines Hemdes ein. Zigarettenrauch und ein Hauch von Schweiß. Der Duft ihres besten Freundes, so hatte er immer schon gerochen.

Sie war unendlich müde, was Heiner zu bemerken schien.

»Komm, leg dich hin. Ich mache hier den Rest.«

Abby schlief ein, kaum berührte ihr Kopf das Kissen. Sie fiel in Dunkelheit, in traumlosen Schlaf. Als sie erwachte, blinzelte sie ins silberne Morgenlicht und setzte sich langsam auf.

Kiste für Kiste stand ordentlich gestapelt neben der Zimmertür. An den Fenstern hingen keine Vorhänge mehr, alles wirkte unpersönlich und fremd. Die Wohnung, in der sie aufgewachsen war, schien sich verwandelt zu haben. Die Wohnung, in der ihr Vater mit ihnen gelebt, geschimpft, gelacht hatte. Es war, als gehöre all das zu einem alten Leben, zu einer fremden Person.

Das Einzige, was nicht fremd war, war Heiner, der

neben der Tür saß, den Rücken an die Wand gelehnt, und schlief. Doch er erwachte, als sie leise aufstand, und sagte: »Weißt du was? Ich hatte gerade eine E ... Epi ...«

»Epiphanie?«, fragte sie erstaunt.

»Exakt. Im Schlaf. Ich hab geträumt, dass du als Fotografin dein Geld verdienst.«

»So ein Blödsinn. Die Kamera trage ich doch eigentlich mit mir rum, weil ...«

»Weiß ich, weiß ich doch. Trotzdem. Es war kein Traum. Nicht du kannst nämlich hellsehen, sondern ich. Toll, wie?« Damit schlief er wieder ein. Nachdenklich ging Abby in den Flur. Die Rolleicord war nicht verpackt, auch der Spiegel im Flur hing noch. Barfuß, noch in zerknautschter Bluse und der Hose des Vortags, mit vom Weinen geschwollenen Augen und verstrubbelter Frisur, stellte sich Abby davor, sah auf die Kamera in ihren Händen, auf den Sucher, auf sich im Spiegel.

Was Heiner im Halbschlaf gemurmelt hatte, war natürlich Blödsinn. Aber ...

... aber manchmal ...

... brauchte es Blödsinn, um überhaupt morgens aufzustehen.

»Hallo.«

Der junge Mann sah so ernst aus, dass Abby, die erst höflich gelächelt hatte, den Mund wieder schloss. Weil sie beim Auspacken der Umzugskartons laut und schief vor sich hin gesungen hatte, hatte sie das Klopfen zunächst nicht gehört. Keine Ahnung, wie lange er schon hier gestanden hatte. In seinen dunklen Augen aber schimmerte keine Ungeduld.

»Hallo«, wiederholte er, und erst jetzt fiel ihr auf, dass

er das Wort auf eine Weise aussprach, als probiere er es wie ein ungewohntes, aber zauberhaftes Kleidungsstück an.

»Ja?«

Er hielt einen Zettel hoch. Den Aushang, den Heiner in zahlreichen Kopien in der gesamten Nachbarschaft aufgehängt hatte.

Studio zu vermieten, stand dort. Abby hatte die Buchstaben aus der Zeitung und einer Zeitschrift für Fotografie ausgeschnitten und aufgeklebt, damit die Leute aufmerksamer hinsahen. Ein bisschen ähnelte das Schriftstück einem Erpresserbrief, was sie sehr gelungen fand. *Mit Nordfenster, klein, aber toll. Für Künstler oder sonstige interessante Leute. 20 M./Monat.*

Sie war sich sehr, sehr schlecht vorgekommen, aber Heiner hatte sie überstimmt. Quatsch. Sie hatte sich Heiners Überzeugung einfach ausgeborgt und war kurz ebenfalls der Ansicht gewesen, dass ein Studio für zwanzig Mark Monatsmiete ein Schnäppchen war. Tatsächlich war es exorbitant teuer, wenn man bedachte, dass sie nur dreißig Mark mehr zahlen würde, die Remise aber dreimal so groß war und über eine Heizung, ein Bad und eine Teeküche verfügte.

Jetzt begann sie sich wieder zu schämen. Der junge Mann, der vor ihr stand, wirkte zwar nicht gerade bettelarm in seiner Rockerkluft – immerhin trug er eine schwarze Lederjacke und Lederstiefel, das musste man sich auch erst mal leisten können –, nichtsdestotrotz lief es darauf hinaus, dass sie ihren Untermieter schamlos ausnahm.

»Yes?«, fragte er, nachdem er mit dem Finger auf den Zettel gedeutet hatte.

Ah! Klar. Er sprach kein Deutsch. Sie sprach kein Englisch. Es würde schwierig werden, sich zu verständigen. Aber wie hatte er den Zettel lesen können?

Sie nickte und tat einen Schritt zurück, um ihn reinkommen zu lassen. Wenn Heiner hier wäre, dachte sie, würde er feuerrot anlaufen und dann komplett verstummen, denn der junge Mann, der nun schüchtern in den Hof trat, sah zum Niederknien aus. Am liebsten würde sie augenblicklich in die Remise rennen und ihre Kamera holen, um dieses Gesicht zu fotografieren! Schmal war es, mit auffällig hohen markanten Wangenknochen. Dunkle, tiefgründige Augen und ein Blick ... Melancholisch, tief, warm. Abby guckte lieber kein zweites Mal rein, sondern rettete sich mit dem Rest, der schmalen, gerade geschnittenen Nase, dem schönen Mund. Er sah aus wie aus einem Gemälde gesprungen. So jemanden musste Oscar Wilde im Kopf gehabt haben, als er *Das Bildnis des Dorian Gray* schrieb.

Still und wie von allen Menschen vergessen lag die Remise im Halbschatten da. Der Blick des jungen Mannes wanderte über die Backsteinmauer, zwischen deren Lehmfugen Efeu und Moos spross, zum Schuppen. Auch diesen Mittag herrschte dieselbe eigentümliche, zauberhafte Ruhe wie sonst. Kaum mehr als dumpfes Töpfeklappern drang durch die Fenster und aus der Ferne das Brummen eines Wagens. Der Hof schien wie gerade aus dem Dornröschenschlaf erwacht.

Weit war der Weg zum Schuppen ja nicht, aber in ihrer Verlegenheit kam es Abby wie eine halbe Ewigkeit vor, bis sie die Tür zum Studio öffnete. Sein fast schwarzes Haar fiel ihm in die Stirn, als er an ihr vorbeiging und hineinsah. So ernst und konzentriert wirkte er, als plane er gerade jeden Schritt seines noch vor ihm liegenden Lebens.

Als er sich umwandte und ihr Blick seinen traf, wurde Abby schwindelig, so viel Intensität lag darin. Verwirrt darüber lächelte sie, wusste aber zwei Sekunden später nicht mehr, worüber eigentlich.

»Naim?«, fragte er nach einer Weile.

Naim, was verdammt hieß das? Vielleicht ... Name?

»Abby«, sagte sie.

Verständnislos hob er die Schultern.

Sie zeigte auf sich und wiederholte: »Abby.«

Erneut hellte sich seine Miene auf. »Ah. Stu. Hi.«

Er streckte die Hand aus, und Abby nahm sie. Er hatte kräftige Hände, kantige Handteller, lange, gepflegt wirkende Finger. Es fühlte sich angenehm an, sie zu schütteln, konstatierte sie überrascht. Normalerweise zog sie ihre Finger immer nach dem Mindestmaß, das die Höflichkeit diktierte, wieder zurück und schüttelte sie leicht angeekelt hinter ihrem Rücken. Jetzt aber ließ sie sie da, in der Wärme seiner Haut.

Ein Glück, dass ihm hier sicher alles viel zu schäbig war! Denn mal ehrlich, wie sollte sie mit einem Untermieter wie ihm leben? Sie fand es viel zu schön, ihn anzusehen, einfach nur das, aber war das nicht reichlich seltsam? Seine Hand hatte sie auch gern gehalten, und das war ein schlechtes Zeichen.

Oder nicht schlecht womöglich, aber ... verwirrend. Und verwirrend gefiel ihr nicht.

»Hm«, sagte er und grinste in sich hinein, schüttelte den Kopf, biss sich auf die Unterlippe, grinste.

Jetzt lächelte auch Abby. Es gefiel ihm nicht, dachte sie eine Spur erleichtert. Es war ja auch viel zu teuer.

Er zeigte auf sich und dann kreisförmig um sich herum. Abby runzelte die Stirn, zog fragend die Schultern hoch, lächelte weiter.

Er nickte, tippte in die Luft, wedelte. Zaubertricks, fragte sie sich, war er so was wie ein Magier? Aber was dachte sie eigentlich für einen Blödsinn? Weil er Schwarz trug – so wie sie?

»Yes«, sagte er, tippte ganz sanft sie an und dann sich.

Yes verstand sie, und hörte ihr Herz lauter klopfen. Kam die Angst zurück? Hatte sie die ganze Zeit hinter den Hofmauern gewartet und schlug jetzt zu? Aber noch während sie sich das fragte, wusste sie die Antwort darauf. Das war keine Angst.

Angst war eiskalt und brennend heiß zugleich, sie war Schwärze und Leere und zog alles aus ihr heraus. Was Abby jetzt fühlte, war sanfter, weicher. Was nicht hieß, dass es ihr gefiel, auch wenn sie natürlich erleichtert war.

»Ähm, no«, antwortete sie daher entschuldigend.

Sie wollte wirklich nicht, dass er einzog. Zu allem, was ihr Leben so schwierig machte, brauchte sie nicht noch die Komplikation schneller klopfender Herzen und pausenlosen Gedankenkreisens, so etwas war Verliebtheit doch, oder? Sie musste klar bleiben, nach vorn gucken. Rausfinden, was noch von ihr übrig war nach der Sache mit dem Mann und nach monatelanger Panik.

»No?« Seine Augen weiteten sich.

»No.«

»But ...« Verwirrt schüttelte er den Kopf, dann nestelte er sein Portemonnaie aus der Hosentasche, klappte es auf, nahm zwanzig Mark raus, drückte sie ihr in die Hand.

»No.« Ein Glück, dass sie wenigstens dieses Wort kannte!

Seine Augen weiteten sich erneut. Er imitierte ihr Kopfschütteln, dann nickte er und zog ein Zweimarkstück hervor.

Erneut schüttelte sie den Kopf. »No.«

Nun wanderte noch ein Fünfmarkstück hinzu. Irgendwie ging das in die falsche Richtung.

Ohne den Blick von ihr abzuwenden, klopfte er sich die Taschen seiner Lederjacke ab. Noch mehr Geld? Aber dann fand er, was er gesucht hatte. Einen Pass, den er ihr reichte. Verwirrt klappte sie ihn auf. Stuart Fergusson Victor Sutcliffe. Geboren in Scotland, was sogar Abby mit Schottland übersetzen konnte. Er war ihr Jahrgang, 1949, ein paar Monate jünger als sie und würde am 23. Juni einundzwanzig werden.

Was sollte sie tun? Ihn vom Hof schieben? Ja, das wäre denkbar. Auf der anderen Seite hatte er Geld, und bisher war niemand anderes vorbeigekommen, um sich einzumieten. Und wenn jemand käme, könnte derjenige nicht noch viel schlimmer sein?

Bei dem Gedanken, ihn dermaßen auszunehmen, kam sie sich immer noch schäbig vor, aber könnte man die Sache nicht in Bewegung halten? Wenn sie es irgendwann einmal schaffte, Geld zu verdienen (zugegeben, bis dahin konnte es noch vierzig, fünfzig Jahre dauern), würde sie seine Miete mindern. Aus zwanzig fünfzehn machen oder zehn.

Die Idee erschien ihr wie ein Lichtblick. Und zu dem anderen Problem: Sie würde sich einfach vornehmen, diesen Stuart – er hatte sich aber als Stu vorgestellt, oder? –, diesen Stu zu ignorieren. Unterhalten konnten sie sich ohnehin nicht. Sein Lächeln, seine schönen Augen, das würde sich mit der Zeit abnutzen, oder?

»Sie wohnen im Schuppen«, sagte sie daher und kam

sich albern vor. Aber besser, als ihn nur hilflos anzulächeln. »Ich da hinten.« Damit zeigte sie auf sich und dann die Remise. »Natürlich müssen Sie das WC benutzen, das schaffen wir schon. Wir legen Zeiten fest. Dreimal am Tag, wäre das denkbar?«

Er lächelte, nickte verwirrt, zog die Stirn in Falten und die Schultern hoch.

»Sie haben bestimmt eine Freundin, ich habe einen Freund, das ist mein bester Freund, also nicht mein fester Fr ... Was ich sagen wollte: Wir wohnen nebeneinanderher. Yes?«

»Yes.«

Damit drehte er sich um und ging, während sie ihm verblüfft hinterherblickte, seinen Pass und siebenundzwanzig Mark in der Hand.

Vier Tage später war Stu noch nicht wieder zurückgekehrt. Was doch seltsam war! Immerhin hatte er ihr so viel Geld gezahlt und sogar seinen Pass dagelassen. Wann immer sie im Hof war und auf der Straße Schritte hörte, klopfte ihr Herz schneller. Furchtbar. Genau das, was sie nicht gewollt hatte. Und so wuchs langsam eine Überzeugung in ihr, die sie, als Heiner zu Besuch kam, postwendend loswerden musste: »Wenn er zurückkommt, gebe ich ihm das Geld zurück. Den Pass natürlich sowieso. Aber auch alles Geld. Er muss sich etwas anderes suchen. Ich will so jemanden nicht.«

»So jemand Attraktiven?« Grinsend machte es sich Heiner auf ihrem Bett bequem und versuchte, ein lässiges Gesicht zu machen, das er im Spiegel beobachtete. »Zeig noch mal das Passbild, ja? Ich brauche schließlich auch etwas zum Träumen.«

»Apropos«, schwenkte sie vom Thema ab. »Was ist mit Enzo?«

Heiner presste die Lippen zusammen, hielt den Kopf schräg, betrachtete sein Spiegelbild ernst, zuckte mit den Schultern. »Erzähle ich dir ein andermal. Also, bitte, ich will den unfassbar gutaussehenden Schotten betrachten.«

Stoisch schüttelte Abby den Kopf. Sie kam sich schon schlecht vor, weil sie Heiner das Foto überhaupt gezeigt hatte. Es kam ihr pietätlos vor.

»Abby. Nein.«

Verblüfft wartete sie darauf, dass Heiner weiterredete, aber den Gefallen tat er ihr nicht. »Was, nein?«

»Hast du dich hier mal umgesehen? Erstens: Niemand will diesen Schuppen. Wenn also doch jemand dafür bezahlt, nimm verflucht noch mal das Geld. Zweitens, was macht dir so Angst?«

Sie brauchte ein bisschen, um darauf antworten zu können. »Ich finde es schrecklich, dass ich zusammenzucke, wenn ich glaube, er steht vor der Tür. Ich mag das nicht, diese Unruhe. Ich brauche das Gegenteil!«

»Ehrlich, da wäre ich mir nicht so sicher.« Er hob das Kinn, um sich im Halbprofil zu betrachten.

»Was soll das heißen?«

»Dazu komme ich gleich. Aber was heißt das – du zuckst zusammen. Vor Angst?«

»Nee.«

»Wieso dann?«

»Jungs interessieren mich nicht«, brach es aus ihr heraus.

Heiners Augenbrauen schossen in die Höhe.

»Wirklich. Ich wollte nie verliebt sein. Ich hab's nicht

mit diesem romantischen Quatsch! Und ich will damit auch in Zukunft nichts zu tun haben.«

»Mit welchem romantischen Quatsch?« Interessiert betrachtete Heiner sie und legte den Kopf schief.

»Na, dass man an nichts mehr anderes denkt oder, was weiß ich, der Liebe über den gesamten Erdball hinweg zu entkommen versucht, aber die Liebe holt einen immer wieder ein ...«

»Woher stammt denn diese hübsche kleine Idee von dir?«

»Aus einem Roman. Ein Liebesroman, muss ich zugeben, aber ich mochte ihn.«

»Ha!« Hämisch lachend zeigte Heiner mit dem Finger auf sie. »Ich wusste, dass du solchen Kram auch manchmal liest.«

»Es ist der einzige, den ich mochte, und es ist mir kein bisschen peinlich.«

»Nur dass du mir vorher nie davon erzählt hast. Aber egal. Ich weiß, welches Buch du meinst. Ich hab *Jack und Jenny* auf deinem Nachttisch liegen sehen und ein bisschen drin geblättert. Aber das mal beiseite. Du brauchst Abwechslung. Ansonsten wirst du zu einer dieser armseligen Frauen, die sich in Schmalzsänger verlieben und glauben, sie würden zurückgeliebt, nur weil er von dem Plakat über ihrem Bett so nett auf sie runterlächelt.«

Mit einer Mischung aus Schrecken und Zorn schüttelte Abby den Kopf. »Ich neige nicht dazu, mich in Schmalzsänger zu verlieben!«

»Wart's ab. Zehn Jahre mit sich allein lassen den klügsten Menschen irre werden, das verspreche ich dir.«

»Ich bin nicht allein. Ich hab dich.«

»Hast du, aber das zählt nicht. Setz diesen Mann unter keinen Umständen vor die Tür.«

»Und warum nicht?«, fragte sie störrisch. Warum beharrte Heiner so auf ihm?

»Wann war dieses Bild von einem Mann hier? Vor ...«

»Vier Tagen.«

»Überleg mal, was in den vier Tagen passiert ist.«

»Was soll passiert sein?«

»Du ... Du ...« Theatralisch riss Heiner die Augen auf. »Bist du blind?« Er zeigte auf die Utensilien, die sie in den vergangenen Tagen gesammelt hatte und die jetzt auf dem Tisch vor dem Fenster lagen. Ein vertrockneter Kastanienzweig. Etwas Moos, das sie im Hof von der Mauer gekratzt hatte. Eine Muschel, die womöglich der Tierpräparator auf der Fensterbank vergessen hatte. Zunächst hatte sie vor, ihr neues Zuhause damit zu dekorieren, besann sich aber eines Besseren, arrangierte die Fundstücke auf dem Esstisch und blickte durch die Kamera auf sie runter. Eigentümlich, dass sie ihr auf diese Weise zugleich näher und ferner erschienen – als zeigten sie eine andere Seite an sich, wenn man das trennende Element, die Kamera, benutzte.

»Und was ist das?« Heiner war näher zu ihr gerobbt und tippte ihr sanft auf die Nase. »Noch mehr Sommersprossen.«

»Ich hab keine Ahnung, worauf du hinauswillst.«

»Doch, hast du, gib's doch zu. Du warst draußen.«

»Im Hof.«

»Wirklich nur im Hof?«

»Ich war auch mal kurz ... Ich gebe es zu. Der Kastanienzweig, den habe ich bei der Kirche gefunden. Aber sie steht keine zehn Meter von hier entfernt, das ist ja wohl kaum etwas, auf das ich stolz sein kann!« Eigentlich hatte sie sogar vorgehabt, Heiner davon zu erzählen, weil sie nämlich durchaus stolz gewesen war. Aber dann hatte sie sich geschämt. Wie albern, freudig rauszutrompeten, dass man auf der anderen Straßenseite gewesen war! Auch wenn dieses Mal ...

»Ich hatte die Kamera nicht dabei«, sagte sie leise und grinste. »Ich war draußen, Heiner. Ohne die Kamera. So wie früher.«

Heiner grinste so breit, dass seine Mundwinkel fast bei den Ohrläppchen ankamen. Dann begann er zu singen: »*Happy days are here again, the skies above are clear again* – endlich, Abby!«

»Endlich was?«

»Happy days, glückliche Zeiten! Du traust dich wieder was. Du *machst* was! Da liegt doch die Frage auf der Hand: wieso sich mit Krümeln aufhalten, wenn man die ganze Torte haben kann?«

»Und was soll das heißen?«

»Dass du zupacken sollst. Mit beiden Händen.«

Kopfschüttelnd stellte sich Abby vor den Spiegel und starrte hinein. Es stimmte: Weitere Sommersprossen hatten sich auf ihrer Nase zusammengerottet und machten sich bereit, sich auf die Wangen auszubreiten. Sie wirkten fröhlich und unbeschwert, und Abby sehnte sich danach, sich ebenso zu fühlen.

»Torte also?«, sagte sie endlich, und Heiner schlug triumphierend die Hände zusammen.

Die Große Freiheit bestand nachts, wie Abby mit Beklemmung feststellte, aus blinkenden Neonlichtern, die schmutzig waren vom Ruß der Kohleöfen und verendeten Motten; aus Reisegruppen in gediegenen Kleidern, die staunend vor den Aufstellplakaten standen, auf denen in riesigen Lettern *Sex* kreischte, und ein paar umherstolpernden Matrosen.

Mittlerweile waren weitere zwei Wochen vergangen, und Abby ging nicht mehr davon aus, dass sie einen Untermieter gefunden hatte. Der Schotte hatte sich nicht noch einmal blicken lassen. Rätselhaft. Was sollte sie mit seinem Pass anfangen? Und was war mit dem Geld?

Weit mehr beschäftigte sie allerdings gerade, wie sie den Abend überstehen sollte. Warum hatte sie sich nur überreden lassen, Heiner zu begleiten, der etwas von der besten Musik erzählt hatte, die er je gehört hatte? Letztendlich war er sogar vor ihr auf die Knie gefallen und hatte gesagt: »Wenn du mitkommst, erzähle ich dir alles über Enzo, was du wissen willst.«

Aber musste sie das alles denn wissen? Sie könnte zu Hause sein, in der Sicherheit ihrer runtergekommenen Remise, den warmen Abend genießen, indem sie das Fenster öffnete – das war eindeutig genug Außenwelt für sie! Wie laut es hingegen hier war, grell, verstörend!

Abby tastete nach Heiners Ärmel. »Sei mir nicht böse, aber ich glaube, ich gehe wieder zurück.«

»Nee, Abby, nee!«

»Ich kann das nicht.« Hilflos blickte sie auf das Schild, auf dem in riesigen Buchstaben *Kaiserkeller* stand, darunter *Tanzpalast der Jugend*.

»Guck doch mal, wie viele das sind!«

Vor dem Lokal, das sich an der Ecke zur Schmuckstraße befand, einer kleinen, finsteren Gasse, hatte sich eine Schlange gebildet. Da einreihen? Warten, während sie von hinten und vorn versehentlich berührt wurde? Vielleicht sogar jemandes Atem im Nacken spüren? Ihr wurde schummrig, wenn sie nur daran dachte! Sie ertrug keine Nähe, nicht, wenn sie von jemand anderem als Heiner kam, und das wusste er doch! Wieso hatte er sie trotzdem hergeschleppt?

Und warum hatte sie Ja dazu gesagt?

»Nein«, sagte sie jetzt, »es geht nicht. Ich muss nach Hause.«

Aber bevor sie sich umdrehen und wegstürzen konnte, legte sich Heiners Hand auf ihren Arm. »Häng dir die um.«

Es dauerte ein paar Sekunden, bis sie begriff, was er aus seiner Tragetasche zog, von der er behauptet hatte, sie zum Einschmuggeln von alkoholischen Getränken zu benutzen.

»Wann hast du die denn eingesteckt?«, fragte sie zugleich entsetzt wie ein wenig getröstet. »Hast du auch aufgepasst, dass sie keinen Schlag abkriegt?«

»Für wen hältst du mich?« Feierlich überreichte er ihr die Rolleicord. »Die Leute werden denken, du bist eine Talentsucherin. Das wird groß, Abby, ganz groß!«

Müde sah sie ihn an. Für wie doof hielt er die Menschen? Und was hatte sie davon, wenn jemand sie für eine Talentsucherin oder weltbekannte Fotografin hielt – wenn sie währenddessen in den Angstschlund fiel und bis zum Aufkommen auf dem Boden Jahrhunderte brauchte, interessierte sie das nicht im Mindesten.

»Ich verspreche dir, Abby, dass es sich lohnt. Du schaffst das. Dein magischer Regenschirm ist bei dir. Er beschützt dich.«

Aber Abby schüttelte den Kopf. Sie konnte nicht. Sie schämte sich entsetzlich dafür. Aber sie konnte nicht.

»Da unten«, mit beschwörender Miene deutete er auf das Lokal, »wartet deine Torte, Abby. Du musst mitkommen. Du musst einfach!« Torte, Kuchen, Krümel – es war ihr einerlei. Und langsam war sie es leid, dass Heiner, seit er vor zwei Tagen das erste Mal im Kaiserkeller gewesen war, über nichts anderes mehr redete. Die Atmosphäre! Der Krach! Die Musik! Die Gäste!

»Torte, Abby! Vor allem aber ... Da ist das Leben. Und es ist ganz anders als alles, was du kennst, das verspreche ich dir. Vergiss das Theater. Vergiss öde Konzerte. Da unten treten Musiker auf, die sich auf der Bühne in ... in Götter verwandeln. Ernsthaft. Du wirst glauben, dass du in eine andere Zeit gefallen bist. In die Zukunft. Oder eine andere Welt, in der nicht alles voller Regeln und Vorschriften und Verbote ist, wo nix unter den Teppich gekehrt wird, sondern einfach alles ... rausgerotzt wird. Rausgerotzt, Abby, wirklich! Das kannst du dir nicht entgehen lassen.«

Unsicher sah sie ihn an.

»Guck wenigstens mal durch den Sucher, ja?«, schlug Heiner enttäuscht vor. »Und dann ... Dann bringe ich dich nach Hause.«

Während das schlechte Gewissen über ihr zusammenschlug, öffnete sie den Lichtschachtdeckel und blickte durch die Linse auf die jungen Leute, von denen sich mehr und mehr vor dem Eingang zusammenrotteten. Die Frauen trugen Pferdeschwänze, glockig fallende bunte Röcke oder Kleider, die Männer Anzüge. Heiner in seinen Bluejeans und Abby, wie immer ganz in Schwarz und in Hosen, passten nicht dazu, aber den Gedanken verfolgte sie nicht weiter. Sie sah die Erwartung in den Gesichtern, die leuchtenden Augen.

Die Angst ebbte ab. Langsam und nicht vollständig, aber immerhin, sie ebbte ab.

»Kurz rein?«, fragte Heiner, der sie beobachtet hatte. »Nur mal gucken? Und raus, sobald du mir ein Zeichen gibst?«

»In Ordnung.« Ihr wurde schlecht vor Nervosität. »Aber wirklich nur kurz, ja?«

Eine halbe Stunde später stieg sie hinter Heiner her in den Keller hinunter, aus dem dumpfes Wummern drang. Die Leute hinter und neben ihr hielten Abstand. Kein Atem auf der Wange oder im Nacken, stellte sie erleichtert fest. An der Garderobe vorbei, in der eine gelangweilte Blondine saß, und einem Tresen, an dem in Viererreihen Leute standen und nach Bier verlangten. Dann ging es rein, wo die Luft zum Schneiden dick war, dabei war das Lokal noch nicht einmal halb gefüllt. Dichter Zigarettenrauch waberte von einer Ecke in die andere, sah sie durch den Sucher, doch dann hob sie den Kopf. Die Wände waren vergilbt, der Boden abgetreten. Ihr Blick wanderte weiter zu den Stahlsäulen, die die niedrige Decke trugen. Aus Lautsprechern wummerte Musik: Schnelle Gitarren, ein wirbelndes Schlagzeug, darüber schrie jemand mehr, als dass er sang.

Über Abbys Gesicht glitt ein ungläubiges Grinsen. Auch wenn sie es sich bestimmt nur einbildete und in drei Minuten ganz anders denken würde – in diesem Moment fühlte sie sich wie ein Fisch, der nach langer Zeit an Land endlich wieder ins Wasser hüpfte. Die verbrauchte, nach Alkohol riechende Luft, der Lärm, die Enge, sie liebte es!

»Alles in Ordnung?«

Abby nickte und konnte nicht anders, als weiterzugrinsen, was Heiner in begeistertes Kichern ausbrechen ließ.

»Komm, komm, komm!«, schrie er plötzlich und zog sie unsanft hinter sich her auf die Bühne zu. Menschen standen im Weg, die Heiner einfach beiseiteschob, und Abby spürte Schultern und Arme, die sie streiften, doch weder überkam sie Angst noch Ekel. Das waren bloß Leute. Keiner, der ihr was tun wollte.

Fast vorne angekommen, zeigte Heiner wedelnd auf einen freien Tisch. Zwei Stühle standen daneben, leere Flaschen und ein überquellender Aschenbecher darauf. Er klebte quasi an der Bühne, die alles andere als vertrauenerweckend aussah: Sie bestand aus einer Ansammlung lose wirkender Holzbretter, von irgendetwas getragen, das man von hier nicht erkannte. Dass sie überhaupt ein Klavier hielten!

Wie die Hyänen stürzten sich Heiner und sie auf die Stühle und schütteten sich anschließend vor Lachen fast aus. Mittlerweile wurde der Saal immer voller, ein paar Leute hatten auch angefangen zu tanzen, aber nicht auf die Weise, die Abby kannte: Als Einzige in ihrem weiblichen Bekanntenkreis hatte sie sich geweigert, eine Tanzschule zu besuchen, und fand den Foxtrott und wie sie alle hießen lächerlich. Hier aber schien es nichts Einstudiertes zu geben, die Leute hüpften einfach auf der Stelle, hier und da schüttelte einer wie wild seinen Kopf. Nach einer Weile, in der sie sich staunend umgeguckt hatte, fiel Abby auf, dass sie seit bestimmt einer halben Stunde nicht mehr durch ihre Kamera geguckt hatte. Nicht mal das Gehäuse berührt. Sie hatte sie vergessen!

»Gleich geht's lo-hos!«, sang Heiner und hüpfte vor Aufregung auf seinem Stuhl.

Was losgehen würde, war eine Musikgruppe, die er vor zwei Tagen zum ersten Mal gesehen hatte. Hier, im Kaiserkeller, was eine Offenbarung für ihn gewesen war, sowohl was die Musiker anging als auch das Lokal. Früher hatten sie zusammen lediglich die üblichen langweiligen Junge-Erwachsene-treffen-sich-um-zu-plaudern-Gaststätten besucht. Oder eben das Theater, manchmal das Kino. Mehr gab es nicht, hatten sie jedenfalls gedacht.

Aber im Sündenpfuhl Sankt Pauli, da stand also der Kaiserkeller, und sie saßen drin!

Während Abby weiterhin alles auf sich einwirken ließ, begann ein Kommen und Gehen auf der Bühne. Instrumente wurden hergebracht und gestimmt, geschäftig hüpften junge Männer in Anzügen dazwischen herum. Hinter sich fand es Abby spannender: Obwohl gar keine Musik mehr aus den Lautsprechern kam, hörten die Leute nicht auf zu tanzen. Da legte sich Heiners eiskalte Hand um ihren Arm.

»Jetzt! Guck nach vorne, Abby!«

»Hello Hamburg!«, knisterte es aus einem Mikrofon.

Gespannt fuhr Abby zur Bühne herum. Ein junger Mann stand da oben, bestenfalls zwei Armlängen von ihr entfernt. Sein rotbraunes Haar war so hoch aufgekämmt, dass es den Kopf um das Doppelte verlängerte. Um seine Schultern baumelte eine Gitarre, in seinem Mundwinkel hing eine brennende Zigarette. Die Augen hatte er zusammengekniffen, die Lippen trotz der Kippe zu einem halb lässigen, halb abfälligen Lächeln verzogen.

Vorgebeugt sagte er noch etwas ins Mikro, das in Abbys Ohren wie »Hello Nazis« klang, doch sie kam nicht dazu, darüber nachzudenken. Sämtliche Leute, die eben noch am Tresen gewartet hatten, stürmten wie auf Kommando nach vorn und drängten sich um ihren Tisch, sodass Abby plötzlich nur noch Hintern sah und ohne große Probleme sämtliche Handtaschen leerräumen könnte, die vor ihrer Nase baumelten.

Schlagartig fand sie die Atmosphäre nicht mehr ganz so anregend, sondern eher beklemmend. Wieso rückte der Kerl so dicht an sie heran? Und das Mädchen in dem karierten Kleid, das ihr fast auf dem Schoß saß? Um sich etwas Raum zu verschaffen, stand Abby auf. Das war besser, ein bisschen jedenfalls, allerdings spürte sie mindestens zwei Ellbogen zwischen ihren Schulterblättern, einen in ihrer Taille und eine Nase beinahe im Nacken. Sie hob die Finger, strich über die Kamera, wartete auf die Angst. Die aber war wieder einmal für Überraschungen gut. Sie winkte kurz aus der Ferne. Dann war sie verschwunden.

»Musst du gehen?«, schrie ihr Heiner ins Ohr, der ebenfalls aufgesprungen war, als zwei weitere Männer auf die Bühne stoben. »Also, äh, müssen *wir* gehen?«

Ein ohrenbetäubendes Scheppern klaubte ihr die Antwort von den Lippen. Einer der Kerle hieb auf das Schlagzeug ein, als gäbe es kein Morgen. Wie ein herannahendes Gewitter ließen die Schläge die Luft erzittern, dann setzten zwei Gitarren ein.

»Nee!«, rief Abby zurück.

»We're the Beatles from Liverpool.«

»Wir sind die Beatles aus Liverpool!«, brüllte Heiner ihr als Übersetzung ins Ohr.

Jubeln war die Antwort. Zusammen mit dem Schlagzeuger, der mit leicht geöffnetem Mund seine Sticks niedersausen ließ, waren sie nun zu viert: ein junger, schüchtern aussehender Dunkelhaariger an der Gitarre, ein junger, alles andere als schüchtern aussehender Dunkelhaariger, ebenfalls mit Gitarre, der sich vor dem Mikrofon postiert hatte und nun die Ansagen machte, und ebenjener Rotschopf, der Grimassen zu schneiden begann.

»Let's rock!«, schrie der nicht zurückhaltend Wirkende, und die Meute rund um Abby begann zu toben. Heiner versuchte nicht länger, für sie zu übersetzen, es war ihr auch egal, was das hieß, denn jetzt hieben die jungen Männer auf ihre Instrumente ein, und *Roll Over Beethoven* blies von vorn über sie hinweg wie heißer Wüstenwind. Abby konnte nicht anders, als den Kameradeckel aufzuklappen, aufgeregt die Blende einzustellen, sich um die Schärfe keine Gedanken zu machen, schließlich würde sie nicht sehen, was sie knipste, und die Kamera über den Kopf zu halten und abzudrücken.

Die Atmosphäre war so wild, so fantastisch, dass sie keine Sekunde auf etwas wie einen magischen Moment warten musste.

»John!«, schrie gellend jemand neben ihr, weitere Namen wurden gerufen, fast ausschließlich von Frauen. Ohrenbetäubendes Kreischen ertönte aus der Menge hinter ihr, vermengte sich mit der Musik, dem Schlagzeug, wieder ein Name, diesmal einer, der wie »Stu!« klang.

Abbys Herz schlug schneller, was sie kurz ärgerte. Genau das hatte sie gemeint, als sie mit Heiner über die Liebe gesprochen hatte. Nun bildete sie sich schon ein, den Namen dieses seltsamen Schotten zu hören, obwohl sie ihn seit über zwei Wochen nicht gesehen hatte. Mit den nächsten Tönen der Band verebbte der Ärger jedoch bereits wieder. Abby ließ die Kamera sinken und stellte sich auf die Zehenspitzen, um mehr zu sehen.

Das rechte Auge des Sängers war etwas größer als das linke. Sonderlich gutaussehend war er nicht, aber wenn er nur eine halbe Handbewegung in Richtung Publikum machte, übertrumpften sich die Frauen mit ihren Begeisterungsschreien. Die Männer neben und hinter ihr tanzten währenddessen ekstatisch, sodass nichts als hüpfende Schatten und zuckendes Licht zu sehen war.

Heiner drückte ihre Hand und sah sie begeistert an. »Und? Und? Wie findest du es?«

Sie nickte und lachte, und die Erleichterung, mit der er sie an sich drückte, ließ sie fast heulen.

Er hatte wohl auch nur halb daran geglaubt, dass sie den Abend hier gut überstände. Oder warum begannen seine Augen plötzlich so seltsam zu glänzen, als hätte er Fieber? Aus dem Dunkel des hinteren Bühnenteils trat jetzt der Bassist. Die dunklen, rhythmischen Töne seines Instruments vermischten sich mit ihrem Herzschlag. Wie Abby trug auch er Schwarz. Und eine Sonnenbrille. Doch auch wenn sein Gesicht vor Rauch kaum zu sehen war, zuckte sie zusammen, als sie erkannte, wer er war.

Stu!

Er blickte nicht auf. Stattdessen konzentrierte er sich auf sein Spiel, untermalt von den kreischenden Gitarren, dem hämmernden Schlagzeug und den Stimmen der drei in der Mitte, die jetzt im Chor ins Mikro brüllten: »*Well if you feel and like it, go get your lover, reel and rock it.*«

Ungläubig wandte sie sich Heiner zu, der in sich hineingrinste wie ein Honigkuchenpferd.

»Warum hast du mir das nicht gleich gesagt?«, brüllte sie ihm ins Ohr.

»Weil du dann schon gar nicht mitgekommen wärst«, schrie er zurück.

Da fühlte Abby, wie etwas Neues ihren Körper flutete. Nicht mehr nur schlichte Begeisterung, die Freude, hier zu sein und keine Angst zu empfinden, es war viel mehr.

Sie neigte nicht zu alberner Romantik, wirklich nicht, aber es kam ihr so vor, als ziehe sie etwas zu ihm hin, während er zu ihr gezogen wurde, und all das, ohne dass sie sich rührten. Und entgegen ihrer Erwartung fühlte es sich großartig an.

Jetzt hob er den Kopf. Obwohl seine Augen hinter der Sonnenbrille unsichtbar waren, spürte sie seinen Blick auf sich. Der Anflug eines Lächelns zuckte um seinen Mund.

Sie sahen einander an. Es war, wie im Auge eines Orkans gefangen zu sein. Stille, nichts als Stille. Nichts bewegte sich mehr, nicht einmal die Zeit.

Irgendwann glotzten auch die anderen Musiker sie an, die bemerkt hatten, dass irgendetwas geschah, was sie nicht verstanden. Auch das Publikum verrenkte sich den Hals. Abby, die den Blick nicht von ihm abwenden konnte, spürte, wie sich alles in ihr verdrehte.

Kopfüber hing ihr Herz.

Von innen nach außen glitt ihre Seele.

Und sie begann zu fliegen.

SOFIA

Frühjahr 1961
Prenzlauer Berg, Berlin, Hauptstadt der DDR

Dass Nächte so lang, kalt und einsam sein konnten, war Sofia neu. Sie war daran gewöhnt, allein zu sein, sie hatte keine Geschwister, ihr Vater war kurz nach ihrer Geburt verschwunden, und ihre Mutter und sie waren stets miteinander umgegangen wie zwei zufällig zusammengewürfelte Fremde. Nie hatte sie im Bett ihrer Mutter geschlafen. Hatte sie als Kind Albträume, wurde sie allein damit fertig. Doch als sie nun im Dunkel des Stationszimmers saß und versuchte, etwas zu erkennen - irgendetwas, Hauptsache, sie könnte sich darauf konzentrieren -, war ihr, als schleiche die Einsamkeit um sie herum wie ein kalter Windhauch. Sie empfand eine Leere wie nie zuvor in ihrem Leben. Leere und Angst, so intensiv, dass sie nicht einmal weinen konnte, selbst wenn sie sich trauen würde.

Der Hocker, auf dem sie saß, war hart und niedrig. Ihr Rücken schmerzte, ihr Po auch. Und sie fror entsetzlich. Die Nächte auf dem Hocker waren eine gängige Strafe, hatte sie mittlerweile gelernt. Ziemlich häufig kam es vor, dass eine der Frauen nicht in ihr Bett kriechen durfte. Sei es, weil sie beim Essen Besteck hatte fallen lassen, sei es, weil sie widersprochen hatte - oder eine Schwester behauptete, sie widersprechen gehört zu haben. Sofias Magen knurrte und sie zuckte vor Schreck zusammen.

Sie durfte niemanden wecken. Unter keinen Umständen. Das würde nur weiteren Ärger bedeuten, und Ärger hatte sie doch wirklich genug.

Am vergangenen Morgen, der ihr in der Schwärze der jetzigen Nacht so fern schien wie der Mond, war sie durch ein Kribbeln auf ihrer Haut aufgeschreckt. Panisch war sie in die Höhe geschossen, hatte dann aber erleichtert festgestellt, dass keine der anderen Frauen neben ihr stand. Wenn sie bloß versuchen würden, Sofia zu kitzeln, das ginge ja noch. Aber die anderen Patientinnen waren zu weit Schlimmerem fähig.

Sie quälten einander, schlugen, bissen, kratzten. Schwärzten an. Pinkelten in fremde Betten. Solcherlei.

Nein, heute Morgen war es bloß eine Fliege gewesen, die nur kaum beweglich von der Morgenkälte über ihre Haut gekrabbelt war. Eine Fliege, die irgendwie hereingekommen war. Wahrscheinlich durch ein gekipptes Fenster, aber dennoch ... Sie hatte etwas in Sofia ausgelöst. Wenn sie reinkam, kam sie auch raus. Ja, es war nur eine Fliege, nicht gerade unbedeutend in Bezug auf die Größe – Sofia passte nicht durch ein gekipptes Fenster und auch nicht durch die Gitter davor.

Aber sie musste hier raus! Sie *musste*.

Daher hatte sie sich mittags in der Besenkammer versteckt, die nur ein paar Schritte von der Tür entfernt lag, die nach draußen führte. Als sie das Rasseln des Schlüsselbundes gehört hatte, hatte sie die Luft angehalten. Ihr Brustkorb wäre fast geplatzt, so wild hatte ihr Herz geschlagen. Als sie Schritte näherkommen hörte, hatte sie die Tür aufgerissen und war rausgestürmt, einen Besen in der erhobenen Hand, bereit, ihn der Schwester über den Schädel zu ziehen und ihr die Schlüssel zu entreißen.

Raus, raus, nur raus.

Deswegen saß sie hier, auf dem Hocker, von dem sie sich nicht rühren durfte. Man konnte es anders nämlich nicht ausdrücken als: Ihr Plan hatte nicht funktioniert. Schwester Barbara war auf Überraschungen wie diese vorbereitet gewesen. Nicht mal zusammengezuckt war sie, sondern hatte Sofia mit festem Griff den verdammten Besen entwendet.

Traurig starrte Sofia in die kalte, finstere Nacht. Die Vorstellung, ihre Mutter würde kommen, um sie zu holen, wirkte wie ein nebelschwadendurchzogener Traum. Oder sonst wer? Veronika? Aber wie sollte das funktionieren?

Dennoch hoffte sie. Was blieb ihr auch anderes übrig?

Es war ruhig auf der Station, die weit genug vom Rest des Krankenhauses entfernt lag, um nicht von deren nächtlichem Treiben gestört zu werden. Sie aber wünschte sich inständig ein Geräusch. Irgendetwas, das auf die Gegenwart anderer Menschen hinwies, anderer allerdings als ihrer Zimmergenossinnen.

Mittlerweile wusste sie, dass die Rothaarige Carmen hieß (auch wenn in ihrem Pass Karen stand) und als Stubenälteste Befehlsgewalt besaß. Selbst zwar Insassin, standen ihr fast so viele Rechte zu wie den Schwestern. Außer natürlich, das Krankenhaus zu verlassen. Doch sie durfte die Regeln verkünden und, viel wichtiger, sie auch durchsetzen. Carmen hatte angeordnet, dass Sofia die Nacht auf dem Hocker zubringen müsse.

»Und wenn ich dich auf dem Fußboden erwische oder sogar in deinem Bett ...« Sie hatte sie kalt angefunkelt, und kleine Spucketröpfchen waren aus ihrem Mund gezischt. »Dann verdresche ich dich, dass du deinen Arsch nicht mehr spürst, kapiert?«

Kapiert.

Es war verdammt hart, wach zu bleiben. Aber wenn sie einschliefe, würde sie vom Hocker rutschen. Und eines hatte sie verstanden: Carmen neigte nicht zu Übertreibungen. Was sie androhte, setzte sie in die Tat um.

Also zählte Sofia von Tausend zurück, dann wandte sie sich allen Liedern zu, die sie kannte. Unhörbar flüsterte sie in Gedanken: *»Are you lonesome tonight, do you miss me tonight, are you sorry we drifted apart?«*

Mit ihrem Lehrbuch der englischen Sprache, das sie aus der Schulbibliothek geklaut hatte, hatte sie sich hingesetzt und ein Wort nach dem anderen übersetzt. Sie konnte das Lied auswendig, und sie konnte es stumm singen, nur für sich und für ihr Herz hörbar. Aber sie musste aufpassen. Nie wieder laut singen. Nie wieder laut s ...

Ein Geräusch ertönte. Es kam von ihr, weil sie vom Hocker geglitten war.

Atemlos rappelte sie sich auf und tastete panisch nach dem Holzschemel, doch er musste ebenfalls umgefallen und weggerollt sein.

Sie hörte einen zischenden Laut und nahm in der Finsternis eine Bewegung wahr. Dann traf sie etwas. Es war weich und biegsam, brannte auf ihrer Haut aber wie Feuer.

Wie Carmen sie im Finstern sehen konnte, war ihr schleierhaft. Sie konnte nicht einmal die Umrisse der Furie ausmachen, die weiter auf sie eindrosch, härter und härter, und Sofia hielt die Luft an, ballte die Fäuste, machte sich so klein wie möglich und versuchte zu verschwinden.

Wenn sie nicht atmete ...

Nicht dachte ...

Nicht war ...

Dann spürte sie auch immer weniger. Weniger und weniger, auch wenn ihre Haut in Flammen zu stehen schien.

Plötzlich brannte Licht und die Tür stand sperrangelweit offen. Von der Helligkeit geblendet, kniff sie die Augen noch fester zusammen. Eine männliche Stimme war zu hören, die etwas für Sofias Ohren Unverständliches rief. Dann griff sie jemand an den Armen und half ihr auf. Sie sah nur verschwommen.

Die Gestalt führte sie hinaus, was Sofia zunächst mit Dankbarkeit erfüllte. Doch kaum hatte sie den Flur betreten, griff eisige Angst nach ihr. Er war der Arzt, der etwas zu ihrer Stimme gesagt hatte, der junge, der netter wirkte als die anderen, was unter Garantie nur täuschte. Er würde noch viel Schlimmeres mit ihr anstellen. Die Ärzte, hatte Krümel erzählt, freuten sich, wenn die Frauen blutend vom Untersuchungsstuhl rutschten und sich vor Schmerz in der Tür krümmten.

Das war ihr noch nicht passiert. Aber jetzt. Jetzt bestimmt!

Ihre Schultern, Arme und Beine taten so weh, dass sie sich nicht einmal die Mühe machte, sich nach einer Fluchtmöglichkeit umzusehen. Wohin wollte sie auch? Nie war es einer Insassin gelungen, auszubrechen. Nicht ein Mal.

Und dann sollte ausgerechnet sie entkommen?

»Kommen Sie. Da rein. Geht es?«

Als sie noch klarer zu sehen begann, erkannte sie, dass sie nicht in einem Untersuchungszimmer gelandet war. Diesen Raum hatte sie bisher nicht zu Gesicht bekommen. Er wirkte regelrecht ... gemütlich. Nicht gefliest wie die Untersuchungszimmer und anständig möbliert mit Birkenholzstühlen, die um einen runden Tisch herum gruppiert standen, hohen, mit Akten vollgestellten Regalen und sogar einem Sessel, zu dem der Mann sie vorsichtig führte.

»Setzen Sie sich.«

Was würde geschehen, wenn sie es tat? Was aber, wenn sie seiner Anweisung nicht Folge leistete?

Zu ihrer Überraschung reichte er ihr eine Decke, nach der sie zögernd griff.

»Danke«, murmelte sie. Ihre Stimme klang fremd in ihren Ohren. Verunsichert tastete sie nach ihrem Mund und spürte die Schwellung ihrer Unterlippe.

»Ich hole Ihnen etwas zum Kühlen.«

In der Tür blieb er stehen und wandte sich ihr zu. Er war wirklich jung, vielleicht Anfang oder Mitte zwanzig. Sein Haar war blond, gelockt und so unordentlich, als fahre er sich ständig verzweifelt hindurch. Er hatte graue Augen, glaubte sie im grellen Licht der Neonröhre zu erkennen, und ein etwas schiefes Gesicht. Vielleicht war seine Nase mal gebrochen gewesen. Oder er hatte eine Hasenscharte.

»Ich bin Lukas«, sagte er leise. »Lukas Paul. Also, ähm. Assistenzarzt und ...« Er verstummte.

Sie wusste nicht, was sie sagen sollte. Sie versuchte zu lächeln, aber das schmerzte.

»Setzen Sie sich doch, bitte. Keine Bange, hier kommt sonst niemand rein. Ich bin gleich wieder da.«

Was blühte ihr, wenn er erst fort war? Wenn dies eine Falle war und er Carmen holte? Oder die Schwestern, die auch nicht zimperlich waren? Nein, die Drecksarbeit überließen sie den Stubenältesten; er musste etwas weit Schlimmeres im Schilde führen.

Sie hatte davon gehört: von den Medikamenten, die die Frauen nehmen mussten und dann endlose Fragebögen ausfüllen. *Sahen Sie zu irgendeinem Zeitpunkt verschwommen? Litten Sie an Schwindel oder Ohrensausen? Hitzegefühlen? Brannte Ihre Haut?*

»Studien«, hatte Krümel gesagt, als sie ihr davon erzählt hatte, und die Schultern gezuckt. »Für neue Pillen oder so was.«

Verkrampft setzte sie sich hin. Dann stand sie wieder auf. Nicht nur weil ihr Po höllisch wehtat, sondern auch, weil sie genügend Mut herbeiholen wollte, um ... irgendetwas. Zu türmen. Diesen Lukas Soundso hinterrücks zu überwältigen, wenn er wieder eintrat. Es gab diverse Dinge in dem Zimmer, die sich dafür eignen würden. Allein der gläserne Briefbeschwerer wog sicher ein Kilo. Sie könnte auch einen Stuhl nehmen, um zuzuschlagen.

Wenn sie nicht so schrecklich müde wäre, erschöpft, verzweifelt und frei von jeglicher Hoffnung. Hoffnung aber brauchte man, um Mut zu finden. Niemand tat Heldenhaftes, ohne auf einen guten Ausgang zu spekulieren.

In ihr aber war es so dunkel und kühl wie in dem Raum, in dem sie die vergangenen Stunden auf einem Hocker gesessen hatte.

Schritte kündigten seine Rückkehr an. Sofia spitzte angespannt die Ohren. Hatte er Verstärkung geholt? Doch es klang, als sei er allein.

Als sich die Tür öffnete, zog sie dennoch in Erwartung auf sie zustürmender Menschen angstvoll die Schultern hoch. Wann war sie so geworden? Sie war doch immer kämpferisch gewesen, hatte sich zu wehren gewusst, sogar gegen die größten Rüpel aus der Nachbarschaft. Aber hier ... Die letzten zwei Tage ... Sie hatten ausgereicht, um ein Bündel voll Scham und Furcht aus ihr zu machen, die regelrecht aus ihr heraustropften.

»Schmerzen?«, fragte er das allzu Offensichtliche mit Blick auf den Sessel, neben dem sie stand. Mit einem Mal wurde sie sich ihres Aufzugs bewusst. Er in weißem Kittel, Hosen und Hemd. Sie in Anstaltsnachthemd aus dicker, kratziger Baumwolle mit Schweißrändern unter den Achseln, die nicht von ihr stammten.

Aber wieso machte sie sich über so etwas Gedanken? Es war doch vollkommen egal.

»Ich habe, also ...« Verlegen fuhr er sich durchs Haar. Es blieb noch verwuschelter zurück. »Hier.«

Er gab dem Rollwagen, den er in der Tür geparkt hatte, einen freundlichen Schubs. Dann deutete er auf das Arsenal an bauchigen braunen Flaschen, deren Etiketten von Hand beschriftet waren.

»Damit sollte ich Sie immerhin so weit flicken können, dass Sie morgen sitzen können.«

»Wenn ich morgen wieder sitzen könnte, würde mich Carmen ein zweites Mal zusammenschlagen.«

Er runzelte die Stirn. »Das ist die Stubenälteste?«

Sofia nickte. Sie wusste wirklich nicht, ob der Kerl vertrauenswürdig war. Nicht dass es hier nicht auch nette Menschen gab, Krümel war immerhin einer von ihnen. Aber das Personal schien in der Hölle rekrutiert worden zu sein. Was, wenn sie alles noch weit schlimmer machte, wenn sie von Carmen erzählte? Was, wenn er es brühwarm weitertrug?

Oder, und das war vielleicht noch viel, viel schlimmer: sich die Stubenälteste heute Nacht Ärger eingeheimst hatte, für den sie Sofia zweifellos büßen lassen würde?

»Vergessen Sie, was ich gesagt habe.«

Verwundert sah er sie an.

»Ich bin nur vom Hocker gefallen.«

Er schnaubte leise, kommentierte das aber nicht. Stattdessen schraubte er eine der Flaschen auf und tränkte einen Wattebausch mit der durchsichtigen, streng riechenden Flüssigkeit.

»Das wird ein bisschen wehtun.«

Sofia zuckte mit den Achseln.

»Entschuldigung«, murmelte er dennoch und nahm behutsam ihre Hand. Als sie den Blick senkte, zuckte sie zusammen. Die Striemen auf der Innenseite ihres Armes sahen aus, als wäre sie ausgepeitscht worden, was womöglich sogar der Fall gewesen war.

Er entschuldigte sich ein weiteres Mal und begann ihr vorsichtig die Wunden abzutupfen. Es brannte. Es brannte so sehr, dass Sofia einen Moment lang damit rechnete, ohnmächtig zu werden. Doch auch wenn die Welt um sie herum begann, Karussell zu fahren, blieb sie bei Bewusstsein.

Anschließend nahm er sich ihren rechten Arm vor, dann die Beine, wobei sich eine feine Röte über seine Wangen zog. Als er sie schließlich bat, das Nachthemd noch etwas weiter anzuheben, vollbrachte er das Kunststück, zugleich sorgfältig ihre Wunden zu desinfizieren, dabei aber nicht hinzusehen.

Die anderen Ärzte kannten keinerlei Schamgefühl, sie starrten, so kam es ihr nach nun vier Untersuchungen an zwei Tagen vor, einfach in sie hinein, als würden sie einen toten Schmetterling unter der Lupe betrachten.

Dankbar ließ sie ihr Nachthemd wieder fallen, nachdem er sich aufgerappelt hatte und erneut durch sein zerzaustes Haar gefahren war.

»Warum sind Sie so?«, fragte sie.

»Wie denn?«

Er verstaute sämtliche Medizin wieder auf dem Rollwagen und schubste ihn in die Ecke.

»Nett.«

»Als ich Medizin studiert habe, habe ich mir eingebildet, das gehöre zum Beruf dazu.«

»Aber mittlerweile wissen Sie es eigentlich besser?«

Verwundert sah er sie an. »Nein, das nicht. Ich habe nur gemerkt, dass die meisten anderen Ärzte, na ja, hier jedenfalls ... Bitte, setzen Sie sich doch. Jetzt müsste es nicht mehr ganz so schmerzhaft sein.«

Nach einem unsicheren Blick auf den Sessel versuchte sie es erneut. Er hatte recht. Es brannte immer noch, aber der Schmerz verging nach ein paar Sekunden.

»Ich habe hier etwas für Ihre Lippe«, sagte er und reichte ihr ein mit Eiswürfeln gefülltes Geschirrtuch. »Nur vorsichtig tupfen. Wir wollen keinen Kältebrand.«

Seltsam, wirklich, mit ihm hier zu sein. Auch wenn sie wusste, dass nachher alles nur noch weit schlimmer werden würde – Carmen tobte sicherlich; eigentlich grenzte es an ein Wunder, dass sie nicht im Flur auf und ab lief und vor Wut kreischte –, wollte sie das Unvermeidliche hinauszögern. Nur ein bisschen hierbleiben, wo es hell war, wo es warm war, wo sie ihre Müdigkeit spüren durfte und, wenn sie die Augen schloss, ihre Gedanken vorbeiziehen sehen konnte. Die Schmerzen ließen immer mehr nach. Mit einem Mal war ihr, als versinke sie in Watte, dann kam Nebel auf, und sie fiel und fiel und fiel.

Leise schrie sie auf und tastete verwirrt nach den Armlehnen. Als sie die Augen öffnete, sah sie Sonnenstrahlen, die schräg durch die halb geöffneten Lamellen der Plastikjalousie fielen. Sie befand sich immer noch im Arztzimmer, was nur eines bedeuten konnte: unfassbaren Ärger.

Sofia sprang auf und zuckte vor Schmerz zusammen. Doch als ihr Blick ihre Unterarme streifte, empfand sie zumindest einen Hauch Erleichterung. Die Haut um die Striemen herum war etwas abgeschwollen; auch schien sich keine der Wunden entzündet zu haben.

Einen Fluch unterdrückend wagte sie einen Blick durch die Lamellen vor dem vergitterten Fenster. Die Sonne stand noch tief, ihr Licht war fahl. Womöglich hatte sie Glück, und noch war niemand wach. Aber falls es so war, würde das Glück mit Sicherheit nicht lange anhalten – Zeit also, sich so rasch wie möglich aus dem Staub zu machen.

Sie ließ die Decke, die ihr im Schlaf von den Knien gerutscht sein musste, liegen und humpelte auf die Tür zu. Bevor sie die Hand nach dem Knauf ausstreckte, durchzuckte sie der Gedanke, ob Doktor Paul womöglich abgeschlossen hatte.

Doch es klackte leise, als sie den Knauf drehte. Sofia öffnete die Tür einen Spaltbreit und lauschte in den noch dunklen Flur hinein.

Wie würde Carmen toben! Und sicher wieder nach dem greifen, was sie heute Nacht benutzt hatte. Eine Weiderute? Ein Elastikband, das die Kinder zum Gummihopsen benutzten? Nun, sie würde es gleich zu Gesicht bekommen, das war fraglos.

Als sie einen Fuß in den Gang setzte, hörte sie ein leises Räuspern. Sie erstarrte und traute sich kaum zu atmen.

»Fräulein Nordmann.«

Ängstlich sah sie in die Richtung, aus der sie gekommen war, erkannte zu ihrer Erleichterung jedoch den jungen Arzt, der, das eine Bein angewinkelt, an der Wand lehnte.

»Ich wollte Sie gleich wecken, aber jetzt sind Sie mir ja zuvorgekommen.«

Sie brachte kein Wort heraus. Wieso war er immer noch hier? Und wieso im Flur, während sie in seinem Zimmer vor sich hingeschlummert hatte?

»Ich …« Er nestelte etwas aus seiner Kitteltasche und reichte es ihr. »Reden Sie nicht darüber. Mit keiner Menschenseele, haben Sie mich verstanden?«

Verwirrt sah sie ihn an, dann nickte sie. Was er ihr in die Hand drückte, waren drei Teebeutel.

»Was …?«

»Durchhalten«, flüsterte er.

Dann verschwand er.

Was verdammt sollte sie mit drei Teebeuteln anfangen? Und wie sollte sie durchhalten? Hatte er denn überhaupt eine Ahnung, was ihr gleich blühte?

Doch bevor sie sich darüber weiterhin den Kopf zerbrach, sollte sie dafür sorgen, dass sie überhaupt noch einen hatte. Sie humpelte, so schnell es ihre schmerzenden Beine zuließen, auf die Tür zu ihrem Zimmer zu. Als sie nur noch wenige Schritte entfernt war, glaubte sie ein Geräusch zu hören. Ein Scheppern. Gleich würde die diensthabende Schwester das Gitter zur Außenwelt aufschließen und eine Tür nach der anderen aufsperren.

Da stellte sich die Frage, wie Sofia überhaupt zurück in ihr Zimmer kommen sollte, denn der Arzt musste doch wieder abgeschlossen haben, nachdem er sie geholt hatte – oder nicht? Sofia erinnerte sich nicht. Sie erinnerte sich nur an die grausamen Schläge, ihre Schmerzen, das aufflammende Licht. Und plötzlich hatte sie in diesem Arztzimmer gehockt.

Ihr Herz klopfte so schnell, dass sie kaum atmen konnte, als sie vor ihrer Zimmertür stand. Ihre Hand zitterte, als sie sie ausstreckte. Was würde darin auf sie warten? Carmen, die vor Wut die Zähne fletschte? Sie drehte am Knauf. Leise knarrend ging die Tür auf. Sofia schärfte sich ein, ja keine unbedachte Bewegung zu machen, und steckte den Kopf ins Innere.

Die Vorhänge waren noch zugezogen. Neben ihrem Bett sah sie gesprenkeltes Blut, eingetrocknet, aber von einem beängstigenden dunklen Rot. Ihre Bettdecke war zerwühlt, obwohl sie doch gar nicht darin geschlafen hatte. Der Hocker lag in der Ecke. Als sie den Blick zu Carmens Bett gleiten ließ, sah sie deren kahlen Hinterkopf unter der Bettdecke herauslugen. Mit klopfendem Herzen wandte sie sich zu Petras Bett. Auch sie sah aus, als schliefe sie tief und fest.

Auf Zehenspitzen schlich Sofia zu ihrem Bett und begann sich auszuziehen. Ein müdes Brummen aus Carmens Bett ließ sie erneut den Atem anhalten. Dann jedoch blieb es ruhig, und Sofia schlüpfte mit zusammengebissenen Zähnen unter ihre Decke. Sie schloss die Augen. Alles schmerzte, doch darauf verwendete sie keinen Gedanken. Die wirbelten stattdessen um das seltsame Zusammentreffen.

Wieso hatte ihr der Arzt geholfen? Was bezweckte er damit? War er verrückt? Wer bei Verstand versuchte eine verzweifelte Person mit Teebeuteln zu trösten?

Aber Moment ... Könnte er etwas darin verborgen haben? Leise setzte sie sich wieder auf und nestelte das Geschenk aus ihrer Kitteltasche. Sie schnupperte. Dem

Geruch nach zu urteilen handelte es sich um Kamillentee. Angeekelt verzog sie das Gesicht. Ganz sicher würde sie nie wieder in ihrem Leben dieses Gebräu trinken, nicht nach zwei Tagen hier drin. Bei der ekligen leicht herben Süße drehte sich ihr der Magen um. Vorsichtig bohrte sie den Zeigefinger in das Gewebe, ertastete jedoch nur Tee. Zutiefst enttäuscht atmete sie aus. Ebenso wenig fand sie irgendein darauf gekritzeltes Wort, rein gar nichts.

Sie musste sich damit abfinden, dass er sie aus unerfindlichen Gründen damit hatte trösten wollen. Männer bekamen manchmal die seltsamsten Anwandlungen. Aber mit Teebeuteln? Das war absurd. Und ... ja, schrecklich enttäuschend.

Schnell vergrub sie sich wieder unter der Decke, als Carmen ein Gähnen von sich gab, sich aufsetzte und rülpste. Sofia kniff die Augen zusammen. Es war egal, wie kindisch dieser Impuls war - sie brauchte den Moment, um wieder Kraft zu sammeln, andernfalls hatte Carmen leichtes Spiel mit ihr.

Auch aus Petras Richtung kam ein raschelndes Geräusch. Sofia hörte sie sich aufsetzen. Sie zählte bis zehn, währenddessen kein Mucks zu hören war, dann fühlte sie sich stark genug, oder halbwegs stark genug, vielleicht auch nur ein Viertel, schlug die Bettdecke weg und setzte sich auf.

Sofia stellte gedanklich kurz nebeneinander, was erträglicher wäre: dasselbe wie Petra zu tun, die sich anzog, aber in der Sekunde, in der sie Carmen den Rücken zuwandte, brutal von ihr angegriffen zu werden; oder als Letzte auf den Flur zu treten und von der Schwester bestraft zu werden.

Zweitere Möglichkeit erschien ihr angenehmer, daher

blieb sie im Bett sitzen und starrte, wann immer sich Carmens wütender Blick zu ihr verirrte, ebenso wütend zurück. Die verfluchten Teebeutel, vielleicht halfen sie doch ein bisschen. Ihre Angst vor der Stubenältesten war zumindest nicht mehr ganz so überwältigend.

Als ihre Zimmernachbarinnen endlich angezogen waren, verschwanden sie wortlos durch die Tür. Aus dem Flur war das übliche morgendliche Schlurfen zu hören. Jetzt kletterte auch Sofia aus dem Bett. Die Striemen auf ihren Schenkeln und Oberarmen leuchteten im Licht der einfallenden Morgensonne wie aufgemaltes Rot. Die Schwellungen an den Rändern jedoch waren auch hier zurückgegangen. Was immer dieser Arzt getan hatte, es hatte geholfen. Vorsichtig zog sie sich an, die Lippen zusammengepresst, lautlos.

Wie ausgestorben lag der Flur da. Sie wusste genau, was ihr dafür blühte, aber das nahm sie in Kauf. Betont langsam schlug sie den Weg zum Untersuchungszimmer ein. Die übliche Warteschlange davor. Als gäbe es etwas umsonst.

Was es ja auch tat, fügte sie in Gedanken hinzu: Schmerzen und Demütigung.

Morgens und abends wurden die Frauen gynäkologisch untersucht. Den Neuen wurde es von ihren Mitinsassinnen so erklärt: »Heißt schließlich Tripperburg hier. Was denkste denn? Der Tripper schleicht durch die Gänge wie n räudiger Hund. Fällt über dich her, bevor du Pieps sagen kannst. Deswegen müssen se jeden Tach zwomal nachgucken, ob se ihn kriegen können.«

Über das Ergebnis dieser scheußlichen Suche wurde die Patientin allerdings im Unklaren gelassen. Aber auch wenn sich Sofia in Bezug auf Geschlechtskrankheiten nicht besonders gut auskannte, so wusste sie doch, dass man, um sie zu bekommen, Geschlechtsverkehr haben musste. Das Einzige, was sie in Bezug auf Sexualität je erlebt hatte, war ein ausnehmend feuchter Kuss auf einer Parkbank gewesen, der drei Jahre zurücklag. Seither hatte sie eher mit Schaudern über solche Dinge nachgedacht.

Was war angenehm daran, sich nachher den Sabber vom Gesicht wischen zu müssen? Oder küssten andere Jungen trockener?

So neugierig allerdings, es darauf ankommen zu lassen, war sie nicht. Ihr Fazit: Dass sie sich mit Gonorrhoe oder Syphilis infiziert hatte, war so gut wie ausgeschlossen.

Dennoch reihte sie sich in die Schlange ein. Die Frauen standen mit hängenden kurzgeschorenen Köpfen da. Niemand redete, da zu reden vor sieben Uhr nicht erlaubt war. Eine Schwester, die darüber Wache hielt, brauchte es nicht. Die Angst saß tief genug bei den meisten, um wie ein Lämmlein alles zu tun, was verlangt wurde. Und die wenigen, in denen vielleicht noch ein Hauch von Widerstand zu finden war, bekamen von den Stubenältesten eins übergebraten.

Aber in Sofia loderte der Widerstand. Unauffällig sah sie sich um. Auch wenn sie mittlerweile jede Tür, jedes Gitter und jede abgepulte Ecke Linoleum kannte, hoffte sie doch, dass sie irgendetwas entdeckte, das bei ihrer Flucht hilfreich wäre. Doch nichts an den schmutzigen Wänden, der deprimierend tiefen Decke, den dicken Türen, auf denen sich unzählige Fußabdrücke abzeichneten, konnte ihr auch nur ansatzweise Mut machen.

Die Tür flog auf, und breitbeinig herausgewatschelt, das Gesicht grimmig verzogen, kam Carmen. Sie ging so dicht an Sofia vorbei, dass sie ihren Atem auf dem Gesicht spürte, würdigte sie jedoch keines Blickes.

Seltsam.

Unter normalen Umständen – normalen innerhalb der Tripperburg – hätte sie ihr zumindest einen Stoß versetzt. Wenig später kam Petra heraus. Ihr Blick traf Sofias. Von der Wut und dem Hass darin wurde Sofia schlagartig übel.

Zigarettenpause.

Drei Minuten Frieden. Nach dem Frühstück hatte sie den Boden ihres Zimmers gescheuert und dabei jederzeit damit gerechnet, von hinten angegriffen zu werden. Doch so seltsam es war: Carmen ließ sie in Ruhe. Zwei Tage war es her, seit der junge Arzt, den sie seither nicht mehr wiedergesehen hatte, sie vor Carmens Schlägen in Sicherheit gebracht hatte.

Bei jeder Gelegenheit zeigte ihr die Stubenälteste seither, wer hier das Sagen hatte – angerührt hatte sie sie dennoch nicht wieder. Ob Doktor Paul ihr Konsequenzen angedroht hatte?

Oder wartete Carmen nur auf den richtigen Moment, jenen, an dem Sofia ihre Vorsicht vergaß, einmal nicht aufmerksam war, um umso härter zuzuschlagen? Sicher jedenfalls sollte sie sich nicht fühlen. Aber dazu war dies sowieso nicht der geeignete Ort.

Während sie den anderen dabei zusah, wie sie gierig den Rauch einsogen, dachte sie wieder über das seltsame Zusammentreffen nach. Aber wie sie es auch drehte und wendete, sie konnte sich keinen Reim darauf machen, wieso der Arzt sie beschützt und ihre Wunden verarztet und nicht wie alle anderen sich vor Freude noch die Hände gerieben hatte.

»Pssst.«

Ruckartig wandte sie den Kopf. Die Frau hinter ihr, die sie bislang nur bemerkt, aber nie mit ihr geredet hatte, starrte sie aus halb geschlossenen Augen beschwörend an.

Sofia nickte knapp.

Eine kaum wahrnehmbare Kopfbewegung. Zur Tür hin.

Sofia nickte erneut. Sie wartete noch ein paar Augenblicke, dann erhob sie sich, strich sich den Kittel glatt, tat, als sehe sie noch einmal sinnierend aus dem Fenster, dann ging sie in den Flur.

Da war niemand. Was natürlich nicht bedeutete, dass sich Carmen nicht hinter der nächsten Tür verstecken könnte. Aber nach den Schlägen und der halben Nacht auf dem Hocker war Sofia an einen Punkt gelangt, an dem ihr gleich war, was sie noch erwartete. Sie wusste nur, dass sie etwas tun musste. Und wenn es bedeutete, die Sache noch vor dem Mittagessen zu klären, bitte.

Sie tat einen Schritt, dann noch einen. Seltsam, aber sie war nicht einmal besonders aufgeregt. Gar nicht so schlecht fühlte sich diese Art der Entschlossenheit an, auch wenn sie damit wahrscheinlich sogar auf einen Abgrund zumarschieren würde.

»Hier rein!«

Bevor sie sich versah, stolperte sie, von einer Hand gepackt und mitgerissen, in eine Kammer, die sie nie bemerkt hatte. Es roch eigentümlich hier drin. Nach Essbarem.

»Hat Sie jemand gesehen?«

Die Gestalt, die im Halbdunkel die Hand fallen ließ und behutsam die Tür schloss, war niemand anderes als Lukas Paul.

»Nein«, flüsterte sie und rieb sich den schmerzenden Arm. »Was wollen Sie eigentlich von mir?«

»Was ich will? Ihnen helfen«, wisperte er.

»Wieso?«

»Das erkläre ich Ihnen später. Wieso sind Sie nicht von allein gekommen? Jetzt haben wir Merle, die vielleicht quatscht.«

»Von allein?« Verständnislos schüttelte Sofia den Kopf. »Woher sollte ich denn wissen, dass Sie hier auf mich warten?«

»Der Kamillentee«, flüsterte er unsinnigerweise.

»Haben Sie die Beutel mit Zaubertinte beschriftet?«, zischte sie, beschloss dann aber, sich später damit zu beschäftigen. »Was haben Sie vor?«

So als beginne er gerade erst darüber nachzudenken, fuhr er sich durchs Haar.

»Sie haben einen Plan im Kopf, oder? Sie wissen, wie Sie mich hier rausbringen können?«

Sein entschuldigendes Lächeln – zwar charmant, aber was sollte sie damit in dieser Situation anfangen? – war Antwort genug. Sie war drauf und dran, ihn bei seinem blendendweißen Kittelkragen zu packen und durchzuschütteln.

»Brechstange«, murmelte er.

Fragend sah sie ihn an.

»Ich tendiere dazu, die Dinge zu verkomplizieren«, erklärte er. »Manchmal ist es aber sehr viel, na ja, einfacher, wenn man es schlicht angeht. Nicht so viel denkt, verstehen Sie?«

»Bitte, Doktor Paul, wenn wir noch länger hier drinbleiben, bekomme nicht nur ich gewaltigen Ärger.«

»Sie haben recht. Natürlich. Ich muss nur noch, ich bin noch nicht ganz sicher …«

Wieder musste sie sich zusammenreißen, um ihm nicht wenigstens einen Stoß zu geben. Sein Mund kräuselte sich in plötzlicher Entschlossenheit.

»Kommen Sie.«

Er riss die Tür auf. Aus weit aufgerissenen Augen beobachtete sie, wie er einfach auf den Flur trat.

»Kommen Sie«, wiederholte er, und sein Ton klang derart beschwörend, dass sie der Aufforderung Folge leistete. Ihr Herz wummerte. Falls er weiterredete, würde sie ihn nicht hören können, zu laut war der Aufruhr in ihr drin.

Zielstrebig ging er auf die vergitterte Außentür zu. Sofia musste sich anstrengen, mit ihm Schritt zu halten. An fünf geschlossenen Türen ging es vorbei und dann an einer geöffneten.

Er griff nach ihrer Hand.

»Ähm, hallo?«, ertönte eine schneidende Stimme.

Seine Finger schlossen sich noch fester um ihre. Er lief weiter, so als habe er nichts gehört.

»Doktor, ähm. Doktor, dürfte ich …«

Ruckartig blieb er stehen und wandte sich so schnell um, dass Sofia ins Stolpern geriet.

»Was ist denn?«, bellte er mit einer Autorität, die sie ihm gar nicht zugetraut hätte. Unauffällig ließ er Sofias Hand los.

»Ich dachte nur, nun …« Die Schwester war Sofia nur zu bekannt. Sie war diejenige, die ihr am ersten Tag die Haare geschoren und sie dazu genötigt hatte, sich auszuziehen. Es fiel Sofia schwer, ihrem Blick zu begegnen.

Sie spürte, dass ihr linkes Augenlid zu flattern begann, doch wenn sie jetzt so aussah, als habe sie Angst (und wie sie Angst hatte, schreckliche, markerschütternde Angst), dann würde ihr Leben noch viel, viel schlimmer werden.

Also starrte sie die Schwester herausfordernd an.

Die sah abwechselnd von Doktor Paul zu Sofia. Schließlich setzte sie ein falsches Lächeln auf.

»In der Liste steht nichts von Ausgang der betreffenden Person.«

»Die betreffende Person hat auch keinen Ausgang.« Doktor Pauls Stimme klang gelangweilt. »Zusatzuntersuchung. Die Schlampe wurde zusammengetreten.«

Sofias Zähne knirschten, so fest biss sie sie aufeinander.

»Sonderbehandlung, soso.« Affektiert verlagerte die Schwester ihr Gewicht auf ein Bein und machte einen Schmollmund. »Wie kommt sie denn in diese Gunst?«

Langsam ging der Arzt auf sie zu. Er beugte sich vor und flüsterte ihr etwas ins Ohr, woraufhin die Schwester bösartig zu kichern begann.

»Aber Herr Doktor, also wirklich ...«

Sofia fühlte sich, als wären ihre Füße mit dem Linoleum verwachsen. Sie würde hier nicht mehr wegkommen. Er hatte sie übers Ohr gehauen, und nun würde ihr etwas blühen, von dem sie sich nie wieder erholen würde.

Ruckartig drehte er sich wieder um und kam auf sie zu. Seine Miene war starr, doch in seinen Augen schimmerte etwas, das keine Boshaftigkeit war. Sofias Herzrasen beruhigte sich, und sie spürte, dass sie sich rühren konnte, dass ihre Beine und Füße ihr gehorchen würden.

Es war Wärme.

Der Schlüssel klimperte. Zwei Versuche. Beim dritten gelang es ihm, ihn in das Schlüsselloch zu stecken und zu drehen. Sie drängten sich in den Zwischenraum. Doktor Paul schloss hinter ihnen ab, wandte sich um und versuchte mit zitternden Händen die zweite Tür zu öffnen.

Sie redeten kein Wort.

Alles war möglich. Männer hinter der Tür. Männer auf dem Weg zum Krankenhausausgang. Die Schwester, die womöglich jetzt schon am Telefon hing, um Doktor Pauls Aussage zu überprüfen.

Das Sonnenlicht erschien Sofia unendlich grell. Der Himmel über dem Gelände unendlich weit und blau. Die Geräusche: Vogelzwitschern, das Brausen eines in der Ferne vorüberfahrenden Autos: viel zu laut und klar. Es schmerzte geradezu in ihren Ohren.

Er verschloss auch die zweite Tür und drehte sich zu ihr um.

»Alles klar?«

Sie nickte. Unfähig, zu reden. Ihr Mund war wie ausgetrocknet.

»Da lang.«

Sie nahmen nicht den Weg, den sie mit den Polizisten gegangen war an diesem Tag, der ein halbes Leben zurückliegen musste. Stattdessen zerrte er sie nach rechts, um die mit Stacheldraht bewehrte Mauer, die die Venerologische Station umgab, herum. Sie steuerten auf einen niedrigen Krankenhaustrakt zu, der verlassen wirkte. Blinde Fenster, in deren Laibungen dicke Spinnweben im Wind schwangen, eine sacht im Luftzug schwingende Holztür.

Dorthinein zog der Arzt sie und sah sich im Halbdunkel hektisch um. Fingerdick lag der Staub auf den verlassenen Krankenhausmöbeln; halben Betten, Stühlen, die nur noch drei Beine besaßen.

Wie Nebel wirkte das Licht, das durch die schmutzigen Scheiben fiel.

»Da.«

Er öffnete seinen Arztkittel, zerrte ein dünnes Hemd darunter hervor, das er wohl in einer Innentasche versteckt hatte, gab es ihr. »Ziehen Sie das über.«

Sie tat, was er gesagt hatte, den Krankenhauskittel aber verdeckte es nur halb. Auch er schien nicht zufrieden mit dem, was er sah, zuckte dann aber mit den Schultern. »Es muss reichen.« Dann bückte er sich und hob eine Eisenstange auf. »Können Sie das?«

Verwundert blickte sie ihn an.

»Weit ausholen«, erklärte er. »Aber nicht zu fest treffen, bitte. Es soll schlimm aussehen, ich wäre Ihnen aber zutiefst dankbar, wenn ich anschließend sowohl gehen als auch gucken könnte.«

»Ich verstehe nicht ...«

»Sie müssen mich zusammenschlagen. Was soll ich denn sonst sagen? ›Mir war heute danach, Patientin Nordmann zu entlassen, was dagegen einzuwenden?‹«

»Ich kann Sie doch nicht schlagen!«

»Sie müssen. Stellen Sie sich einfach vor, ich wäre die Stubenälteste.«

Gegen ihren Willen musste Sofia kichern. Doktor Paul und Carmen hatten so viel gemein wie eine Hyäne mit einem Hundewelpen.

»Machen Sie schon.«

Er kniff die Augen zusammen. Sofia befühlte das Eisen in ihrer Hand, den abblätternden Rost, die Schwere. Nie in ihrem Leben hatte sie jemanden geschlagen. Nicht mal irgendwem eine Ohrfeige verpasst. Was, wenn sie ihn ernsthaft verletzte?

Aber es musste sein.

Verdammt, verdammt! Sie holte aus. Die Stange streifte ihn eher, als dass sie ihn traf.

»Also, bitte«, sagte er, die Augen weiterhin fest zusammengekniffen. Helle Locken fielen in seine Stirn. »Ich kann unmöglich behaupten, von einer Windböe außer Gefecht gesetzt worden zu sein, woraufhin Sie türmen konnten.«

Ihre Finger umschlossen die Stange fester. Sie war kühl und schwer, und Sofia versuchte sich darauf zu konzentrieren, ihr Gewicht während der Schwingbewegung zu spüren. Sie kam aus dem Tritt, als sie Doktor Pauls Schulter traf, der stöhnend in sich zusammensackte.

»Weiter«, flüsterte er zwischen zusammengekniffenen Zähnen hindurch.

Sie holte wieder aus. Und noch einmal. Es war furchtbar. Wie konnte ein Mensch dabei Freude empfinden, denn das hatte Carmen mit Sicherheit getan? Sofia schwitzte und fror gleichzeitig, und während ihr eben vor Angst übel gewesen war, empfand sie nun noch eine viel schlimmere Übelkeit, mit Ekel vor sich selbst vermischt.

»Weiter«, ächzte er. »Sie müssen meinen Kopf treffen.«

Bisher hatte sie sich auf die Schulter konzentriert.

»Nein.«

»Doch.«

»Was, wenn ich damit etwas kaputtmache? Ihr Gehirn?«

»So leicht geht das nicht kaputt.«

»Spinnen Sie? Es geht kaputt, wenn man mit einer Eisenstange draufdrischt.«

Als er das Gesicht anhob, lächelte er gequält.

»Ich nehme die Arme.«

»Ich bin Arzt«, sagte er. »Ich benötige meine Hände dringender als mein schönes Gesicht.«

Fassungslos schüttelte sie den Kopf. Dann kniff auch sie die Augen zusammen und rief: »Vorsicht!«. Das Geräusch klang dumpf und ging ihr doch bis ins Mark. Sie spürte, dass sie weinte, als sie die Stange fallen ließ und neben ihm in die Knie ging. Behutsam hob sie sein Gesicht an.

Er versuchte weiterhin zu lächeln. Keine Kleinigkeit. Seine Lippe schwoll innerhalb von Sekunden bis auf die doppelte Größe an. Sein rechtes Auge ebenfalls.

Rot sickerte das Blut aus einem klaffenden Spalt auf seinem Jochbein.

»Es tut mir leid, es tut mir leid, es tut mir ...«

»Jaja.« Er schaffte es, das linke Auge zu öffnen, tastete in seiner Kitteltasche nach etwas und zog einen Schlüssel heraus.

»Chausseestraße 130, Hinterhof, erster Stock. Die Tür rechts. Warten Sie da auf mich. Und vorher weiter die Mauer entlang ...« Er hustete und spuckte Blut aus. »Sie können klettern, hoffe ich?«

»Klar, kann ich das.« Wer in Berlin konnte das nicht bei all den Hinterhöfen, durch Mauern getrennt, die zu überwinden ein Volkssport der Kinder war? Sie war schon in jedem Hof in Prenzlauer Berg herumgekraxelt, ohne dafür auch nur einmal die Straße benutzt zu haben.

»Soll ich Sie noch rausschleppen?«

Er grinste breiter und stöhnte vor Schmerz auf. »Gehen Sie schon.«

»Danke«, wisperte sie hastig und stolperte vor Hektik fast über die Eisenstange, öffnete die windschiefe Tür einen Spaltbreit, sah hinaus. Das triste, von einer hohen Mauer umgebene Krankenhausgelände mit seinen rissigen Bodenplatten, Unkraut und hier und dort hingeschütteten Steinhaufen lag wie ausgestorben da.

Geduckt lief sie auf die Begrenzung zu. Ohne zu zögern, griff sie nach einem Vorsprung im Mauerwerk, zog sich hoch, fand mit dem Fuß, der immer noch in den grässlichen Krankenhausschlappen steckte, einen losen Stein, trat ihn raus, stützte sich ab, und dann war sie oben und sprang, ohne sich noch einmal umzusehen, auf der anderen Seite hinunter.

Sie sah furchtbar aus. Kein bisschen mehr wie sie selbst. Kein bisschen mehr wie eine Frau. Ein feiner Hauch Stoppeln zeigte sich auf ihrem rasierten Schädel. Die Schwellungen in ihrem Gesicht waren zwar zurückgegangen, dennoch sah sie aus, als sei sie nachtwandelnd in einen Boxkampf geraten.

Aber das war nicht das Schlimmste. Das Schlimmste war ihr Blick.

»Wer bist du?«, flüsterte sie sich unnötigerweise zu. »Wer in aller Welt bist du?«

Nicht Sofia Nordmann, jedenfalls nicht die, die sie kannte: die meistens fröhlich aussah mit ihren leuchtenden dunklen Augen und dem schwingenden Pferdeschwanz. Deren Nase stupsig war und die Lippen voll und hellrot.

Jetzt war sie verbollert, hatte kein Haar mehr, um im Pferdeschwanz zu schwingen, die Haut darunter schimmerte bläulich, ihre Augen waren geschwollen, ihre Lippen rau, sie hatte blaue Flecken, Kratzer, Striemen, am schlimmsten aber war ihr Blick. Er war traurig. Nein, verzweifelt und wütend, irgendwie kalt, aber zugleich schien sie innerlich zu brennen.

Doktor Pauls Badezimmer war ziemlich aufgeräumt, wie auch der Rest der Wohnung. Für ihren Geschmack gab es zu viele Gewächse darin. Sie war nicht der Typ für Zimmerpflanzen und fragte sich, wie man das dunkle, fleischige Grün ihrer Blätter aufmunternd finden konnte. Auch dass er Seife sammelte, fand sie überraschend, auf der anderen Seite - sie gab der Tür des Badezimmerschränkchens einen kleinen Schubs, damit sie wieder zufiel - ging es sie rein gar nichts an.

Wieder huschte ihr Blick zu ihrem Spiegelbild, und vielleicht, weil sie mittlerweile geübt im Weinen war, wenn auch mehr noch darin, ihre Tränen zu verbergen, begann jetzt ihre Unterlippe zu zittern. Sie schloss die Augen und bemühte sich, nicht zu laut zu schluchzen, laut genug aber war es, um vom Rest der Welt nichts zu hören. Als sie die Augen wieder öffnete, blickte sie auf eine Frau in der Badezimmertür.

Sofia taumelte zurück und riss schützend die Arme hoch. »Nicht!«

»Nein, bitte«, sagte die Frau leise. Sie war etwa in Sofias Alter, hatte gekräuseltes rotes Haar, das sie mehr schlecht als recht zu einem Dutt zusammengefasst hatte, und war sehr blass. Beinahe durchsichtig wirkte sie. »Ich tue dir nichts.«

»Wer sind Sie?«, krächzte Sofia, deren Herz ihr immer noch bis zum Hals schlug.

»Christina. Lukas hat mir von dir erzählt. Du bist Sofia, nicht wahr?«

Sofia nickte. Die Frau schien nicht besonders gefährlich zu sein, zudem wirkte sie so schmächtig, dass Sofia sicher nicht mal ein Hilfsmittel bräuchte, um sich gegen sie zur Wehr zu setzen. Dennoch wollte die Anspannung nicht von ihr abfallen. Was, wenn dies doch eine Falle war? Wenn dieser seltsame Mann ...

»Ich wusste nicht, dass du schon hier bist.«

»Wie, bitte? Was meinen Sie damit?«

»Sag doch Du, bitte. Lukas hat mir angekündigt, dass er dich dort rausholt. Aber er hat nicht davon geredet, dass es schon heute wäre. Ich hätte aufgeräumt, wenn ich davon gewusst hätte.«

Verwundert, aber immer noch ängstlich, schüttelte Sofia den Kopf. Wovon sprach die Frau? Und aufgeräumt? Was sie von der Wohnung gesehen hatte, war blitzsauber.

»Ich hoffe, meine Mutter wird nicht schimpfen«, redete sie weiter. »Wir müssen uns zurechtlegen, wer du bist. Umso wichtiger, dass du mich auch duzt, sonst glaubt mir Mutti nie, dass wir Freundinnen sind.«

Mit diesen verwirrenden Worten verschwand Christina im Flur. Er war gelb gestrichen und lang, unter der Decke verhinderte ein verwirrendes Gewirr aus unverputzten Leitungen, dass jemand eine Lampe aufhängen konnte. Die junge Frau war nicht mehr zu sehen. Unsicher ging Sofia ein paar Schritte nach rechts, doch da erschallte es von links: »In der Küche bin ich.«

Die war ein schmaler Schlauch, an dessen Ende ein Fenster auf eine graue Mauer hinausging. Christina, die Sofias Blick gefolgt war, sagte: »Das ist die Friedhofsmauer. Du weißt schon.«

Stumm schüttelte Sofia den Kopf.

»Zum Dorotheenstädtischen Friedhof. Brecht liegt da. Du kannst ihm vor dem Einschlafen zuwinken.«

»Ah. Ach so. Ja, das wusste ich.«

Christina machte sich an dem gusseisernen Herd zu schaffen, der fast ein Drittel des Zimmers einnahm.

»Elende Mühe«, murmelte sie. »Im Westen soll es elektrische Herde geben, in jeder neu gebauten Wohnung. Da kommt man sich hier ja glatt vor wie zu Beginn des Jahrhunderts.«

Sofia nickte nur, in ihr lieferten sich Misstrauen und der Wille, Christina zu glauben, einen Wettstreit.

»Aber ich will mich nicht beklagen«, redete Christina weiter. »Ich meine, Brecht in der Nähe zu haben ist nicht das Schlechteste, oder?«

»Ja«, flüsterte Sofia, auch wenn sie dazu ehrlich gesagt überhaupt keine Meinung hatte.

Christina zündete schon das dritte Streichholz an, im Herd ein Feuer zu entfachen wollte ihr allerdings nicht gelingen.

»Soll ich?«, fragte Sofia schüchtern. Langsam fühlte sie sich sicherer. Ein winziges bisschen jedenfalls.

Nur zu gern überließ ihr die Rothaarige das Feld. Nachdem zunächst das hineingestopfte Papier zu prasseln begonnen hatte und das erste sanfte Glimmen auf der Kohle zu entdecken war, klatschte Christina in die Hände.

»Du bist ein Naturtalent. Was machst du denn beruflich?«

»Ich bin Erzieherin.« Die drei Worte auszusprechen tat weh. Alles, was sie bisher gewesen war, wirkte wie hundert Jahre her, sie fühlte sich abgeschnitten von der Person, die sie damals gewesen war. »Eigentlich wollte ich aber in die Radiobranche gehen. Technikerin werden.« Sie schloss den Mund wieder und senkte verlegen den Kopf. »Wenn es Ihnen nichts ausmacht ... Ich verstehe noch nicht, wo ich eigentlich bin. Ich meine, ich bin ja selbst hergekommen, aber ist das hier gar nicht Doktor Pauls Wohnung?«

»Nein. Das wäre zu gefährlich.«

Das ergab Sinn. Sofia hatte nicht darüber nachgedacht, immer noch herrschte in ihrem Kopf ein wildes, panisches Durcheinander.

Wie um ihr Mut zu machen, lächelte Christina sie an, doch dann zog Besorgnis über ihr Gesicht. »Du musst irgendwas, na ja, damit machen.« Damit zeigte sie auf Sofias kahlgeschorenen Kopf. »Lass mich überlegen. Gut, klar, so schwierig ist das nicht.«

Christina verschwand aus dem Zimmer. Zurück kehrte sie mit einer weinroten Pudelmütze. »Wir sagen, du bist krank.«

Es war heiß unter der Mütze, die Wolle kratzte an ihrer Kopfhaut.

»Am besten wäre es, wenn du die ganze Zeit im Bett bleibst.«

»Und deine Mutter wird nicht fragen, ob es nicht besser wäre, wenn ich nach Hause ginge?«

Christina schüttelte den Kopf. »Das wird schon, keine Bange. Und dann haben wir ja auch gleich eine prima Erklärung dafür, dass du mit ihm redest, wenn er nachher kommt. Wir sagen einfach, er untersucht dich. Immerhin ist er Arzt. Komm, ich bringe dich in mein Zimmer.«

Sofia nickte. Während sie hinter Christina den Flur hinabging, fragte sie sich, wie sie Doktor Pauls Aussehen erklären sollten. Immerhin hatte sie ihn ganz schön zugerichtet.

In das Zimmer, in das sie Christina brachte, verirrten sich nur die paar Sonnenstrahlen, die von der dicht vor dem Fenster stehenden hohen Friedhofsmauer zurückgeworfen wurden.

»Leg dich am besten schon hin. Mutti kann jeden Augenblick nach Hause kommen.« Christina klappte die Bettdecke zurück, und Sofia ließ sich auf die weiche Matratze sinken und sah sich in dem schmal geschnittenen, aber großen Raum um. Er war spärlich möbliert: nur das Bett nahe dem Fenster, ein Schreibtisch neben der Tür und ein riesiger, quietschgrüner Kachelofen. Kein Regal, keine Bücher. Nur Zimmerpflanzen, davon jede Menge, deren erdiger Geruch, das musste sie zugeben, angenehm war.

»Hier.« Sie legte eine Hose und einen Pullover aufs Bett. »Das kannst du nachher anziehen. Jetzt lass ich dich allein. Du siehst aus, als bräuchtest du eine Mütze Schlaf.«

Christina zog die Tür hinter sich zu, und Sofia zog ihre Schuhe aus, Doktor Pauls Hemd und den Kittel, dann ließ sie sich langsam mit einem gequälten Stöhnen auf das Kissen sinken. Sie wollte nichts als schlafen. Nicht träumen. Nur das kühle, tiefe Schwarz ...

Sie erwachte, weil sie jemanden weinen hörte. Leise, gequält klingende Schluchzer, auf die sie sich keinen Reim machen konnte. Als sie sich schließlich aufrappelte, stellte sie fest, dass sie allein war. Verwirrt sah sie sich um. Dann fiel ihr alles wieder ein. Die Flucht, die fremde Wohnung, Doktor Pauls Bekannte. Wie hieß sie noch gleich? Ach ja, Christina.

Sofia rieb sich über das Gesicht und betrachtete erstaunt ihre Handfläche. Sie war nass. Augenscheinlich war die Person, die sie weinen gehört hatte, sie selbst gewesen. Dann fiel ihr ein, was sie geträumt hatte. Sie war zurück auf der Venerologischen Station gewesen, war durch die Gänge geirrt, wo vollkommene Dunkelheit geherrscht hatte. Sie hatte niemanden außer sich selbst gehört, aber gespürt, dass jemand hinter ihr her war und näher und näher kam.

Gedämpfte Stimmen kamen aus der Küche. Sofia spitzte die Ohren, konnte jedoch nicht ausmachen, ob es sich um zwei Frauenstimmen handelte oder ob eine die des Arztes war. Als Schritte erklangen, schlüpfte sie in Christinas Pullover, achtete darauf, dass die Ärmel kein Stück hochrutschten und womöglich den Blick auf ihre Wunden freigaben. Dann griff sie nach der Pudelmütze, die ihr beim Schlafen vom Kopf gerutscht war, und zog sie auf.

Es klopfte.

»Ja?«

Sie hoffte, sie klang krank. Nur für den Fall, dass Christinas Mutter nach ihr sehen wollte. Doch durch den geöffneten Türspalt schob sich Doktor Pauls Kopf. Sofias Herz machte einen Hopser, wie sie verwirrt feststellte.

»Darf ich?«

Sie nickte.

Er trat ein und schloss die Tür hinter sich.

»Oh nein!« Sie verzog das Gesicht und fragte sich, ob wirklich sie ihn so zugerichtet haben konnte. Seine linke Gesichtshälfte war geschwollen und blau; über der Braue leuchtete eine frisch genähte Wunde; und als er die Hand hob, um ihr zur Begrüßung zuzuwinken, verzog er vor Schmerzen den Mund.

»Oh, verdammt.«

Sie legte die Hände auf ihre Augen und kniff sie ganz fest zu. Sein Anblick war nur schwer zu ertragen.

»Es tut mir so leid«, flüsterte sie zwischen ihren Fingern hindurch.

»Aber wieso denn? So wollte ich immer schon mal aussehen. Endlich falle ich mal auf.«

»Das kann nicht Ihr Ernst sein.«

»Nee. Ist es auch nicht.« Er seufzte, und Sofia nahm die Hände wieder hinunter. Dann fiel ihr ein, dass es unpassend war, im Bett zu liegen, sonderlich gut kannten sie einander schließlich nicht. Aber aufstehen ging auch nicht. Sie hatte Christinas Hose noch nicht angezogen.

»Hat man Ihnen geglaubt?«

»Ich hoffe es. So was ist noch nie vorgekommen, soweit ich weiß. Normalerweise flieht niemand erfolgreich. Dass auch noch ein Arzt hilft, ist da wohl unvorstellbar. Vollkommen unvorstellbar allerdings nicht ...«

In ihre Gedanken verstrickt, fragte Sofia: »Und was, wenn sie doch dahinterkommen? Was passiert dann mit Ihnen?«

»Das soll meine Sorge sein, nicht Ihre.«

Er verlagerte sein Gewicht von einem Bein aufs andere. Sie sah ihn zum ersten Mal in anderer Kleidung als einem Arztkittel – er trug einen Anzug, der wirkte, als habe er ihn von seinem Großvater geerbt, aus dunklem, abgetragenem Tweed.

»Warum nicht vollkommen unvorstellbar?«, fragte sie, als ihr auffiel, dass er eben einen Rückzieher gemacht hatte.

»Ich hatte heute Nachmittag unangekündigten Besuch.«

»Man hat mich bei Ihnen gesucht?« Erschrocken schlug sie die Decke weg und gleich wieder zurück, als sie ihre malträtierten Beine sah.

Er nickte, das Gesicht zu einer düsteren Grimasse verzogen.

»Das tut mir leid«, sagte sie leise. »War es sehr unangenehm?«

»Ach, es war doch meine Idee, Kopf und Kragen für Sie zu riskieren.«

Sie nickte langsam. »Und wieso? Sie kennen mich doch gar nicht.«

Er hob die Schultern und sah sie auf eine Weise an, die viel zu freundlich und warm war. Etwas Seltsames geschah mit ihrem Gesicht. Ihre Wangen wurden heiß, und sie begann sich noch schlechter als zuvor zu fühlen.

»Kommen Sie hier zurecht?«, fragte er und strich sich verlegen über das Revers.

»Kommen Ihre Freundin und deren Mutter mit mir zurecht, sollten Sie wohl eher fragen.« Sie zuckte mit den Schultern und senkte den Blick. »Ich denke, schon. Aber für immer kann ich ja nicht hierbleiben. Nach Hause zurück aber ebenfalls nicht, oder?«

»Auf keinen Fall!«

Mit einem Mal erschien ihr alles schrecklich trostlos.

»Und zu meiner Arbeit? Dort kann ich ja auch nicht mehr auftauchen!«

»Ich fürchte, nein.«

Sie strich sich über die Stirn und merkte erst jetzt, dass sie die Pudelmütze noch trug. Verlegen riss sie sie hinunter, sah ohne aber gewiss auch nicht aparter aus.

»Was bleibt mir da noch?«

»Was ist mit Ihren Freunden? Können Sie ihnen trauen?«

Er sah so nett aus unter seinen Beulen und Blutergüssen! Was es noch etwas unangenehmer machte, ihm offenbaren zu müssen: »Ich habe eigentlich gar keine Freunde.«

Nein, der Bekannte, bei dem sie die Bekanntschaft mit Johnny Cashs Musik gemacht hatte, würde sie nie und nimmer bei sich verstecken. Wen kannte sie noch? Torben. Aber das ging nicht, er war sicher von der Polizei hopsgenommen worden, und selbst wenn nicht ... Womöglich gab er ihr ja die Schuld daran, dass die Vopo vorbeigekommen war, und zwar mit einem Großaufgebot.

Und vielleicht, vielleicht trug sie ja tatsächlich die Schuld daran.

Hatte Veronika sie verraten? Und falls ja, hatte sie es getan, weil sie selbst andernfalls Gefahr gelaufen wäre, auf die Venerologische Station geschickt zu werden, oder war alles ein ausgetüftelter Plan gewesen?

Nun, sie würde es wohl nicht erfahren.

Der Arzt blickte zu Boden, immer noch gegen die Tür gelehnt, gute zehn Schritte von ihr entfernt.

»Gar keine?«

Sie schüttelte den Kopf, ihren Blick peinlich berührt abgewandt.

»Und Verwandtschaft im, nun, vielleicht im Westen?«

Was hatte das damit zu tun?

»Eine Tante«, sagte sie langsam. »Sie wohnt in der Nähe der französischen Grenze.«

»Das ist weit.«

Sie nickte. »Da gibt es noch Karl, meinen Vetter«, fügte sie hinzu. Sie hatte keinen Kontakt zu ihm – ihre Mutter schämte sich ihrer Schwester, die zehn Jahre zuvor in einer Nacht- und Nebelaktion rübergemacht hatte. Den Sohn, damals 14, hatte sie mitgenommen. Den Ehemann nicht, was Sofias Mutter vor Entrüstung regelmäßig den Atem verschlug.

»Er ist älter als ich«, erklärte sie ihm. »Gabi hat mal geschrieben, dass er von zu Hause ausgezogen und nach Hamburg gegangen ist. Aber das ist so lange her, dass ich nicht sicher bin, ob er noch dort ist.«

Sofias Mutter hatte ihre Schwester irgendwann gebeten, nicht mehr zu schreiben. Sie war die Fragen leid, die buschig zusammengezogenen Augenbrauen, die Unterstellungen, es ihrer Schwester womöglich gleichtun zu wollen. Dabei wollte sie das nicht. Sie war eine Berliner Pflanze, sagte sie immer. Und sie liebte ihr Land, die DDR.

»Hamburg ist nicht ganz so weit.«

»Das ist es nicht, nein.« Aber wie sollte sie dorthin kommen? Und wohin genau? Sie hatte kein Geld. Nicht einen Pfennig, weder in Ost- noch Westwährung.

Und was würde aus ihrer Mutter?

»Hätte ich Sie lieber dort lassen sollen?«

»Nein.« Sie holte tief Luft. »Natürlich nicht.«

Dennoch spürte sie, wie ihr die Tränen kamen, die sie mit einer genervten Handbewegung fortwischte.

Er stieß sich von der Tür ab und setzte sich auf die Bettkante, wandte sich ihr zu und nahm ihre Hand.

»Das bekommen Sie schon hin.«

Sie nickte.

Er streckte die Hand aus und strich ihr sanft eine Träne von der Haut.

Ihr fiel nichts ein, was sie sagen könnte. Sie fühlte sich komisch. Wie in Watte gepackt, aber nicht unangenehm. Warm und tief schimmerten seine Augen. Am liebsten würde sie nie wieder wegsehen.

ABBY

Frühjahr 1961
Sankt Pauli, Hamburg

In der ersten Pause trat ein ungewaschener Kerl an Heiners und ihren Tisch und brüllte Abby ins Ohr: »Willste mitkommen?«

Ein Angebot, auf das sich eine junge Frau nie und nimmer einließ – unter normalen Umständen. Aber Abby nickte, weil sie an einem sicheren Ort war, weil ihr hier nie etwas passieren würde – und Heiner dabei war. Mit einem Satz sprang der Typ auf die Bühne, drehte sich um und reichte ihr helfend die Hand. Dann ging es im Zickzack zwischen Schlagzeug und halb leeren Bierflaschen nach hinten. Aufgeregt fragte sich Abby, was sie hier sollten. Hatte Stu sie von der Bühne aus gesehen? Sie hatte es nicht erkennen können, der Sonnenbrille wegen, gelächelt hatte er, aber hatte er damit sie gemeint?

Noch eine Treppe, eine kurze diesmal, die unter die Bühne führte. Die Decke war hier so niedrig, dass sie Abby mit der Hand berühren konnte. Wenn oben getanzt wurde, schätzte sie, spürte man hier unten nichts als ein etwas gruseliges Beben. An schwarz gestrichenen Wänden vorbei ging es den niedrigen Gang bis zu einem Raum, in dem sie zunächst kaum etwas erkennen konnte. Zigarettenrauch, der so dicht war wie der Nebel am Meer. Ein schmaler Tisch am Rand, auf dem sich Bierflaschen drängten. Und auf umgedrehten Holzkisten die

Beatles, von denen keiner aufsah, als Heiner und sie eintraten.

Doch, einer schon. Als er sie entdeckte, sprang Stu auf und kam auf sie zu.

Heiner neben ihr hörte nicht mehr auf zu grinsen.

»Hi«, sagte Stu.

»Hallo.«

Sie sahen einander an, während sich die Zeit wie eine Seifenblase auszudehnen schien und sich Heiner neben ihnen wie ein Schneekönig freute. Stuarts Blick war warm und so intensiv, als gebe es für ihn nichts anderes auf der Welt als sie. Auffordernd hielt er ihr eine Flasche Bier hin. Abby schüttelte den Kopf.

»No«, sagte sie aus Mangel an höflicheren Alternativen.

Ohne den Blick von ihr zu wenden, streckte er den Arm nach hinten aus und schnippte. Jemand sprang auf, sauste in die Ecke und kam mit zwei durchsichtigen Flaschen zurück. Stu nahm sie, murmelte etwas und reichte ihr eine Cola.

Weil sie sicher war, dass sie keinen Schluck herunterbekäme, hielt sie die Flasche einfach nur fest.

»Kannst du ihn fragen, ob er seinen Pass zurückwill?«, wandte sie sich an Heiner.

»Klar.« Heiner beugte sich vor und fragte etwas. Mit nachdenklicher Miene nahm Stu einen Schluck von seinem Bier, ohne sie aus den Augen zu lassen. Dann lächelte er und sagte etwas zu Heiner, der sich zu Abby beugte: »Er kommt morgen zu dir.«

Vor Schreck ließ sie fast die noch volle Cola fallen. »Sag ihm ...« Aber da wurde sie von einer lauten Reibeisenstimme unterbrochen: »Out!«

Die Beatles murrten, standen aber auf und drückten

sich an ihr vorbei. Auch Stu ging, nicht ohne ihr noch einmal zuzunicken und geheimnisvoll zu lächeln.

»Dass ich so einen Volltreffer lande!« Heiner ballte die Hand zur Faust. »Ich bin ein Genie. Ich höre in der Fabrik auf. Ich werde Heiratsvermittler!«

»Spinnst du?«, sagte sie lachend.

Wie seltsam sie sich fühlte! Als wäre etwas in ihr aufgeplatzt. Zum ersten Mal seit langer, unendlich langer Zeit fühlte sie sich lebendig. Voll Fragen statt düsterer Antworten. Jung, ja jünger als vor ihrem Erwachsenwerden. Beinahe wie neu.

»Und wann erzählst du mir von Enzo?«

Mit einer generösen Handbewegung wedelte Heiner die Frage weg. »Wir haben Wichtigeres zu tun, als über einen wirklich lieben, aber leider feigen Mann zu reden, der der Stimme seines Herzens niemals folgen wird. Nämlich: einen Schlachtplan zu entwerfen. Für morgen.«

In diesem Augenblick ging oben die Musik los. Die Decke begann zu zittern und zu beben. Heiner stiefelte zu dem klapprigen Tisch an der Seite und schnappte sich eine in einer Wanne Wasser gekühlte, bauchige Flasche.

»Aber dafür müssen wir ihn im Blick behalten. Auch, um sicherzugehen, dass er deiner wirklich würdig ist.«

»Du hast wirklich den Verstand verloren, oder?«, murmelte sie halblaut, während sie ihm den Weg nach oben folgte. Sie kehrten allerdings nicht an ihren Tisch zurück, sondern sahen den Beatles vom Treppenabsatz, der unter die Bühne führte, aus dabei zu, wie sie das Publikum zum Schreien und Hüpfen brachten. Erst mit Little Richards *Long Tall Sally,* dann einem weiteren Lied von Chuck Berry.

»Warum soll ich den Verstand verloren haben?«, rief Heiner, »Jaja, ich hab gute Ohren, ich höre alles.«

»Dann hast du bestimmt auch gehört, wie viele Frauen nach ihm gebrüllt haben. Er braucht nur wieder mit den Fingern zu schnipsen, dann hat er einen heißen Feger an der Seite.«

»Aber der heißeste Feger bist du. Beziehungsweise der coolste«, er grinste, während er das Wort, das Abby noch nie gehört hatte, in die Länge zog. »Wie der dich angeguckt hat, Abby. Glaub mir, der wird dich heiraten.«

»Red nicht so einen Blödsinn. Ich habe außer Hallo zu sagen noch nicht mal mit ihm gesprochen. Und weiß auch nicht, wie das gehen soll. Er kann kein Deutsch. Und mein Englisch ist mehr als nur jämmerlich, wie du weißt.«

»Das macht nichts«, sagte Heiner generös. »Über solche Kleinigkeiten kann man hinwegsehen.«

Abby setzte sich auf und legte das Kinn auf ihren Knien ab. Vor den Fenstern wurde es Tag. Ein kühler Aprilmorgen, fast herbstlich fühlte er sich an. Sie hatte Lust auf eine Tasse Kaffee, nicht aber aufzustehen und welchen zu kochen. Aus Mangel an Personal aber rappelte sie sich schließlich auf. Als ihre nackten Füße den Boden berührten und sie aus dem Fenster sah, direkt auf das Studio, dachte sie an den Schlachtplan zurück. Heiners Schlachtplan, der ziemlich einfach aussah: Lass dich so bald wie möglich von ihm küssen.

Sicher.

Falls er überhaupt heute kam, wie er es angekündigt hatte. Und vielleicht nur, um seinen Pass und siebenundzwanzig D-Mark abzuholen. Trotzdem wurde ihr bei dem Gedanken schummrig, und sie fragte sich, was passieren würde, wenn er tatsächlich das täte, was sich Heiner so sehnlichst für sie wünschte. Würde sie an den Mann denken müssen, der sie zwar nicht geküsst hatte, aber versucht, sie zu vergewaltigen? War es möglich, sich je einem Menschen wieder nahe fühlen zu können nach diesem Erlebnis? Und würde sie sich irgendwann einer Person, die nicht Heiner war, anvertrauen können? Als sie ihrer Mutter davon erzählt hatte, war deren Miene mehr und mehr versteinert, sie hatte ausgesehen, als verlasse sie den Raum – sie hatte weiter in der Küche gesessen. Trotzdem. Es war, als wäre sie nicht mehr dagewesen.

Was Abby daraus gelernt hatte, war, dass sie lieber nicht darüber sprach. Was hatte es in Charlotte angerührt? Erinnerungen hervorgeholt? War ihr Ähnliches passiert? Im Krieg oder eher danach? Und warum hatte Charlotte dann doch noch etwas gesagt, ganz am Schluss, als sie tatsächlich aufgestanden war, um die Küche zu verlassen?

»Es ist ja nicht wirklich was passiert.«

Aber das stimmte nicht. Es stimmte einfach nicht.

In der eiskalten Küchenhexe machte Abby Feuer, stellte den Wasserkocher darauf, wartete. Selbst für den Fall, dass Stu heute nicht kam, hatte die vergangene Nacht in ihr etwas aufplatzen lassen. Es schien ihr zu früh, um ernsthaft darüber nachzudenken – aber in der Unschärfe, die den Gedanken umgab, fand sie etwas, das ihr wichtig erschien.

Sogar ungeheuer wichtig.

Sie zog sich an, und während das Wasser zu brodeln begann, kämmte sie sich vor dem Spiegel die Haare. In einem knallroten Necessaire, das ihre Kindheit überdauert hatte, lag Schminkzeug. Seit jenem Oktobernachmittag unbenutzt. Sie nahm die Wimperntusche heraus und den schwarzen Lidstrich. Sollte sie?

Oder lieber nicht? Vielleicht war es nicht gut, gleich in die Vollen zu gehen. Sie sollte sich der Angst seitlich nähern. Nicht frontal.

Dann aber zog sie den Lidstrich, konzentriert und trotzig, tuschte ihre Wimpern, wuschelte sich durchs Haar, sah die blasse, blonde Gestalt vor sich in schwarzer Kleidung und mit kurzen Haaren. Sie wollte nicht mehr ängstlich warten auf ihr Leben, das sich so weit in die Zukunft zurückgezogen hatte, dass sie es kaum noch erkennen konnte.

Sie hatte so viel geschafft in den zurückliegenden Wochen. Sie würde noch mehr schaffen.

Nachdem der Kaffee gebraut war, trank sie ihn in großen Schlucken, während sie die Fotografien durchging, die sie in den Wochen seit ihrem Geburtstag geschossen hatte. Gerade einmal eine Handvoll hatte sie, die von gestern Abend waren natürlich noch nicht entwickelt. Eine Handvoll, für die sie ein halbes Vermögen ausgegeben hatte, das ihre Mutter ihr vorgestreckt hatte und mahnend hinzufügte: »Mach dir bloß keine Hoffnungen, damit etwas zu erreichen.«

»Warum nicht?«, hatte Abby trotzig erwidert, auch wenn sie da noch gar nicht darauf gekommen war, sie irgendwem zu zeigen. »Heiner findet, ich bin talentiert.«

»Weil er dein Freund ist, Liebes. So was sagt man aus Höflichkeit.«

»Meine Entwürfe für die Modeschule fandest du auch hässlich. Sie haben mich trotzdem genommen.«

»Sicher brauchen sie dort jeden, der sich bewirbt. Wer studiert schon so etwas Seltsames wie Mode?«

Sollte Charlotte doch denken, was sie wollte! Dass die Worte ihrer Mutter wehtaten und sich eingruben wie Nadeln, die immer genau dann wieder zu piken begannen, wenn Abby etwas Hoffnung verspürte, war ärgerlich, aber sie wollte sie nicht länger piken lassen.

Es war April. Der achtzehnte April, genauer gesagt. Am 21. Oktober, in drei Tagen ein halbes Jahr her, war ihr Leben zerbröselt. Sie musste etwas tun, um es wieder aufzubauen.

Abby kramte die Bewerbungsmappe hervor, die sie damals für die Modeschule zusammengestellt hatte. Sie betrachtete die Zeichnungen, den Entwurf eines Kleides, das wie ein Dreieck geschnitten war, klare, harte Kanten, es hatte rein gar nichts mit den weichen, schwingenden Stoffen gemein, die die Frauen gestern Abend getragen hatten. Wehmut packte sie. Aber nur ein wenig, und obwohl ihr in den Sinn kam, es vielleicht noch mal an der Modeschule zu versuchen, fühlte sich der Einfall an wie eine verblasste, schon angegraute Erinnerung.

Aber etwas anderes ... Etwas Neues. Vielleicht verrannte sie sich mit dem Gedanken. Klar, möglich. Vielleicht hatte Charlotte doch recht, und Abby würde irgendwann einsehen, dass das Leben einer Sekretärin ganz wunderbar zu ihr passte, ihre Liebe für Soufflés entdecken und sich sehnlichst wünschen, Kinder zu bekommen. Aber sollte sie die anderen Möglichkeiten vorher nicht wenigstens ausprobieren?

Leicht war es nicht, den Park, in dem alles passiert war, schräg hinter sich zu spüren, während sie auf das rotbraun geklinkerte Gebäude zuging. Die Rolleicord baumelte an ihrem Hals und beruhigte sie ein bisschen, trotzdem war sie so angespannt, dass sie kaum richtig atmen konnte. In der S-Bahn hatte sie mit dem Gedanken gespielt, auch zu dem Ort, wo es passiert war, zu gehen. Mit den Füßen im Matsch zu stehen, die Stelle zu suchen, an der er sie zu Boden gedrückt hatte.

Auf der anderen Seite musste man wohl nicht alles auf einmal tun. Ein bisschen Mut war besser als gar kein Mut. Das Wenige, was sie zusammenkratzen konnte, brauchte sie für etwas anderes.

Jetzt fragte sie sich, ob sie nicht einen anderen Tag hätte auswählen können. Einen, an dem sie nicht voller Nervosität darauf wartete, dass ein umwerfend aussehender Schotte zu ihr kam. Aber das war nebensächlich. Natürlich war sie wegen der Aussicht darauf aufgeregt, aber das wirklich Spannende passierte hier. Es passierte jetzt.

Außerdem würde Stu mit Sicherheit erst am Nachmittag oder Abend kommen; Heiner und Abby waren gegen eins in Richtung Heimat aufgebrochen, die Beatles, hatte Heiner erfahren, hatten aber noch bis zum Morgengrauen weiterspielen müssen.

Sie stieß die Tür auf, die in einen lang gezogenen, verlassen wirkenden Flur führte. Hohe Fenster säumten die gesamte Wand zur Rechten. Mit immer dumpfer klopfendem Herzen ging Abby über den abgetretenen Steinboden, der schlammbraun war. In den Pausen zwischen den Seminaren standen die Studentinnen hier sicher lässig an die dreckigen Wände gelehnt, das eine Bein angewinkelt, die Mappe in den Händen, und fachsimpelten über Berenice Abbott oder die Brüder Lumière.

Jetzt war es totenstill im Gang.

Bevor sie Angst vor der eigenen Courage bekommen konnte, stieg sie in den zweiten Stock hoch und fragte den Hausmeister, der sich beim Feudeln offensichtlich nur ungern unterbrechen ließ, wo sie die Abteilung für Fotografie fand.

»Müssen Se wen Schlaueres fragen!«, motzte er.

Wütend ging sie weiter und lief einer Studentin in die Arme, die mit geröteten Wangen und im Eiltempo den Gang runterflog.

»Entschuldigung«, rief Abby und umklammerte nervös ihre Mappe. »Die Abteilung für Fotografie, wissen Sie ...?«

»Da runter«, rief die junge Frau und war schon fast um die Ecke verschwunden. »Professor Wallner. Raum 218. Viel Glück, Sie Ärmste.«

Das hörte sich ja nicht sonderlich vielversprechend an ...

Wenig später stand Abby vor dem Raum 218, traute sich aber nicht, anzuklopfen. Die Worte ihrer Mutter hallten in ihrem Kopf wider. Was vielleicht ganz gut war, denn Trotz fühlte sich so ähnlich wie Mut an, vielleicht waren sie Geschwister. Sie hob die Hand, dann erklang ein barsches »Ja?«.

Der Raum, den sie betrat, war das reinste Chaos. So vollgestellt mit Regalen, einem riesigen Schreibtisch, zwei Ledersesseln und einer altmodischen Anrichte, die statt mit Geschirr mit silbernen Totenköpfen, mittelalterlich anmutenden Artefakten und überquellenden Aschenbechern ausgestattet war, dass sie Mühe hatte, den Professor überhaupt zu finden. Er war ein dünner, klein wirkender Mann, zumindest wenn er saß. Sein Stuhl stand ein Stück vom Schreibtisch entfernt. Zigarettenrauch umfing ihn, der die wallenden Fenstervorhänge gelb gefärbt hatte. Die Füße lässig gegen die Wand gelehnt, blätterte Professor Wallner in einer Mappe und sah ihr unwirsch entgegen.

»Was wollen Sie?«, grantelte er und tastete, ohne hinzugucken, die Tasche seiner Weste ab. Sein Kleidungsstil ähnelte dem von Charlie Chaplin, schoss Abby durch den Kopf, fehlten nur der Schnurrbart und der Gehstock.

»Oder haben wir einen Termin?« Mit dem Mund zog er eine Zigarette hervor und zündete sie an. Rauchkringel schwebten zur ebenfalls nikotinverfärbten Decke.

»Ich möchte Ihnen etwas zeigen.« Seltsamerweise war ihre Nervosität vor der Tür geblieben. Warum, konnte sich Abby nicht erklären, die in den ersten Sekunden damit beschäftigt gewesen war, den Raum auf sich wirken zu lassen. Sie fühlte sich ruhig, irgendwie fatalistisch, was gar nicht so unangenehm war.

Was hatte man zu verlieren, wenn man nichts zu verlieren hatte?

»Abby Brandt, guten Tag. Ich bin Studentin an der Modeschule, möchte aber wechseln.«

»Ich hab Sie nie gesehen. Hier nicht. Drüben auch nicht.«

Sein Blick war bohrend, und er wirkte wie jemand, der das nur zu gut wusste.

»Weil ich das Studium nicht angetreten habe«, erklärte sie. »Aus gesundheitlichen Gründen. Aber jetzt geht es mir besser. Und ich möchte hierher.«

»Hierher«, echote er wenig begeistert, »hierher, soso.«

»Ja.« Langsam wurden ihre Hände, mit denen sie die Mappe umklammert hielt, doch schwitzig. Aber Abby beschloss, sich von dieser Charlie-Chaplin-Kopie nicht bange machen zu lassen. Oder sich der Angst erst zu überlassen, wenn sie wieder draußen war.

Kurz noch, beschwor sie sich, ein paar Minuten, dann kannst du anfangen zu zittern.

»Würden Sie sich meine Mappe ansehen?«

Die keine Mappe war, zwei Fotos nur! Aber egal, jetzt hatte sie es gesagt.

Seine Augenbraue hüpfte in die Höhe. Schmatzend sog er an seiner Zigarette. Das Geräusch ließ sie angeekelt die Stirn runzeln, was ihm nicht entging.

»Irgendetwas, das Ihnen missfällt, Fräulein ...?«

»Brandt. Nein.«

Unaufgefordert ging sie auf ihn zu, während er den Blick einfach wieder auf die Bewerbungsmappe in seinen Händen senkte, sie dann zu Boden pfefferte. »Dilettanten, alle miteinander! Wenn Ihre nicht tausendmal besser ist, verklage ich Sie!«

Was, immerhin, ein bisschen lustig klang. Sein Blick aber blieb drohend. Wahrscheinlich war es gar kein Scherz gewesen, egal, wie wenig Sinn der Ausspruch ergab.

»Was soll das sein?« Er blickte auf die Rolleicord um ihren Hals. »Ganz schön großer Kettenanhänger.«

»Dass ich damit seltsam aussehe, ist mit klar«, erwiderte sie, zwei Augenblicke später verwundert darüber, dass sie so viel Ruhe in sich trug, ihm so zu antworten.

»Aha.« Mehr sagte er nicht dazu, sie ebenso wenig.

Stattdessen klappte sie ihre Mappe auf. Wallners Augen verengten sich, während er den Blick über das erste Foto wandern ließ, das zwei junge Männer zeigte, die geradewegs in die Kamera guckten. Ihre Blicke waren neugierig und offen, fragend, aber sie wirkten auch verloren und einsam. Ihre Gesichter, die zugleich blutjung und uralt schienen, waren voll Schmutz, man sah die Ölschlieren, den Staub, der sich mit dem Schweiß vermengt hatte. Ihre Kleidung war die von Tagelöhnern: dunkle Baumwollhemden, feste Leinenhosen, die an den Knien ausbeulten.

Abby hatte sich nicht getraut, sie anzusprechen, doch

das war nicht nötig gewesen. Als sie Abbys Blick – durch die Rolleicord – auf sich gespürt hatten, waren sie langsamer geworden, dann stehen geblieben und hatten sich zu ihr umgedreht. Keiner der beiden hatte das Übliche gemacht, aufgesetzt gegrinst oder etwas gerufen. Stattdessen hatten sie geduldig gewartet, und dann, genau in dem Moment, als die Wolken weiterzogen und ein Sonnenstrahl aufs Wasser des Hafenbeckens hinter ihnen fiel, hatte Abby abgedrückt.

»M-hm«, gab Wallner von sich. Es klang eher genervt als anerkennend. Er blätterte zur nächsten Fotografie, betatschte die Abzüge, so ein Blödmann!

Das zweite Bild war ein Selbstporträt. Sie hatte es am letzten Morgen in der Eimsbüttler Wohnung geschossen, vor dem alten, golden umrahmten Spiegel im Flur. Heiner hatte im Nebenzimmer geschlafen, nachdem er ihr von seiner Epiphanie berichtet hatte.

Es zeigte Abby, ungeschminkt, sie wirkte fast nackt, auch wenn sie die Kleider des Vortags trug. Das Haar war schief geschnitten und strähnig, ihr Gesicht verheult und aufgequollen. Man konnte erkennen, wie sie sich in dem Augenblick gefühlt hatte: unendlich traurig, gebrochen. Alles war wieder hochgekommen, als sie Heiner das Erlebte geschildert hatte. Aber da war auch ein Funken ... Sie sah Entschlossenheit in ihrem Blick. Und den Willen, sich nicht mehr zu verstecken, nicht mehr ganz so sehr jedenfalls, wenn möglich mit jedem Tag ein bisschen weniger.

Wallner zog wieder an seiner Zigarette, inhalierte tief, pustete den Rauch aus. Er hatte ein kantiges Kinn, sah sie jetzt, als sie ihm so nahe war, aber weiche, aufgedunsen wirkende Wangen, seine Nase zierten blaue und dunkelrote Äderchen.

»Es gibt keine Abkürzungen zur Kunst. Jeder Weg ist lang und steinig. Wenn Sie studieren wollen, müssen Sie sich auf normalem Weg bewerben. Aber ich warne Sie: Genialität, nichts darunter, erwarte ich. Haben Sie mich verstanden, Fräulein Brandt? Momentan sind Sie davon so weit entfernt wie ich vom Rand des Universums.«

Mit diesen Worten schob er ihr die Mappe in die Hand zurück und sah sie an.

»Weil Sie im Zentrum sind?«, fragte sie und zuckte im nächsten Augenblick unmerklich zusammen. Hatte sie den Verstand verloren, so mit ihm zu reden?

»Im Zentrum?«, fragte er reichlich desinteressiert.

»Des Universums«, redete sie weiter, jetzt hatte sie schließlich damit angefangen und musste es wenigstens noch erklären. Auch wenn es ihm sicher nicht besonders gefiel. Aber erneut: Was hatte sie zu verlieren? Nicht das Geringste. Also konnte sie ihm immerhin klarmachen, dass er ein Wichtigtuer war. »Sie sind vom Rand des Universums deswegen so weit entfernt wie ich von der Genialität, weil Sie sein Zentrum sind?«

Er schnaufte amüsiert, wiegte den Kopf. »Nett gesagt. Und jetzt machen Sie, dass Sie rauskommen.«

Wortlos machte sie kehrt, die Mappe an sich gedrückt, enttäuscht, aber auch mit einem guten Gefühl. Erstens hatte sie sich von ihm nicht zusammenstauchen lassen. Und zweitens hatte sie ihre Fotografien, als er sie betrachtet hatte, gut gefunden.

Sie, die sonst ihre ärgste Kritikerin war, zumindest bei ihren Modeentwürfen war es so gewesen. Jetzt war ein Funke Selbstbewusstsein da, und er glomm auch jetzt noch, auf dem Weg zur Tür.

»Eins noch«, blaffte er hinter ihr. »Die Bewerbungsfrist

ist abgelaufen, das wissen Sie aber bestimmt. Ganz schön dreist also, trotzdem hier reinzumarschieren. Aber ...«

Jetzt drehte sie sich langsam um, schließlich schien er etwas loswerden zu wollen, was länger dauerte.

»... Dreistigkeit gefällt mir. Ihre Fotos sind auch nicht komplette Zeit- und Materialverschwendung. Es wartet enorm viel Arbeit auf Sie, aber ...«

Sie konnte kaum atmen, so aufgeregt war sie plötzlich.

»Aber wer weiß. Bewerben Sie sich. Eine Sonderbehandlung sollten Sie allerdings nicht erwarten.«

»Ist die Bewerbungsfrist nicht abgelaufen?«

»Ist sie. Aber wenn Sie halbwegs so schlau sind, wie Sie tun, dann finden Sie die Ausnahme in der Aufnahme. Und jetzt raus!«

Über seinem letzten Satz grübelte Abby noch, als es am Hoftor klopfte. Ausnahme in der Ausnahme oder doch, wie sie glaubte, gehört zu haben, Ausnahme in der Aufnahme? Aber was wiederum sollte das heißen?

Als sie die Tür öffnete, sah sie Stu vor sich stehen. Er sah übermüdet aus, roch nach Zigarettenrauch und Alkohol, sein Haar sah aus, als hätte er es mit tausend Bürstenstrichen zu bändigen versucht, aber es war einfach nicht willig. Seine Kleidung war dieselbe wie auf der Bühne des Kaiserkellers.

»Hallo«, sagte er genau wie bei ihrer ersten Begegnung.

»Hallo«, antwortete Abby und trat beiseite, um ihn hereinzulassen.

Weil sie annahm, dass er sein Geld und den Pass abholen wollte, hielt sie auf die Remise zu. Im Hof aber wurde Stu langsamer und zeigte auf den Schuppen.

»Da rein?« Sie machte kehrt und schloss auf.

Stu ging an ihr vorbei ins Innere, stellte sich in die Mitte des kleinen Raums und sah sich um. Wollte er ihn also doch mieten? Es war verwirrend. Und wie unpraktisch, dass sie kein Wort Englisch sprach!

Als er sie anblickte, lächelte er, dann glitt sein Blick zu der Kamera hinunter. Und da blitzte etwas in ihr auf, eine Idee, so klein und klar wie Mondstaub.

»Ich fotografiere euch.«

Stu blickte fragend, sie lächelte.

»Ja! Ich fotografiere euch.« Mittels Handzeichen versuchte sie ihm klarzumachen, was sie meinte. Dabei heraus kam wahrscheinlich so etwas wie: Ich liebe es, meine Kamera zu streicheln, was machst du gern?

»Ich«, sie deutete erneut auf die Rolleicord, dann auf ihn. »Beatles.«

Verwirrt nickte er. Bevor sie sich endgültig zum Affen machen konnte, hielt sie die Hand hoch, den Zeigefinger nach oben gereckt. Moment, sollte das heißen. Dann zeigte sie auf ihn, wieder auf ihre Kamera, wünschte, sie könnte Heiner herbeizaubern, doch zu ihrer Überraschung lächelte er erst schüchtern, dann etwas breiter, nickte, zog etwas aus seiner Hosentasche: ein Stück Papier, einen Stift. Darauf kritzelte er etwas und reichte es ihr.

Paul-Roosen-Straße 33, stand darauf. Er hatte eine schöne, geradezu exaltierte Schrift, künstlerisch, ansprechend. Paul-Roosen-Straße 33? Da befand sich das *Bambi*, ein eher außergewöhnliches Kino. Sie hatte es auf einem ihrer Spaziergänge entdeckt und es sogar schon einmal abgelichtet, auch wenn der Film ja noch nicht entwickelt war. Dort wurden amerikanische Spielfilme gezeigt, deren Namen Abby nichts sagten, die aber brutaler, außergewöhnlicher und vor allem weit weniger bunt als die üblichen Technicolor-Streifen wirkten.

Heiner und sie hatten sogar schon mit dem Gedanken gespielt, einmal reinzugehen, die Idee aber noch nicht in die Tat umgesetzt. Und jetzt wollte Stu mit ihr ins Kino?

Der Gedanke war exakt so aufregend wie beängstigend. Nein, eher beängstigend, wenn sie drüber nachdachte.

Jetzt hob Stu den Finger, genau, wie sie es eben gemacht hatte, und zog ihr vorsichtig den Zettel aus der Hand. Erneut schrieb er etwas drauf und reichte ihn ihr zurück. *19-04,* stand jetzt unter der Adresse. *10 am.*

Ähm, was?

Weil ihr nichts Besseres einfiel, nickte sie und lächelte dabei entschuldigend. Auch er lächelte, machte kehrt und ging.

Sein Pass? Das Geld?

Wollte er wohl nicht zurück.

»10 am, das ist die Uhrzeit«, erklärte Heiner, »woraus ich folgere, dass mit 19-04 ein Datum gemeint ist. Morgen. Neunzehnter April. Zehn Uhr morgens.«

»Sind Kinos um die Uhrzeit schon geöffnet?«

»Was weiß denn ich? Aber jetzt erzähl mir alles, in jeder noch so winzigen Einzelheit, Chérie. Er kam, er klopfte – und was dann?«

»Jedenfalls küsste er nicht, auch wenn das, was die Ks angeht, natürlich gepasst hätte.«

»Nicht nur, was die Ks angeht.« Wie immer, wenn er zu Besuch war, hatte Heiner geradewegs ihr Bett angesteuert, dort fläzte er nun, dann allerdings fing etwas seinen Blick ein, und er setzte sich auf. »Was in aller Welt ist das denn?«

Mist, er hatte ihre Bewerbungsmappe entdeckt, die aufgeklappt auf dem Tisch lag. »Nichts weiter.« Warum machte sie es kleiner, als es war? Heiner war ihr bester Freund. Seltsam, dass sie manchmal solche Anwandlungen hatte, Dinge für sich behalten zu wollen, die bei ihr allein jedoch gar nicht genug Platz hatten.

»Ich war heute bei der HFBK.«

»Der ...«

»Hochschule für Bildende Künste.«

»Um dich wieder zu immatrikulieren?«

»Nein, um den Studiengang zu wechseln.«

»Aha!« Heiners Augen begannen zu glänzen. »Erzähl!«

»Ich, also, puh ...« Sie berichtete von dem Morgen, der hinter ihr lag, was Heiner gebannt zuhören ließ. Als sie ihm von Wallners abschließenden Worten berichtete, hob er fragend die Schultern. »Ausnahme von der Ausnahme, könnte er das gemeint haben?«

»Darüber hab ich auch nachgedacht. Aber das ergibt ja auch nicht gerade Sinn. Außerdem glaube ich, dass er Aufnahme gesagt hat.«

»Dann geh die Aufnahmebedingungen durch.«

»Natürlich tue ich das. Ich muss sie allerdings erst noch besorgen. Dummerweise habe ich vor Ort nicht dran gedacht.«

»Macht nix. Darf ich gucken?« Damit meinte er die Bewerbungsmappe.

Die Frage machte Abby weit nervöser, als sie es heute Morgen gewesen war. Klar irgendwie. Was Heiner sagte, galt. Sie hatten denselben Geschmack, interessierten sich für dieselben Stilrichtungen, ganz egal ob in der Mode, der Musik oder sonst wo. Wenn er die Fotos blöd fand, waren sie genau das: blöd.

Trotzdem nickte sie auffordernd. Er rutschte von ihrem Bett, tapste zum Tisch, schlug den Kartondeckel auf und betrachtete das oben liegende Bild der Hafenarbeiter. Dann nahm er Abbys Selbstporträt in die Hand. Anders als Wallner achtete er darauf, keinen Fettabdruck darauf zu hinterlassen, sondern hielt den Abzug vorsichtig zwischen den Fingerspitzen. »Torte«, murmelte er nach einer Weile.

Abby, die mit den verstreichenden Minuten so aufgeregt geworden war, dass sie am liebsten rausrennen würde, fragte: »Was?«

»Klar! Torte. Kein fader, ausgetrockneter Kuchen, grr, weißt du, diese Sandkuchen, bei denen einem die Krümel im Hals hängen bleiben.«

»Äh ...«

»Das ist die Torte, Abby. Du hast sie gefunden!«

So richtig erschloss sich ihr der Sinn nicht, aber sie konnte sich denken, dass Heiner die Fotos gut fand. Erleichternd! Zur Sicherheit fragte sie trotzdem noch mal nach: »Was denkst du darüber?«

»Sie sind toll, Abby. Besonders das von dir. Du versuchst nicht toll auszusehen oder lässig oder ... selbstbewusst. Nix davon! Du zeigst, wie schlecht es dir geht. Du verschonst niemanden, der lieber nicht wissen will, wie es in dir aussieht, aber du willst auch nichts damit erreichen – du möchtest kein Mitleid, keine besorgten Fragen. Du rotzt das hin – dein Leid, deine Angst –, und es kümmert dich nicht, was die anderen damit anfangen.«

Aus großen Augen sah sie ihn an. Er war ein Genie. Wie konnte er in Worte fassen, was auch sie gesehen hatte, als sie das Foto herausgesucht hatte?

»Jetzt sag noch mal genau, was dieser Wallner meinte.

Er muss das Bild gut gefunden haben. Denn wenn nicht, hat er nicht die geringste Ahnung von seinem Fach.«

Es war der neunzehnte April, sieben Uhr achtundzwanzig. Nach wie vor war sie sich nicht sicher, welche Idee Stu wohl für den heutigen Morgen hatte, aber was es auch war, es würde warten müssen. Abby wollte die Beatles fotografieren, sie wollte Theo Wallner etwas präsentieren können, sobald sie erst herausgefunden hatte, was mit der Ausnahme von der Aufnahme gemeint war.

Ihr stand ein schwerer Gang bevor. Nach Barmbek-Nord zu fahren war an sich schon kein Amüsement. Wenn Barmbek-Nord noch mit einem Besuch bei ihrer Mutter und Horst einherging, konnte sie sich nicht viel vorstellen, zu dem sie weniger Lust hatte. Und doch war das nicht mal das Schlimmste an der Sache. Das Schlimmste war ...

... zwei Stunden später am Steuer des froschgrünen VW Käfers zu sitzen und zu versuchen, nicht die Nerven zu verlieren. Natürlich besaß Abby einen Führerschein, Fahrerfahrung allerdings kaum. So viel Spaß ihr das Üben früher gemacht hatte, war nach dem Tod ihres Vaters alles anders geworden. Der Käfer war sein Käfer gewesen. Außerdem hätte er ihren Vater retten können, denn wenn er nicht das Rad genommen hätte ...

Aber darüber nachzudenken war müßig. Sie musste sich konzentrieren. Langsamer werden, in den Rückspiegel sehen, blinken, erneut in den Rückspiegel sehen, abbiegen. Jedes Mal blieb ihr bei dieser Prozedur fast das Herz stehen. Und sämtliches selbstbewusstes Gehabe, das sie an den Tag gelegt hatte, um ihre Mutter zu überreden, das Auto rauszurücken, schmolz dahin.

Aber sie schaffte es. Die gesamte Strecke am Stadtpark

vorbei, am Osterbek-Kanal entlang, nach links (blinken, Abby, blinken) in die Herder-Straße. Irgendwo dahinten blitzte die Alster im milchigen Licht, auch wenn Abby sie von hier nicht sehen konnte. Um Punkt zehn Uhr hatte Abby den Laubfrosch vor dem *Bambi*-Kino eingeparkt, nachdem sie eine Viertelstunde dafür gebraucht hatte, den richtigen Winkel zur Bordsteinkante anzupeilen.

Als sie nassgeschwitzt die Tür öffnete und ausstieg, schwang auch die zum Kino auf. Stu kam heraus, todmüde sah er aus, aber seine Augen begannen zu blitzen, als er Abby entdeckte.

»Hallo«, sagte sie.

»Hallo.« Auch er lächelte und sagte noch etwas, ihr Lächeln wurde noch breiter, und sie nickte, auch wenn sie keine Ahnung hatte, was er gerade von sich gegeben hatte.

Hinter ihm schlurfte der Sänger in den Türrahmen, blickte zu Abby, dann auf den froschgrünen Käfer, begann zu grinsen, drehte um und machte Anstalten, wieder im Innern des Kinos zu verschwinden, doch Stu hielt ihn zurück. Sie redeten leise miteinander, die Stimme des Sängers klang gelangweilt, Stus drängend.

Derweil sah sich Abby das Kino an, um nicht erneut Anstalten zu machen, die Nerven zu verlieren. Ein Plakat neben der Tür kündigte in reißerischen Schriftzügen *Augen der Angst* an, worauf Abby einen interessierten Blick warf. Sie mochte Horrorfilme. Früher jedenfalls. Wie es sich jetzt damit verhielt, wusste sie nicht, doch das zu klären stand nicht an erster Stelle.

Jetzt gesellten sich auch die anderen Musiker hinzu, blinzelten verärgert ins graue Hamburglicht, zündeten sich Zigaretten an, standen rum wie bestellt und nicht abgeholt.

Stu hielt den Zeigefinger hoch – jetzt hatten sie also so etwas wie ein Zeichen, um zu bedeuten, dass der eine mit der anderen kommunizieren wollte. Abby lächelte.

»Paul«, sagte er und zeigte auf den Sänger. Dann auf Abby. »Abby.«

Jetzt auf den Rothaarigen, der Abby nur desinteressiert musterte. »John – Abby.«

Weiter zu einem kindlich aussehenden Jungen, schlaksig, der schüchtern lächelte und unendlich lieb aussah. »George.« George deutete eine Verbeugung an. »Hi, Abby.«

»Hallo«, sagte sie, die ihn gleich ins Herz schloss.

Pete war der Letzte, er hatte etwas helleres Haar, war pausbäckig und interessierte sich für Abby noch weniger, als John es getan hatte. Erst jetzt ging ihr auf, dass Stu sie gestern verstanden haben musste. Warum sonst hätte er die anderen Beatles aus den Federn gezerrt, denn genau so wirkte es.

Und damit huschte der letzte Rest Angst davon, zumindest für den Moment. Mit einem Mal kam sie sich geschäftig vor, fast professionell, und wollte gerade die Autotüren öffnen, als ihr etwas einfiel. Die Instrumente. Was schließlich war ein Musiker ohne sein Instrument? So was wie ein Fotograf ohne Kamera.

Es kostete sie verzweifelte Handzeichen, bis sie Stu klarmachte, was sie wollte. Um nicht untätig rumzustehen und auch, weil sie nicht sicher war, ob er sie tatsächlich verstanden hatte, folgte sie ihm in den Gang des Lichtspielhauses, der kalt und düster war. Im Gänsemarsch – erst Stu, dann Abby, ihr folgte der Rest – gingen sie an Filmplakaten aus lange vergangenen Zeiten vorbei. Der Betreiber schien ein Faible für Stummfilme zu haben. Ein Plakat, an der Ecke eingerissen, warb für

Nosferatu, ein anderes für *Das Cabinet des Doktor Caligari.* Neben der Tür zum Kinosaal, die geöffnet war, gab es eine weitere, die Stu nun öffnete. Sie führte in einen Raum, der mehr eine Besenkammer war als ein Zimmer. Oder eine halbe, denn viel mehr als ein Handfeger und ein Staubtuch passte eigentlich nicht hinein. Eine der Wände stellte sich bei genauerem Hinsehen als Leinwand heraus. Da der Boden nur aus Matratzen bestand, die benutzt aussahen, und der Geruch von Schlaf fast schon stechend in ihre Nase zog, kam sie zu dem Schluss, dass die Beatles hier offenbar übernachteten. Im Vergleich dazu war der Schuppen, den sie für zwanzig Mark anbot, reiner Luxus!

In dem Kabuff gab es kein Fenster, keinen Schrank, rein gar nichts. Die Instrumente der Beatles stapelten sich neben der Tür.

Fünf Minuten später wanderten drei Gitarren, ein Bass und eine kleine Trommel in Abbys Wagen, aufgefüllt wurde mit fünf Liverpoolern und Abby selbst. Wahrscheinlich schubberte der Wagen gleich fast über den Asphalt, so schwer war seine Ladung, doch glücklicherweise ließ er sich zumindest starten.

Das Heiligengeistfeld war ihr Ziel. Ein Katzensprung nur entfernt, ein Glück.

»Stop!«, brüllte da einer von der Rückbank. Stu, der auf der Beifahrerseite saß, und sie rissen die Köpfe herum. *Stop,* das verstand sie. Auch wenn sie noch gar nicht losgefahren war.

»Ja? Ähm, yes?«

Paul, so hieß er, meinte sie sich zu erinnern, wedelte aufgeregt mit der Hand. Abby stieg wieder aus, klappte den Sitz vor, ließ ihn aussteigen. Stu rief ihm etwas zu, aber Paul eilte ohne sich umzusehen auf die Kinotür zu, verschwand dahinter.

Und jetzt? Sollte sie einfach die verbliebenen vier fotografieren? Möglich wäre es. Die Beatles waren absolut unbekannt. Nie und nimmer konnte Wallner von ihnen gehört haben. Warum nicht so tun, als wären sie zu viert? Das passte auch besser auf ein Foto ...

Aber da kehrte Paul auch schon zurück, in der Hand einen Kamm, kletterte, ohne Abby eines Blickes zu würdigen, wieder ins Auto und begann sich mit blasierter Miene zu frisieren.

Seltsamer Kerl! Und, ehrlich gesagt, mit einer seltsamen Frisur. Eine neue wäre nicht schlecht, selbst wenn Rockertollen nach wie vor angesagt waren. Sie kamen ihr einfach ein bisschen gewöhnlich vor.

Doch erst mal musste sie die Beatles dorthin bringen, wo sie sie fotografieren wollte. Abgesehen von dem Moment Furcht, in dem sie neben einem Peterwagen an einer Ampel hielten, dessen Fahrer neugierig auf die gestapelten Männer im Fond des Wagens starrte, klappte alles wie am Schnürchen. Und während in den ersten Sekunden noch eine ungemütliche Atmosphäre im Auto geherrscht hatte, tauten die Engländer schon nach der ersten Kurve auf. Abby hatte sogar den Eindruck, als fänden sie es toll, dass eine Frau am Steuer saß – vielleicht aber täuschte sie sich auch.

Fünfeinhalb Minuten später bremste sie kurz hinter dem Millerntor ab. Die Jungs auf der Rückbank beugten sich nach vorn und beäugten interessiert die Karussells, die erst im Sommer wieder in Betrieb genommen würden.

»Raus mit euch.« Ja, wie hieß das auf Englisch?

Doch sie verstanden wohl, was sie meinte, quetschten sich aus dem Wagen, nur der Pausbäckige nicht, der eingeschlafen war. Eisiger Wind blies ihnen um die Ohren, doch keiner muckte mehr. Das rechnete Abby ihnen hoch an, ebenfalls, dass sie sich quasi willenlos von ihr von hier nach dort dirigieren ließen. Immer wieder eilte Abby zu ihrer Kamera, die auf dem Stativ auf sie wartete und hoffentlich nicht umfiel, zurück, blickte durch den Sucher, sagte »No«, manchmal variiert »No, no, no!«, winkte sie ein Stück weiter nach links oder rechts. Irgendwann wurde auch Pete wieder wach und gesellte sich hinzu. Und langsam, aber sicher verwandelte sich dieser kalte, verregnete Frühlingstag in etwas Wunderbares. Je länger sie durch den matschigen Sand an all den rostigen, verlassenen Karussells vorbeistapfte, die Jungs von hier nach dort beorderte, durch den Sucher blickte, desto erfüllter fühlte sie sich.

Sie hatte nicht gewusst, dass es Erfüllung überhaupt gab! Sie hatte davon gelesen, aber nun spürte sie sie, wie sie vom Boden durch die dünnen Sohlen ihrer Ballerinas in sie kroch. Warm war das Gefühl. Warm, weich und ungeheuer schön.

Sie zweifelte keine Sekunde mehr an dem, was sie tat, egal, ob ihr Theo Wallners Worte einfielen oder nicht, egal, ob John ihr doch mal einen spöttischen Blick zuwarf, während sie auf Deutsch auf ihn einredete. Immer wenn ihr Finger über dem Auslöser schwebte, kehrte es zurück. Ein sanftes Ziehen. Glück, so durchscheinend wie Sommerwolken.

Abby knipste und knipste, und die fünf traten, wohin Abby zeigte, blickten ernst und aufmerksam in die Kamera, nicht trotzig, nicht stolz, sondern aufrichtig.

Und das war es. So viele Monate hatte sie sich vor der Welt versteckt, und jetzt, da sie sich endlich wieder hinaustraute, wollte sie alles sehen. Das Schöne, aber auch das Hässliche, das, was man zeigte, und das, was die Leute lieber verstecken wollten.

Sie sah Paul, John, George, Pete und Stu, sie sah ihre Müdigkeit, ihre Lebenslust, ihre Verlorenheit, ihre Zartheit, ihre Melancholie, ihre Schüchternheit.

Sie sah sie.

Es dunkelte schon wieder, als sie den Käfer vor dem Kino in der Paul-Roosen-Straße stoppte. Ohne ein Wort stieg Stu aus, der wieder vorn Platz genommen hatte, und klappte den Rücksitz zurück. Unsicher sah Abby zu und fragte sich, was jetzt wohl kam. Den Tag über hatte sie nicht mehr darüber nachgedacht, aber jetzt fiel es ihr wieder ein: Sie mochte ihn, und sie wollte nicht, dass er verschwand.

Als sich die anderen winkend und englische Worte sagend, verabschiedet hatten, klappte Stu die Lehne des Beifahrersitzes wieder zurück, ließ sich neben Abby fallen und zog die Tür zu. Verdattert sah sie ihn an. Musste er nicht zum Konzert? Sie nahm an, die Beatles würden jeden Abend im Kaiserkeller auftreten, hatte Heiner nicht mal irgendetwas in der Art gesagt? Doch jetzt war sie sich nicht mehr sicher, sie war sich überhaupt gar nicht mehr sicher, denn Stu tippte aufs Lenkrad, dann, weil sie ihn immer noch fragend anguckte, auf den Schlüssel im Zündschloss.

Ah. Losfahren?

»Yes«, sagte sie und startete.

Sie fuhr zur Bernstorffstraße, wohin auch sonst, parkte

jetzt schon etwas forscher den Wagen, dann stiegen sie gleichzeitig aus, als wäre es das Normalste der Welt. Er ging hinter ihr auf das Hoftor zu, sie öffnete es, trat ein, er kam ihr nach, lächelte, sie lächelte. Er sagte: »Good night.« Und verschwand im Studio, dessen Tür sie nicht mehr abschloss, schließlich war es leer.

Verwundert, aufgeregt, glücklich ging Abby auf die Remise zu. Sie hatte keine Ahnung, wie das hier werden würde: Stu würde doch unmöglich auf dem Boden des Schuppens schlafen, aber egal – es war unglaublich, zu wissen, dass er da war, in ihrer Nähe.

Als sie sich auf ihr Bett setzte, sah sie das Licht, das aus dem Schuppenfenster strahlte. Golden erhellte es den Hof. Sie zog ihre Schuhe aus, ließ sich zurücksinken, dachte nach. Und schlief innerhalb von Sekunden ein, ohne vorher auch nur das winzigste bisschen Angst gehabt zu haben, die sonst gern abends vorbeischaute, um Hallo zu sagen.

»Stu, SSSSTTTTUUUUUUUUUUU!!!!«

Sie hätte ihn liebend gern erwürgt, wer auch immer es war, der nachts vor ihrer Mauer stand und gellend brüllte.

»Stu!«

Auf der anderen Seite war das Geschrei gar nicht so schlimm, kombinierte sie müde. Denn es bedeutete, dass Stu nebenan war. Seit sie ihm den Schlüssel für das Tor in die Hand gedrückt hatte, kam und ging er nach Belieben. Ihr gefiel es, einen Untermieter zu haben. Noch viel mehr, dass er es war.

»STU!«

Ein seltsames Geräusch war zu hören. Verblüfft spitzte Abby die Ohren. Quiekte da etwa ein Schwein? Nun gesellten sich Schritte hinzu, sie hörte das Tor knarren, wenig später erklang Stuarts Stimme, die warnend etwas sagte, dann: »Shhh!«

Abby, die nun kerzengerade im Bett saß, verzog das Gesicht, als lautes Rumpeln ertönte, dem eine Reihe englische Flüche folgten. Dann wieder das grelle Quieken.

Was in aller Welt war da draußen los?

Barfuß schlüpfte sie in ihre Ballerinas, legte sich den Mantel ihres Großvaters um die Schultern und öffnete die Tür. Wie urplötzlich festgewachsen, standen im Dunkeln des Hofs Stu, John und George vor ihr. Aus weit aufgerissenen Augen starrten sie Abby an, die ihrerseits staunend das betrachtete, was John umklammert hielt.

Ein Schwein. Ein Ferkel, besser gesagt, das nach einer kurzen Verschnaufpause wieder wie wild zu strampeln begann. John stieß ein paar erboste Flüche aus, woraufhin ihm Stu einen Klaps auf den Hinterkopf gab und die kleine Parade in den Schuppen zu lotsen versuchte.

Das Schwein aber hatte keine Lust, irgendwo zu sein, wo Licht brannte. Vielleicht hatte es in seinem kurzen Leben schon gelernt, dass Licht in der Nacht nur Schlechtes bedeuten konnte. Es quiekte so jämmerlich, dass Abby einen Schritt nach draußen trat, was John wiederum dazu veranlasste, einen Schritt nach hinten zu torkeln, wo er gegen eine windschiefe Holzbank stieß, die Heiner vor ein paar Tagen angeschleppt hatte.

Das Schwein plumpste zu Boden, fing sich aber sogleich und schoss an John, an Stu und George vorbei, flitzte quer durch den Hof, vergrub sich irgendwo, kehrte aber schon kurz danach wieder zurück, immer noch quiekend und im Eilschritt. Vielleicht sah es Abby nicht in der Dunkelheit, Fakt jedenfalls war, dass es an ihren Beinen vorbeirannte und im Innern ihrer Wohnung verschwand.

Schnell zog Abby die Tür zu.

»Probleme?«, fragte sie.

Heiser begann John zu lachen. Er konnte kaum geradestehen, so betrunken war er, lehnte sich gegen die Wand ihrer Remise und erbrach sich, wischte sich anschließend über den Mund und sagte: »Sorry!« Dann begann er wieder zu lachen.

»*John!*«, schimpfte Stu, »*Ju facking idiot!*«

Immerhin etwas, das sie zu verstehen glaubte.

Johns Gesicht war aufgeschürft. Wohl im Kampf mit dem Ferkel, das sich den Geräuschen nach zu urteilen in einen weiteren gestürzt hatte, und zwar gegen Abbys Möbel. Das laute Rummsen ließ John noch lauter lachen. Er beugte sich vor, hielt sich den Bauch und erbrach sich auf die morsche Holzbank.

Aus den Augenwinkeln sah Abby, dass Stu sich beschämt die Hände vor das Gesicht schlug. Er murmelte etwas Unverständliches und schüttelte verzweifelt den Kopf.

»Ich bin gleich wieder da.« Damit verschwand Abby im Innern, stellte sicher, dass die Tür geschlossen war, tastete sich im Dunkeln zur Küche vor, fand einen Eimer und auch den Schrubber und kehrte wenig später mit ausreichend Wasser zurück, ein Englisch-Wörterbuch in ihrer Manteltasche, das ebenfalls Heiner vorbeigebracht hatte. Sie drückte John den Schrubber in die Hand, und stellte den Eimer ab.

Nach etwas Blättern fand sie, was sie suchte.

»*What pig for?*«

Hoffentlich verstand einer der drei, dass sie sich nach

der näheren Zukunft des verängstigten Ferkels erkundigte.

Bedauernd grinsend zog George die Schultern hoch, dann deutete er auf John, der mit so langsamen Bewegungen, dass sie kaum zu erkennen waren, die Wand und den Boden säuberte.

»Sorry«, sagte hinter ihr Stu und schob wild gestikulierend weitere Entschuldigungen hinterher, von denen sie kein Wort verstand.

»Ist schon in Ordnung«, sagte sie.

Ein ohrenbetäubendes Krachen aus ihrer Wohnung ließ beide zusammenzucken. Alarmiert starrten sie sich an, Abby setzte sich in Bewegung.

Erst jetzt dachte sie an ihre Kamera. Wenn das Schwein die Rolleicord herunterriss! Innerhalb von Sekunden stand sie in ihrem Wohnzimmer und sah sich im Dunkel um. Dann flammte Licht auf, was das Ferkel, das gerade Abbys Bücherregal zum Einsturz gebracht hatte, dazu animierte, manisch im Kreis zu rennen. Nach einer Schocksekunde eilte Abby in den Flur und sah, dass der Schrank, in dem sie sämtliche Utensilien zum Fotografieren verwahrte, noch an seinem Platz stand und geschlossen war.

Erleichtert kehrte sie zurück, wo sich Stu über ein schwarzes Bündel beugte. Leise sang er etwas mit einem Schwein – sie kannte das Kinderlied sogar. »*This little piggy went to market, this little piggy stayed home.*«

»Pig?«, fragte Abby leise und sah sich ratlos um, blätterte in ihrem Wörterbuch und fügte hinzu: »Where?«

Dann erkannte sie, dass der kleine Berg auf dem Boden zappelte. Die obere Schicht war anscheinend Stus Jackett. Die untere das Schweinchen.

Unter den Strähnen seines dunklen Ponys sah Stu zu ihr auf und nickte, ohne mit dem beruhigenden Singen aufzuhören.

»… *this little piggy cried ›wee, wee, wee‹ all the way home.*«

Mit einem Mal fühlte sie sich so erschöpft, als habe sie das Tier durch die ganze Stadt gejagt. Und wie mochte es dem Ferkel erst gehen?

Neben Stu und dem nun nur noch leise grunzenden Schwein ließ sich Abby zu Boden gleiten, lehnte sich auf die Hand und begann leise zu lachen. Nach einem kurzen Moment fiel Stu ein. Immer wenn Abby aufhörte und auch Stu es versuchte, brach einer von ihnen erneut in albernes Kichern aus.

Irgendwann zog Stu vorsichtig das Jackett beiseite, und der Kopf des Schweins kam zum Vorschein. Es schlief leise schnarchend. Auch im Hof war Ruhe eingekehrt. George und John hatten sich wohl in den Schuppen verzogen. Abby legte den Kopf auf Stuarts Schulter. Er legte den Arm um sie und strich so behutsam, dass sie es kaum fühlte, über ihr Ohr.

Sie spürte seine Wärme. Sein Schlüsselbein unter ihrer Schläfe. Seinen Atem auf ihrer Wange. Und sie dachte an Alice im Wunderland, die durch einen Kaninchenbau eine wildere, buntere Welt betrat, in der sämtliche Gesetze der Physik ausgehebelt waren.

Auch wenn hier oben oben zu sein schien und unten unten, niemand wuchs oder schrumpfte und das Ferkel weder redete noch grinste, fühlte sich Abby, als sei sie durch einen Kaninchenbau gerutscht, und der Ort, an dem sie sich plötzlich befand, war der, den sie immer gesucht hatte.

SOFIA

Sommer 1961
Prenzlauer Berg, Berlin, Hauptstadt der DDR

»... die Absicht, eine Mauer zu errichten.« Blechern klang die Stimme Walter Ulbrichts aus dem Dompfaff-Radio, das wirkte, als fiele es bei dem nächsten überraschenden Laut einfach auseinander.

Sofia horchte auf. Sie war müde, tatsächlich hatte sie so gut wie kein Auge zugetan, aber sie halluzinierte deswegen nicht, oder?

»Sagte er gerade, es wird eine *Mauer* errichtet?«, fragte sie. »Was denn für eine Mauer? Und wo?«

Wolfgang, ein Freund von Christina, starrte sie aus seinen seltsamen, mehr nach innen als nach außen guckenden Augen an.

Sofia wohnte seit gestern bei ihm – wobei *wohnen* ziemlich übertrieben war. Da es unsicher war, zu lange an einem Ort zu bleiben, hatte Lukas alle Hebel in Bewegung gesetzt, sie anderswo unterzubringen. Letztendlich hatte Christina ihn aber überzeugt, dass Sofia besser keine Runde durch seinen Freundeskreis drehte. Sondern zu Leuten weitergereicht wurde, die Lukas bestenfalls vom Sehen her kannte.

Natürlich war Sofia den beiden höchst dankbar. Auch Wolfgang war sie dankbar, in dessen Küche sie gerade saß, auch wenn er ein eher gewöhnungsbedürftiger Zeitgenosse war. Aber er erlaubte ihr, bei ihm zu schlafen;

das allein musste ihn schon für sie einnehmen, oder nicht?

Seit ein paar Stunden hockten sie jetzt in dieser Küche zusammen, einem schmalen Raum voller Regale, sogar ober- und unterhalb des Fensters, die mit alten Zeitungen vollgestopft waren. Wolfgang war kein Freund vieler Worte, wie es schien, eher ihr Feind. Während sie sich umgesehen hatte, auch mal zum Fenster gegangen war, das in einen finsteren, unaufgeräumten Hinterhof hinausging, hatte sie versucht, sich zu unterhalten, war aber kläglich gescheitert. Also hatte sie sich die Zeit damit vertrieben, sich das Mobiliar anzugucken. Den uralten Gasherd mit angeklebten Essensresten rund um die Feuerstellen, das Waschbecken, das man herausheben und auf den Boden stellen konnte, um sich darin die Füße zu waschen. Den Stuhl, auf dem sie saß, den Tisch zwischen ihnen, den Stuhl, auf dem Wolfgang kerzengerade saß und sie ansah.

Immerhin lief jetzt das Radio. Und im Radio hatte Walter Ulbricht etwas von einer Mauer gefaselt. Besser gesagt, keiner Mauer.

»Weißt du was darüber?«

»Nein.« Mehr sagte Wolfgang nicht, sondern blickte weiter auf diese seltsame Art zu ihr hinüber. Er war so was von unheimlich! Letzte Nacht hatte sie dagelegen, die Decke bis zum Kinn, und hatte gelauscht, ob er sich rührte.

Hatte er nicht. Sondern so still geschlafen, wie es eigentlich unmöglich sein müsste. Kein Schnarchen, kein Herumwälzen. Nichts als Stille war von seinem Bett zu ihrem Sofalager gekrochen. Bei der Erinnerung daran würde sie sich immer noch am liebsten schütteln, aber dazu war sie wohl zu müde.

»Also keine Mauer? Was hat er denn dann gesagt? Hat irgendwer etwas von einer Mauer gesagt? Und zu wem hat er das gesagt?«

Wolfgang stieß einen entnervten Seufzer aus, dem Sofia keine weitere Beachtung schenkte. Sie stand auf und drehte am Radioknopf. Doch anstatt dass die Stimme des Staats- und Parteichefs der DDR lauter wurde, war nun ein enervierendes Knistern zu hören.

»Das musst du reparieren.«

»Es funktioniert«, sagte Wolfgang mit seiner hellen, leisen Singsangstimme. Nachdem er sich das fettige dunkelblonde Haar aus der Stirn gewischt hatte, zeigte er auf das Radio. »Hör halt zu.«

»Hab ich ja. Aber erst zu spät.«

»Also hast du *nicht* zugehört«, stellte er richtig.

Immer noch war nur Knistern zu hören. Entnervt gab sie auf und ließ sich wieder auf den Stuhl fallen. Sie hätte ihm angeboten, sich das Gerät anzusehen, wenn er nur ein bisschen netter wäre.

Erstaunlich, dass eine so angenehme Person wie Christina jemanden wie Wolfgang kannte. Sofia fragte sich allerdings, wie sie es länger hier aushalten sollte. Eigentlich brauchte sie sich das gar nicht zu fragen, sie wusste, dass es ihr nicht gelingen würde. Noch so eine Nacht? Nein, danke!

»Also, was ist jetzt mit einer Mauer? Bitte«, fügte sie hinzu, wenn auch widerwillig, »kannst du mir das sagen?«

Er rieb sich nachdenklich die Nasenspitze und sah sie mit wässrigem, halb amüsiertem Blick an. Sie hatte Mühe, nicht angewidert die Schultern hochzuziehen.

»Die Westpresse fantasiert«, brachte er endlich über

sich zu sagen. »Die haben zu viel Schnaps gesoffen, genau wie all die Bonner Militaristen.«

Das beruhigte Sofia nicht sonderlich; außerdem stellte sich die Frage, ob er sie womöglich verraten könnte. Er hatte sich zwar nicht positiv über die Führung ihres Staates geäußert, der Westen aber kam schlecht weg.

Wieso versteckte er dann jemanden wie sie bei sich? Er musste doch ahnen, dass sie nicht aus Langeweile in fremder Leute Wohnungen um Obdach bat. Dass sie was ausgefressen hatte, dass sie Grund hatte, sich nicht draußen zu zeigen ... Und wie sie aussah ... Das Haar war gewachsen, aber in den vier Wochen, die seit ihrer Flucht aus dem Krankenhaus vergangen waren, nicht sonderlich lang geworden. Bestenfalls einen Zentimeter, was nicht gerade der gängigen Haarmode entsprach.

Aber vielleicht machte sie sich auch verrückt. Vielleicht tat Wolfgang den lieben langen Tag nichts, außer *Neues Deutschland* zu lesen oder plante, die Wände mit den Zeitungen zu dämmen, oder er hatte vor, sie irgendwann zu zerschneiden und Kunstwerke daraus zu kleben, selbst wenn er kaum wirkte wie jemand, in dem künstlerisches Talent schlummerte. Doch es war nicht wichtig. Wichtig war, dass sie hier nicht bleiben wollte. Nicht in Wolfgangs kleiner Wohnung im Nirgendwo der Stadt. Aber auch nicht, das wurde ihr plötzlich so klar, dass es ihr den Atem raubte, hier.

In Berlin. Etwas weiter gefasst: in der DDR.

Erschrocken über diese Einsicht schaute sie ihn an. Er erwiderte ihren Blick erstaunt, verzog dann abfällig das Gesicht und streckte eine Hand über den Küchentisch aus.

Sie wusste nicht, was er ihr damit bedeuten wollte. Sie sah nur die blasse, feucht wirkende Haut und spürte, sie musste gehen, ja, sie musste diese Wohnung verlassen, diesen seltsamen, unheimlichen Kerl, und dann ...

Keine Ahnung.

»Danke für die Unterkunft«, sagte sie und stand auf. »Ich ... Danke.«

Erstaunt, aber nicht sonderlich interessiert sah ihr Wolfgang nach. Ich hab den Verstand verloren, hämmerte ihr durch den Kopf. Ich hab ihn verloren, weg ist er, tschüs, Verstand, tschüs, klares Denken.

Hastig stopfte sie die Jacke, die Christina ihr überlassen hatte, in eine Einkaufstasche, die Zahnbürste wanderte hinterher, sie öffnete die Tür, rechnete halb damit, dass Wolfgang protestierte, hörte aber nichts. Sekunden später befand sie sich im Treppenhaus, eilte die abgetretenen Stufen hinunter, stürzte in den Hof und auf die Kuckhoffstraße hinaus. Den Weg zum S-Bahnhof Pankow kannte sie. Der Kindergarten, in dem sie arbeitete, war nicht allzu weit entfernt. Sehnsüchtig dachte sie daran, wie einfach ihr Leben bis vor Kurzem gewesen war.

Aufstehen, zur Arbeit gehen, die ihr Spaß gemacht hatte, auch wenn sie sich eigentlich etwas anderes für sich gewünscht hatte. Ein bisschen eintönig war es gewesen, zugegeben. Aber weit besser als ihr Leben jetzt. Als Geschorene, Geprügelte, Verletzte, Geflüchtete. Als eine, die ganz und gar anders war als die Sofia Nordmann von früher.

In Gedanken versunken, betrat Sofia nach einem Fußmarsch von zwanzig Minuten den Bahnhof, wo die Luft angenehm kühl war, aber muffig roch. Erst jetzt fiel ihr ein, dass sie zu wenig Geld besaß, um es in eine Fahrkarte zu investieren. Sie machte kehrt und schob sich zwischen einer Gruppe junger Mütter samt Kinderwagen zum Bahnhofsvorplatz hindurch. Rechterhand ging es zum Alexanderplatz hinunter, ein Spaziergang von anderthalb Stunden, nahm sie an, wenn sie sich nicht allzu sehr beeilte. Aber wozu auch beeilen? Niemand wartete auf sie.

Der Gedanke war so trist, dass sie ihn rasch beiseiteschob.

Stattdessen begann sie *Cry Me A River* zu summen. Seit sie das Lied zum ersten Mal gehört hatte, liebte sie es. Diese elegische Trauer, die Melancholie ...

»You were my sun«, summte sie nun leise und war froh darüber, dafür nicht geschlagen zu werden, *»you were my earth«,* und versuchte nicht zu sehr darauf zu achten, dass dort hinten die Stargader Straße verlief. Noch ein paar Schritte weiter ragte der rote Turm der Gethsemanekirche in den milchig blassen Himmel. Zwei Querstraßen weiter lag die Dunckerstraße. Ihr Zuhause, das sich nicht mehr wie eines anfühlte.

Aber hatte es das je?

»You told me you love me, why did you leave me all alone?«

Die meisten würden ihr wohl nicht glauben, wenn sie sagte, dass ihre Mutter und sie nie zusammengepasst hatten. Das falsche Kind für die falsche Frau. Ein Junge wäre vielleicht besser zurechtgekommen, ein Junge hätte die Frau, die langsam auf ihrem Sofa aus ihrem Leben verschwand, womöglich hin und wieder zum Lachen gebracht. Sofia spürte, dass ihre Mutter sie lieben wollte, weil Mütter ihre Töchter lieben *sollten,* doch es funktionierte nicht. Da war keine Liebe. Da war Kühle, und da war nur die Verpflichtung, sich um die Tochter zu kümmern, hin und wieder gab es Anflüge von Verstehen, doch sie versickerten stets so schnell, wie sie gekommen waren.

Vielleicht hatte sie zu viel von ihrem Vater geerbt. Vielleicht war es er in ihr, den ihre Mutter verachtete. Aber was es auch war, es fühlte sich traurig an, nicht geliebt zu werden von dem einzigen Menschen, der sie lieben sollte. Dem einzigen genau genommen, der zur Verfügung stand.

Aber warum dachte sie darüber nach? Es nutzte nichts, einer nie dagewesenen Mutterliebe nachzutrauern. Zudem hatte sie Wichtigeres zu tun.

Immer noch wusste sie nicht, wohin sie eigentlich wollte. Der Alexanderplatz war der Ort, von dem aus der Rest der Stadt problemlos zu erreichen war. Und der Westen auch ...

Der Gedanke ließ sie sich unauffällig umblicken und ihre Schritte beschleunigen. Nur über Umwege hatte sie von Leuten erfahren, die nach ihrer Republikflucht im Notaufnahmelager in Marienfelde gelandet waren. Berlin war die einzige Möglichkeit im ganzen Land, rüberzukommen; ein Sprung nur, eine S-Bahn-Fahrt, eine gefährliche allerdings. Erneut sah sie sich um, aber dass irgendein Vopo ihre Gedanken las, war ja doch unwahrscheinlich. Sie hatte die Dimitroffstraße erreicht. Höchstens einen Kilometer entfernt lag das Krankenhaus Prenzlauer Berg. Bei dem Gedanken klopfte schmerzhaft ihr Herz, und sie befiel eine so mürbemachende Hoffnungslosigkeit, dass sie fast in Tränen ausgebrochen wäre.

Der Westen ...

Niemand redete darüber, aber sie nahm an, dass sie nicht die Einzige in ihrem weiteren Bekanntenkreis war, die hin und wieder darüber nachgedacht hatte, es all jenen gleichzutun, die alles hinter sich gelassen hatten, um in München oder Frankfurt am Main neu anzufangen. Ernsthaft hatte sie sich jedoch nie damit beschäftigt.

Dafür war sie zu sehr mit dem verwoben, was sie umgab: mit den Straßen Prenzlauer Bergs, die sie in- und auswendig kannte, mit ihren Kolleginnen, den Kindern, die sie betreute. Stets war ihr, wenn sie ihrer Fantasie erlaubte, auf Wanderschaft zu gehen, eine Kleinigkeit eingefallen, die ihr Leben hier schönmachte. Der alte Nachbar von der Ecke, der, wann immer sie vorbeikam, zu singen begann: *»Ick hab für dich nen Blumentopf, nen Blumentopf bestellt, und hoff, dass dir der Blumentopf jefällt.«* Die kleine Helene aus dem Kindergarten, die immer aussah, als habe sie sich einmal durch die Sandkiste gebuddelt, aber mit feierlichem Ernst verkündete, wie sehr sie Sofia liebte. Momente, in denen sie sich mit ihrer Mutter verstand – selten, ja, aber nichtsdestotrotz wertvoll.

Als sie die breite Straße hinunterblickte, erkannte sie, dass tatsächlich aber kaum etwas hier sie hielt. Keine Freunde. Nur ihre Mutter. Was würde sie sagen, wenn Sofia plötzlich vor ihr stand wie die verlorene Tochter? Und was, wenn Sofia das Land verließ?

Sie schluckte. Gab es den Hauch einer Möglichkeit, dass ihre Mutter sie begleiten würde?

Sie neigte nicht zum Romantisieren, aber manchmal musste man sich in warme Träume hüllen, um überhaupt aus dem Haus zu kommen. Besser gesagt nach Hause, in ihrem Fall. Sie würde nie erfahren, wieso ihre Mutter nicht zum Krankenhaus gekommen war, wenn sie sie nicht fragte. Inständig hoffte sie, eine schlüssige Erklärung zu erhalten.

Vielleicht war ihre Mutter ja dort gewesen, aber wieder weggeschickt worden. An diesem Gedanken hielt sich Sofia fest, malte noch ein bisschen in der Vorstellung herum, fügte Tränen hinzu und Beteuerungen, die Tochter zu lieben, doch als sie auf den Helmholtzplatz zusteuerte, verbot sie sich weitere Fantasien. Sie brauchte einen klaren Kopf. Und wenn sie ihre Mutter nicht antraf, so würde sie zumindest ihre Papiere holen können.

Und etwas Geld. Viel brauchte es nicht. Eine Fahrkarte zu zwanzig Pfennigen zum U-Bahnhof Zoologischer Garten, von wo aus man mit dem Interzonenzug in die Bundesrepublik kam. Umso besser, wenn sie kein Erspartes mit sich schleppte, das bei den Grenzern, die vor dem Bahnhof Friedrichstraße zustiegen, Verdacht erregen würde. Sie machte einen Tagesausflug, nichts weiter. Eine Freundin im Westen besuchen, nein, besser eine Bekannte, der sie etwas bringen wollte.

Aber was sollte das sein? Und würde das nicht noch mehr Verdacht erregen?

Aber all das war Unsinn. Ja, sie konnte ihre Papiere holen, doch was würden sie ihr nutzen? Die Polizei suchte sie doch mit Sicherheit. Wenn sie in der S-Bahn gen Westen kontrolliert wurde, würde sie das schnurstracks zurück auf die Venerologische Station katapultieren.

Aber dorthin zurück, nein, niemals.

Welche Möglichkeiten standen noch offen? Keine, wie sie zugeben musste, während in der Ferne die Wagen der Linie A hinwegrauschten.

Der Weg über die Sektorengrenzen war der einzig machbare. Alle Versuche, über Land zu flüchten, waren ihres Wissens gescheitert. Die gesamte Grenze bestand aus Minen und Stacheldraht. Und drei Jahre Zuchthaus waren die Folge, falls man lebend erwischt wurde. Falls nicht, erübrigte sich jedes weitere Nachdenken.

Dessen ungeachtet durchfuhr sie ein seltsamer Gedanke. Vielleicht gab es im Westen jemanden, der auf sie wartete. Blödsinnig. Wieso sollte das der Fall sein? Ihre Westtante sehnte sich bestimmt nicht danach, dass sie noch ein Maul stopfen musste.

Trotzdem ...

Auch wenn der Gedanke albern war, gab er ihr ein bisschen Kraft. Und Mut, den sie dringend brauchte, während sie in die Dunckerstraße einbog und nicht zu langsam, aber auch nicht zu schnell auf das Haus zumarschierte, in dem sie ihr bisheriges Leben verbracht hatte. Im Torbogen empfing sie angenehme Kühle. Sie hörte dumpf die Pforte hinter sich ins Schloss fallen, hörte das Echo ihrer Schritte auf dem Steinboden. Sie öffnete das Hoftor, lugte hinaus. Kein Nachbar in Sicht, auch die Fahrradwerkstatt wirkte verlassen. Im Schatten der Hauswand schlich sich Sofia zu dem niedrigen Gebäude mit dem flachen Dach und benutzte wie immer den Mülleimer als Leiter, schwang sich aufs Dach und krabbelte rasch die leichte Schräge bis zu ihrem Zimmerfenster empor.

Normalerweise stand es offen, zumindest solange die Temperaturen es zuließen. Was auch heute der Fall war, wie sie bemerkte, als sie die Hand ausstreckte und ihre Fingerspitzen den abgeschabten Lack ihrer Fensterbank berührten. Angespannt versuchte sie ins Innere zu lauschen, aber ihre Mutter war ohnehin selten zu hören. Auch jetzt lag Totenstille über dem Hof und dem vierstöckigen Haus.

Mit einer geübten Bewegung zog sich Sofia hoch, schwang das Bein ins Innere und zog das andere nach. Leise kam sie auf dem Fußboden auf und duckte sich, damit man sie am Fenster nicht sah.

Erneut spitzte sie die Ohren, hörte aus dem Innern jedoch nichts. Nichtsdestotrotz nahm sie an, dass ihre Mutter zu Hause war. Auch wenn Hanne Nordmann immer auf Drückeberger schimpfte, die es nicht einmal schafften, regelmäßig zum Friseur zu gehen, so hatte sie es sich auf dem Sofa im Wohnzimmer doch bequem eingerichtet. Sie war nicht faul. Aber sie war so unglücklich über das Leben, in das sie geworfen worden war, dass sie die Konfrontation damit einfach nicht ertrug.

Das Gefühl von Verlorenheit schwebte heran, aber es ließ Sofia nur die Zähne zusammenbeißen. Sie würde von hier weggehen. Weg aus diesem Land, das sie so schrecklich behandelt hatte, das Mädchen und Frauen verletzte und demütigte und behauptete, es geschehe zu ihrem eigenen Besten. Und wer weiß, vielleicht würde ihre Mutter sie begleiten, auch wenn sie eine Berliner Pflanze war.

Sie war aus ihren Schuhen geglitten und schlich den Atem anhaltend zu ihrer Zimmertür. Die Wohnung hatte keinen typisch berlinerischen Schnitt, sondern war das Ergebnis einer vermurksten mehrmaligen Teilung, sodass es zwei Zimmer gab, dicht aneinandergedrängt, dann einen langen Flur, von dem keine weitere seitliche Tür abging, und ganz am Schluss die kleine Küche samt Waschgelegenheit. Klo im Treppenhaus. Sofias Zimmer lag näher an der Wohnungstür. Der Raum nebenan war Wohn- und Schlafzimmer ihrer Mutter in einem.

Sachte drückte sie die Klinke hinunter und öffnete die Tür einen Spaltbreit. Immer noch war kein Laut zu hören. Die Luft in der Diele roch abgestanden. Da nur in Sofias Zimmer regelmäßig das Fenster offen stand und ihre Mutter sonst ungern lüftete, war anzunehmen, dass Hanne das Zimmer ihrer Tochter so gut wie gar nicht betreten hatte.

Ein Schritt, zwei Schritte, auf Zehenspitzen und auf die Dielen achtend, von denen die dritte knarrte. Die Tür zum

Nebenraum war angelehnt. Als Sofia sie langsam aufschob, gab sie den Blick frei auf ihre Mutter, die mit geschlossenen Augen auf dem Sofa lag.

Eine Zigarette glomm im Aschenbecher auf dem niedrigen Sofatisch, der schwer und klobig war wie ein Eichenschrank. Davon abgesehen gab es nur einen Hocker als Mobiliar, auf dem normalerweise die Kleidung ihrer Mutter lag. Jene war jetzt auf dem Fußboden verstreut. Auch die Luft im Wohnzimmer war zum Schneiden dick, es roch nach Feuchtigkeit und Schweiß und etwas Undefinierbarem, dessen modrige Süße Sofia eine Grimasse schneiden ließ.

Beim Anblick des Gesichtes ihrer Mutter zog sich in ihrem Magen etwas krampfartig zusammen. Sie sah friedlich aus, doch ihre Haut war von einem noch fahleren Grau als sonst, bildete Sofia sich ein, wulstig um ihre Augen und die Nasenflügel herum. Rote und blaue Äderchen schimmerten auf ihren Wangen. Das Haar war zu einem unordentlichen Knoten geschwungen, den sie auf dem Kissen nach oben geschoben hatte.

Sofia hielt nach Alkohol Ausschau, konnte aber keinen sehen. Immerhin ... Sie öffnete den Mund, um etwas zu sagen, als im Treppenhaus Schritte erklangen. Schnell wie der Blitz huschte sie in ihr Zimmer zurück.

Die Schritte verklangen auf ihrer Etage. Mit angehaltenem Atem lauschte Sofia. Ihr Herz hämmerte, und das Blut rauschte in ihren Ohren.

Klopfen. Dann eine Männerstimme: »Frau Nordmann.«

Wieder wurde geklopft.

»Frau Nordmann, öffnen Sie die Tür!«

Sofia hörte es im Nebenraum rumpeln. Schließlich schaffte ihre Mutter es auf die Füße und tappte heran.

Sofia kannte ihre Fluchtmöglichkeiten – es gab nur eine, durch das Fenster, im Hof jedoch säße sie fest. Die Wahrscheinlichkeit, dass auch unten Vopos standen, war hoch.

Sie hörte, wie ihre Mutter die Tür öffnete.

»Frau Nordmann, Sofia Nordmanns Mutter?«

»Ja.« Sie klang müde und trotz der kurzen Strecke vom Sofa bis zur Tür außer Atem.

»Wir suchen Ihre Tochter.«

»Ja. Und? Das weiß ich doch.«

»Ist sie hier?«

»Aber ...«

»Frau Nordmann, bitte treten Sie beiseite.«

Mit matter Stimme sagte ihre Mutter: »Natürlich, treten Sie nur ein. Ich habe Ihren Kollegen allerdings schon gesagt, dass es die Kleine besser wissen sollte, als noch mal hier aufzukreuzen. Sie kann sich denken, dass ich augenblicklich Sie verständige.«

Wohlgefälliges Murmeln. Die Wohnungstür quietschte, als Hanne sie weiter öffnete.

Sofia, in der sich ein Schmerz ausgebreitet hatte, der ihr schier den Atem nahm, schlich auf Zehenspitzen zum Fenster, griff im Vorbeigleiten nach ihrem Englischbuch und ließ es unter den Saum ihrer Hose gleiten. In der Hocke warf sie einen Blick hinunter. Keine Wachposten. Nun, sie war ja auch nur eine Krankenhausausreißerin, kein versuchter Republikflüchtling. Noch nicht.

Direkt vor ihrer Zimmertür hörte sie: »Sie können hier alles durchsuchen, wenn Sie wollen. Ich habe keine Geheimnisse.«

»Frau Nordmann, wo könnte sich Ihre Tochter befinden? Können Sie uns die Namen von Freunden verraten oder Verwandten, die ...«

»Da gibt's niemanden. Keine Verwandten. Keine Freunde. Die Kleine bleibt für sich, wenn Sie verstehen, was ich meine. Kein zugängliches Wesen. Bisschen verschroben.«

»Imperialistisches Gedankengut?«, fragte einer der Männer mit schneidender Stimme.

»Westmusik? Von mir hat sie's nicht! Aber ich hab sie mal erwischt, wie sie etwas gesungen hat auf Englisch. Ja. Hab's ihr gleich verboten, danach hat sie es nicht mehr gemacht. In meinem Beisein jedenfalls nicht.«

»Aber sie muss doch Bekannte haben, mit denen sie diese Neigung teilt.«

»Ich sag doch, mit der will keiner.«

Tränen ließen ihre Umgebung verschwimmen, als Sofia aus dem Fenster kletterte. Auf dem Dach machte sie sich ganz klein, lauschte, dann rutschte sie hinunter und verbarg sich hinter der Regentonne in der hintersten Ecke des Hofs.

Dort wartete sie. Darauf, dass die Kerle endlich gingen und es aufhörte, so wehzutun.

August 1961
Sieben Wochen später

Nie hätte Sofia geglaubt, dass es so erschöpfend sein könnte, kein Zuhause zu haben. Seit drei Wochen wohnte sie in einer Laube im Schlosspark Pankow. Ihre Nachbarn waren nette Leute, doch sie hatte Angst davor, sich eines Tages durch einen unbedachten Kommentar zu verraten. Ebenso hatte sie Angst, dass ihre anfängliche Odyssee sich rächen würde. Von Christinas Seite befürchtete sie nichts, aber was war mit Wolfgang? Was, wenn sich die Vopo Christinas Mutter vorknöpfte? Oder doch wieder Lukas, immerhin ganz zufällig ein Arzt ebenjener Station, von der Sofia geflohen war und ihm zudem entwischt ...

Sie mochte gar nicht daran denken!

Aber auch davon abgesehen war es kein schönes Leben, das sie führte. Nicht dass sie Alleinsein nicht gewöhnt wäre, doch was ihr fehlte, so sehr fehlte, dass es ihr manchmal den Atem raubte, war die Musik. Das Einzige, was ihr geblieben war, war leise zu summen, sich immer dessen gewahr, dass das Lied ein deutsches sein sollte, selbst wenn sie den Text nicht mitsang. Ein ostdeutsches nach Möglichkeit.

Manchmal sang sie sich leise in den Schlaf, und wenn sie erwachte und in den warmen Raum starrte, in dem sich schon zu früher Stunde Fliegen und Hummeln tummelten, befiel sie eine solche Mutlosigkeit, dass sie kaum aus dem Bett kam.

Wozu auch? Es gab keinen Ort, an dem sie erwartet wurde.

Doch seit ein paar Tagen hatte sie neuen Mut gefasst. Bekannte von Christina hatten endlich jemanden aufgetan, der Pässe fälschte. Von irgendwoher war Geld aufgetrieben worden, ausreichend dafür, was in Sofia ein schlechtes Gewissen weckte. So viele Leute halfen ihr. Leute, die sie überhaupt nicht kannten!

Heute Vormittag, an dem durch das dichte Blattwerk der Platanen goldene Sonnenstrahlen fielen und den Tau auf den Grashalmen glitzern ließen, wartete sie ungeduldig auf Christina, die im Lauf des Vormittags zu Besuch kommen wollte. Doch es wurde elf, dann zwölf Uhr. Sofias Gartennachbarn legten ein paar Würstchen auf den Grill, und der würzig riechende Rauch ließ Sofias Magen knurren. Hunger hatte sie aber keinen, überhaupt nicht, sie war viel zu nervös, um etwas zu essen. Eigentlich war ihr sogar ziemlich schlecht. Sie wünschte, Theo und Helene würden endlich ihre Würstchen verspeisen, doch wie es aussah, kam Familienbesuch, und es wurde weiteres Grillgut aufgelegt.

»Das riecht ja gut.«

Die Stimme, die hinter ihr erklang, war nicht Christinas. Erschrocken fuhr Sofia herum.

»Lukas!«

Die letzten Male, die sie ihn gesehen hatte, war er ihr verlegen vorgekommen und so, als wünsche er inständig, sehr weit weg von ihr zu sein. Ja, das war ein wenig seltsam gewesen, aber Sofia hatte anderes gehabt, das ihre Gedanken beschäftigt hatte. Umso verblüffter war sie jetzt darüber, ihn vor sich zu sehen.

Er trug Kleidung, für die er außerhalb des Krankenhauses eine Vorliebe zu haben schien: an den Knien ausgebeulte Hosen, klobige Arbeiterschuhe und ein Hemd, das eindeutig bessere Zeiten gesehen hatte. Das Grün des Stoffs war ausgewaschen, der Stoff an den Ellbogen dünn und ausgefranst.

»Dich hatte ich nicht erwartet. Möchtest du reinkommen?«

Die Laube bescheiden zu nennen wäre noch untertrieben. Eigentlich war sie mehr ein Unterstand, immerhin mit Wänden. Zwischen dem Gerümpel, das an den Wänden stand, fand sich beinahe exakt genug Platz für eine Matratze. Es war beengt und alles andere als ein Ort, um Freunde zu empfangen, aber was sollte sie machen?

Lukas' Miene wirkte besorgt. Sie hatte so ein Gefühl, dass ihre Nachbarn das Gespräch, das sie gleich führen würden, besser nicht belauschten.

Mit klopfendem Herzen trat sie als Erste ein. Lukas schloss hinter sich die Tür. Dunkel und kühl war es im Innern, obwohl draußen die Mittagssonne brannte.

»Was gibt es denn?«

Was, wenn eingetroffen war, was sie befürchtet hatte? Dass er Besuch bekommen hatte und nun hier war, um sie zu warnen? Es würde enormen Ärger für ihn bedeuten, und das besorgte sie mindestens so sehr wie der Umstand, dass es für sie sicher auch nicht gerade gemütlich würde.

»Christina hat es mir erzählt.«

Baff versuchte sie sich einen Reim auf diese Worte zu machen.

»Was denn?«

»Dass du bald loswillst.«

»Was ist denn daran neu?« Hatte er denn vergessen, wie oft sie zusammen darüber geredet hatten? Sie konnte sich nicht erinnern, dass er ihr auch nur einmal davon abgeraten hatte. Ganz im Gegenteil, er hatte das Thema doch sogar als Erster aufgebracht.

»Sie hat mir auch erzählt, dass du etwas, na ja, bestellt hast.«

Sofia nickte. Immer noch verstand sie nicht, was Lukas hergetrieben hatte. Wieder sah er so aus, als sehne er sich danach, an einem anderen Ort zu sein oder zumindest sehr, sehr bald dorthin aufzubrechen.

War sie wirklich eine so schlechte Gesellschaft?

Nun, augenscheinlich schon.

»Sofia, das ist Wahnsinn.« Er blickte sie so intensiv an, dass ihr etwas schummrig wurde. Aus Gründen des Platzmangels standen sie so dicht voreinander, dass ihr der Geruch seiner Seife in die Nase drang.

Hoffentlich roch sie selbst ebenfalls ein bisschen besser, als man nach drei Wochen Aufenthalt in einem Kleingarten annehmen könnte.

Und hatte sie sich heute eigentlich schon die Zähne geputzt? Sie war mit so vielen anderen Dinge beschäftigt gewesen, da könnte das sehr wohl unter den Tisch gefallen sein.

»Was bleibt mir denn anderes übrig? Oder soll ich noch mal zu Hause einbrechen? Du hast doch selbst gesagt, dass sich mein Pass mit ziemlich großer Sicherheit gar nicht mehr dort befindet. Außerdem: Ich brauche ihn für Marienfelde, für den Westen. Aber um hier rauszukommen, brauche ich ihn nicht. Da bringt er mich eher in Teufels Küche, also bleibt mir ja wohl nichts anderes übrig, als einen anfertigen zu lassen.«

»Aber ein gefälschter Pass? Weißt du, wie oft die Leute mit so was auffliegen? Fast immer!«

»Woher willst du das denn wissen? Meldet sich jeder fluchtwillige DDR-Bürger bei dir ab, bevor er die Flucht versucht?«

Was sollte das? Sie konnte ja alles gebrauchen, aber ganz gewiss niemanden, der ihr noch mehr Angst machte.

»Das nicht.« Er atmete tief ein. Er sah so aus, als habe er überhaupt nicht geschlafen. Dunkle Ringe unter den Augen, die Wangen blass. »Aber du weißt ja, was man hört.«

»Nee, tue ich ehrlich gesagt nicht. Und ehrlich, Lukas, was soll ich denn sonst tun? Ich brauche einen Pass, also habe ich einen bestellt. Ich kann keinen selber fälschen, und ich kenne auch keine Leute, die darin begabt sind, also ...« Sie zuckte mit den Schultern.

»Die stecken dich ins Gefängnis. Und verglichen damit ist das Krankenhaus ein netter, sonniger Ort.«

Was er gesagt hatte, schien er in dem Moment zu begreifen, in dem er es gesagt hatte. Entschuldigend hob er die Hände, aber Sofia hatte genug.

»Ich weiß, ich schulde dir unendlich viel«, sagte sie leise. Wie durch ein Wunder klang ihre Stimme nicht, als würde sie gleich zu heulen beginnen, was aber definitiv der Fall war. Sie musste ihn hier raushaben, sie hatte keine Lust, dass er ihr dabei zusah, nein, wirklich nicht. Mit etwas mehr Härte schob sie hinterher: »Du hast mehr für mich getan, als ich je erbeten hätte. Aber bitte, Lukas, ich muss es so machen. Geh.«

»Ich wollte so einen Unsinn nicht sagen. Ich weiß ja gar nicht, wie es wirklich ist. Und ...«

»Nein«, sagte sie bitter. »Das weißt du nicht, aber du

siehst es Tag für Tag. Und dennoch gehst du jeden Morgen wieder dorthin. Du hast mir geholfen, das ja. Aber was ist mit den anderen?«

Krümel, das hatte er ihr vor einem Monat erzählt, war entlassen worden. Immerhin etwas Tröstliches, auch wenn Sofia nun nicht mehr in Erfahrung bringen konnte, wie es ihr ging.

»Die anderen bleiben da und werden gequält.«

»Denkst du, ich sollte eine nach der anderen rausschleusen? Glaubst du, das fällt nicht auf?« Sein Blick war hart geworden, und er musterte sie abschätzig.

»Blödsinn. Natürlich kannst du das nicht. Aber du kannst entscheiden, nicht länger dort zu arbeiten.«

Sein Kopf kam näher, bis er fast mit der Nase ihre berührte. Er sah wütend aus, derart wütend, dass seine Unterlippe zitterte.

»Du denkst, das kann ich einfach so entscheiden?« Er schüttelte den Kopf.

Sofia sagte nichts.

Natürlich war ihr sonnenklar, dass er nicht einfach seine Stelle kündigen und woanders anfangen konnte. So lief es in diesem Land nicht. Sie wusste auch, dass er sich, um überhaupt Medizin studieren zu dürfen, zum Wehrdienst hatte melden müssen. Und dass die Zeit an der Uni gewiss kein Zuckerschlecken gewesen war – nur am Rande hatte er bei einem Gespräch erwähnt, selbst im Schlaf Marx und Lenin zitieren zu können.

»Aber du könntest es auch versuchen«, sagte sie leise. »In den Westen zu gehen.«

Er schlug die Augen nieder, dann schüttelte er den Kopf. »Mein Leben ist hier.«

»Und meines nicht.«

»Deines nicht.« Er sah ihr lange in die Augen, und Sofia wurde so schummrig, dass sie nach einem Halt tastete, aber nur seinen Arm zu fassen bekam. Sie spürte seine Körperwärme durch den dünnen Hemdstoff hindurch. Sie glaubte sogar seinen Herzschlag zu fühlen, ein gleichmäßiges rasches Pochen.

»Sofia?«, erklang durch die Tür hindurch leise Christinas Stimme.

Sofia und Lukas stoben auseinander, was einen seitlich hinunterfallenden Stuhl zur Folge hatte.

»Na so was, dachte ich mir doch, dass ich Stimmen gehört habe. Lukas, du hier?«

»Hallo.« Verlegen schob sich Sofia eine Ponysträhne aus der Stirn. »Möchtest du reinkommen?«

Zu dritt gab es überhaupt keine Möglichkeit mehr, sich zu rühren, aber Christina schien die angespannte Atmosphäre nicht zu bemerken.

»Ihr habt es euch ja gemütlich gemacht.«

Schweigend wandte sich Lukas ihr zu und bedachte sie mit einem bohrenden Blick. Sie runzelte die Stirn, sah dann zu Sofia.

»Liege ich richtig, und ihr habt über die Sache geredet?«

Sofia nickte.

»Hast du ...«

Nun nickte Christina und kramte aus ihrer braunen Stoffhandtasche ein in Packpapier gewickeltes kleines Paket.

Lukas schnappte es sich, bevor Sofia zugreifen konnte.

»He!«, protestierte sie, doch da hatte er es schon ausgewickelt und starrte nun mit finsterer Miene auf den Pass.

»Willst du nicht reingucken? Dann weißt du, wie ich jetzt heiße.«

Er kniff die Lippen zusammen.

Mit einem Stoßseufzer nahm ihm Sofia den in blauen Stoff gefassten Pass aus der Hand. Sie hieß nun Gertrud. Gertrud Müller, geboren im Juni 1941 in Chemnitz, jetzt Karl-Marx-Stadt, war also etwas älter als in Wirklichkeit. Die Größe aber stimmte, das Merkmal vollschlank auch.

»Ich arbeite als Verkäuferin.« Sie grinste, doch es fiel in sich zusammen, als sie Lukas ins Gesicht blickte. So finster hatte sie ihn noch nie gesehen.

»Was ist denn nur los mit dir?«

»Die kriegen dich. Die Sache platzt. Das wird nichts. Sofia. Das ...«

Jetzt war es an ihr, ihn wütend anzufunkeln. »Drei Umschreibungen für Katastrophe reichen. Begreifst du denn nicht, dass mir nichts anderes übrigbleibt? Und wenn sie mich schnappen, gut, dann ist es so. Aber so wie jetzt ...« Ihre Stimme zitterte. »So kann ich nicht leben. Mich immer verstecken? Nie arbeiten, nie jemanden draußen treffen? Nie die Wahrheit sagen, wenn mich jemand nach meinem Namen fragt? Lukas, die letzten Wochen waren schrecklich, auch wenn ich noch nie erlebt habe, dass sich so viele Leute um mich gekümmert haben ...« Überrascht stellte sie fest, dass sie nun doch weinte.

Alles, was sie gesagt hatte, war wahr. Auch, dass sie nie zuvor so viel Anteilnahme erfahren hatte. Ja, sie war voller Angst davor, verraten zu werden. Aber ebenso voll Dankbarkeit.

»Wenn du wirklich gehen willst«, sagte er mit Grabesstimme und so leise, dass sie ihn kaum verstand, »dann geh bald. Es gibt Gerüchte ...«

»Was denn für Gerüchte?«

»Dass ...« Er schüttelte den Kopf.

»Oder ist das nur die vierte Katastrophe, die du mir jetzt noch ausmalen willst?«

Wütend verzog er das Gesicht. »Hör auf, so einen Blödsinn zu reden!«

Ziemlich brüsk schob Christina Lukas zur Seite und nahm Sofia in den Arm.

War es nicht seltsam, dass sie nie Freunde gehabt, aber jetzt zumindest diese zwei gefunden hatte, jetzt, kurz bevor sie das Land verließ und niemals wiederkommen würde?

Nachdem sie ein paar Minuten in Christinas Schulter geschluchzt hatte, hob Sofia den Kopf. Verwundert sah sie sich um. Lukas war fort.

Zwei Tage später knatterten in ihrem Rücken Trabis vorüber. Die meisten fuhren wohl nach Osten raus, in ihre Datschen, obwohl das Wochenende nicht besonders sonnig zu werden versprach. Die Temperatur aber war angenehm, etwas unter zwanzig Grad, sodass die Leute in kurzärmligen Hemden und Kleidern herumliefen.

Die Stalinallee war eine einzige riesige Baustelle, ein paar der Arbeiterpaläste aber waren schon fertig. Vor so einem stand sie nun und blickte unschlüssig an der Fassade empor, die von einem Reporter, das hatte sie im Radio gehört, als klassizistisch beschrieben worden war. Klassizistisch, das waren wohl die Säulen, zwischen denen man auf die Eingänge zuging, viel mehr konnte Sofia mit dem Begriff nicht anfangen. Sie befand sich jedenfalls vor den modernsten Häusern der Stadt. Und ausgerechnet hier wohnte Lukas.

Als ihr Christina seine Adresse verraten hatte, hatte Sofia nervös aufgeblickt, was Christina dazu veranlasste, generös abzuwinken.

»Seine Eltern sind zwar Vorzeigesozis, aber du kennst Lukas. Er würde eher in einer Laube wohnen als dort, wenn er es sich aussuchen könnte.«

Na ja, *kennen* wäre definitiv zu viel gesagt, aber diese Richtigstellung hatte Sofia sich verkniffen.

Und jetzt stand sie hier. Sie würde ihm gern Auf Wiedersehen sagen, wagte aber nicht, zu klingeln. Es war ungewohnt, sich bei Tag mitten auf der Straße zu befinden, auch wenn die Wahrscheinlichkeit, dass irgendwer sie erkannte und zurück auf die Station schleppte, natürlich gering war. Sie war keine DDR-weit gesuchte Verbrecherin. Aber die Angst war mit den Wochen in sie eingesickert, sodass sie, ohne es zu wollen, die Schultern hochzog und sich immer wieder nervös umsah.

Seit der Sache mit dem Pass waren zwei Tage vergangen. Sie hatte angenommen, Lukas würde noch einmal zurückkommen. Doch sosehr sie auch die Ohren gespitzt hatte, nachdem Christina gegangen war, es hatte niemanden mehr gegeben, der die rostige Gartenpforte geöffnet hatte und den Kiesweg entlang auf das kleine Haus zugegangen war.

Sie wollte ihm so vieles sagen. Und sich dafür entschuldigen, wie unfreundlich sie gewesen war. Zwei Tage in ihrem eigenen Saft hatten ausgereicht, um sie das meiste bereuen zu lassen, was sie von sich gegeben hatte.

Zaghaft tat sie doch einen Schritt auf die Glastür zu, zögerte aber erneut. Wie könnte ein Samstag bei der Familie Paul aussehen? Frühstückten sie gerade zusammen? Redeten über die Vorzüge des Sozialismus? Stopfte sich

Lukas ein Brötchen mit Pflaumenmarmelade in den Mund, um nicht zu seiner Meinung befragt zu werden? Wie sah seine Meinung dazu eigentlich aus?

Sofia wandte sich um. Um den Strausberger Platz kurvten weiter die Autos. Eine hellrot lackierte Schwalbe fuhr mit knatterndem Auspuff an ihr vorüber und bog in Richtung Alexanderplatz ab. Sie blickte zu Boden, wieder auf, holte tief Luft und kehrte um. Sie hatte Lukas schon genügend Schwierigkeiten gemacht. Ihn jetzt noch vor seinen Eltern in Erklärungsnot zu bringen ... Das musste nicht sein. Sie würde ihm schreiben, wenn sie im Westen war.

Und vielleicht würde sie dann auch schlauwerden aus diesem Durcheinander an Gefühlen, das immer dann aufwallte, wenn sie an ihn dachte.

Als sie am nächsten Morgen erwachte, kauerte sie sich fröstelnd unter der dünnen Decke zusammen. Die Matratze unter ihr war klamm, und sie hatte seltsame, verstörende Dinge von ihrer Mutter geträumt. Doch als ihr einfiel, welcher Tag heute war, schoss sie in die Höhe.

Sonntag!

Sie hatte mit Bedacht keinen Wochentag ausgewählt, da ihr die Erklärung, eine Bekannte in Schöneberg besuchen zu wollen, die heute ihren Geburtstag feierte, schlüssiger erschien. Werktags ging sie natürlich ihrer Arbeit als Verkäuferin nach. Sie verkaufte Kinderkleidung, hatte sie sich für den Fall zurechtgelegt, die Grenzer würden intensiver nachfragen. Kinderkleidung in einem kleinen Laden in der Rykestraße in Prenzlauer Berg.

Eilig rappelte sie sich auf und lugte durch den behelfsmäßigen Vorhang, der in Wirklichkeit ein Spültuch war.

Es musste früh sein, das Licht wirkte gräulich, die Luft noch kühl. Nachdem sie sich angezogen hatte, begann sie aufzuräumen. Viel war es ja nicht: Sie besaß eine Ersatzhose, einen zweiten Rock, zwei Blusen, eine Jacke für die Abendstunden. Plus den Gaskocher und die blecherne Kaffeekanne, in die sie nun Kaffeeersatz schaufelte. Eigentlich war sie viel zu aufgeregt für Kaffee. Ihr Herz würde durchdrehen. Aber sie wollte noch eine letzte Tasse trinken, eine Art Abschied. Vom Niederschönhausener Schlosspark, von der Laube, von Berlin.

Irgendwo schlug eine Turmuhr siebenmal.

Zu früh für einen Geburtstagsbesuch, aber wenn sie sich um neun am S-Bahnhof Friedrichstraße einfände, glaubte sie, könnte sie von einem Geburtstagsfrühstück erzählen. Das war glaubhaft, oder etwa nicht?

Und die zwei Stunden, die ihr bis dahin blieben, würde sie nutzen, um der Stadt wirklich Lebewohl zu sagen. Zu Fuß. Sie mochte es, herumzuspazieren, und sonntags konnte sie sogar für einen kurzen Gruß am Kindergarten vorbeilaufen, ohne die Gefahr, einer ihrer Kolleginnen zu begegnen.

Anderthalb Stunden brannten ihr die Füße, aber sie war fröhlich. Der lange Marsch durch Pankow, Prenzlauer Berg und den Bezirk Mitte hatte ihre Aufregung gelindert. Doch mit jedem Schritt, den sie nun die Wilhelm-Pieck-Straße hinuntersetzte, wuchs sie wieder an.

Als sie in die Friedrichstraße einbog, wurde sie langsamer. Etwas stimmte nicht, auch wenn sie auf den ersten Blick nicht ausmachen konnte, was. Die Brücke über die Spree war noch in weiter Ferne, der Bahnhof dahinter zeichnete sich deutlich vom langsam blauer werdenden Himmel ab. Wie ausgestorben lag die Oranienburger

Straße da, die sie nun überquerte. In der Friedrichstraße jedoch war erstaunlich viel los. Autos, vor allem aber Fußgänger, die wie sie auf den Bahnhof zuströmten.

Irritiert sah sie sich um und blickte in lauter besorgte Mienen.

»Was ist denn los?«, fragte sie einen älteren Herrn im Sonntagsstaat, der sich geflissentlich an die Hutkrempe tippte, als er antwortete: »Ham allet dichtjemacht.«

»Wie? Was haben sie dichtgemacht?«

»Na, de Grenze. Dit war's mit der Verwandtschaft im Westen. Die dürfen nich mehr her, wir nich mehr rüber.«

Ungläubig schüttelte Sofia den Kopf. »Das ist doch unmöglich.«

»Ja, hat keener kommen sehn, wa? Is aber so. Ham Se heute noch keene Nachrichten jehört?«

Erneut schüttelte sie den Kopf und blickte verzweifelt auf die eiserne Brücke, über die sonst im Fünfminutentakt die Bahnen rollten.

Vor dem Bahnhof standen die Leute in Trauben zusammen. Kaum jemand redete. Alle lauschten der Stille, die Sofia wie ein Dröhnen vorkam.

»Fährt gar nichts mehr?«, erkundigte sie sich mit zitternder Stimme.

Eine Frau, deren Gesichtshaut bläulich wirkte, sah sie aus weit aufgerissenen Augen an. Vielleicht hatte sie denselben Plan wie Sofia gehabt. Mit Tränen in den Augen schüttelte sie den Kopf.

»Na, der Interzonenzug soll noch fahren«, mischte sich eine ältere Dame ein, »aber nicht mehr lange. Vom Alex aus, hab ich gehört.«

Allein die Idee war absurd. Der Interzonenzug fuhr weiter. Nach Köln oder München. Wieso sollte jemand, der eine Geburtstagsfeier in Schöneberg besuchen wollte, den Fernzug nehmen?

Trotzdem machte Sofia auf dem Absatz kehrt. Sie rannte, atemlos und ohne ihre Füße länger zu spüren, an der Humboldt-Universität und dem Alten Museum vorbei, über die Spree und weiter. Links die S-Bahn-Haltestelle Marx-Engels-Platz, kurze Zeit später eilte sie an der Marienkirche vorüber. Als sie sich dem Alexanderplatz näherte, erkannte sie, dass hier noch weit mehr Andrang herrschte. Die Leute stapelten sich quasi vor den Eingängen zum Bahnhof.

Und überall war die Polizei. Alles voll von den grün gekleideten Männern mit Maschinenpistolen. Unter Sofias Sohlen begann die Straße zu zittern. Atemlos wandte sie sich um und sah einen Panzer auf sich zurollen.

Sie ballte die Hände. Sie musste weiter. Sie musste weg von hier, raus, mit dem Interzonenzug, sie würde ihn bekommen, und sie würde in den Westen fahren, auch wenn jetzt noch Zeit war, umzukehren.

Aber wohin? Wohin könnte sie, wenn sie bliebe?

Sie biss die Zähne zusammen. Plötzlich fühlte sie sich ganz ruhig. Dann eben erschossen werden.

Wie von allein flackerte der Gedanke in ihrem Kopf auf. Doch er war die Wahrheit.

Mit grimmiger Miene und keuchend von dem langen Lauf bahnte sie sich einen Weg zwischen den Schaulustigen hindurch. »Antifaschistischer Schutzwall« schnappte sie auf, »Mauer« und »heute Nacht, und keener hat watt mitjekriecht«.

Erschrocken wirkten die Leute, manche fassungslos, andere zu verwundert, um weiter darüber nachzudenken. Doch in Sofias Kopf hämmerten die Gedanken. Keiner von euch kommt hier je wieder raus. Verdammt noch mal, versteht ihr das denn nicht?

Am liebsten hätte sie laut geschrien. Der Eingang, der der Liebknechtstraße am nächsten lag, war vor lauter Polizisten nicht mehr zu erkennen. Auf der Rückseite, zum HO-Kaufhaus hin, sah es genauso aus.

Als sie den Blick eines Uniformierten auf sich spürte, wurde ihr heiß vor Angst. Ein donnerndes Geräusch durchriss die Stille. Die Menschen neben ihr, zwei ältere Leute, zuckten zusammen, auch Sofias Herz setzte einen Schlag aus.

Fielen etwa Schüsse?

Aus den Augenwinkeln sah sie noch mehr Panzer auffahren. Eine ganze Kolonne. Die meisten rollten, ein dumpfes Dröhnen zurücklassend, weiter in Richtung des Brandenburger Tores. Ein paar aber blieben stehen. Als Sofia den Kopf wieder drehte, sah sie einen Vopo mit erhobenem Gewehr. Mit starrem Blick sah er in ihre Richtung.

Er sagte nichts. Auch Sofia bekam den Mund nicht auf. Wie paralysiert fühlte sie sich. Dunkelheit winkte dort, das ewige Vergessen. Aber hatte sie gerade eben wirklich gedacht, dass sie lieber sterben würde, als hier zu bleiben?

Hatte sie komplett den Verstand verloren?

Der Polizist trat auf sie zu, musste jedoch eine Gruppe kofferbewehrter Rentner umrunden, von denen ein Herr ihm resolut auf die Schulter tippte.

»Wir sind berechtigt, hören Sie, wir haben Fahrkarten für den Interzonenzug.«

»Da fährt nix mehr.«

»Aber hier, hier sind unsere Ausreisegenehmigungen!«

Grob stieß ihn der Vopo zur Seite. Sofia nutzte die Sekunde, um in die Knie zu gehen und, die Nase auf Hüfthöhe, im Dickicht der Menschen zu verschwinden.

»He!«, hörte sie hinter sich jemanden brüllen. Ob damit sie gemeint war, wusste sie nicht.

Halb kroch sie, halb bewegte sie sich in der Hocke voran. Als sie die dichte Menschenansammlung hinter sich gelassen hatte, stand sie auf und rannte. Mit wild klopfendem Herzen erreichte sie schließlich den Straußberger Platz. Selbst hier war jeder auf den Beinen. Fragen schwirrten durch die warme Luft, Antworten aber gab es nicht.

»Sofia!«, sagte eine Stimme dicht neben ihrem Ohr.

Sie schoss herum. Als sie in Lukas' besorgtes Gesicht sah, fiel ihr ein Stein vom Herzen. Auch in seiner Miene wich die Besorgnis Erleichterung. Stürmisch schloss er sie in die Arme und zog sie an sich.

Sie war nie in einem dieser Häuser gewesen, die modern waren, aber altmodisch wirkten, edel und glänzend in ihrem Sandstein, alles ganz neu. Sie betraten die große, kühle Eingangshalle und fuhren mit dem Fahrstuhl in den vierten Stock. Allein das: ein Fahrstuhl! Ein Portier! Das war, wie sich urplötzlich in einem grellbunten Technicolorfilm wiederzufinden, nur dass die vorherrschende Farbe um sie herum ein leicht schlammiges Beige war.

Sie fuhren schweigend nach oben. Auch Lukas schien in Gedanken. Zwischen dem vierten und dem fünften Stock kam sie auf die Idee, an sich hinabzusehen, und badete augenblicklich in Verlegenheit.

Die Kleider, die sie trug, erinnerten sicher an einen Kartoffelsack auf Landpartie. Vorher war ihr das schnuppe gewesen, aber plötzlich ... Und dann ihr Haar. Jetzt war es zwei Zentimeter lang, etwa, aber nicht gleichmäßig gewachsen, sondern stand in struppigen Büscheln hier etwas länger, dort etwas kürzer von ihrer Kopfhaut ab.

So ein Quatsch. Sie und ihre seltsamen Gefühle. Sie war absonderlich, so hatte es doch ihre Mutter behauptet, und immer für einen wirren Gedanken gut, den niemand verstand. Man könnte ihr vorwerfen, zu wenige Liebesfilme gesehen zu haben. Im Kino lief ja nicht viel. In *Unter den Dächern von Paris* etwa würfelten zwei Männer um eine Frau, was ja wohl kaum als Vorbild für irgendwelche persönlichen Romanzen taugte. Auch *Peter, das Mädchen von der Tankstelle* war wenig hilfreich, und da sie so gut wie nie las, fehlte so etwas in ihrem Leben.

Was in aller Welt dachte sie da nur? Eben noch hatte sie in die Mündung eines Gewehrs geblickt! Eben noch war sie drauf und dran gewesen, sich umbringen zu lassen!

»Alles in Ordnung?«

Auf seine Frage hin nickte sie und schaffte es, ihm nicht in die Augen zu blicken.

Bis auf Lukas und Christina, wurde ihr klar, kannte sie niemanden, dem sie traute. Eine Erkenntnis, die sie bis ins Mark traf. Sie war neunzehn Jahre alt und hatte ihr gesamtes bisheriges Leben an einem Fleck verbracht, und dennoch gab es niemanden, keine Menschenseele, der sie vertraute!

Endlich waren sie oben, und Lukas öffnete ihr die Tür zu der luxuriösesten Wohnung, die sie je gesehen hatte. Nicht dass sie besonders groß gewesen wäre, aber im Empfangsraum (so nannte man vielleicht das, was in Sofias Welt schlicht als »Diele« bekannt war) trat sie in weichen, dicken Teppich, der so flauschig wirkte wie das Fell eines Zwergspitzes. An der Wand hing eine gerahmte Zeichnung von Ernst Thälmann mit Schiebermütze. Daneben ein Plakat, das einen begeisterten Arbeiter und einen klug wirkenden Wissenschaftler zeigte. Überschrieben mit: *Mit unserem Fünfjahresplan für Frieden, Einheit, Wohlstand.* Ah, da gab es ja auch noch eine Frau, die Sofias Blick zunächst entgangen war. In die rechte Ecke gequetscht und weder klug noch begeistert wirkend, sondern tüchtig, die wohl wichtigste Tugend hierzulande. Sie saß an einer Nähmaschine.

Wenn man genauer hinsah, wirkte sie ausnehmend unglücklich.

»Ähm. Möchtest du etwas essen? Oder was trinken?«

Aus der Küche roch es nach Kaffee, was Sofia ein Lächeln aufs Gesicht zauberte. Nachdem sie ihm hineingefolgt war, drückte er ihr einen Becher in die Hand.

»Gibt es für dich auch ein Getränk«, fragte sie, nachdem sie gekostet hatte, »das dir das Gefühl gibt, einfach alles, was schiefläuft, kommt wieder in Ordnung?«

»Ehrlich gesagt, nicht.«

»Das ist Kaffee für mich. Sogar wenn er aus Kaffeeersatz ist und scheußlich schmeckt. Aber dieser ist herrlich. Danke.«

Stumm beobachtete er sie über den Rand seines Bechers hinweg. Von den Fensterscheiben im Haus gegenüber zurückgeworfenes Licht ergoss sich in fahlsilbrigen Streifen auf dem Linoleumboden. Die Küche war sehr behaglich und nicht besonders ordentlich. Reste des Frühstücks lagen auf drei Teller verteilt: abgebissene Kanten, ein Marmeladenfleck auf dunkelgrünem Steingut.

»Heute?«, fragte er nach einer Weile.

Sie nickte, den Blick gesenkt. Es war absurd. All die Wochen, versteckt. All die Wochen, in denen sie Pläne gemacht und verworfen hatte. All die Wochen, in denen die Dinge schließlich in Bewegung gekommen waren. Der Pass. Ihr Entschluss, heute zu fahren.

Heute!

Nicht gestern.

Scheu streckte Lukas die Hand aus. Sie nahm sie, und dann begann sie, weil seine Haut so weich und warm war, zu weinen.

Ihre neue Bleibe: ein Schuppen auf dem Dach. Einen tollen Blick hatte sie von hier. Weit über den Alex hinweg, diesen riesigen staubigen Platz samt Kreisverkehr. Bis vor ein paar Jahren war er ein einziger Schutthaufen gewesen. Kriegsüberbleibsel, besser gesagt Häuserüberbleibsel; Bombenschäden; ein einziges Trauerspiel, aber zugleich wunderbarer Spielplatz für alle Wagemutigen, die sich von ein paar abrutschenden Steinen auf dem Berg der Wahrheit nicht weiter stören ließen.

Sie war früher dort herumgeturnt und hatte sich wie eine Herrscherin über das gesamte Land gefühlt. Und so hatte sie die Trümmer getauft: *Berg der Wahrheit*, weil sie geglaubt hatte, von den Amis auf ihren Grenzposten an der Friedrichstraße gesehen zu werden. Manchmal hatte sie ihnen mittels Handzeichen klarzumachen versucht, dass sie sich auf der falschen Seite befanden. Der Gedanke ließ sie traurig das Gesicht verziehen. Mittlerweile hatte sie ihre Meinung in dieser Angelegenheit gründlich revidiert.

Unter ihr herrschte immer noch wuseliges Durcheinander. Lukas hatte ihr erzählt, dass der letzte Interzonenzug die Friedrichstraße schon gegen sieben verlassen hatte, die letzte S-Bahn sogar schon mitten in der Nacht gefahren war. Nicht ihr langer Spaziergang durch die Stadt war also schuld daran gewesen, dass sie ihn nicht bekommen hatte.

Immerhin. Aber irgendwie auch überhaupt nicht tröstlich.

»Nie hätten die dich in den Interzonenzug reingelassen«, hatte Lukas noch leise gesagt. »Auch sonst nicht ohne Ausreisegenehmigung. Aber erst recht nicht heute.«

»Wusstest du etwas? Von der Mauer, davon, dass heute ...«

Er hatte den Kopf geschüttelt. »Ich kannte wie alle anderen auch nur Gerüchte. Selbst meine Eltern waren heute wie vor den Kopf gestoßen.«

Sie wandte sich um, um noch einmal ihre neue Bleibe zu betrachten. Lukas hatte versprochen, ihr später einen Schlafsack hochzubringen und etwas zu essen und zu trinken. Sie wagte nicht, darüber nachzudenken, wo sie aufs Klo gehen sollte. Irgendwann würde es zwangsläufig notwendig sein, sich damit zu beschäftigen. Doch gerade fühlte sie sich viel zu verzagt für solche praktischen Dinge.

Sie trat von der Brüstung zurück und ging wieder in den Schuppen, der in der hintersten, glücklicherweise am wenigsten zugigen Ecke des Dachs untergebracht war. Darin fristeten aussortierte Besenstiele und ein ausnehmend zerfranster Vogelkäfig ein trostloses Dasein. Doch eigentlich war der Platz nicht übel: trocken, sauberer als mindestens eine Wohnung, in der sie in der jüngeren Vergangenheit geschlafen hatte, und sie hatte ihre Ruhe. Niemand, hatte Lukas versichert, gehe je aufs Dach.

Unter gar keinen Umständen würde sie hier entdeckt werden.

Gut. Aus Mangel an Alternativen setzte sie sich auf den Fußboden. Er war ein wenig kühl, aber nach Luxus sollte sie sich wohl nicht sehnen.

Was in aller Welt sollte sie hier nur den lieben langen Tag tun? Lukas war der Meinung, sie solle den Verschlag lieber so gut wie nie verlassen.

»Dann freunde dich jetzt schon mal mit dem Waldschrat an, der ich in kurzer Zeit sein werde«, hatte sie gesagt. »Ich bin nicht besonders gesellig, aber über Tage mit niemandem zu reden wird auch aus mir eine wunderliche Alte machen, die bald anfängt, von hier oben zur Stalinstatue runterzubrüllen, weil sie denkt, er wär ihr Ehemann.«

Lukas verzog das Gesicht. »Bitte nicht schreien. Und nicht jemanden wie Stalin heiraten.«

»Wäre ja auch schwierig.«

Er hatte dann leise gelacht. »Warte hier. Wenn ich wiederkomme, hab ich was Tolles für dich.«

Eine Stunde später, endlich, kehrte er mit einem Nachttopf zurück, den sie rasch aus seinem Blickfeld verbannte, einem Armeeschlafsack, einem Kissen, einem Buch, einer Zahnbürste, einem Krug Wasser und einer Thermoskanne Kaffee. Letztere hatte er ihr mit den Worten überreicht: »Damit du weißt, dass von jetzt an nichts mehr in deinem Leben schiefgeht.«

Da hatte Sofia gerührt schlucken müssen, doch bevor sie etwas erwidern konnte, hob er den Zeigefinger.

»Warte.«

Wohin sollte sie auch? Er verschwand wieder und kehrte mit einem unförmigen schwarzen Lederkoffer zurück.

»Was ist das?«

»Guck doch nach.«

Als sie der Aufforderung Folge leistete, weiteten sich ihre Augen.

»Eine Gitarre? Woher hast du die?«

»Von Freunden.« Er grinste verlegen. »Kannst du spielen?«

»Ein bisschen, ja.« Versonnen blickte sie auf das warmbraune Holz hinab. »Das ist ... Danke.« Ihre Unterlippe zitterte, und sie biss, um es zu kaschieren, darauf.

»Wegen deiner Stimme hab ich dich übrigens da, na ja, rausgeholt. Das hab ich dir nie erzählt, oder?«

Sie hob den Kopf. »Was?«

»Ich hab dich wegen deiner Stimme rausgeholt. Ich weiß, es klingt ziemlich blöd. Aber so war es. Ich hab dich doch singen gehört und ...« Verlegen zuckte er mit den Schultern. »Ich weiß nicht. Es war so schön.«

Verständnislos schüttelte sie den Kopf. »Ich weiß nicht ... Also ...«

»Das hat mich irgendwie ...« Er stand auf und grinste zugleich verlegen und entschuldigend. »Ich kann das nicht gut erklären, tut mir leid. Aber ich fand es so schön, dass ich dachte, ich kann dich da nicht lassen. Und dann kam die Nacht. Da wusste ich allerdings nicht, dass du es bist, die da Prügel bezieht. Ich meine, ich hab dich erst mal gar nicht gesehen, die Stubenälteste war ja vollkommen von Sinnen. Aber dann habe ich dich ins Arztzimmer gebracht und unter dem ganzen Blut und den Schwellungen, na ja, erkannt.«

»Und dann hast du dir überlegt, dass ein Mädchen mit so hübscher Stimme nicht dableiben sollte?« Ihre Stimme klang vorwurfsvoll, was natürlich ziemlich ungerecht ihm gegenüber war. »Entschuldige.« Sie schüttelte den Kopf. »Ich bin dir dankbar. Ich wünschte nur, dass die anderen ...«

»Ich weiß«, sagte er leise und starrte zur Brüstung und in den sich über ihnen wölbenden mattblauen Himmel.

Wenn sie sich doch in seinen Armen verstecken könnte! Verstecken vor der Welt, aber auch der Wirklichkeit: einsehen zu müssen, dass sie nun noch mehr als zuvor eine Gefangene war.

ABBY

Frühling 1961
Sankt Pauli, Hamburg

Als Abby erwachte, blickte sie in Stus Augen. Verwundert fragte sie sich, ob sie träumte. Falls ja, fühlte sich der Traum erstaunlich wirklich an, denn sie spürte die Wärme, die von seinen Armen auf sie überging. Er blinzelte verlegen, und bevor sie darüber nachdenken konnte, ob es tatsächlich das war, was sie jetzt tun wollte, strich sie ihm sanft mit dem Finger über die Wange. Ihre Nasen waren kaum mehr als zwei Zentimeter voneinander entfernt, und die Nähe, die weiche, warme Nähe, raubte ihr beinahe den Atem.

Da schien Stu etwas einzufallen, und er beugte sich vor, küsste sie auf die Wange und setzte sich auf, um vorsichtig sein Jackett anzuheben. Als Abby klarwurde, warum er und sie auf ihrem Fußboden lagen, schoss auch sie in die Höhe.

Was in aller Welt ...

Ihr Wohnzimmer sah aus, als wäre darin ein Koffer explodiert. Kleine Fetzen von irgendetwas lagen über den gesamten Boden verstreut. Das Regal lag umgeworfen da, die Bücher halb darüber, halb darunter verteilt. Grüne Farbe, ein Überbleibsel von Heiners Strandmalereien in der Eimsbütteler Wohnung, schwungvoll über die Wände verteilt, auch auf den Dielen verlief eine reizende, spiralförmige Spur von Schweinefußabdrücken in demselben Palmenblättergrün.

Das Schwein, gerade wach geworden, quiekte erschrocken, setzte glücklicherweise aber seinen Lauf der Zerstörung nicht fort, sondern guckte ängstlich von Abby zu Stu.

Er umwickelte es mit seiner Jacke, nahm es auf den Arm und stand auf. Bei seinem Anblick brach Abby in lautes Gelächter aus. Da stand der schönste Mann der Welt, das Haar stand ihm vom Kopf ab, sein schmales Gesicht wirkte noch schmaler als sonst und erschöpft, aber seine Augen leuchteten, da stand er also und hielt ein Schwein. Ein Schwein, das John angeschleppt hatte.

Wieso? Und woher zum Teufel hatte er es?

»Coffee?«, fragte sie stolz, schon so viel gelernt zu haben.

»*Läiter*«, antwortete er.

Was auch immer das hieß. Sie würde nachsehen müssen und wünschte, er würde ihre gesamte, zugegeben knappe Konversation niederschreiben, da sie Probleme hatte, die Worte in ihrem Wörterbuch mit denen in Einklang zu bringen, die an ihr Ohr drangen. Englisch sprach sich augenscheinlich anders aus, als sie erwartete. *Läiter* könnte *leyter* geschrieben werden, vielleicht auch *laiter*. Aber was es auch bedeuten mochte, sie nickte und sah ihm nach, wie er samt Ferkel auf den Hof trat und zu seinem Schuppen ging.

Dann ließ sie sich auf den Boden zurückfallen und blickte an die Decke. In ihr tanzten Sterne. Ein wildes Glühen und Glimmen und Freude, derart viel Freude, dass dafür in ihr gar nicht ausreichend Platz war.

Ein Lächeln breitete sich auf ihrem Gesicht aus.

So fühlte sich Glück also an.

Zwei Wochen später, da zeigten sich an den Bäumen die ersten hellgrünen Triebe und wundersamerweise kam sogar die Sonne heraus, hängte sich Abby wie jeden Tag, bevor sie das Haus verließ, die Kamera um den Hals. Sie fühlte sich erstaunlich ruhig, auch, als sie die Mappe kontrollierte, in der sich diesmal mehr als zwei Fotografien tummelten. Nachdem sie die Remise hinter sich abgeschlossen hatte, warf sie einen Blick in Richtung Schuppen, aber Stu schien nicht da zu sein.

Seit der Begegnung mit dem Schwein sahen sie sich regelmäßig, und es waren Zusammenkünfte der seltsameren Art. Abby redete auf Deutsch mit ihm, Stu mit ihr auf Englisch. Sie verstanden kein Wort des anderen, trotzdem war da etwas zwischen ihnen ... Verständnis. Vertrauen. Etwas Liebevolles, was sie nicht näher beschreiben könnte.

So nahe wie an jenem Morgen waren sie sich allerdings nicht wieder gekommen. Nie und nimmer würde sich Abby trauen, den ersten Schritt zu wagen – immerhin war Stu der erste Mann, dem sie freiwillig so nahe gekommen war. Die Erinnerung hemmte sie, selbst wenn die Momente mit Stu glücklicherweise nicht davon gestört wurden, dass sie sich plötzlich wieder im Park wähnte und die Angst sie lähmte.

Doch sie spürte, dass es an der Zeit war, sich der Erinnerung zu nähern. Vielleicht sogar frontal.

Vorher aber musste sie etwas anderes hinter sich bringen, das sie auch nicht gerade mit Zuversicht erfüllte. Heiner und sie hatten die Ausnahme der Aufnahme gefunden: War die Bewerbungsfrist abgelaufen, gab es dennoch die Möglichkeit, als Meisterschülerin angenommen zu werden.

Aber mal ehrlich: Warum sollte Professor Wallner so etwas damit gemeint haben? Sie hatte ihm zwei Fotografien gezeigt. Die konnten ihn unmöglich derart beeindruckt haben, dass er auf einen so verwegenen Gedanken kam!

Dummerweise ließ sich das nur herausfinden, indem sie sich noch einmal ins Innere der HFBK wagte. Das Risiko einging, ausgelacht zu werden, schallend, wie sie annahm, da sie Professor Wallner weder für höflich noch besonders zartfühlend hielt.

»Also los«, flüsterte sie, berührte mit den Fingerspitzen kurz das Gehäuse ihrer Kamera und trat auf die Straße.

Eine halbe Stunde später schob sich das Hochschulgebäude immer weiter in ihr Sichtfeld. Um Mut zu sammeln, blickte sie durch den Sucher der Rolleicord.

Augenblicklich wirkte der dunkelrote Ziegelbau einladender und interessanter, Schatten und Licht grenzten sich stärker voneinander ab. Wie es wohl wäre, ganz ohne Kamera so sehen zu können? Zu wissen, wo genau das Dunkel begann und wo das Licht?

Wäre das Leben besser oder schlechter, fragte sie sich. Froh, sich damit beschäftigen zu können, statt an die nahende Demütigung zu denken, betrat sie die Schule, stieg in den zweiten Stock und hielt auf den Raum mit der Nummer 218 zu.

Da sie nicht um einen Termin gebeten hatte, würde sie Professor Wallner vielleicht gar nicht antreffen. Für den Fall (der ihr ein bisschen lieber gewesen wäre) hätte sie die Mappe im Sekretariat abgegeben. Das Begleitschreiben hatte sie sicherheitshalber gestern verfasst.

Aber jetzt erschallte es: »Ja!«, und Abby nahm wieder ihren Mut zusammen und öffnete die Tür.

»Ach!«

»Guten Tag. Sie erinnern sich an mich?«

Darauf antwortete er nicht, sondern hob die Hand, um sie näher zu winken.

Lieber nicht lange drum herum scharwenzeln. Das würde alles nur noch schlimmer machen.

»Ich möchte mich als Meisterschülerin bei Ihnen bewerben.« Es klang eher so: »Ichmöchtemichalsmeisterschülerinbeiihnenbewerben.« Wer hatte schon Muße für Pausen?

»So.«

Sie nickte. Ihr war schlecht vor Aufregung, ihre Gedanken rasten, ihr Mund wurde immer trockener. Bis sie hergekommen war, hatte sie nicht sicher gewusst, wie sehr sie es wollte: seine Meisterschülerin werden. Sie hatte sich nicht getraut, darüber nachzudenken. Aber jetzt, als sie hier stand, und egal, wie wenig sympathisch er ihr war: Sie wollte es unbedingt.

Allerdings würde er sie nicht nehmen, war das nicht klar?

»Dann zeigen Sie mal.« Er nickte in die Richtung ihrer Mappe. Nachdem sie sie ihm gegeben hatte, öffnete er sie nicht gleich. »Die Rolleicord da um ihren Hals ... Machen Sie das nur, wenn Sie herkommen?«

»Nein«, antwortete sie wahrheitsgetreu.

»Sie wollen mir also erzählen, die klunkert immer da rum?«

»Nicht immer. Nur wenn ich das Haus verlasse.«

»Warum?«

Jetzt würde eine kluge Antwort folgendermaßen lauten: um jederzeit bereit zu sein, wenn sich ein faszinierendes Motiv zeigte.

»Weil sie eine bestimmte Funktion für mich hat, die ich Ihnen nicht näher erläutern möchte«, sagte sie stattdessen und wartete darauf, dass er insistierte oder aber fand, dass sie dann nicht länger erwünscht sei.

»Soso.« Jetzt schlug er die Mappe auf, betrachtete den ersten Abzug. Müde blickte John in die Kamera. Die Unschärfe um ihn herum wirkte wie kalter Nebel, und die verschwommene Gestalt von Stu im Hintergrund hatte etwas Traumartiges.

Wallner nickte, ohne sich hinreißen zu lassen, seine Meinung zu offenbaren. Die nächsten drei Fotos überblätterte er, was Abby bestürzte. George und Paul, auf dem verlassenen Jahrmarkt. Was hatte der Dozent dagegen einzuwenden? Zwischen die nächste und die übernächste Aufnahme schob er immerhin seinen Daumen und blickte mal diese, mal jene an.

Schließlich hob er den Kopf und sah sie so überrascht an, als habe sie sich gerade vor seinem Schreibtisch materialisiert.

»Die zwei«, sagte er und deutete mit seinem nikotingelben Zeigefinger auf die beiden letzten Fotografien. »Die zwei ...«

Ungeduldig wartete Abby darauf, dass er weiterredete. Sie konnte es sich nicht vorstellen, dass er ausgerechnet diese Aufnahmen schlechtmachen würde, auf der anderen Seite fand sie in seiner Miene nichts, das auf das Gegenteil hindeuten würde. Seine Augen wirkten müde und matt, seine Gesichtsfarbe fahler als bei ihrer letzten Begegnung. Begeisterung, um es knapp zu halten, sah anders aus.

Aber gerade diese beiden! Zwei Varianten der Beatles auf dem alten Lastwagen. Fünf junge Männer mit ihren

Instrumenten, das nackte Stahlgerüst einer Achterbahn im Hintergrund. Normalerweise wurden Musiker im Studio abgelichtet. Viel Kunstlicht, das ihre Haut schimmern und die Augen glitzern ließ. Ein knallblauer oder leuchtend roter Hintergrund und die Zähne wie mit Deckweiß zugekleistert. Kein Wind in den Haaren, kein natürliches Licht.

Aber hier war der Himmel zu sehen, der düster gewesen war und doch auf dem Foto undurchdringlich und hell wirkte; weit und beengend zugleich. Auf dem durchnässten Matschboden die Fußabdrücke der Beatles. Abby hatte es so haben wollen, wie es eben aussah, wenn fünf Leute über feuchte Erde trampelten. Vor Johns Fuß war ein Kiesel gerollt, unter Petes Trommel lag ein Stück dahingewehtes Papier.

Genau das hatte sie ablichten wollen. Kein Hochglanz, sondern rau, echt, schmutzig.

Das wahre Leben.

»Normalerweise gehört ein absolviertes Studium dazu«, er hob die Hand, mahnend, »ein mit herausragenden Leistungen absolviertes Studium. Von der Technik haben Sie so viel Ahnung wie ich vom Kochen, aber ich habe es gewusst. Das Licht.«

Seine Worte ergaben keinen Sinn. Aber was hatte sie auch erwartet? Ja, wieso war sie überhaupt hergekommen?

»Nun gut. Ich schlage Sie für die Meisterklasse vor.«

Bei diesen Worten gab sie ein seltsames Geräusch von sich, das sie nicht einordnen konnte. Er ebenso wenig. Amüsiert sah er sie an, dann fuhr er fort: »Aber wenn ich das tue, will ich etwas von Ihnen. Ich bin nicht sicher, ob ich in Ihnen genügend Ehrgeiz sehe. Ich will noch mehr

Begeisterung für das Unverfälschte. Die Suche nach der Wahrheit. Ein offener Blick. Können Sie das liefern?«

Sie nickte, obwohl sie sich nicht sicher war, alle Kriterien erfüllen zu können. Aber Moment, noch mal von vorne. *Was* hatte er gerade gesagt?

»Manche behaupten«, fuhr er fort, »Talent sei zweitrangig, aber das ist Blödsinn. Man muss allerdings wissen, wie Talent zu definieren ist. Sie haben diesen Blick, Abby. Sie wissen, worauf es ankommt. Den ganzen Kram drum herum müssen Sie lernen. Wollen Sie es lernen?«

Sie nickte, während sie sich einschärfte, dass das, was gerade geschah, ebenso gut ein Traum sein könnte. Immerhin würde sie mit einem wunderbaren Gefühl daraus erwachen.

»Frau Nowak meldet sich bei Ihnen. Die behalte ich.« Er tippte auf die Mappe und klappte sie zu. »Auf Wiedersehen, Abby.«

Sie verließ sein Büro. Ging die Treppen hinunter und zur Pforte hinaus. Verlassen lag die Straße da.

Fand er ihre Bilder wirklich gut? Nun, sich auf diese Weise über sie lustig zu machen würde nicht einmal er übers Herz bringen, oder doch? Nein, sagte sie sich. Dies war kein Traum. Sie spürte die Frühlingssonne auf den Wangen. Ein dennoch kühler Wind fuhr durch ihr Haar. Sie hörte Autos und Vögel, jemand fuhr in halsbrecherischer Geschwindigkeit auf dem Fahrrad an ihr vorbei.

Sie war wach, zweifelsfrei. Ein Grinsen glitt über ihr Gesicht. Ein Leben, wie sie es während des vergangenen halben Jahres kaum zu ersehnen gewagt hatte, stand auf der Schwelle, bereit, sie mit offenen Armen willkommen zu heißen.

Doch dann kam die Angst. *Kamera um den Hals oder*

nicht, flüsterte sie Abby zu – *hallo und lange nicht gesehen!* Als Meisterschülerin würde ein Studium weit anspruchsvoller, als es ohnehin sein dürfte. Die Tage würden vollgepackt sein mit Dingen, die zu erledigen waren. Tage, die bis in die Nacht hineinreichten. Es würde dunkel sein auf den Straßen, einsam, wenn sie endlich nach Hause würde aufbrechen können.

Es wird wieder passieren, flüsterte die Angst. *Und wenn es wieder passiert ist, kannst du dein Leben begraben. Nicht mehr aus dem Haus gehen? Ha. Du wirst es nicht mal mehr aus dem Bett schaffen. Du wirst dir die Decke über den Kopf ziehen und nur rauskommen, wenn du aufs Klo musst. Weißt du, wie Haferschleim schmeckt? So schmeckt dann dein Leben. Nach nichts mehr.*

Sie ballte die Fäuste. »Nein«, sagte sie halblaut, dann noch mal, in normalem Tonfall: »Nein.« Sollten die Leute verwundert gucken, es war ihr egal. Sie begann die Straße hinabzugehen und dachte, nicht mehr direkt an die Angst gerichtet, aber sie sollte ruhig mithören: Du Schwein. Du Schwein, glaubst du, du kannst mein Leben zerstören, nur weil dir einfällt, dass du gern eine Frau spüren willst, oder weil du es genießt, jemandem wehzutun?

Sie sah seine Augen vor sich. Sie waren grausam gewesen. Nein, dachte sie und ging immer weiter, auf den Kuhmühlenteich zu, dorthin, wo passiert war, was nicht passiert war, er hatte keine Frau spüren wollen, sondern seine Verachtung, seine Macht über sie, wie sie unter ihm lag, sich wehrte, weinte und schrie, sobald es ihr gelang, seine Hand von ihrem Mund zu zerren.

Dort war der Eingang zu dem kleinen Park. Nicht viel mehr als eine Lücke zwischen den Büschen. Kaum einladend. Hell im Sonnenschein, aber da lauerte die Dunkelheit, für andere nicht sichtbar, und Abby lief geradewegs darauf zu.

Sie hörte den Kies unter ihren Sohlen knirschen, sie spürte die Kälte der Nacht, obwohl es Tag war. Lauschte in die Stille.

Sie war beängstigend. Eine laute Stille, eine, die alles Mögliche verhieß, voll von Gefahren war. Abbys Nackenhaare stellten sich auf. Sie hörte ihr Herz rasen. Sie schwitzte. Ihre Hände waren feucht.

Kehrtmachen. Zurücklaufen. Vergessen.

Nur dass das mit dem Vergessen nicht klappte.

Sie schluckte, aber die Angst schnürte ihr die Kehle zu. Eiskalte, kräftige Finger um ihren Hals. Sie drückten und drückten, und Abby hatte das Gefühl, dass das, was sie sah, unwirklicher wurde, fadenscheinig, nein, unterbelichtet, die Umrisse verschwammen ineinander, es gab keine Abgrenzungen mehr.

Der Mann ...

Sie schob den Gedanken weg. Begann zu rennen. Rannte am Kuhmühlenteich vorbei, dessen schwarzes Wasser kaum Sternenlicht einfing. Kleine Steine spritzten unter ihren Füßen von ihr weg.

Da war die Stelle, wo er sie ins Gras geworfen hatte. Sie rannte vorbei. Ließ den Teich hinter sich und die kleine Wiese und erreichte die Sankt-Gertrud-Kirche. Dort wurde sie langsamer. Sie war nur ein wenig außer Atem und doch schien ihr die Luft dünn, so als befände sie sich in den peruanischen Anden. Die Hände in die Seite gestemmt, blickte sie auf die Kirche, dann drehte sie sich um. Wie klein der Park war. Winzig! Es war kein Wunder, dass sie geglaubt hatte, ihn gefahrlos durchqueren zu können. Doch auch wenn es nicht das bisschen Grün am

Rande des Kuhmühlenteichs gewesen wäre, sondern der Stadtpark, *sollte* sie ihn gefahrlos durchqueren können.

Es war nicht ihre Schuld. Sie war auf dem Nachhauseweg gewesen. Sie hatte sich von einem Ort dieser Stadt zu einem anderen bewegt. Wenn man von Schuld sprach, müsste man alle Frauen schuldig sprechen, die sich aus dem Haus wagten. Und was war mit denen, denen etwas Ähnliches in ihrem Haus angetan wurde?

Abby steckte die Hände in die Taschen. Immer noch war es im Park still und einsam, immer noch war die Angst da, und sie begann zu begreifen, dass sie sie von nun an wohl immer an ihrer Seite haben würde. Enttäuschung wallte in ihr auf. Sie hatte auf ein Heilmittel gehofft, etwas, ja, Magisches. Das heilte, was kaputt war, so schnell, wie es zerstört worden war – mit einem Fingerschnips. Aber so einfach war es wohl nicht.

Sie würde dran arbeiten müssen. Ein paar Werkzeuge dafür hatte sie mittlerweile schon gesammelt: die Rolleicord. Darauf achten, was um sie herum geschah, wenn die Angst auf sie zuschoss wie eine Rakete: Was siehst du, Abby, was spürst, was riechst du?

Ihr nicht jedes Mal ausweichen, sich nicht ständig verstecken – manchmal aber doch.

Und währenddessen fröhlich, traurig, mutig, enttäuscht, gelangweilt sein. Die ganze Bandbreite. So wie alle anderen auch.

»Diese Typen haben ja nicht mehr alle Tassen im Schrank!« Heiner glühte fast vor Begeisterung. *»Ein Schwein?* Woher denn? Und warum?«

»Woher John es hatte, kann ich dir sagen, vom Fischmarkt. Aber warum, ist mir auch ein Rätsel. Einfach so, schätze ich. Weil es verkauft wurde. Weil John dachte, es sei lustig, mit einem lebendigen Ferkel über die Reeperbahn zu laufen.« Abby goss den Kaffee auf und gab ihrem Freund mit dem Kopf ein Zeichen, ihr aus der Teeküche in den großen Raum zu folgen, in dem es jetzt wieder manierlich aussah.

Sie hatte umgeräumt. Das Bett stand jetzt in der Mitte, das fand sie praktisch, weil so mehr Leute Platz darauf fanden. Stühle besaß sie ja nur zwei. »Aber dann ist ihm wohl eingefallen, dass ein Schwein in dieser winzigen Kammer, in der sie schlafen, ziemlich unpraktisch wäre, und so ist er hierhergekommen.«

»Wieso war ich nicht da?«, rief Heiner verzweifelt.

»So grandios war es auch wieder nicht. Das arme Schweinchen.«

Vor allem erstaunte sie, wie viel mehr Aufmerksamkeit Heiner dem kleinen rosa Tier schenkte als der Nachricht schlechthin: dass sie womöglich Wallners Meisterschülerin wurde.

»Gab es Spanferkel?«

»Nein«, sagte sie kichernd, »es gab kein Spanferkel.«

»Wo ist eigentlich Mademoiselle Angst geblieben?«

Diese Frage brachte sie nun doch ein bisschen aus dem Konzept. Mit fragendem Blick drehte sie sich um und sah ihn an.

Er saß auf ihrem Bett, die Beine überschlagen, und kniff nachdenklich die Augen zusammen. »Du erzählst gar nicht mehr von ihr.«

Das stimmte.

»Also, wo ist sie hin?«

»Mal da, mal nicht da«, sagte Abby knapp. »Wir arrangieren uns. Für die Zukunft sehe ich uns als altes Ehepaar, das nicht mehr sonderlich viel miteinander redet, aber immerhin weiß, dass auf den anderen Verlass ist.«

»Das klingt ja ... na ja ... hä? Soll das gut sein oder eher bedenklich?«

»Ich glaube, es ist vor allen Dingen realistisch.« Sie erzählte ihm vom Kuhmühlenteich. Von ihrem ersten Marsch daran vorüber und den anderen Gelegenheiten, an denen ihr schummrig vor Furcht wurde, an anderen Orten und zu anderen Tageszeiten als nachts. »Ich versuche mich darauf zu konzentrieren, ob es hell ist oder eher dunkel, ob die Luft nach Abgasen riecht oder Kohlsuppe oder Zigarettenrauch. Ob andere Leute da sind. Wie kalt es ist. Ich hab keine Ahnung, wie es funktioniert, aber ich habe das Gefühl, dass das die Angst in Schach hält. Sie hat dann nicht vollkommen freie Bahn und lauert eher im Hintergrund. Und manchmal zieht sie ab, weil es ihr öde geworden ist«, fügte sie grinsend hinzu.

Interessiert kniff er die Augen zusammen. »Du würdest wirklich ein herrliches Studienobjekt abgeben, hat dir das schon mal einer gesagt?«

»Nein«, erwiderte sie trocken.

»Und ...«

Ein Klopfen an der Haustür ließ Heiner verstummen. Er sprang auf, zwinkerte Abby zu und öffnete mit galantem Schwung. Als Stu eintrat, pitschnass vom herabpladdernden Mairegen, begann die gesamte Population an Schmetterlingen in ihren Brustkorb zu flattern, wo nun ein irres Gewusel und Geflatter herrschte.

»Ist es denn schon so spät?«, rief Heiner reichlich theatralisch. Und in holprigem Englisch: *»Is it daaat läit?«*

Ah, das also hieß *läit*.

Verblüfft wandte sich Stu ihm zu und reichte ihm die

Hand, doch Heiner schoss an ihm vorbei und knallte mit einem fröhlichen »Viel Spaß« die Tür hinter sich zu.

Eigentlich hatte sie ihn endlich löchern wollen, was aus seinen eigenen romantischen Gefühlen geworden war. Enzo hatte er kein einziges Mal mehr erwähnt, sonderlich verliebt wirkte er auch nicht mehr auf sie.

Wohl nur eine Eintagsfliege, folgerte sie - eine dickbauchige, glatzköpfige Eintagsfliege.

»Hello. Coffee? With sugar?«, fragte sie, weil Stu sie erwartungsvoll und verlegen zugleich ansah. Als er nickte, dachte sie triumphierend, dass das andauernde Blättern im Wörterbuch sich auszahlte! Ebenso ihre Versuche, vor dem Spiegel britische Posen einzunehmen (ein sehr kühler Gesichtsausdruck, der stark in Richtung Blasiertheit ging) - als sie ihn jetzt auf genau diese Weise anblickte, brach er in lautes Gelächter aus.

»Yes, please.«

Sein Gesicht ... Am liebsten würde sie sich dicht vor ihn setzen und es mit der Spitze ihres Zeigefingers betasten. Er sah derart umwerfend aus, dass sie sich fragte, welches Interesse er nur an ihr haben könnte. Sie war doch bloß eine ängstliche Deutsche, die nichts von dem verstand, was er sagte ...

Aber das stimmte ja nicht. Sie war viel mehr - wenn auch nicht so geheimnisvoll wie er mit seinen dunklen, schräg über die Augen fallenden Stirnfransen.

»Here«, sagte sie in bester Oxfordmanier (zumindest hoffte sie das).

Sein linker Mundwinkel hob sich, und er schnitt eine winzige, schüchterne Grimasse, als sie ihm den Becher reichte.

»*Faaaaaaackkkkkk!* Stu, Stu!«, schrie jemand im Hof.

Unverständliches murmelnd, stellte Stu den Becher ab und rannte zur Tür.

Mist, verdammter! Warum kamen die restlichen Beatles eigentlich nicht mit sich selbst zurecht, sondern standen ständig schreiend vor ihrem Haus? Zeit, sich zu ärgern, blieb ihr aber nicht. Sie folgte Stu und versuchte, im strömenden Regen etwas zu erkennen. Die Jacke über den Kopf gezogen, redete eine Gestalt wild gestikulierend auf Stu ein.

Mit fassungslosem Gesicht drehte er sich zu ihr um, hob entschuldigend die Arme und eilte auf die Pforte zu. Was blieb ihr anderes übrig, als hinterherzurennen, auch wenn sie weder Mantel noch Regenschirm gegriffen hatte? Immerhin schloss sie noch ab, damit niemand ihre Kamera klaute. Kurz kam ihr der Gedanke, ob sie sie holen sollte, nur zur Sicherheit. Doch dazu war keine Zeit. Im Laufschritt ging es die Bernstorffstraße in Richtung Hafen runter, dann bogen Stu und der Kerl, von dem Abby immer noch nicht wusste, wer es war, in die Paul-Roosen-Straße ein.

Die schmale Straße war dicht bebaut, schmale, höchstens zwei Stockwerke hohe Häuser drückten sich an den Bordstein. Rechts lag der Eingang des Kinos, in dem die Beatles untergebracht waren. Als Abby den beiden durch die dicht von Efeu bewachsene Tür ins Innere folgte, drang der stechende Geruch nach schwelender Glut in ihre Nase. Noch etwas lag darin, etwas Beißendes, das nach verbranntem Gummi stank.

»Stu? Hey, Stu?« Wo waren die beiden hinverschwunden?

Die Tür zu der Schlafkammer der fünf stand offen, entdeckte sie, als sie näher kam. Sie hörte jemanden darin rumpeln, dann stolperte Paul heraus, das Haar wirr vom Kopf abstehend. Ohne sie auch nur anzusehen, schoss er an ihr vorbei auf die Straße.

»Paul!«, erklang eine wütende Stimme. *»Wat de fack!«*

Das war John, der jetzt ebenfalls in den Flur kam, weniger panisch allerdings als Paul, was Abby beruhigte. Seine Schuhe glänzten nass, was Abby folgern ließ, dass er derjenige gewesen war, der Stu geholt hatte.

Aber was in aller Welt war hier los?

Hinter John schwebte eine Wolke Qualm heraus, die Abby einen Moment glauben ließ, aus seinen Ohren stiege Rauch auf.

Absurde Vorstellung! Und unter anderen Umständen lustig, jetzt aber wurde ihr klar, dass es hinter der Leinwand brannte, und sie fragte sich beunruhigt, ob Engländer womöglich nicht wussten, wie man sich im Falle eines Feuers zu verhalten hatte.

»Paul?«, rief John erneut, ohne sich um Abby oder das brennende Zimmer in seinem Rücken zu kümmern.

Immer noch zu perplex, um wirklich klar zu denken, zeigte Abby hinter sich, zur Tür. Hinter John erschien Stu, der bei ihrem Anblick zaghaft lächelte und den Kopf schüttelte, wohl als Zeichen, sie solle wieder gehen. Doch sie dachte nicht daran. Stattdessen drückte sie sich an John vorbei in das winzige Zimmer. Feuer oder auch nur Glut konnte sie nirgends entdecken. Womöglich stammte ein Großteil des Rauchs von Zigaretten, nahm sie an, die Jungs schmökten ja wie die Weltmeister. Aber irgendetwas lag noch in der Luft, und angenehm würde sie den Geruch nicht nennen ...

Nachdem sich ihre Augen an die Finsternis gewöhnt hatten, konnte sie die Matratzen erkennen, die dicht an dicht auf dem Fußboden lagen. Darauf verteilt schmuddelige Decken und eingedellte Kissen, während den Rest des Fußbodens weit geöffnete Koffer bedeckten, aus denen Kleidung quoll. Die Instrumente standen wieder an der Wand gestapelt. Und daneben hing etwas, das sie nicht erkennen konnte, aber dieses Ding schien die Ursache des dichten Qualms und vor allem des Gestanks zu sein.

Als Abby über die Matratzen stieg, sanken ihre Füße ein paar Millimeter ein. Das ... Ding, um was auch immer es sich handelte, schimmerte weißlich. Ein schmales Rinnsal sickerte daraus an der Wand entlang hinab.

Perplex starrte sie darauf. Jetzt wusste sie, was es war. Ein Kondom! Ein benutztes auch noch. Das irgendwer, der mit Sicherheit nicht mehr alle Tassen im Schrank hatte, erstens an die Wand genagelt und zweitens angezündet hatte.

Oder stammte es womöglich von ... Stu? Den Gedanken allerdings verwarf sie augenblicklich. Nicht, dass sie wüsste, wo außer im Kaiserkeller, vor allem aber mit wem er die Nächte verbrachte. Aber es gab triftige Gründe dafür, Angst zu haben – und alberne. Sie würde den Monolith auf ihrer Brust nicht noch damit füttern, eifersüchtig zu sein.

Hinter ihr setzte Stuart zu einer weitschweifigen Erklärung an, die Abby natürlich nicht verstand. Als schnelle Schritte im Flur ertönten, zuckte sie zusammen. Gleich darauf flog die Tür auf, und ein herb aussehender Männerkopf schob sich herein, die Haut großporig, die Haare fast bis zur Nasenspitze fallend.

»Verdammte Kacke!«, bellte er in breitestem Hamburgisch. »Welcher von euch Spacken war das?«

Weder John noch Stuart antwortete.

»Und wer bist du, verdammte Schiete?«, ranzte er Abby an.

»Hören Sie auf, so rumzuschreien.« Sie war froh, dass ihre Stimme ruhig klang, auch wenn sie innerlich zusammengefahren war. Sie war immer noch schreckhaft, und brüllende Männer gehörten nicht zu der Gattung Mensch, in deren Nähe sie sich gern befand.

Sein ohnehin gerötetes Gesicht schien förmlich vor Hitze zu explodieren. Er war groß, hatte aber einen kleinen Kopf, ein verlebtes Gesicht, sein dunkles Haar war blond gesträhnt. Er trug einen Anzug, der so ausgebollert war, dass er Abby an einen Fallschirm erinnerte.

»Du hast mir hier nix zu sagen, du blöde Ekelbratsche! Also, wer war das?«

»Ich weiß es nicht. Ich bin gerade erst gekommen, so wie die beiden auch.«

Sie zeigte auf John und Stu und fragte sich, wo Pete und George sein mochten.

»Vielleicht hat Ihnen hier jemand einen Streich gespielt. Wir waren es jedenfalls nicht.«

»Ach, hör doch auf«, brummte der unsympathische Kerl, stiefelte rein und untersuchte das Kondom, das jetzt mit einem leisen Schmatzen zu Boden fiel. Die Tapete dahinter war verbrannt. »Ne Lümmeltüte anzünden, wer kommt denn auf so n Tüddelkram? Die da, die kommen auf so was, da kannste mir erzählen, was du willst. Zu nix zu gebrauchen. Glauben wohl, sie wärn wer. Aber ha, da erzähl ich dir mal was: Die fünf taugen für gar nix. Lass dir das von dem großen Walter Bauer gesagt sein. Sollen man schön wieder nach Hause fahren, nach Liverpool, ich kann sie hier nich gebrauchen.«

Der Mann, folgerte Abby, war also sowohl der Besitzer des Kinos als auch des Kaiserkellers.

»Sie waren aber nicht hier«, erklärte sie erneut. »Wir waren so überrascht wie Sie, als wir reinkamen.«

»Ja, klar«, sagte er trocken. »Na, das könnt ihr den jungen Männern vonner Davidwache erzählen, die kommen nämlich gleich angeschietert. Also, macht euch schon mal frisch für ne Nacht inner Zelle.«

Tatsächlich waren dumpf Sirenen zu hören. Erschrocken sah sich Abby zu Stu und John um, die ihrerseits erstarrten. Fünf Minuten später saßen die beiden auf dem Rücksitz eines Peterwagens.

»Ich komme mit«, sagte Abby entschlossen, was den einen der Polizisten zu einem arroganten Kopfschütteln veranlasste.

»Doch«, insistierte sie. »Wenn Sie die beiden mitnehmen, müssen Sie mich auch mitfahren lassen.«

»Wir müssen so was von gar nichts«, kommentierte das der andere Polizist. Er gähnte, runzelte die Stirn, weil Abby trotz seiner Worte die Hand nach dem Griff der Beifahrertür ausstreckte, und stellte sich ihr mit bitterböser Miene entgegen. »Und wenn du das jetzt wirklich versuchen willst, Deern, dann verspreche ich dir, dass du selber Hilfe brauchst, statt für die beiden hier zu dolmetschen.«

Dolmetschen?

Die Idee war nicht schlecht. Dass sie selbst außer *coffee* und *hello* nicht viel über die Lippen brachte, brauchte sie ihm ja wohl kaum auf die Nase zu binden. Ach ja, *sugar,* das Wort hatte sie auch schon gelernt.

»Wohin bringen Sie sie?«, fragte sie sicherheitshalber.

»Davidwache.«

Er stieg ein und zog schwungvoll die Tür hinter sich zu.

Prima, dachte sie und setzte sich in Bewegung. Die lag gleich um die Ecke.

Fünf Minuten brauchte sie zu Fuß, dann zog sie die Holztür auf und rannte die Steinstufen hinauf. Für eine Polizeiwache, stellte sie fest, war es im Innern geradezu freundlich. Ein hölzerner Tresen mit einem behäbig wirkenden Wachhabenden dahinter, der sie mit weit weniger Aufmerksamkeit bedachte als die anderen Anwesenden. Die meisten Besucher kamen scheinbar her, um sich aufzuwärmen und die Zeit zu vertreiben. Zumindest wirkte niemand sonderlich aufgeregt, auch schilderte keiner ein Verbrechen. Stattdessen streckten zwei jüngere Kerle die Beine von sich, den Hinterkopf gegen die Wand gelehnt, die Augen geschlossen. Eine ältere Frau hatte sich die Bluse aufgeknöpft und hob, sobald sich die Tür ein paar Stufen weiter unten zur Straße hin öffnete, ihre Brust an.

»Willste ma luschern, hä?«

Der Polizist am Tresen luscherte nicht. Er guckte überhaupt nicht hin, ganz so, als finde sich die Dame öfter hier ein und störe niemanden weiter.

»Na, söötes Kind, wohin zu dieser frühen Stunde unterwegs?«, lispelte ein älterer Herr, der tadellos gekleidet war. Weste, Jackett, Anzughose, alles da, wenngleich geschnitten wie in den Jahren vor dem Krieg.

»Ich suche meine Freunde«, wandte sich Abby gleich an den Polizisten, der mit teilnahmslosem Blick aufsah. »Zwei Engländer. Sie müssen gerade hergebracht worden sein.«

»Na, dann haben Sie sie gefunden.« Der Wachhabende schenkte ihr ein aufgesetztes Grinsen und widmete sich wieder seiner Lektüre, einem großen Buch mit einer Vielzahl handschriftlicher Eintragungen.

»Und wo?«

»Hier«, sagte er, ohne den Kopf zu heben.

»Du musst n bisschen deutlicher werden«, schaltete sich der ältere Herr hinter ihr ein. »Zwischen den Zeilen lesen lernt man bei der Polizei nech.«

»Ich möchte zu Stuart Sutcliffe und John Lennon.«

»Ach.« Immer noch schenkte er ihr keinen neuerlichen Blick.

»Ich übersetze für die beiden. Oder sprechen Sie oder Ihre Kollegen Englisch?«

Nun sah er endlich auf, seufzte gespielt theatralisch, trat unendlich langsam zurück und winkte sie rein. »Da. Wachraum eins.«

Der Wachraum war ein kleines, fensterloses Zimmer mit schmuckloser Holzbank und ebensolchem Tisch. Wie es schien, wurden hier die Daten aufgenommen.

Dicht gedrängt saß Stu neben John, Paul und Pete. Wo steckte George, fragte sich Abby mit einer Spur Besorgnis. Ausgerechnet er irrte hoffentlich nicht orientierungslos in Sankt Pauli herum. Und wann waren Pete und Paul geschnappt worden?

»Und Sie sind?«, raunzte der Beamte Abby an.

»Abby Brandt. Ich übersetze.«

Finster kratzte er sich mit seinem Stift an der Schläfe und seufzte. »Dann will ich mal nicht so sein.« Dennoch musterte er sie finster, schüttelte den Kopf und zückte endlich den Stift. »Namen. Geburtstage. Geburtsorte. Adressen. Und wer ist für die Brandstiftung verantwortlich?«

»Moment! Niemand hat Brandstiftung begangen.« Zumindest hoffte sie das.

»Nee?« Mit gespieltem Interesse blickte er erst zu ihr, dann auf die vier jungen Männer, von denen Stu der Einzige zu sein schien, der den Ernst der Lage begriff. John fläzte betont desinteressiert auf der Holzbank und sah dabei ziemlich lächerlich aus. Wenn er sich auch nur einen Zentimeter rührte, würde er runterrutschen. Pete grinste in sich hinein, Paul tat dasselbe.

»Warum haben meine Kollegen die vier dann eingesackt? Aus reiner Freude am hübschen Zeitvertreib?«

»Wenn Sie es Zeitvertreib nennen wollen.« Jetzt hatte sich Abby wieder im Griff. Mit der Polizei zu reden war nichts, in dem sie sonderlich geübt wäre. Aber sie hatte das Gefühl, dass es besser wäre, sich in eine Art Anwaltsrolle zu begeben. »Tatsache ist jedenfalls, dass keiner Brandstiftung begangen hat. Der Vorwurf ist lächerlich.«

»Aber gebrannt hat was.«

»Ja, Zigaretten.«

»Nee, noch was.«

Abby zog gelangweilt eine Augenbraue in die Höhe. Hatte er vor, sie verlegen zu machen? Darauf, dass ihr das Blut in die Wangen schoss, konnte er jedenfalls lange warten.

»Ein Kondom nämlich.« Herausfordernd starrte er sie an.

»Na ja, gebrannt hat es nicht«, sagte sie betont nüchtern. »Angesengt war es. Wahrscheinlich ist einer von ihnen – oder aber der Kinobesitzer selbst, das weiß ich nicht – mit seiner Zigarette dagegengekommen. So etwas kann schon mal passieren. Natürlich kommen meine Freunde für den Schaden auf.«

»Schön. Dann jetzt mal raus mit den Namen undsoweiter, denn auch wenn es augenscheinlich so aussieht, hab ich nicht bis Weihnachten Zeit.«

Stuarts vollen Namen, seinen Geburtsort und das Datum kannte sie. Leise diktierte sie sie dem Beamten.

»John Lennon«, sagte sie dann und wandte sich an John, der sie aus Halbmastaugen verschlafen ansah. »Pass?«

»Paaaass?«, wiederholte er amüsiert. *»Paaass what?«*

»Ähm, geboren. You.« Sie zeigte auf ihn. »Geboren.«

»Ich dachte, Sie können dolmetschen«, sagte der Polizist genervt. »Deutsch mit denen reden kann ich auch.«

»Aber die reden nicht mit Ihnen, egal, ob Deutsch oder Englisch.«

»Verehrtes Frollein, so langsam gehen Sie mir auf die Nerven.«

Sie warf Stu einen verzweifelten Blick zu, der wohl begriff, was Abby von John wissen wollte.

»John Winston Lennon«, sagte er zu ihr und deutete an, dass er ein Blatt und einen Stift brauche. Abby kramte beides aus ihrer Manteltasche und reichte es ihm.

Zwei Minuten später hatte sie alles, was wichtig war, beisammen. Sämtliche Geburtsdaten, Geburtsorte und volle Namen.

Der Beamte notierte sich alles.

»Dürfen wir jetzt gehen?«

»Sie dürfen.« Erneut machte er sich nicht mal die Mühe aufzusehen. »Die nicht.«

»Wegen ein bisschen Qualm? Das meiste davon ist Zigarettenrauch gewesen. Und eben ein verbranntes Kondom, was hätte da schon passieren sollen?«

»Die Anzeige sagt etwas anderes.«

»Wer, wenn ich fragen dürfte, hat die vier denn angezeigt?«

»Erstens: Nee, fragen dürfen Sie nicht, junge Frau«, er rollte das R und übertrieb es damit ziemlich, »zweitens: Sind gar nicht vier. Zwei wurden angezeigt. Herr McCartney und Herr Best.«

»Und was ist mit Herrn Sutcliffe und Herrn Lennon?«

»Wir prüfen den Aufenthaltsstatus. Weiter gibt's nichts, junge Frau. Wenn ich nun weiter meine Arbeit tun dürfte, bitte, statt mich mit Ihnen auseinanderzusetzen ...«

Aufenthaltsstatus? Das klang nicht gut.

Aber Moment mal. »Wenn gegen Herrn Lennon und Herrn Sutcliffe gar nichts vorliegt, wieso in aller Welt wurden sie dann im Streifenwagen mitgenommen?«

»Junge Frau.« Hatte er gerade erst damit angefangen, das R auf in diesem Fall sehr nervige hanseatische Art zu rollen? Sie glaubte, schon. »Sie machen jetzt endlich, dass Sie hier rauskommen. Und die zwei da«, er zeigte auf Stu und John, »nehmen Sie mit.«

Skeptisch blickte sie zu Stuart und erschrak. Er hatte die Augen geschlossen und das Gesicht gequält verzogen. Sämtliche Farbe war aus seinem Gesicht gewichen, Schweiß glänzte auf seiner Stirn. Die Hand an die Schläfe gepresst, kniff er seine Lippen fest zusammen. Er sah aus, als hätte er furchtbare Schmerzen.

Mit einem Satz war Abby bei ihm. Behutsam nahm sie seine Hand und zog ihn empor, tippte John auf die Schulter und winkte, damit er aufstand. »Mach schon«, murmelte sie. Und fragte anschließend: »Was passiert mit den beiden, die hierbleiben?«

Der Beamte runzelte die Stirn. »Die machen es sich heute mal im Keller gemütlich. Keine Bange, ist hübsch warm dort.«

Sie wollte zu einer Antwort ansetzen, spürte aber, dass sich Stu neben ihr erneut verkrampfte, ein bisschen zusammensackte und ein gequältes Stöhnen von sich gab. Skeptisch sah der Polizist sie an, verkniff sich aber glücklicherweise die Frage, ob Stu simulierte.

An der Tür wandte sie sich noch einmal um. Paul sah besorgt aus, weniger um sich selbst als um Stu – Pete wiederum schien all das nicht das Geringste zu scheren.

Vielleicht hatte er in Liverpool schon Bekanntschaft mit einer Polizeistation gemacht, vielleicht war er aber auch vorher schon einmal auf der Davidwache gewesen. Und seinem nun breiteren Grinsen nach zu urteilen, rechnete er sich aus, nachher immerhin vor seinen Verehrerinnen mit der Sache prahlen zu können.

Draußen fegte eine warme Windböe sie fast um. John stopfte seine Hände in die Hosentaschen und betrachtete seinen Freund besorgt. Immer noch hielt sich Stu den Kopf. Seine sowieso helle Haut war jetzt weiß wie Porzellan.

»Stu?«

Als er die Augen öffnete, kam es ihr für einen kurzen Moment so vor, als sehe er sie gar nicht.

»Stu?« Langsam klang ihre Stimme panisch.

Er nickte, die Zähne zusammengebissen.

»Was hast du, Stu?«

Er schien zu begreifen, was sie ihn fragte, und schüttelte so langsam, als fürchte er, er würde sonst abfallen, den Kopf. Dabei versuchte er zu grinsen, aber sie sah in seinen Augen, dass Schmerz in ihm tobte.

»Ich passe auf dich auf«, flüsterte sie.

Drei Stunden später atmete sie auf. Doktor Bornstedt hatte sich aus der Remise in der Bernstorffstraße verabschiedet und gesagt: »Ein bisschen mehr Schlaf, etwas weniger Alkohol, und Ihr Vetter ist wie neu.«

Ihr Vetter, tatsächlich? Das musste ihre Mutter behauptet haben, die den Arzt telefonisch zu Abby beordert hatte.

Aber sie hatte sich immerhin darum gekümmert, nachdem Abby sie von einer Nachbarwohnung aus verzweifelt angerufen hatte – allein dafür war sie ihr dankbar.

Nachdem sie Wasser für Tee aufgesetzt hatte, nahm sie auf der Bettkante Platz und betrachtete Stu. Seine Augen waren geschlossen. Wahrscheinlich schlief er. Was es auch war, das ihm solche Schmerzen bereitet hatte, schien weg zu sein.

Ja, was war es gewesen? Normale Kopfschmerzen? Wer aber wurde leichenblass, schwankte und sah aus, als würde ein Traktor über ihn fahren, wenn er Kopfschmerzen hatte?

Doch Doktor Bornstedt hat gesagt, es sei nichts, versuchte sie sich zu beruhigen, während sie weiterhin auf den schlafenden Stu heruntersah. Das Wasser im Teekessel begann zu brodeln. Sie stand auf, ging zur Küchenhexe rüber und fragte sich, ob es einfach nur wieder ihre Angst war, die sie die Situation womöglich falsch einschätzen ließ, oder ob es wirklich Grund zur Sorge gab.

Ein leises Klopfen ließ sie zusammenzucken, doch scheinbar war Stu nicht davon aufgewacht. Er regte sich nicht. Atmete nur leise ein und aus.

Auf Zehenspitzen schlich sie zur Tür.

»Hallo, Charlotte.« Verblüfft trat sie zurück. »Möchtest du reinkommen?«

Ihre Mutter, die einen Regenhut trug, einen durchsichtigen Regenmantel über ihrem braunen Trenchcoat und Überschuhe, war bisher erst einmal hier gewesen. Sankt Pauli war wohl der Grund dafür, kein Viertel, in dem man sich gern zeigte. Charlotte warf einen kurzen Blick in Abbys Wohn- und Schlafzimmer, doch ihre Tochter schob sie sanft in die Teeküche.

»Wie geht es deinem, nun, Freund?«

Charlottes Miene war anzusehen, dass sie nicht hergekommen war, um ihre Besorgnis und Anteilnahme auszudrücken. Vielmehr sah sie gereizt aus und wie immer, wenn sie ihre Tochter in Augenschein nahm, enttäuscht.

»Ehrlich gesagt, weiß ich es nicht. Doktor Bornstedt hat nichts gefunden, was besorgniserregend wäre.«

»Gut.« Charlotte blickte zu Boden, dann hob sie mit plötzlicher Entschlossenheit das Kinn. »Aber es geht so nicht, mein Kind. Du kannst ihn nicht bei dir wohnen lassen.«

»Ich lasse ihn doch gar nicht hier wohnen. Er ruht sich nur aus. Später wird er wieder in sein Studio gehen.«

Dass er schon eine Nacht – zusammen mit einem vor Angst wildgewordenen Ferkel – hier verbracht hatte, verschwieg sie ihrer Mutter natürlich.

»Ja, aber er liegt in deinem Bett, oder etwa nicht? Was sollen die Leute dazu sagen?«, fügte Charlotte kraftlos hinzu.

»Hast du deswegen den weiten Weg von Barmbek hierher auf dich genommen? Um mir zu sagen, dass mein angeblicher Vetter nicht hierbleiben kann, obwohl es ihm nicht gutgeht – und zwar weil irgendwelche Leute irgendwelchen Blödsinn reden könnten, irgendwelche Leute, die das überhaupt nichts angeht?«

»Hör mir mal gut zu, Kind, du wirst glauben, du weißt über das Leben Bescheid, aber wenn es dir erst so geht wie einst mir, dann wirst du angekrochen kommen.«

Verwirrt versuchte sich Abby einen Reim auf die Worte ihrer Mutter zu machen.

»Was tust du«, fuhr Charlotte im scharfen Flüsterton fort, die Augen zusammengekniffen, »wenn du schwanger wirst? Und er kehrt nach England zurück? Was dann, Abby?«

»Ich werde nicht schwanger, Mama.«

»Ach, und wieso nicht?«

»Weil wir ... Weil ...« Wütend schüttelte sie den Kopf. Stu und sie hatten sich noch nicht einmal geküsst. »Bitte geh jetzt. Ich bin dir dankbar, dass du Doktor Bornstedt vorbeigeschickt hast. Aber ich bin erwachsen, wir leben nicht mehr unter einem Dach, und ich denke, ich kann nun selbst entscheiden, was gut und was schlecht für mich ist.«

»Ach ja? Wenn du wüsstest, was gut für dich ist, würdest du nicht diese alberne Kunstschule besuchen wollen. Dann würdest du tun, was Horst dir vorgeschlagen hat.«

»Und was ist das? Bei euch leben?«

»Ja. Und die Schule für angehende Bräute«, sagte Charlotte wütend. »Du erinnerst dich nicht mal, nicht wahr? Ich habe dir die Broschüre hingelegt, aber du hast sie sicher nicht mal angesehen.« Mit verbitterter Miene schüttelte ihre Mutter den Kopf. »Alle jungen Mädchen reißen sich darum, da angenommen zu werden, und du, du hättest die Möglichkeit dazu. Horst kennt die Leiterin. Er würde dir sehr gern einen Platz dort beschaffen.«

»Aber ich will nicht. Mama, kannst du dir mich dort wirklich vorstellen? Ich und kochen und backen? Du weißt, wie wenig mir das liegt.«

»Es geht nicht darum, was einem liegt. Um Gottes willen, wo kämen wir denn da hin, wenn jeder nur das tun würde, was ihm liegt?«

»Vielleicht wäre es ja ein bisschen schöner auf der Welt.«

Kopfschüttelnd betrachtete Charlotte sie.

»Ich habe jedenfalls nicht die leiseste Lust, Trockensträuße binden zu lernen.« Abby tat einen Schritt nach vorn. Sie redete leise, um Stu nicht zu wecken, aber es schien ihr wichtig, dieses Gespräch jetzt zu führen. Bisher war Charlotte immer irgendwann aus dem Zimmer gestürmt und hatte sich aus einem Nebenraum laut darüber beschwert, wie undankbar Abby sei, wie dumm sie sich verhalte und wie wenig man auf die Jugend von heute geben könne.

»Ebenso wenig, Puppenkleider zu nähen. Oder an einem Wettbewerb für die grazilste künftige Hausfrau teilzunehmen.«

Einmal hatte ihre Mutter sie zu so einer Veranstaltung mitgeschleppt und begeistert applaudiert, als den Teilnehmenden Fragen wie diese gestellt wurden:

»Wofür würden Sie lieber das Geld Ihres Ehemannes ausgeben: für Seidenstrümpfe aus einem Luxuskaufhaus oder Zutaten für eine gesunde, sättigende Mahlzeit?«, »Wie lautet der Name des derzeitigen amerikanischen Präsidenten?« oder tatsächlich: *»Wie viel ergibt achtzehn mal zwei?«*

»Bist du nicht froh darüber, dass ich überhaupt wieder etwas lernen kann?«, fragte Abby. »Und willst du das nicht mal ausziehen?« Sie deutete auf den Regenmantel, von dem Tropfen auf den Boden rannen.

»Horst wartet im Wagen.«

»Will Horst vielleicht reinkommen?«

»Nein«, gab ihre Mutter spitz zurück. »Horst will dasselbe wie ich: dass dein Freund das Haus verlässt und du zur Vernunft kommst.«

»Es geht ihm schlecht. Und nur weil du wütend auf mich bist, weil ich deinen Erwartungen nicht entspreche, musst du das nicht an ihm auslassen.«

»Musiker«, sagte ihre Mutter leise. Es klang, als habe sie etwas Fauliges im Mund. »Ein Künstler, wie? So etwas wäre dein Vater auch gern gewesen. Hans guck in die Luft, nenne ich das. Keine Verantwortung übernehmen und anderen Leuten die Butter vom Brot nehmen, das soll einen Wert haben?«

Abby, die eigentlich gerade etwas hatte erwidern wollte, schwieg betreten. Übelkeit breitete sich in ihr aus. Nie zuvor hatte sie ihre Mutter schlecht über ihren Vater reden gehört.

Woher kam diese Wut?

»Papa hatte eine Arbeit.«

»Ja, die hatte er. Und jedes Jahr wieder war die große Frage, ob er nicht vor die Tür gesetzt wird, weil er dasaß und vor sich hingeträumt hat, statt das zu tun, wofür er bezahlt wurde. Weißt du noch, wie häufig wir Herrn und Frau Kramer zu Gast hatten? Erinnerst du dich an die Mühe, die ich mir gegeben habe? *Ich* habe deinen Vater in Lohn und Brot gehalten, ich, weil ich vor seinem Chef gebuckelt hab und seiner Frau Honig ums Maul geschmiert habe. Und dazu habe ich selbst gearbeitet. Ich. Eine Frau sollte nicht arbeiten. Eine Frau sollte zu Hause bleiben und sich um den Haushalt und die Kinder kümmern.«

»Und das hätte dich glücklich gemacht?«

Charlottes Miene verfinsterte sich noch weiter.

»Du warst nie besonders gern zu Hause, glaube ich«, sagte Abby leise. »Du warst nie gern Mutter, oder doch?«

Charlotte presste die Lippen aufeinander.

»Ich finde das nicht schlimm. Du konntest ja vorher nicht wissen, dass es dich nicht froh macht. Aber dass du jetzt hier stehst und von mir dasselbe verlangst wie das, was du gegen deinen Willen auf dich genommen hast –

die meiste Zeit jedenfalls, denn du sagtest ja schon, du gingst arbeiten, und heute arbeitest du immer noch, obwohl Horst doch sicher genug für euch beide verdient ... Aua!«

Charlotte hatte ihr eine Ohrfeige verpasst.

Sprachlos und wütend starrte Abby ihre Mutter an, während sie sich die Wange hielt, in der es dumpf pochte.

»Halt deinen Mund!«

Mit einem Mal fühlte sich Abby unendlich müde. Stumm sah sie ihre Mutter an. Die drehte sich um und öffnete die Tür.

»Ich werde Doktor Bornstedt sagen, dass seine Dienste hier nicht noch einmal gebraucht werden.«

»Hast du Papa eigentlich aus Liebe geheiratet?«, fragte Abby, der der Gedanke gerade eben zum ersten Mal gekommen war. Das wiederum überraschte sie kaum – wer redete am Abendbrottisch schon über so etwas? »Oder warst du schon schwanger?«

Charlottes Rücken versteifte sich. Ohne zu antworten, drückte sie die Tür auf und ließ sie hinter sich zufallen. Wie angewurzelt stand Abby da und hatte das Gefühl, alle Schwere, alle Angst kehrten schlagartig zu ihr zurück.

Aber das würde sie nicht zulassen. Sie hatte genug davon. Und sie hatte so vieles, das ihr Freude bereitete – sie wollte nicht, dass ihr die Angst alles wieder nahm.

Sie kehrte in ihr Zimmer zurück, wo Stu immer noch reglos schlief. In Schlieren glitt der Regen am Fenster runter. Traurig sah Abby hinaus. Sie hatte ihren Vater bei einem Unfall verloren. Aber wie lange zuvor schon ihre Mutter?

Sie krabbelte neben Stu, umfasste ihn und spürte mit einem warmen Schauder, dass er nach ihren Fingern tastete und sanft darüberstrich. Langsam drehte er sich zu ihr um und sah sie an. Er war immer noch blass und sah krank aus, aber längst nicht so schlimm wie in den Stunden vorher. Abby betrachtete ihn. Sie hatte noch nie einen Mann geküsst und traf zuerst seine Nasenspitze, dann seine Lippen. Schön fühlte es sich an. Warm.

Sie spürte seine Hände um ihre Taille und fürchtete für einen albernen Augenblick, er würde sie von sich schieben. Stattdessen zog er sie zärtlich weiter an sich heran, umschlang sie, und Abby hatte das Gefühl, nie an einem Ort gewesen zu sein, an dem sie sich so sicher, so warm, so geborgen gefühlt hatte. Und so geliebt.

Sanft legte er seine Stirn gegen ihre. So lagen sie da. Sie atmete seinen Atem ein und er ihren.

»Nicht mal ich verstehe diesen Brief«, sagte Abby kläglich und hielt ihn Heiner vor die Nase, der auf ihrem Bett saß und irritierend breit grinste. »Nicht mal ich verstehe ihn, und ich bin Deutsche.«

»Das will ich doch jetzt gar nicht wissen!«, rief Heiner. »Ich will wissen, was passiert ist – mit Stu. Lass mich bloß mit langweiliger Korrespondenz in Ruhe, Chérie!«

»Das ist keine langweilige Korrespondenz«, sagte sie anklagend und hielt ihm das beängstigend amtlich aussehende und klingende Schreiben unter die Nase. »Ich erzähle dir nachher alles haarklein. Aber erst will ich wissen, wie du das hier verstehst.«

Mit gespielt bebender Stimme antwortete er: »Ihr habt Liebe gemacht. Sag wenigstens das!«

Obwohl ihr alles andere als nach Lachen zumute war, prustete Abby laut heraus. »Was?«

»Ich spüre es.«

»Haben wir nicht. Und jetzt kümmere dich lieber um Sachen, die wichtig sind.« Eines immerhin hatte sie aus dem Brief herausgelesen: dass Stu etwas vorlegen musste, um in der Bundesrepublik Deutschland bleiben zu dürfen. Aber was?

Fünf Tage waren vergangen seit ihrem Besuch auf der Davidwache, seit Stus Kopfschmerzen, seit ihre Mutter vorbeigekommen war. Seit Stu in ihrem Bett geschlafen hatte. Seither war ihr Leben wie auf den Kopf gestellt. »Sie haben George rausgeworfen, dabei haben sie ihn doch gar nicht mit auf die Davidwache genommen. Trotzdem einfach in ein Flugzeug gesetzt und …« Sie machte eine schweifende Handbewegung. »Was, wenn sie dasselbe mit Stu tun?«

»Ich würde mir keine Sorgen machen.«

»Fein«, sagte sie langsam. »Dieser Ratschlag ist ungemein hilfreich.«

»George ist erst siebzehn, Stuart so gut wie einundzwanzig, oder? In drei Wochen ist er volljährig.«

»Ja, aber erst in drei Wochen! Außerdem ist er kein Deutscher, Heiner, sondern Brite, hat kein Visum und keine Arbeitserlaubnis. Und hier steht«, erneut hielt sie den Brief in die Höhe. »Hier steht, dass er irgendwelche Nachweise benötigt. Nachweise, dass er einer Arbeit nachgeht oder …«

»Er ist Musiker«, sagte Heiner. »Ist es etwa keine Arbeit, jede Nacht für sieben Stunden auf der Bühne eines Nachtklubs zu stehen?«

»In den Augen der Behörden ist das eher ein Verbrechen.« Verzweifelt schüttelte sie den Kopf.

»Wo ist Stu denn? Und bist du jetzt bitte so freundlich, mir jedes noch so kleine Detail zu erzählen von eurer ersten – hach – gemeinsamen Nacht?«

Ob sie es wollte oder nicht, ihr glitt ein Grinsen ins Gesicht. Sie gab Heiner einen Stoß gegen die Schulter, was ihn in übertriebenes Aua-Schreien ausbrechen ließ.

Sie versuchte, das dumpfe Gefühl der Sorge beiseitezuschieben, das schon wieder auf leisen Pfoten daherkam. Nicht nur dass Stu womöglich aus dem Land geworfen werden würde – er hatte auch gestern wieder derart starke Kopfschmerzen gehabt, dass er nicht auf ihr Klopfen gegen seine Tür reagiert hatte.

Irgendwann war sie einfach reingekommen und hatte ihn auf dem Fußboden hocken sehen, die Beine angezogen, die Stirn auf den Knien.

»Ich habe einen Termin im Krankenhaus vereinbart«, sagte sie leise, woraufhin Heiner sie verständnislos ansah. »Um ...«

Ein Geräusch im Hof ließ sie weitere Erklärungen hinunterschlucken. Sie ging zur Tür, wo sie Stu in die Arme lief. Er sah viel besser aus heute Morgen. Die Wangen hatten Farbe, seine Augen glänzten, und er lächelte, als er sie sah.

Er nahm ihre Hand und hielt sie. Sie sahen einander an.

»Um Gottes willen«, ächzte hinter Abby Heiner. »Ihr seht wie zwei Honigkuchenpferde aus. Wieso fragst du ihn nicht gleich, ob er dich heiraten will?«

»Halt die Klappe, Heiner.«

»Hi, Heiner.« Stu löste seine Hand aus Abbys und hielt sie Heiner hin.

Während sich die beiden begrüßten, wandte sich Abby zur Pforte, über der sie eine Briefträgermütze vorbeischweben sah. Sie bekam selten Post. Diese Woche zwar schon, der dumme Brief der Behörde nämlich, auf dem ihre Adresse gestanden hatte und darunter: »z. H. Herr Stuart Fergusson Victor Sutcliffe.« Ja, diese Woche schien sie geradezu begehrt, denn die Mütze verharrte vor dem Hoftor, und eine nasale Stimme war zu hören: »Ein Schreiben für Fräulein Brandt.«

Sie schoss geradezu zur Tür und nahm den Brief entgegen, der laut Stempel von der HFBK kam. Ihr Herz setzte einen Schlag aus, jedenfalls fühlte es sich so an. Mit zitternden Fingern riss sie den Umschlag auf und entfaltete den Brief, stellte dann aber verwirrt fest, dass er gar nicht wirklich an sie adressiert war. Wieder stand unter ihrem Namen »z. H. Herr Stuart Fergusson Victor Sutcliffe«.

Wieso das denn? Verwundert ging sie zu Heiner und Stu zurück.

»For äh, you.«

Mit erfreuter Miene nahm Stu den Brief entgegen und riss ihn auf. Während er las, schnitt er Grimassen. Er sagte etwas, das Heiner übersetzte: »Er versteht kein Wort von dem, was drinsteht. Soll ich helfen oder willst du?«

»Ha«, sagte sie trocken. »Die bessere Wahl bist wohl du.«

Grinsend nahm Heiner das Schreiben entgegen, las, grinste noch breiter und stieß einen leisen Pfiff durch die Zähne aus.

Verwundert nahm Abby zur Kenntnis, dass er Stu anschließend einen anerkennenden Blick zuwarf und nickte. Dann redete er auf Englisch auf den Liverpooler ein, der erleichtert die Augen schloss, und tief ausatmete.

»Wann habt ihr euch eigentlich angefreundet?«, fragte sie gespielt schnippisch. »Also raus mit der Sprache. Oder läuft das unter Briefgeheimnis?«

»Stu wurde angenommen!«

»Angenommen?«

»Na, an der HFBK!«

Verwirrt starrte sie Heiner an, dann Stu und wieder Heiner. »Als ...«

»Na, was denkst du? Als Student natürlich. Ich hab dir doch gesagt, dass du dir keine Sorgen zu machen brauchst.«

»Steckst du etwa dahinter? Und wieso muss ich mir keine Sorgen machen?«

Heiner schüttelte den Kopf, teils als Antwort, wie es schien, teils aus mildem Erstaunen über Abbys Begriffsstutzigkeit. »Also, so lange kenne ich deinen *Freund* noch nicht« – er sprach es Frrrroooooiiiiind aus, warum auch immer –, »dass ich dahinterstecken könnte, glaubst du nicht? Ich kenne keine Institution hierzulande, die irgendetwas innerhalb von Tagen beschließt.«

Das stimmte.

»Er hat sich im Frühjahr dort beworben. Was ich allerdings wusste, im Gegensatz zu dir, denn ich habe Stu versprochen, dir nichts davon zu sagen. Weil ...«, er hob die Hand, um Abbys Entrüstungssturm gleich zu unterbrechen, »... er fürchtete, du würdest schrecklich enttäuscht sein, falls es nicht klappt. Denn es ist so: Mit diesem Studienplatz darf ihn überhaupt niemand aus dem Land werfen, nicht mal Konrad Adenauer höchstpersönlich.«

Abby brauchte ein wenig, um Heiners Worte zu begreifen. Dann schlug sie sich die Hände vor den Mund. Die Freude, die in ihr aufwallte, trieb ihr Tränen in die Augen. »Wirklich?«

Heiner nickte. »Wirklich.«

Sie wandte sich an Stu, der zwar nichts verstanden

hatte, aber wohl deuten konnte, worüber die beiden sich unterhalten hatten. Er lächelte schüchtern, als sie sein Gesicht umfasste und sich vorbeugte. Sie küssten sich.

»Hach, wie herzig«, murmelte Heiner und wandte sich breit grinsend ab.

Als sich Stu wieder von ihr löste, tippte er an seinen Kopf. Ihr Glücksgefühl wich augenblicklich Besorgnis, doch er lächelte, tippte erneut, diesmal aber höher, dann strich er sanft über ihr Haar.

»Ich glaube, dein Frrrrooooooind«, schaltete Heiner sich ein, »will so eine Frisur wie du haben.«

»Was?«

Heiner fragte Stu, übersetzte dann: »Du sollst ihm auch so was verpassen. Kurze Haare, die aussehen, als wär er durch den Sturm geritten oder so. Jedenfalls hat er keine Lust mehr auf Rockertolle, was ich persönlich ja nicht verstehen kann.« Stolz ließ er die Hand durch seine Tolle gleiten, achtete aber darauf, kein Härchen in Unordnung zu bringen.

»Na gut«, sagte Abby erst zögerlich, doch ihr war eine Idee gekommen.

Stu würde mit ihrer Frisur nur komisch aussehen. Aber mit einer anderen ...

Stellte sich allerdings die Frage, ob sie, die nur sich selbst als Versuchskaninchen hatte, das hinbekam!

Heute platzte der Kaiserkeller aus allen Nähten. Während Heiner und Abby in einem Strom von Leuten in Tippelschritten die Treppe hinunterstiegen, fragte sie sich, ob sie überhaupt einen Platz fänden, von wo aus man die Bühne sehen konnte. Aber das mussten sie. Schließlich war dies die letzte Nacht der Beatles in Hamburg. Ihr letzter Auftritt im Kaiserkeller. Morgen würden sie George folgen, nach Großbritannien zurück.

Ohne Stu.

»Hat sich rumgesprochen«, sagte Heiner und nickte gewichtig. »Ich hab es ja gesagt. Die beste Musikgruppe der Welt. Und ich hab sie entdeckt.«

»Du und etwa zweihundert andere«, sagte Abby und schüttelte den Kopf. »Aber dass George heute nicht dabei ist! Er wird fehlen, glaubst du nicht?«

»Klar, fehlt er. Und ungeheuerlich ist das sowieso. Aber ich wette mit dir, die kommen wieder. Die kommen wieder. Und dann passen die nicht mehr in den Kaiserkeller. Dann spielen die im ... keine Ahnung, irgendwo, wo die ganz Großen hinkommen.«

Abby hörte nur noch mit halbem Ohr zu, während sich Heiner weiter darüber ereiferte, welche Laufbahn die Musiker seiner Meinung nach einschlagen würden. Immer noch konnte sie kaum fassen, was sie heute erfahren hatte. Die anderen, Paul, John und Pete, würden morgen Vormittag nach Liverpool zurückkehren.

Und Stu würde bleiben. Hier in Hamburg, bei ihr.

»Hey, Abby!«

Sie blickte auf und sah den Kerl, der sie an Abbys erstem Abend im Kaiserkeller hinter die Bühne gebracht hatte. Winkend drängelte er sich zwischen den Menschenmassen zu ihnen durch. »Ich bringe euch von hinten rein. Notfall.«

Abby spürte, wie ihr vor Schreck sämtliches Blut in die Füße sackte. Den ganzen Tag über hatte sie ihr Glück kaum fassen können. Jetzt hingegen fühlte sie sich, als bliebe ihr die Luft weg.

»Was denn für ein Notfall?« Ihre Stimme klang so

schwach, dass sie sich selbst kaum hören konnte. Hatte Stu wieder diese Kopfschmerzen? Aber mittlerweile hatten sie zwei weitere Ärzte konsultiert, und beide hatten nicht das Geringste gefunden.

»John findet seine Frisur scheußlich«, rief er. »Er will wie Stu aussehen.«

»*Was?* Du hast gesagt, es wäre ein Notfall.«

»Ja.« Ungerührt zuckte er mit den Schultern. »Hier lang, kommt.«

Er lotste sie an der nach unten drängenden Menge vorüber wieder treppaufwärts, bog im Freien angelangt in die Schmuckstraße ein und klimperte mit seinem Schlüsselbund, während sie auf den Bühneneingang zugingen.

»Notfall«, murmelte Abby, »was für ein Quatsch.« Aber sie war viel zu erleichtert, um zornig auf John zu sein.

Eine Treppe runter, einen schmalen, dunklen Gang entlang, schon standen sie in der Tür zu dem kleinen Raum, den Abby schon kannte. Sie fand John in einen Disput mit dem Kerl verwickelt, dessen Bekanntschaft Abby an jenem Tag im Kino gemacht hatte, als das Kondom brannte.

Sie hatte nicht gerade angenehme Erinnerungen daran, und bei seinem Anblick sah sie augenscheinlich dementsprechend wenig begeistert aus, denn er kniff die Augen zusammen und blökte: »Und wer bist du noch ma?«

»Abby«, sagte sie knapp, in keiner Weise gewilligt, weitere Erklärungen anzufügen. »Und Sie?«

»Zwar wüsst ich nich, was dich das angeht, aber ich sach's trotzdem: Walter! Und nu raus hier, ich hab noch n Wörtchen mit den Jungs zu reden.«

Abby tat, als habe sie ihn gar nicht gehört, und schnappte sich, nachdem sie Stu zugewunken hatte, der ihr Winken fröhlich erwiderte und sich stolz durchs Haar strich, John, um ihn aus dem Zimmer zu ziehen.

»Komm!«

Draußen rollte er erleichtert mit den Augen, dann zeigte er auf seine Frisur, die tatsächlich ziemlich katastrophal aussah. Prüfend berührte sie eine Haarsträhne, die sich dünn und trocken anfühlte.

»Das muss ab.«

Natürlich verstand er sie nicht, nickte aber zustimmend.

»Schere«, murmelte sie, steckte den Kopf durch die Tür und rief: »Hat hier wer eine Schere? Möglichst scharf, bitte, nicht so ein stumpfes Ding.«

Argwöhnisch starrte Walter sie an.

Der Kerl, der Heiner und sie nach unten gebracht hatte, reichte ihr eine rostige Nagelschere, die nicht so aussah, als würde sie gut schneiden. Abby wollte gerade wieder den Kopf zurückziehen, als ihr Stus verschwörerische Miene auffiel. Ihr Blick glitt zu Heiner, der mindestens genauso geheimnistuerisch aussah und bei Abbys Anblick schlagartig ernst zu gucken versuchte, was überhaupt nicht gelang.

Aber damit würde sie sich später beschäftigen. Erst einmal genoss sie das Gefühl, das sich in regelmäßigen Abständen wie ein Regenschauer über sie ergoss, die Erleichterung, wenn ihr der Brief der HFBK einfiel, die Dankbarkeit, dass Stuart bleiben konnte.

Im Gang hatte sich John auf eine der Metallkisten gesetzt und fummelte unschlüssig an seinem Hemdkragen herum. Abby, die immer Papier und Stifte bei sich trug, ging neben ihm in die Hocke und begann etwas zu skizzieren. Johns Blick wich dem Ausdruck von Skepsis, dann

Erstaunen. Er betrachtete die vier Figuren, deren Umrisse Abby schraffiert hatte: junge Männer in schmal geschnittenen Anzügen, was ungeheuer spießig wirken würde, wären da nicht die schmal geschnittenen Hosenbeine. Nicht mehr diese Rockerkluft mit Bluejeans und Lederjacken. Aber auch nicht dieselbe Art Anzug, wie die jungen Männer im Kaiserkeller trugen: noch von der Konfirmation oder ihrer Mittlere-Reife-Feier. Nee, schick mussten sie sein, stromlinienförmig, eng sitzend, schick!

Die Zeichnung legte sie auf Johns Bein, dann erhob sie sich und trat hinter ihn. Hoffentlich bekam sie es hin! Bei Stu sah die Frisur umwerfend aus, aber ihm könnte man auch einen Topf auf den Kopf setzen, und er wäre hinreißend. Ach was, dachte sie dann. Sie wollte doch nicht mehr ständig Angst haben.

Die erste rötlich-braune Haarsträhne glitt zu Boden. Mehr und mehr folgten, bis sie sich einmal um ihn herumgearbeitet hatte.

»Ha«, sagte sie leise, als sie fertig war.

Er sah gut aus. Richtig gut. Interessant. Lässig. Ganz anders als alle anderen Männer, die man aus Zeitschriften oder dem Kino kannte. Die stromlinienförmige Tolle war Geschichte. Stattdessen fiel ihm das Haar glatt ins Gesicht, an den Seiten schräg geschnitten, hinten hatte sie es so oft gekämmt, dass es glänzte.

»Fertig«, sagte sie.

Er blickte sie prüfend an, dann stand er auf und spazierte, ohne einen Blick in einen Spiegel zu werfen, auf die Treppe zu, die zur Bühne führte. Verblüfft sah Abby ihm nach. Wenig später ertönte ein krachendes Geräusch über ihrem Kopf, das sie vermuten ließ, dass er geradewegs vor das Publikum gesprungen war. Knistern war zu hören, dann Johns Stimme. Er fragte etwas ins Mikrofon hinein, und die Meute antwortete mit begeistertem Johlen und Applaus.

Drei Minuten später lief er wieder an ihr vorbei. Seine Körperhaltung hatte sich verändert. Aus dem schluffigen, leicht verschlafen aussehenden Mann war einer geworden, der das Kinn in die Höhe hielt, die Schultern nach hinten schob und die Hüfte beim Laufen nach vorn. Es sah seltsam aus, lustig, selbstbewusst und so, als erkundeten seine Fersen das Terrain und träfen beim Laufen immer viel früher auf als der Rest seines Körpers.

Paul schrie etwas, das ebenso gut ein Buhen wie Begeisterung sein könnte. Gespannt spitzte Abby die Ohren. Sonst noch Kommentare? Stu hörte Abby nur leise murmeln, immerhin, es klang zustimmend. Aber es wäre doch nett, zu erfahren, wie sich John eigentlich gefiel.

Als Heiner in den Flur trat, gestikulierte er eine Weile, bevor er Worte fand. »John hat sich beschwert, dass von den Leuten da oben niemand eine Antwort auf seine Frage wusste. Also, ausgedrückt hat er das sehr viel weniger nett als ich jetzt.« Er grinste verschmitzt. »Er hat sie gefragt, wie er aussieht, aber die haben nur geklatscht und dachten, sie ziehen den Auftritt vor.«

»Ja, und wie findet er es?«

Bevor Heiner darauf antworten konnte, stand Paul vor ihnen. Er zeigte auf die Schere, die Abby neben sich abgelegt hatte, dann auf seinen Kopf.

Abby machte sich an die Arbeit.

Es war weit nach Mitternacht, als sich Abby ihren Weg durch die Meute hindurch zur Straße rauf kämpfte. Wieder hatten die Beatles heute alles gegeben, das Publikum war glücklich und außer sich, ihr war heiß, die Sachen klebten ihr am Leib. Hell leuchteten die Sterne am Junihimmel. Vor zwei Tagen war Sommeranfang gewesen. Die Nacht hatte eine süße Milde, die abseits der Großen Freiheit aber wahrscheinlich sehr viel besser roch. Hier mischten sich die Aromen von verschüttetem Bier, aus den geöffneten Türen quellendem Zigarettenrauch und Schweiß darunter.

Es war viel los auf der Straße. Freitagabend. In kleinen Gruppen zogen die Vergnügungsfreudigen umher, kicherten verschämt beim Anblick der Fotos von kaum bekleideten Frauen, die ins Innere der Etablissements locken sollten, und ereiferten sich über den Schmutz in der Gasse, warfen aber selbst Müll hinzu.

Gehörten die fünf Beatles nicht zusammen? Würde Stu spätestens nach ein paar Wochen genug von der Stille haben, von der Langeweile, von den freien Abenden? Sie musste ja nur daran denken, was da unten los war! Das Publikum schrie, klatschte, tanzte wie wild geworden.

All das würde morgen vorbei sein. Tief sog sie die verdreckte Luft ein. Sie würde ihm keinen Vorwurf machen können, wenn doch alles anders käme. Natürlich nicht. Menschen änderten ihre Meinung. Erst recht, wenn sie die Sprache in dem Land, in dem sie lebten, nicht sprachen und alle, die mit ihnen dagewesen waren, sich verabschiedet hatten. Diese Einsamkeit würde Stu nicht haben wollen. Und egal, ob er sie mochte, es würde nicht reichen.

Nie und nimmer!

Die Umrisse des gegenüberliegenden Hauses verschwommen leicht, als Abby einen Entschluss fasste. Es war nervig, dass sie sich Stu nicht ohne Heiner verständlich machen konnte, aber die Angelegenheit war zu kompliziert, um sie mit Händen und Füßen zu vermitteln.

Also wieder rein. Sich Heiner krallen. Eine Pause abwarten.

Sie fand ihren besten Freund in der vordersten Reihe vor der Bühne, spürte die Hitze der Leute, den Schweiß, der ihr schon nach wenigen Sekunden hier unten den Nacken hinabrann, und den Atem ihrer Hinterleute. John und Paul mit ihren neuen Frisuren schienen sich auch sonst gerade neu zu erfinden. Wo sie zuvor noch in Rockerposen die Bühne eingenommen hatten, bewegten sie sich heute weniger, was erstaunlicherweise einen gegenteiligen Effekt hatte. Das Publikum spielte noch verrückter. Schrie und kreischte und klatschte ohne Unterbrechung.

Dazu klang Paul heute ... irgendwie besonders. Sie würde nicht so weit gehen, all das sich selbst zuzuschreiben, aber ein bisschen gebauchpinselt fühlte sie sich schon. Was jedoch ihre Stimmung nicht anheben konnte. Stattdessen wurde sie mit jeder Minute trauriger und mutloser, bis Heiner sie musterte und fragend die Augenbrauen hochzog. Mittels einer Kopfbewegung bat sie ihn mitzukommen. Sie kämpften sich den Weg zur Straße durch, wo Abby ihren Plan zu erläutern begann.

»Wir müssen ihn davon überzeugen, mitzufahren. Glaub mir, es ist besser so. Ansonsten wird er kreuzunglücklich, und ...«

»Alles gut und schön«, unterbrach Heiner sie, »aber ausgerechnet heute solltest du nicht mit ihm darüber reden.«

»Wieso nicht ausgerechnet heute? Wenn ich es jetzt nicht tue, tue ich es womöglich gar nicht. Dann siegt der

Egoismus, ich freue mich darüber, dass er bleibt, und versuche nicht zu sehen, dass er trauriger und trauriger wird. Er ist ganz allein hier in Hamburg. Er versteht mich nicht, und alle anderen ebenso wenig. Das muss doch ein scheußliches Gefühl sein.«

Seufzend schüttelte Heiner den Kopf. »Heute ist sein Geburtstag, Chérie.«

Verblüfft öffnete Abby den Mund und schloss ihn wieder. Sie hätte es wissen müssen! Heiner und sie hatten sogar noch darüber geredet, als sie solche Angst hatte, dass er ausgewiesen würde! Sie hatte seinen Pass in der Hand gehalten. Sie hatte es sogar dem Beamten auf der Davidwache diktiert: 23. Juni!

»Wieso sagst du mir das erst jetzt? Und warum weißt du überhaupt davon?«

Wieder wunderte sie sich darüber, dass sich Heiner und Stu plötzlich angefreundet zu haben schienen. Wann war das passiert? Wieso hatte sie nichts davon bemerkt?

Nicht, dass es nicht schön wäre. Immerhin würde es Stu das Leben hier erleichtern, da Heiner ziemlich gut Englisch sprach. Aber Stu würde trotzdem nicht glücklich werden! Sie wusste es einfach.

Da schlich sich ein unangenehmer Gedanke ein. »Sag mal, Heiner.«

»Hm, ja?«

»Du und Stu ... Ich will damit nichts andeuten oder so, aber ...«

Irritiert sah er sie an, dann ging ihm ein Licht auf. »Ob ich in deinen Freund verschossen bin, willst du wissen?« Glücklicherweise bog er sich vor Lachen, statt sich angegriffen zu fühlen. »Nee. Um Gottes willen. Stu ist überhaupt nicht mein Typ.«

»Und Enzo schon?«, fragte sie herausfordernd und ziemlich erleichtert.

»Enzo ... Ich hab dir ja gesagt, dass es, na ja, kompliziert ist. Zu kompliziert für mich, ehrlich gesagt. Aber wenn wir vom Äußeren reden, ja, tatsächlich. Mir gefallen solche Jungspunde nicht, tut mir leid. Aber sei du gerne glücklich mit ihm!« Er schlang den Arm um ihre Schulter. »Und jetzt komm, wir verpassen ja das Beste.«

Verstockt schüttelte Abby den Kopf. »Erst wenn du mir versprichst, mit ihm zu reden. Egal, ob heute sein Geburtstag ist oder nicht. Seine Freunde fahren morgen zurück. Du musst ihm sagen, dass ich ihm nicht böse bin, wenn er sich umentscheidet. Er soll mitfahren. Es ist besser für ihn.«

»Für ihn oder für dich, Abby?«

Verwirrt sah sie ihn an. »Was willst du damit sagen?«

»Ist die Angst wieder da?«

Darüber musste Abby eine Weile nachdenken. Aber dann schüttelte sie den Kopf. »Auch wenn du glaubst, ich tue es eigentlich, um mich zu schützen ... Nee, so ist es nicht. Die einzige Angst, die ich momentan habe, ist die, dass er sich mir verpflichtet fühlt, weil er mein Studio gemietet und mir das Gefühl gegeben hat, etwas für mich zu empfinden.« Verlegen strich sie sich eine Haarsträhne aus der Stirn. »Er soll nicht mir zuliebe bleiben. Oder aus einem dummen Pflichtgefühl heraus.«

»Sicher?«

»Sicher.«

Impulsiv, wie sie ihn selten sah, schloss er sie in die Arme und drückte sie an sich.

»Ein Glück«, murmelte er in ihr Haar.

Der Abend wurde immer verwirrender.

»Komm, bald ist Pause.«

»Ja, und? Redest du dann mit ihm?«

Heiner löste sich von ihr, schnitt eine Grimasse, die Abby nicht zuordnen konnte – eher Widerwille oder Geheimnistuerei? –, dann knuffte er ihr in die Schulter.

»Los jetzt!«

Im Innern war Abby, als tauche sie in heißes Badewannenwasser. Ob überhaupt noch Sauerstoff übrig war? Man sah die Schweißtropfen förmlich in der Luft, und in den Augen der Menschenmasse, die sie verschluckte, während Heiner und sie sich Zentimeter für Zentimeter vorarbeiteten, flackerte Ekstase.

Endlich waren sie vorn angelangt. Eine spitze Schulter drückte sich in ihren Rücken, eine Hand streifte ihren Hals. Die letzten Klänge von *Be-Bob-A-Lula* verstummten. Abwartend sah sich Paul zu John um, der mit dem Blick Stuart suchte. Dessen Augen waren hinter der Sonnenbrille kaum zu erkennen.

Trotzdem spürte sie es, als sich ihre Blicke trafen. Er tat einen Schritt nach vorn, sodass jetzt er vor dem Mikrofon stand. Die Ansagen machte sonst meist Paul, hin und wieder blökte John etwas Unverständliches in die Menge. Stu aber nie.

»Hi«, sagte er.

Gellendes Jubelgeschrei.

»Gleich sagt er, dass er Geburtstag hat«, brüllte Heiner dicht neben Abbys Ohr, um die Menge zu übertönen. Mit seiner tiefen, ruhigen Stimme redete Stu weiter ins Mikro.

Birthday, das Wort kannte selbst Abby und alle anderen auch, von denen vereinzelt welche ein Geburtstagslied anstimmten, es aber wieder sein ließen.

Stu sprach weiter. Es war schön, ihm zuzuhören, selbst wenn sich einem der Sinn nicht erschloss. Das fanden wohl auch alle anderen im Raum. Stiller und stiller wurde es, während er ein Wort an das andere reihte, melodisch und sanft.

Dann ging er in die Knie. Nun lag eine Stille in der Luft, die eher ein Beben war. Unsicher sah Abby sich um. Verwirrung zeichnete sich in den Gesichtern der Umstehenden ab. Selbst Paul, John und Pete auf der Bühne wirkten fragend und fassungslos.

Stu streckte die Hand aus und sagte, jetzt ohne Mikrofon: »Abby.«

Heiner gab ihr einen Schubs. »Mach schon. Geh da hoch.«

»Was?«

»Auf die Bühne mit dir!«

Zahlreiche Hände halfen ihr, hinaufzuklettern. Dann stand sie da. Hinter ihr die Leute, über sich das grelle Scheinwerferlicht. Ihr Kopf war wie leergefegt. Sie spürte nicht einmal besonders viel. Bloß, dass sie hier oben nicht richtig war, aber irgendwie auch nicht vollkommen falsch.

In der sonderbaren Haltung verharrte Stu vor ihr und blickte sie ernst an. Er hielt etwas in der Hand, die er nun ausstreckte. Ein samtbezogenes Kästchen. Nachtblau.

»Abby«, sagte er wieder.

Sie nahm es. Als sie es aufklappte und den schmalen Ring darin sah, blieb ihr die Luft weg.

Machte er ihr ...

Fragte er etwa, ob ...

Aber er würde doch zurück nach England gehen. Er gehörte nicht hierher, nicht nach Hamburg. Sie würde nicht ausreichen, um ihn glücklich zu machen in einem fremden Land.

Langsam stand er auf, stellte sich so dicht vor sie, dass sie nur noch ihn sah und ihn spürte, seine Wärme, seine Haut, als er sanft ihre Hand nahm.

Eine Frage lag in seinem Blick.

Aber was sollte sie darauf sagen? Sie wusste nicht, was sie fühlte, sie ... Doch. Sie wusste es genau.

Sie liebte ihn.

»Yes.«

Seine Augen begannen zu leuchten. Lächelnd nahm er den Ring aus dem Kästchen, alt war er, das Silber matt, mit einem winzigen rubinroten Blümchen in der Mitte. Mucksmäuschenstill war es im Kaiserkeller, als Stuart den Ring über ihren Finger streifte. Sanft strich er ihren Arm entlang zu den Schultern, umfasste mit beiden Händen ihr Gesicht und küsste sie.

Applaus brandete auf, und Abby begann zu lachen. Mit einem Gefühl, als sei ihr ganzes Leben plötzlich auf den Kopf gestellt, was ja stimmte, zog sie sich in eine Ecke der Bühne zurück, während Paul zu einem Akkord ansetzte, aber Stu ging zu ihm, griff ihn an der Schulter und flüsterte ihm etwas ins Ohr. Grinsend wandte sich Paul zu Abby um, zwinkerte ihr zu und räumte seinen Platz.

Stu nahm das Mikro in die Hand und drehte sich zu Abby um.

»Love me tender, love me sweet«, sang er, *»never let me go. You have made my life complete, and I love you so.«*

Abby schloss die Augen. Ganz langsam sickerte die Freude in sie ein, Freude und Dankbarkeit. Sie, wirklich sie, durfte glücklich sein?

SOFIA

Winter 1962
Friedrichshain, Berlin, Hauptstadt der DDR

Gräulich von Ruß waren die Schneeflocken, die aus dem Himmel über Berlin niederfielen. Der Ruß aus den Öfen, sie schmeckte ihn auch auf den Lippen, wenn sie darüberleckte. Kalt war es. So kalt, dass sie aus dem Schlaf schreckte, weil sie so geschlottert hatte. Und sich vorher über Stunden vorzustellen versuchte, in der Knallesonne am Strand zu liegen, nur um dann, als sie endlich einschlief, von Iglus und sibirischem Eis zu träumen.

Es war ein Hundeleben hier oben auf dem Dach. Die einzigen Lichtblicke bildeten die Momente, wenn sie durch das Fenster in der Schuppentür Lukas erkannte, der aus der Luke aufs Dach kletterte. Heute war etwas mit seiner Miene. Sofias Herzschlag beschleunigte sich. Er sah besorgt aus und gehetzt.

Sie schob die Tür auf, bevor er klopfen konnte.

»Was ist?«

»Nette Begrüßung.« Er verzog den Mund zu einer Art Lächeln, so richtig gelang es ihm aber nicht.

»Du hast etwas. Steht die Vopo unten? Haben die Nachbarn etwas bemerkt? Oder ...« Sie musste einatmen, doch das nutzte überhaupt nichts. Ihr war mit einem Mal, als gäbe es nicht genug Luft hier drin. »... deine Eltern?«

Er schüttelte den Kopf. Unter seinen Augen hatten sich Schatten gebildet. Er war unrasiert und wirkte magerer als im Sommer. Das machte es also mit einem, wenn man jemanden versteckte.

»Keiner nimmt dich mit, Sofia. Du bist ... du bist frei.«

»Was in aller Welt soll denn das bedeuten?« Argwöhnisch sah sie ihn an. »Bist du plötzlich religiös geworden, oder was?«

Verblüfft sah er sie an, dann grinste er und schüttelte den Kopf. »Spinn nicht rum. Hier.« Er zog etwas aus seiner uralt wirkenden Lammfelljacke, deren Pelzbesatz kaum frischer wirkte als der Schnee auf dem Dach. »Hab ich gerade abgeholt.«

Etwas in braunes Packpapier Gewickeltes, kaum größer als eine Postkarte. Mit einem Anflug von Übelkeit starrte Sofia darauf. Sie wusste, was sich darin befand. Freiheit, ja, wirklich. Wieso wurde ihr dann so schlecht?

»Hier.« Mit mehr Nachdruck wedelte Lukas damit. »Was ist denn? Möchtest du plötzlich staatstreu werden? Aber ich muss dich warnen. Du bist die Erste, die bisher aus der Station ausgebüxt ist. Mit offenen Armen wird man dich nicht gerade empfangen.«

»Red keinen Unsinn.« Sie nahm ihm das Päckchen ab, wickelte es aber zunächst nicht aus. »Ich hab mich bloß an dich gewöhnt, das ist alles.«

Etwas blitzte in seinen Augen auf, erstarb aber so schnell wieder, wie es gekommen war.

»Na dann«, sagte er und klopfte sich auf die Taschen, so als wüsste er nicht recht, ob sich darin noch mehr für Sofia verbarg.

»Bis später.«

Er nickte und hob die Hand. Sie blickte ihm nach, wie er durch die Schneeverwehungen stapfte. Ich will nicht, schoss ihr durch den Kopf. Ich will hier nicht weg.

Aber das war absurd! Sie hatte Nacht um Nacht wachgelegen und sich ausgemalt, wie es wäre, wenn sie endlich dieses Ding in der Hand hielte. Außerdem: Wie stellte sie sich das überhaupt vor?

Dass sie noch nicht entdeckt worden war, konnte man wohl als reines Glück bezeichnen. Ein wenig ließ es sich auch mit dem mangelnden Interesse des Berliners an einer fabelhaften Aussicht erklären. Aufs Dach ging keiner der Bewohner, nicht dieses Arbeiterpalastes, aber auch nicht der umliegenden, von denen aus man einen fabelhaften Blick in ihr Kabuff hätte. Die einzige Gefahr stellten die Arbeiter dar. In der unmittelbaren Nachbarschaft wurde fleißig gebaut. Doch seit dem Winter waren die Arbeiten weniger geworden, und wenn doch einmal ein Mann mit Helm auf dem Kopf auf einem der halb hochgezogenen Häuser in der Nachbarschaft auftauchte, verzog sich Sofia schnell.

Trotzdem brachte sie Lukas in Gefahr. Sich selbst auch, aber mehr Sorge bereitete ihr Ersteres. Seit einem halben Jahr kümmerte er sich schon um sie. Er kümmerte sich um alles. Sogar Dinge, von denen sie nicht wollte, dass irgendwer damit auch nur aus der Ferne in Berührung kam. Vor sechs Wochen, über Weihnachten, war sie krank geworden. Fiebernd und zitternd hatte sie auf der dünnen Matratze auf dem Fußboden gelegen. Eiskalte Wickel hatte er ihr gemacht, hatte ihr Tee und Brühe eingeflößt, ihr den Schweiß aus dem Nacken gewischt und ihr fettiges Haar getrocknet. Er hatte ihre Hand gehalten und ihr aus einem Buch vorgelesen, an das sie sich nicht einmal mehr erinnern konnte. Aber der Klang seiner Stimme war so angenehm gewesen. Beruhigend und tröstlich, vor allem aber hatte sie ihr

Hoffnung gegeben, dass sie wieder gesund würde und eines Tages von hier fortkönnte.

Und jetzt? Jetzt war es so weit. Sie musste nur den Pass auswickeln und nachsehen, wie sie von nun an hieß. Welchen Beruf sie ausübte. Und dann ... Vor Aufregung zog sich ihr Magen zusammen.

Nachdem sie sich in die gewölbten Hände gepustet hatte, öffnete sie das Packpapier. Ein dunkelgrüner Reisepass der Bundesrepublik Deutschland. Sie starrte darauf, ungläubig, auch wenn es sich um genau das handelte, was sie brauchte. Ein DDR-Pass, auch einer mit anderem Namen, nutzte ihr nichts mehr.

Sie hieß Erika. Erika Wolter, geboren am dritten März 1942 in Düsseldorf. Die äußerlichen Merkmale passten, das mussten sie ja auch, schließlich lebte in Düsseldorf tatsächlich eine Erika Wolter, Friseurhandwerksgesellin, die mit einem Meter fünfundsechzig nur einen Zentimeter kleiner als Sofia war. Die Statur: »schlank«, passte mittlerweile ebenfalls. Mit jedem Zentimeter Haar, das hinzugekommen war, hatte sie, so jedenfalls kam es ihr vor, ein paar Gramm Gewicht verloren, obwohl sie kaum etwas tat, als herumzusitzen.

Das Foto zeigte Sofia mit einer glücklicherweise einigermaßen gelungenen Kurzhaarfrisur. Sie war immerhin Friseurin, für eine kurze Dauer jedenfalls, da sollte ihr Kopf schon ein bisschen was hermachen. Sie betrachtete das Bild eingehend. Der Stempel, halb echt, halb gefälscht, wirkte zumindest für ihr ungeübtes Auge unauffällig.

Das Ganze musste ein Vermögen gekostet haben. Lukas weigerte sich, ihr den Preis zu nennen, sagte, sie könne nachfragen, wenn er als Rentner auf Westbesuch käme.

Außerdem wäre auch Christina eingesprungen und hätte Sofia etwas geborgt.

Unschlüssig blickte sie auf das Viereck, an das sie sich in den Monaten, die hinter ihr lagen, gewöhnt hatte: ein Stück Himmel, mal blau, mal grau, mal dunkel. Wieso fühlte sie sich mit einem Mal *so?*

So ... unerwartet wenig glücklich. Ihre Zukunft, die sie sich in all den Stunden allein heiter und laut vorgestellt hatte, wirkte plötzlich gar nicht mehr verlockend. Aber das war es wohl: Sie hatte Angst. Angst vor dem Neuen. Sie kannte ja nichts außer das, was sie ihr Leben lang vor der Nase gehabt hatte. Prenzlauer Berg mit seinen halben Ruinen und Schutthaufen, mit seinen Einschusslöchern in den Häuserwänden und rissigen Gehwegplatten. Keiner hatte Geld, aber in gewisser Weise, erkannte sie jetzt, war das auch eine Form der Freiheit.

Im Westen würde sie damit eher allein dastehen. Sie war klug genug zu wissen, dass nicht alle BRDler reich waren. Aber mit nix in den Taschen lebte es sich drüben sicher nicht besonders gut. Und als Flüchtling ...

Schluss jetzt!

»Keine Angst«, murmelte sie. Es klang weniger beruhigend als wie ein Pakt.

Keine. Angst.

Februar 1962
Drei Wochen später

»Jetzt bist du mich los.« Es hatte lustig klingen sollen, aber das tat es wohl nicht.

Als ihr Lukas sein Gesicht zuwandte, wirkte seine Miene verbissen. Nur ein paar Meter noch, und sie würden den Ostbahnhof erreichen. Sie waren gelaufen, nicht mit der Straßenbahn gefahren, weil Sofia befürchtet hatte, im Innern eines Waggons vor Angst verrückt zu werden.

Und so war Lukas: Er hütete sich davor, sie auf das Offensichtliche hinzuweisen. Darauf, dass sie, wenn alles klappte, gleich einen Zug besteigen würde, einen richtigen Zug, und nach Norden fahren und sich, ob sie nun wollte oder nicht, sehr lange Zeit in einem Waggon befände. Zusammen mit all ihrer Angst.

Stattdessen hatte er gar nichts gesagt, sondern genickt, prüfend an ihr hinauf- und wieder hinuntergeblickt und erneut genickt. Heute trug Sofia Westmode. Eine schlichte, aber hübsche Bluse, einen Wollmantel darüber, der ihr nur ein klitzekleines bisschen zu klein war, und schicke Lederschuhe, wie man sie in der DDR niemals bekäme. Für das Wetter eigneten sie sich nur bedingt, aber sie hatte die Zeit in diesem Land ganz einfach mehr drinnen als draußen verbracht. Drei Tage, so verhieß ein neuer Stempel in ihrem Reisepass, war sie zu Gast im Demokratischen Berlin gewesen. Nun reiste sie nach Dänemark, um eine alte Schulfreundin zu besuchen, und von dort aus wieder zurück ins heimische Düsseldorf.

Lukas und sie waren in den Aufzug gestiegen und hinuntergefahren. Unten auf der Straße hatte sich Sofia nicht umgesehen. Sie hatte die Schultern hochgezogen und sich dem Wind entgegengestemmt.

Graupel und Schnee flogen ihr auch jetzt um die Ohren. Mit einem dumpfen Grollen toste der Wind die Andreasstraße hinab. So früh an einem Samstagmorgen war nicht viel los. Ein paar Fußgänger auf dem Weg zur Arbeit, zwei, drei Trabis waren knatternd an ihnen vorbeigefahren und hatten Sofia aus ihren Gedanken geschreckt.

Wortlos liefen Lukas und sie nun auf den Stralauer Platz zu und steuerten den Eingang des Ostbahnhofs an. Sie wurde langsamer, blieb stehen und reichte Lukas die Hand.

»Du gehst jetzt besser. Falls es Ärger gibt, reicht es, wenn ich ihn bekomme.«

Eine Windböe schoss um die Ecke und versetzte ihr einen solchen Stoß, dass sie zurücktaumelte. Lukas griff nach ihren Schultern, ließ aber augenblicklich wieder los. Wortlos starrte er sie an. Er sah wütend aus, aber wieso?

»Tschüs«, sagte sie leise und ließ die Hand, da er sie nicht nahm, wieder fallen. »Vielen Dank für alles, was du für mich getan hast.«

Mit gequälter Miene nickte er.

»Ich schreibe dir.«

Erneut nickte er.

»Jetzt kannst du feiern. Auf dem Dach zum Beispiel. Niemand mehr, der entdeckt werden kann.«

Immer noch sagte er nichts, und Sofia biss sich auf die

Lippe. Eine Feier auf dem Dach, mitten im Februar, bei Schneeregen und Sturm? Klasse Idee.

»Also ...« Sie hob die Schultern und nahm ihm den Beutel ab, den er für sie getragen hatte. Darin war kaum etwas: bloß etwas zerknüllte Wäsche, die so aussah, wie sie aussehen sollte, Reisegepäck, benutzt, gerade ausreichend für eine einwöchige Fahrt, die sie in die Hauptstadt der DDR und anschließend nach Dänemark führte. Ihre Papiere trug sie in der Mantelinnentasche bei sich, ein zerlesenes Buch von Böll in der Außentasche. Dort lag auch ein Lippenstift der Marke Avon. Sie hatte ihn vorsorglich aufgetragen und fühlte sich damit so seltsam, als habe sie die Lippen mit gefärbtem Kleister betupft.

»Dann ...« Ihr Herz klopfte rasend schnell. Mit einem Mal, ganz ohne Ankündigung. Sie spürte, wie sich ihre Augen weiteten, und biss die Zähne zusammen. Sie durfte jetzt nicht die Nerven verlieren. Nicht nach all den Monaten.

»Tschüs, Sofia.« Seine Stimme klang sanft und weich, nicht wütend.

Sie beugte sich vor und küsste ihn. Sie hatte ihn nicht küssen wollen oder, wenn überhaupt, flüchtig auf die Wange, gelandet aber waren ihre geschminkten Lippen auf seinen, und sie spürte seinen warmen Atem und schmeckte den Kaffee, den er heute Morgen getrunken hatte, als er ihren Kuss zärtlich erwiderte.

Sie schloss die Augen.

Es fühlte sich so schön an, wie sich nie zuvor etwas in ihrem Leben schön angefühlt hatte. Alles in ihr wurde weich. Es war, als sacke sie in die Tiefe, weiter und weiter bis zum Erdkern.

Kurze Zeit später kam sie blinzelnd wieder zu sich. Sie

löste sich von ihm und starrte ihn erschrocken an. In seinen Augen fand sich so viel Verwirrendes, dass sie es unmöglich entschlüsseln konnte. Aber sie sah Zorn, der wild flackerte, und Trauer und, womöglich, Sehnsucht.

»Lukas!«

Aber da hatte er sich schon umgedreht und stapfte davon, ohne sich noch einmal umzusehen. Sie blickte ihm nach, beobachtete, wie er um die Ecke verschwand, und drehte sich ruckartig um.

Vor dem Eingang warteten Leute in einer Schlange darauf, kontrolliert zu werden. Als sie sich anstellte, war ihr, als sei sie ausgesaugt, da war nichts mehr, nur ein Hauch von Angst, doch selbst der fiel in sich zusammen, während sie weiter nach vorn rückte, immer nur ein paar Schritte, wenn jemand ganz vorn durchgelassen wurde.

Endlich war sie an der Reihe, zeigte ihre Fahrkarte vor und ihren BRD-Pass. Er wurde studiert, aber nicht eingehend. Sie wusste wieso; ihre Reise in den Westen trat sie schließlich nicht sofort an, bis nach Rostock würde die Fahrt über DDR-Gebiet gehen. Erst dort, am Hafen von Warnemünde, galt es, das Westgesicht zu wahren.

Noch ein Schritt nach vorn. Sofia mühte sich, nicht nach rechts oder links zu blicken. Wie oft hatte sie es sich ausgemalt? Aber dass plötzlich Schwere auf sie runterplumpste wie ein riesiger Klotz, damit hatte sie nicht gerechnet. Leere und Schwere, gleichzeitig. Furchtbare Mischung. Wenn sie jetzt weiterging, gab es keinen Weg mehr zurück.

Auch jetzt standen die Zeichen natürlich alles andere als günstig, wartete die Vopo nur darauf, dass irgendwer oder sie sich verriet, um sie einzukassieren. Doch drei Monate auf der Venerologischen oder drei Jahre im

Zuchthaus, wenn man sie bei einem Fluchtversuch erwischte ... Sie wusste nicht, was schlimmer war, sie kannte nur das eine, und das war furchtbar genug gewesen.

Wenn sie die DDR erst einmal verließ, hatte sie dennoch alles verloren. Doch hatte sie das nicht längst? Alles, ihre Familie, ihre Arbeit, ihr Leben, das war doch längst futsch. Lukas hingegen ...

Kaum merklich schüttelte Sofia den Kopf und trat ein. Eiskalt und zugig war es im Bahnhof. Sie passierte eine weitere Fahrkarten-, dann noch eine Passkontrolle, schritt unbehelligt an den Verhörräumen vorbei. Kein Grund, erleichtert zu sein, sagte sie sich erneut. In Warnemünde stand ihr dasselbe ein zweites Mal bevor. Dann weit strenger.

Dennoch fiel ein Teil ihrer Anspannung von ihr ab, als sie Stufe für Stufe nahm und auf den Bahnsteig gelangte, von dem aus der Zug nach Rostock-Warnemünde fuhr. Die anderen Reisenden waren Arbeiter auf der Fähre ins dänische Gedser, nahm sie an, eine Dame, die anhand ihrer Kleidung deutlich als Mitropa-Angestellte erkennbar war, mehrere Grüppchen aus Westdeutschen, nahm Sofia an, oder solche, die sich wie sie als Westdeutsche verkleidet hatten. Darunter mehrere Herren in teuer aussehenden Anzügen mit wichtig erscheinenden Aktentaschen.

Als der Zug, vom Zoologischen Garten via Friedrichstraße kommend, einfuhr, hörte Sofia auf, irgendetwas zu fühlen. Nicht einmal mehr Angst hatte sie. Sie stieg die Eisenstufen empor, spürte die Kälte des Eisengriffes, dann die trockene Hitze im Innern. Sie setzte sich, stand wieder auf, um ihren Mantel auszuziehen, hängte ihn auf und nahm wieder Platz. Und dann ...

Dann ging es los.

Das Abteil war gut gefüllt, nicht aber jeder Platz besetzt. Keiner sah den anderen an, eher waren es indirekte Blicke, die durch den Raum wanderten, prüfende, manchmal aber auch gelangweilte Blicke.

Dampf quoll an ihrem Fenster vorbei, und endlich rollten sie ein Stück ostwärts und schließlich aus der Stadt hinaus. Sofia hatte erwartet, weinen zu müssen, aber immer noch empfand sie nichts. Rein gar nichts.

Angeblich, wiederholte sie in Gedanken, als der Zug gute drei Stunden später auf Rostock zusteuerte, hatte sie die Freundin ihrer Mutter besucht, die früher, als sie noch ein Kind gewesen war, häufig auf sie aufgepasst hatte. Jene Freundin, Gertrud Koschke, lebte in der Greifswalder Straße 48. In den drei Tagen, die sie, Erika, bei ihr gewesen war, hatten sie die meiste Zeit plaudernd am Küchentisch gesessen. Es war ja kalt gewesen, auch in Berlin. Nein, hinausgegangen waren sie kaum. Und über politische Themen hatten sie auch nicht gesprochen.

Im Gegensatz zu Erika Wolter aus Düsseldorf existierte Gertrud Koschke jedoch nicht. Wurden solche Sachen geprüft? Sofia wusste es nicht. Aber sie hatte Zeit gehabt, oh ja, sehr viel Zeit, um sich auf diesen Tag vorzubereiten. Neun Monate waren vergangen seit ihrem Aufenthalt im Krankenhaus Prenzlauer Berg. Zeit, ihre Englischkenntnisse weiter zu verbessern, weil sie annahm, dass jeder im Westen herausragend Englisch sprach und sie wenigstens in dieser Hinsicht nicht auffallen wollte. Doch wenn sich die Vopo die Mühe machte, in Berlin Nachforschungen anzustellen, dann war es für Sofia sowieso zu spät. Dann hatten sie sie, und ... Menschenskinder, Sofia, dachte sie. Jetzt hör schon auf. Nicht jedes Detail durchdenken.

Aber lieber dachte sie an so etwas als an das, was hinter ihr lag. Je weiter sie sich von Berlin entfernten, desto näher rückten seltsamerweise ihre Gefühle. Noch waren sie nicht richtig da, eher war es, als seien sie durch eine durchsichtige Wand voneinander getrennt. Aber sie begann zu ahnen, was sie erwarten würde, dann, wenn alles wieder da sein dürfte irgendwann einmal.

»Gleich sind wir da«, sagte sie, um sich aus diesen Gedanken zu reißen.

Der Herr, der ihr gegenübersaß, nickte mit höflich-desinteressierter Miene und wirkte überhaupt wenig erpicht darauf, sich in ein Gespräch verwickeln zu lassen. Als sie genauer hinsah, bemerkte sie, dass er eine dänische Zeitung las. Vielleicht hatte er sie gar nicht verstanden.

Sie sah wieder aus dem Fenster. In der Ferne glaubte sie das Meer zu sehen, hohe, Gischt versprühende Wellen, darüber ein düsterer Himmel, den sie lieber nicht als Omen betrachtete. Am Rostocker Hauptbahnhof stiegen einige der Reisenden aus, auch die Mitropa-Angestellte, erkannte Sofia durch das Zugfenster. Ein stiegen Grenzer, aber auch in Zivil gekleidete Männer, die wahrscheinlich im Dienst der Staatssicherheit standen. Vielleicht kam es ihr nur so vor, aber sie hatte das Gefühl, dass sich wie eine Druckwelle Nervosität im Waggon ausbreitete. Leise begann ein Kind zu weinen und ließ sich von seiner Mutter, die rasch immer verzweifelter klang, nicht beruhigen.

In Sofias Nacken begann es zu kribbeln. Ihr wurde heiß, dann kalt, dann wieder heiß, als sie sah, dass eine weitere Fuhre Grenzsoldaten einstieg, diesmal mit angeleinten Schäferhunden.

Die Tiere würden ihre Angst riechen. Waren die Hunde nicht eigens dafür ausgebildet?

Möglichst unauffällig sah sie sich um. Der Zug stand, dennoch klammerten sich zwei ältere Damen an ihren Sitzen fest, als befinde sich ihr Waggon in Seenot.

Was würde jemand tun, der überhaupt keinen Grund hätte, Angst zu empfinden? Der wusste, dass das eigene Land ihn retten würde, käme er in Schwierigkeiten?

Sofia stand auf. Das Gefühl beiseiteschiebend, auf hölzernen Stelzen zu laufen, ging sie auf die beiden zu. An der Waggontür erklangen stampfende Schritte, als Sofia ihre Finger sanft über die Hand der Außensitzenden gleiten ließ und ohne ein Wort weiterging. Inständig hoffte sie, dass die Dame ihren Wink verstanden hatte, sie hoffte aber auch, dass niemand anderes etwas bemerkt hatte. Normalerweise, so hatte es Lukas ihr erzählt, führen die gesamte Strecke stets Menschen mit, die genau auf solche Dinge achteten und den Grenzsoldaten einen Hinweis gaben.

Dass Sofia gerade eben der Dame zu verstehen geben wollte, dass sie ihre Finger entspannt halten sollte ...

Als sie die Hand nach dem Türgriff ausstreckte, um sie aufzuziehen, wurde sie ihr beinahe ins Gesicht gestoßen.

»Ausweiskontrolle!«, bellte der Soldat und sah sie finster an.

»Meine Handtasche liegt auf meinem Sitz«, sagte Sofia und lächelte freundlich. Es klappte sogar. Sie lächelte, lächelte wirklich, und ihre Stimme klang ruhig und entspannt. »Ich wollte nur eben auf die Toilette, um ...«

»Keine WC-Benutzung während des Zugaufenthalts!«, ranzte er sie an.

»Aber natürlich.« Sie lächelte, selbst erstaunt darüber, wie unendlich leicht es ihr plötzlich fiel zu lügen. »Ich habe nur ... Sie wissen schon. Frauenprobleme. Aber ich versuche einfach ...«

»Ach so.« Mürrisch sah er sie an, wobei seine Brauenhaare, die etwas zu lang waren, wippten. »Na, gehen Sie schon. Aber nicht alle Zeit der Welt lassen, ja? Und dass Sie mir mal nix reinwerfen in die Toilette, klar?«

»Natürlich nicht. Vielen Dank!«

Als sie die Tür zum WC hinter sich zuzog, begannen ihre Beine derart zu zittern, dass sie sich abstützen musste. Einatmen, ausatmen. Sie ballte die Hände, löste sie aber schnell wieder, wartete ein wenig, zupfte an ihrer Bluse, sodass es aussah, als sei sie aus der Hose gerutscht. Dann lächelte sie ihr Spiegelbild an und ging wieder hinaus.

Als sie in den Waggon zurückkehrte, saßen die beiden älteren Damen nicht mehr an ihren Plätzen. Der Grenzbeamte, mit dem sie geredet hatte, war auch nicht zu sehen.

Sofia setzte sich und legte sich ihre Handtasche auf den Schoß, um das Zittern ihrer Beine zu verbergen, das dummerweise nicht aufzuhören schien.

Dazu jedoch war die Tasche viel zu klein, stellte sie mit einem Blick abwärts erschrocken fest. Ganz deutlich war das Zittern wahrzunehmen. Wieso war sie nur aufgestanden? Wieso hatte sie die Hand der alten Frau berührt? Hatte sie ihr damit womöglich mehr geschadet, als ihr zu helfen? Und wieso in aller Welt fuhr der Zug nicht weiter? Sie standen sicher schon eine Viertelstunde hier!

Sie rutschte auf ihrem Sitz herum, fand keine Position, bei der das leichte Beben in ihrem Knie nicht zu sehen war. Sie versuchte, sich darüber keine Sorgen zu machen, doch je mehr sie sich bemühte, nicht daran zu denken, desto lauter wurde die Stimme in ihrem Kopf.

Sie kriegen dich. Sie kriegen dich, Sofia. Tu was, sonst kriegen sie dich!

»Bitte.« Der Mann ihr gegenüber sprach mit weichem, höchstwahrscheinlich dänischem Akzent. Er hatte seinen Aktenkoffer aufgeklappt, bemerkte sie erst jetzt, und hielt ihr eine englische Zeitung mit dem Namen *The Evening News* hin.

Warum sollte sie eine englische Zeitung lesen? Würde das nicht wütenden Argwohn bei den Grenzsoldaten erzeugen? Der Herr, der ihre Gedanken zu lesen schien, beugte sich kaum merklich vor und sagte leise: »Das ist besser.«

Nun vollends verwirrt, sah Sofia ihm dabei zu, wie er die Zeitung auseinanderfaltete, ihr einen Teil auf die Knie legte und ihr den anderen hinhielt.

»Thank you«, sagte sie und griff danach, sorgte sich aber im nächsten Augenblick, damit genau das Falsche getan zu haben. Wer wusste schon, wie gut sich die Stasi-Mitarbeiter tarnten! Womöglich sogar als Däne, mit durch internationale Zeitungen komplementierter Verkleidung.

Er nickte und vertiefte sich wieder in seine Lektüre. Sofia starrte auf die Zeitung hinab. Obwohl sie geübt und geübt hatte, verstand sie jetzt kein einziges englisches Wort. Anders würde es ihr mit einer deutschen Zeitung aber wohl auch nicht gehen.

Wieso fuhren sie nicht los? Wie langsam konnten Minuten vergehen?

Nach einer schier unendlich wirkenden Zeit erschienen weitere Grenzsoldaten. Die beiden älteren Damen waren immer noch nicht zurückgekehrt. Auch ein Schaffner eilte vorüber und wurde von Sofias dänischem Mitreisenden höflich angehalten.

»Wann, bitte, geht es weiter?« Er sprach, als singe er die Melodie eines Kinderliedes.

»Das wird noch dauern.« Der Schaffner, dickleibig und mit gelber Gesichtsfarbe, schüttelte den Kopf. »Da ist was los auf dem Meer. Keine Fähre, überhaupt kein Schiffsverkehr. Bis wir wissen, wann es wieder losgehen kann, stehen wir hier.« Er blickte nach rechts, wo weitere Soldaten einstiegen, und zuckte mit den Schultern. »Na, wenigstens wird mal richtig kontrolliert, kommt uns ja irgendwie auch zugute, wie? Eile haben wir heute nu wirklich nicht.«

Damit ging er weiter. Sofia hatte so getan, als sei sie auf den Artikel konzentriert, der mit den Worten »Windsor officer hero again« überschrieben war. Nun hob sie unauffällig den Kopf und traf den Blick des Dänen, der ebenso unauffällig den Mund verzog. Bedauernd, nahm sie an, ganz sicher aber war sie nicht.

Hinter sich hörte sie die Aufforderung, die Taschen zu öffnen, die Papiere vorzuzeigen, sie hörte auch das Klirren der Hundeketten und das Hecheln der Tiere. Erneut brach ihr der Angstschweiß aus und sie zitterte nun am ganzen Körper, nicht mehr nur an den Beinen. Nie und nimmer würde man ihr abnehmen, aus Düsseldorf zu kommen, wenn sie ihren Reisepass kaum halten konnte. Zwei Reihen hinter ihr waren sie nun, dann eine.

Eben noch hatte sie so wunderbar geschauspielert. Wieso war sie plötzlich ein solches Wrack?

»Papiere«, bellte der Kerl, der sich nun vor sie schob. Dann hellte sich sein Gesicht kurz auf, und seine Augenbrauen zitterten wieder leicht. »Ah, die Dame mit dem hübschen Lippenrot.«

Ohne ein Wort herauszubekommen, starrte Sofia ihn an.

Sein Blick senkte sich auf die englische Zeitung auf ihrem Schoß, und er kniff in einem Anflug von Abneigung die Augen zusammen.

»Probleme?«, knurrte sein Kollege, der mit dem Ehepaar, das hinter Sofia saß, nun fertig war. Der Hund, den er an der Leine hatte, beschnupperte Sofias Schuhe, und sie musste den Atem anhalten und sich einschärfen, sie unter keinen Umständen wegzuziehen, als der Grenzer antwortete: »Die zwei sind erledigt.«

Was hieß das? Sofia unterdrückte ein nervöses Japsen.

Der Mann mit den wippenden Brauen verabschiedete sich mit einem Nicken und schob sich eine Sitzreihe weiter vor. Sein Kollege folgte ihm. Der Hund schnüffelte weiter, ohne auf Sofia aufmerksam geworden zu sein.

Sie rührte sich nicht, bis alle aus dem Waggon kontrolliert worden waren. Anschließend postierte sich ein Soldat vor der Tür. Vor der hinteren, sah sie, als sie halb den Kopf wandte, stand ebenfalls einer.

»Das bedeutet nur«, sagte der Däne in seinem leisen Singsang, »dass sie hier fertig sind. Jetzt darf keiner mehr aussteigen und keiner mehr einsteigen.«

Sie nickte. Ihr Hals fühlte sich wie ausgetrocknet an. Sie wagte nicht, ihn zu fragen, warum ihr Pass nicht kontrolliert worden war. Sie brachte kein Wort heraus.

Es dauerte zehn Stunden, bis sie endlich die Fähre nach Dänemark betreten konnte. Sie hätten schon vor langer Zeit in Gedser ankommen sollen, doch wie sie nun erfuhr, hatte ein Sturm über der Nordsee selbst Auswirkungen auf den Schiffsverkehr auf der Ostsee gehabt. Mittlerweile hatte sich das Meer geglättet, nur vereinzelt brachen die Wellen noch donnernd gegen das Schiff.

Sofia stand allein an der Reling, als sich der dänische Herr zu ihr gesellte.

»Verzeihen Sie«, sagte er immer noch leise, »da ich im Zug so frei war, Ihren Pass vorzuzeigen und zu behaupten, wir wären befreundet, würde ich mir gern herausnehmen, Sie für die Dauer der Überfahrt zu duzen.«

Verblüfft sah Sofia ihn an. Was führte er nur im Schilde? Wollte er etwas, das sie ganz und gar nicht zu geben bereit war, oder konnte es sich nicht doch um einen Mitarbeiter der Stasi handeln? Oder einen Visa-Kontrolleur? Konnte sie ihm trauen?

Doch sie nickte, und zusammen verbrachten sie die restliche Überfahrt, die heute nicht nur reichlich verspätet war, sondern auch länger als sonst dauerte, unter Deck. Der Däne hatte sich ihr als Thies vorgestellt. Sie plauderten wie alte Bekannte, doch während sie das taten, beschlich Sofia immer wieder das irritierende Gefühl, selbst gar nicht da zu sein.

Irgendjemand anderes schien für sie zu reden, zu lächeln, sich in die Zeitung zu vertiefen, teils diesmal sogar zu verstehen, wovon in den Artikeln die Rede war. Der andere Teil, *sie,* starb vor Angst. Sie befanden sich auf einem Schiff der DDR, dem niemand verbieten konnte, vor der dänischen Insel einfach umzudrehen und wieder zurückzufahren. Wahrscheinlicher aber wäre, dass man sie einfach darauf festhalten würde. Um sie mit zurückzunehmen, wo ihr in Berlin, nahm sie an, der Prozess gemacht würde.

Und was nur war mit den alten Damen aus dem Zug geschehen? Immer wieder hob Sofia den Blick, um sich nach ihnen umzusehen, erkannte sie aber in keinem der Mitreisenden wieder.

Dann endlich erreichten sie Gedser, einen kleinen Hafen auf der Insel Falster, der mit seinen niedrigen, rot geklinkerten Gebäuden und unzähligen Absperrungen trostlos aussah. Viel war im Morgenlicht nicht zu erkennen; schwer hingen die grauen Wolken am Himmel, der Wind hatte wieder aufgefrischt und ließ die Wellen mit Wucht gegen den Kai krachen.

Als das dumpfe Wummern der Schiffsmotoren erstarb, verabschiedete sich Thies mit den rätselhaften Worten »Unter Freunden ist man erst außerhalb«, deutete eine Verbeugung an und war fort, bevor Sofia etwas sagen konnte.

Ihre Knie zitterten, als sie an Land ging und sich das kurze Haar aus dem Gesicht schob, das die Böen immer wieder zurücktrieben. Sie schmeckte das Salz in der Luft, als sie weiterging über das grobe Kopfsteinpflaster auf den Ausgang des Geländes zu, wo sie an einem jungen Mann vorüberging, der von einem DDR-Soldaten mit strenger Miene festgehalten wurde. Den Jüngeren hatte sie zuvor an Bord gesehen.

Hatte ihr der Däne das mitteilen wollen? Dass man immer noch zurückgehalten werden könnte, selbst auf der dänischen Insel noch? Dass sie selbst hier schalten und walten konnten, wie es ihnen gefiel, obwohl dies eindeutig nicht mehr das Staatsgebiet der DDR war?

Zu ihrer Überraschung fühlte sie plötzlich eine neue Entschlossenheit in sich prickeln. Monate lagen hinter ihr, die sich auf diesen Moment konzentriert hatten. Sie würde nicht weiter nachdenken. Nicht zurückblicken. Nur gehen, immer geradeaus, und hoffen, dass niemand sie aufhielt. Sie erreichte das vergitterte Tor, setzte einen Fuß nach draußen und zog den anderen nach. Der Schwindel, der sie ergriff, ließ sie fast in sich zusammensacken. Sie taumelte ein wenig, fing sich aber, und dann ging sie weiter. Ohne Ziel. Erst einmal hinsetzen, sich sammeln. Und dann weiter. In die BRD.

Weitere zehn Stunden später erreichte sie Hamburg. Sie war zu müde gewesen, um aus dem Zugfenster zu blicken, um Westdeutschland zu betrachten oder sich zu fragen, ob sie die richtige Entscheidung getroffen hatte. Stattdessen hatte sie erschöpft vor sich hingedämmert, während sie von Großenbrode, einem schleswig-holsteinischen Ostseebad, aus schließlich nach Süden gefahren war. Erst kurz bevor der Zug in den Hauptbahnhof der Hansestadt einfuhr und sie die Häuser sah, die neuer, ein wenig bunter und bewohnter wirkten als die in Ost-Berlin, raffte sie das Wenige zusammen, das sie besaß, und stolperte den Gang hinunter ins Freie.

Kalt und zugig war es auf den tiefliegenden Gleisen des Bahnhofs. Weit über ihr wölbte sich das Dach, darunter fegte ein eisiger Wind. Während der Zugfahrt hatte sie, bevor sie eingenickt war, ein Gespräch mitgehört, ein Wehklagen um all die Toten in Hamburg. Sie hatte nicht verstanden, worum es ging, sah jetzt aber die Titelblätter der Zeitungen.

»Hamburg: Flutkatastrophe, Zehntausende obdachlos«, titelte das *Hamburger Abendblatt*. Sie trat näher. »Neue Sturmwarnung, 6000 Holsteiner evakuiert«, stand kleiner darunter. Und: »Menschen klettern von Panik getrieben auf Dächer.«

Sie war zu müde, um richtig aufzunehmen, was dort stand, dennoch fragte sie sich, ob ihre Ankunft hier, an diesem Wochenende, einem kleinen Wunder gleichkam.

Sie hatte solches Glück gehabt! Wegen des Sturms hatte sich in Rostock die Weiterfahrt verzögert. Wegen des Sturms war noch schärfer als sonst kontrolliert worden, und hätte sie nicht Thies gegenübergesessen, der nonchalant in ihre Handtasche gegriffen und ihren Pass vorgezogen hatte, nicht zitternd, nicht das kleinste bisschen aufgeregt, wären auch ihre Papiere einer ganz genauen Betrachtung unterzogen worden.

Und dann die Schiffsfahrt ... Auch da war Thies wie ein rettender Engel gewesen, nahm sie im Nachhinein an. Wenn sie nicht die ganze Zeit mit ihm zusammengesessen hätte, belangloses Zeug plaudernd, wäre sie womöglich spätestens in Gedser aufgegriffen worden, so wie der junge Mann, den sie gesehen hatte.

Aber all die anderen. Die, die es nicht geschafft hatten: die älteren Damen aus dem Zug ... Und die Hamburger, die laut der Zeitung von gestern teils noch auf Dächern ausharrten. Und so viele sollten gestorben sein.

Überall standen in kleinen Grüppchen Leute zusammen, redeten leise, mit ängstlichen Mienen. Die U-Bahnen, hörte sie einen Schaffner geduldig erklären, führen unregelmäßig, und sie führen zudem unbeheizt, da angesichts der Katastrophe Strom gespart werden müsse.

Als sie vor die Tür des Bahnhofs trat, zuckte Sofia zusammen. Der Wind war eisig und roch nach ... nach Meer, aber auch nach Schlick, Moder und Tod. Sie kannte den Geruch aus dem Kohlekeller in der Dunckerstraße. Dort gab es eine Stelle, wo der Boden abgesackt war. Regelmäßig verirrten sich Mäuse dorthinein und fanden keinen Weg mehr nach oben. Der Geruch, der so säuerlich wie scharf war, fegte auch hier die Straßen hinab.

Dumpfes Rattern war zu hören, gleichmäßig, aber auch

bedrohlich. Suchend legte sie den Kopf in den Nacken und glaubte eine Flotte Hubschrauber am dunklen Himmel zu erkennen.

Sofia fröstelte und zog den dünnen Wollmantel enger. Sie wusste gar nicht wohin, sie wusste nur, dass ihr Vetter in Sankt Pauli arbeitete. Seine Adresse kannte sie nicht, immerhin aber die des Lokals, in dem er wohl Kellner war.

»Können Sie mir sagen, wie ich zum Kaiserkeller komme?«, wandte sie sich an einen Herrn, der sie eine Weile anstarrte, als sehe er einen Geist. Schließlich nickte er.

»Ja. Ja. Moment, warten Sie, ich ... Nein, entschuldigen Sie, ich weiß es nicht. Ich, ich suche meine Tochter. Sie lebt in Wilhelmsburg.«

Ruckartig wandte er sich ab.

Wilhelmsburg, davon war doch in dem Zeitungsartikel die Rede gewesen. Das war das Viertel, das in großen Teilen unter Wasser stand.

Erneut fröstelte es sie. Nirgends sah man Autos, auch keine Busse. Aber der Schaffner, hatte er nicht gesagt, die U-Bahnen führen unregelmäßig? Das hieß, sie fuhren.

Sofia machte kehrt, fand nach langem Suchen die Katakomben, in denen die U-Bahn-Linie abfuhr, die sie nach Sankt Pauli bringen würde, war allerdings gezwungen, schon zwei Haltestellen später wieder auszusteigen. Es gehe nicht weiter, hatte der U-Bahn-Fahrer bedauernd erklärt, das Wasser am Baumwall stehe zu hoch.

Irgendwie fand Sofia schließlich den Weg. So erschöpft, dass sie den Tränen nahe war, schleppte sie sich auf den Eingang des Kaiserkellers zu, bei dem es sich nicht, wie sie angenommen hatte, um ein Restaurant zu handeln schien. Auf der Straße blinkte Neonreklame, aber sie war der einzige Mensch, der zu sehen war. Als sie die Hand ausstreckte und an dem Türgriff zog, passierte nichts. Auch nicht, als sie die Tür in die andere Richtung drückte.

Sie schloss die Augen und lehnte die Stirn an die kalte, feuchte Hauswand.

»Hoppla!«, sagte eine Männerstimme.

Sie riss die Augen auf. Viel zu dicht vor ihr stand ein junger Mann mit Rockertolle, einer Lederjacke und eng sitzenden Bluejeans.

»Wirst du ohnmächtig?«, fragte er.

Verwirrt bemerkte sie, dass die Reklameschilder nun heller blinkten. Nein, korrigierte sie sich in Gedanken, der Himmel war bloß noch etwas dunkler geworden, was womöglich bedeutete, dass sie im Stehen geschlafen hatte. Sie wusste nicht, dass so etwas überhaupt möglich war.

Verlegen wischte sie sich über den Mundwinkel, in dem etwas Spucke klebte.

»Ich wollte in den Kaiserkeller. Hat er heute nicht geöffnet?«

»Später schon.« Der Kerl überlegte kurz. »Wobei ich mir heute nicht sicher bin. Wegen der Sturmflut, weißt du? Aber normalerweise lassen sich die Leute von Naturkatastrophen nicht vom Feiern abhalten.«

»Gab es hier denn auch Hochwasser?«

»Nee! Dazu liegt die Reeperbahn zu hoch und die Große Freiheit auch. Wo du dich gerade befindest«, fügte er freundlich hinzu. »Du bist nicht von hier?«

»Nee. Ich war auch noch nie in Hamburg.«

»Und kommst ausgerechnet heute? Komische Zeit für einen Urlaub.«

»Ich würde nicht sagen, dass es ein Urlaub ist. Hör mal, ich suche Karl. Karl Urban. Kennst du ihn?«

»Nee.«

»Er arbeitet hier.«

»Dann kenne ich ihn bestimmt doch. Wie sieht er denn aus?«

»Das letzte Mal, als ich ihn gesehen habe, war er etwa einen Meter groß und hatte ratzekurzes blondes Haar. Sein Lieblingskleidungsstück waren kurze Lederlatzhosen.«

Der junge Mann grinste verblüfft, dann schüttelte er fragend den Kopf.

»Er ist mein Vetter, aber das letzte Mal, das wir zusammen Zitronenlimonade getrunken haben, liegt schon mehr als zehn Jahre zurück.«

»Haben sich eure Familien verkracht?«, fragte er neugierig, klopfte eine Zigarette aus seiner Packung und bot auch ihr eine an, woraufhin sie den Kopf schüttelte.

»Nein. Erst wurde es immer schwieriger, sich gegenseitig zu besuchen. Und dann wurde eine Mauer gebaut.«

Er riss die Augen auf. »Du bist aus der DDR?«

Sie nickte.

»Und seit wann hier? Entschuldige, dass ich dich so löchere, aber ich hab nie jemanden von drüben kennengelernt.«

Sie lächelte, aber es war wohl eher ein trauriges Lächeln. Überhaupt: Wo war all das, womit sie gerechnet hatte? Maßlose Erleichterung, Dankbarkeit, Freude? Nun, dankbar war sie dafür, dass sie die Fahrt überstanden hatte, sowohl lebend als auch ohne ins Zuchthaus gesteckt zu werden. Aber eigentlich war sie nur traurig, traurig und müde.

»Ich bin gerade erst angekommen.«

»Oh. Na, das ist ja ... Also, Mensch ... Ähm. Und dein Vetter, weiß der davon?«

Sie schüttelte den Kopf. »Ich konnte es wohl kaum vorher schriftlich ankündigen.«

»Nee, natürlich nicht. Klar. Tja, hier ist jedenfalls noch geschlossen, aber wenn du willst, kannst du kurz mit reinkommen. Ich hole allerdings nur schnell etwas und muss dann wieder abschließen. Dalassen kann ich dich nicht, da reißen die mir den Kopf ab. Hab mir den Schlüssel nur eben geborgt, um ... Äh, ich rede viel zu viel, oder?«

Sie grinste.

»Na ja, Heiner heiße ich übrigens. Hallo.«

Er streckte die Hand aus, und Sofia nahm sie. Zu den Dingen, die eine Frau von Kindesbeinen an zu hören bekam, gehörte natürlich, niemals mit einem Mann, den sie nicht kannte, irgendwohin zu gehen, wo niemand war. Aber vor Heiner hatte sie nicht das kleinste bisschen Angst. Nicht nur deswegen, weil er freundlich wirkte, was schließlich täuschen konnte, und auch nett aussah. Vor allem aber war sie ziemlich sicher, dass er und sie aus einem Holz geschnitzt waren.

»Magst du Musik?«

»Hä?« Er grinste so breit, dass seine Mundwinkel glatt seine Ohrläppchen berührten. »Was für eine wunderliche Frage ist denn das? Oh ja, ich mag Musik.«

»Englische?«

Er nickte.

Am liebsten würde sie ihm um den Hals fallen. Nie hatte sie sich in der DDR darüber unterhalten können, niemandem so sehr trauen, dass sie ihm von Johnny Cash erzählt hätte, von dem anderen Johnnie, der mit ie geschrieben wurde: Johnnie Ray, von all den anderen wunderbaren Musikern, deren Platten man verstecken musste. »Irgendwen Bestimmten ganz besonders?«

Darüber dachte er nicht lange nach. Nicht einmal kurz, um genau zu sein. »Kennst du die Beatles?«

Sie verneinte.

»Sie sind famos. Bis zum Sommer haben sie in Hamburg gespielt, mussten dann aber, bis auf einen, das Land verlassen. Aber diesen April kommen sie zurück. Dann treten sie nicht mehr hier auf, sondern da ...« Er nickte zu dem gegenüberliegenden Haus, das derzeit allem Anschein nach noch eine Baustelle war. »Was den Betreiber des Kaiserkellers ziemlich fuchst, das kann ich dir sagen. Du musst sie dir ansehen. Wirklich, du musst! Wollen wir jetzt rein?«

»Wenn ich mich kurz aufwärmen könnte, wäre das toll.«

»Klar. Klar, komm, hier lang, wir nehmen den hinteren Eingang.« Er klimperte mit einem Schlüsselbund. Wenig später fand sich Sofia in einem Keller wieder, dessen Anblick schlagartig alle Müdigkeit und verwirrende Trauer vertrieb. Etwas Kribbelndes durchfuhr sie, als sie sich im Kreis drehte. Das hier ... Nee, das war wirklich alles andere als ein biederes Restaurant, wie sie es sich vorgestellt hatte. Rauchschwaden hingen noch in der Luft, obwohl der letzte Besucher schon länger weg sein dürfte. Der Boden klebte ein wenig, und es roch nach Alkohol, nach Schweiß und, ja, Aufregung.

»Und du weißt gar nicht«, rief Heiner von irgendwoher zu ihr rüber, »wohin du jetzt sollst?« Er schien etwas zu suchen, denn sie hörte ihn kruschteln, dann fiel etwas scheppernd um, und er fluchte.

»Nein.«

»Wenn du willst ... Ich habe eine Freundin, die deinen Vetter vielleicht kennt. Sie ist mit einem der Beatles verlobt, na ja, genau genommen ist er kein Beatle mehr, aber er war einer. Wie gesagt, sie sind jetzt verlobt, und Abby kennt eigentlich alle, die hier arbeiten. Sie weiß bestimmt, wo du deinen Vetter findest.« Er tauchte wieder auf. »Hier. Das hab ich gesucht. Und wie es aussieht auch gefunden.« Zum Beweis hielt er ein Stativ in die Höhe. »Abby hat gestern hier fotografiert. Rory Storm, mal von dem gehört?«

Sofia schüttelte den Kopf. Es gab viel nachzuholen, was Musik anging.

»Zu Abby will ich jetzt. Sie braucht das hier«, erneut hielt er das Stativ hoch.

»Ist sie Fotografin?«

Eine etwas dumme Frage, aber etwas Klügeres fiel ihr einfach nicht ein. Sie war zu müde.

»Meisterschülerin von Theo Wallner. Koryphäe. Sagt dir aber sicher nichts, oder?«

Erneut schüttelte sie den Kopf.

»Also, willst du mit zu ihr? Wir fragen sie, ob sie deinen Vetter kennt, und falls ja, weiß sie vielleicht, wo du ihn findest.«

»Sonst kann ich vielleicht da schlafen.« Sie zeigte auf die Bühne. »Darunter, meine ich.«

Verwirrt sah er sie an.

»Da ist genug Platz. Hast du dich nie hingehockt und druntergesehen?«

»Nö«, sagte er zögernd.

»Das sind Bretter, die auf Bierkisten stehen.« Sie erinnerten an die Bühne in dem Lokal, in dem Pony Arglos hätte auftreten sollen. Bei dem Gedanken wurde ihr ganz anders zumute. All das, was danach gekommen war, nur wegen dieses Abends ... »Ich hätte nicht gedacht, dass man es hier auch so provisorisch handhabt wie zu Hause ...«

Sie versuchte zu lächeln, aber es klappte nicht. Wieder versetzte ihr der Gedanke an Berlin, an das, was sie zurückgelassen hatte, einen Stich.

Er begriff wohl, was in ihr vorging, und warf ihr einen mitleidigen Blick zu. »Wollen wir?«

Sie nickte.

Keine zehn Minuten später öffnete Heiner eine blau gestrichene Tür zu einem Hof. Die Häuser, die ihn umgaben, waren zwar nicht besonders hoch, bestenfalls drei Stockwerke, dennoch hatte ihre Nähe etwas Bedrückendes. In Berlin gab es, wo man auch stand, Weite. Überall spannte sich der Himmel über den Hausdächern und breiten Straßen, und auch wenn die Gebäude immer noch größtenteils vom Krieg versehrt waren, hatte der Anblick etwas Erhabenes. Hamburg hingegen wirkte so klein! Und alles ein bisschen geduckt, fand sie, in die Ecken gequetscht, selbst in den Straßen, wo die Autos, die so viel schneller fahren konnten als ein Wartburg oder Trabant, sich mit gedrosselter Geschwindigkeit behutsam aneinander vorbeischoben. Oh, sie hatte nichts gegen Langsamkeit. Aber Hamburg, schloss sie in Gedanken, war schlicht ganz und gar anders als Berlin.

»Warte hier, ja?«

Heiner ging nach links über den kleinen kopfsteingepflasterten Hof auf das etwas größere Gebäude zu, einstöckig und mit großen, in Blei eingefassten Fenstern. Sofia erinnerte das Ensemble (es gab noch einen Schuppen schräg rechts von ihr) ein wenig an die Garagenbauten zu Hause. Besonders in Pankow gab es unzählige davon, von den Bewohnern der Mietshäuser erbaut, alles außer Autos wurde darin gelagert, alles, was nicht in die Keller passte.

Jetzt war es ganz still. Still bis auf den Wind, der von der Elbe her pfiff. Als eine Tür aufflog, schrak Sofia zusammen. Eine Frau mit blondem kurzem Haar, etwa ihr Alter, nahm sie an, erschien.

»Hallo, ich bin Abby!«

Sie wirkte nett, wenn auch etwas gehetzt.

»Ich bin Sofia, ich ...«

»Entschuldige«, unterbrach Abby sie, »können wir das auf später vertagen? Sei nicht böse, aber hier ist heute die Hölle los. Du hast es mitbekommen, oder? Ich packe grad alles zusammen, was nicht niet- und nagelfest ist wegen der Flut.«

Erstaunt sah Sofia sich um. »Soll das Wasser so weit steigen?«

»Wie? Nein! Aber ich packe Decken und alles Mögliche, um es zu den Leuten in den Sammelunterkünften zu bringen. Es tut mir leid, dass ich deswegen keine Zeit für dich hab. Karl suchst du?«

Sofia nickte.

»Klar, kenne ich den. War Mädchen für alles im Kaiserkeller, ist aber zum Star Club übergelaufen.«

»Und wo ist der Star Club?«

»Gleich gegenüber vom Kaiserkeller. Hat aber noch nicht eröffnet. Das passiert erst im April.«

»Oh.« Die Baustelle, folgerte Sofia, die sie in der Großen Freiheit gesehen hatte.

»Und Karl ...«

»Ich glaub, der ist zu seiner Mutter gefahren. Nach, äh ... Heiner«, rief sie leise nach hinten, »wo wohnt noch mal Karls Mutter?«

»Ich weiß überhaupt nicht, wer dieser Karl überhaupt ist!«, schrie Heiner aus dem Innern.

Abby war zusammengefahren. »Leise. Stu schläft, das hab ich dir doch gesagt.«

Mit zerknirschter Miene erschien Heiner im Türrahmen. »Tut mir leid. Hatte ich vergessen.«

»Karl«, sagte Abby erklärend, »ist der, der uns an meinem ersten Abend im Kaiserkeller hinter die Bühne gebracht hat. Weißt du nicht mehr?«

Ratlos kratzte sich Heiner an der Wange, nickte aber schließlich. »Ah ja, doch ... Stimmt. Karl. Aber wo seine Mutter ...«

»Ich weiß, wo sie lebt«, unterbrach ihn Sofia, die fand, lange genug gewartet zu haben. »Sie ist ja meine Tante. Sie wohnt im Saarland.«

»Oh, das ist weit«, sagte Heiner.

Sofia nickte. Sehr weit. Und sämtliches Westgeld, das sie besaß, war schon bis auf ein paar Mark aufgebraucht. Lukas hatte ihr aufgezählt, welche Schritte sie unternehmen sollte, wenn sie erst in Hamburg angelangt war. Sich bei der Polizei melden, als DDR-Flüchtling registrieren lassen. »Du bekommst etwas Geld«, hatte er gesagt. »Für den Anfang sollte es reichen.«

Nachdem Abby und Heiner leise diskutierend wieder im Innern verschwunden waren, drehte sich Sofia langsam im Kreis. Je länger sie hier stand und ihr der eisige Februarwind um die Ohren fegte, desto trauriger wurde sie.

Sie hatte nicht erwartet, mit offenen Armen aufgenommen zu werden. Eigentlich hatte sie gar nichts wirklich erwartet. War das ein Fehler gewesen? Hätte sie besser planen sollen, sich alles genau zurechtlegen? Auf der anderen Seite: Wann geschahen die Dinge schon mal so, wie man sie erdacht hatte? Nie, eigentlich.

Nun, sie würde diesen beiden jedenfalls nicht auf die Nerven gehen. Neun Monate lang hatte sie bei Menschen unterkriechen müssen, die sie vorher gar nicht gekannt hatte. Rein gar niemand war ihr etwas schuldig gewesen. Doch sie hatte keine andere Möglichkeit gehabt; das Risiko, von der Vopo gefunden zu werden, war einfach zu groß gewesen.

Das musste sie nicht mehr befürchten. Niemand suchte nach ihr. Niemand würde sie festnehmen. Sie würde schon zurechtkommen, das war ihr immer gelungen.

Sie überlegte, sich bei Heiner zu bedanken. Er war nett zu ihr gewesen und würde sie sicher für unhöflich halten, wenn sie grußlos ginge. Aber womöglich würde er sie zurückzuhalten versuchen, und das wollte sie nicht.

Endlich, *endlich* würde sie auf eigenen Füßen stehen.

Sie wandte sich um und ging auf das Hoftor zu, als sie ein lang gezogenes Stöhnen vernahm. Im ersten Moment wollte sie es als Einbildung abtun. Sicher war es der Wind, der durch einen Spalt gefegt war.

Doch dann hörte sie es erneut. Ein heiseres Stöhnen, das ihr durch Mark und Bein ging. Irritiert blickte sie zu dem Haus, in dem weder Abby noch Heiner zu sehen war. Das Geräusch aber kam aus dem anderen Schuppen, dem, der rechts von ihr stand. Langsam ging sie näher und öffnete die Tür. Im Innern war es dunkel, die Luft durchtränkt von dem Geruch nach Ölfarbe, es war viel zu warm. Zunächst konnte sie nicht viel erkennen. Doch nach ein paar Augenblicken ließen sich die auf Holzrahmen bespannten Leinwände ausmachen, die zum Trocknen an den Wänden standen, Bilder voll Düsternis, fast komplett in Schwarz gemalt. Sie sah niemanden, aber woher ...

Ein erneuter gequält klingender Laut ließ sie eintreten. Und jetzt sah sie die zusammengekrümmte Gestalt in der Ecke hinter der Tür, ein Mann, glaubte sie, der auf dem Boden kniete und die Stirn auf den Fußboden presste.

Mit einem Satz war Sofia bei ihm und ging in die Hocke. Als sie ihre Hand auf seine Schulter legte, entfuhr ihm ein weiteres Stöhnen, wimmernd diesmal. Unendlich langsam drehte er den Kopf. Sein Gesicht war leichenblass und wunderschön, die Augen, die er zusammengepresst hatte, öffnete er einen Spaltbreit, doch sie hatte nicht das Gefühl, er könnte sie sehen.

»My head«, murmelte er heiser.

Die Hand weiter auf seine Schulter gelegt, stand sie auf und versuchte die Tür aufzuhangeln. Endlich gelang es ihr, und sie rief hinaus: »Hilfe! Heiner! Hilfe!«

Dann beugte sie sich wieder über ihn.

»My eyes«, flüsterte er. »I can't see you. I can't see anything.«

»Was ist los?«, schrie Abby mit gellender Stimme. Sie rannte über den Hof, ihre Schuhe klapperten auf dem Pflaster, und riss die Tür auf.

»Er kann nichts sehen. Und sein Kopf tut weh.«

»Oh Gott. Heiner«, Abby begann zu schluchzen, »Heiner, tu etwas.«

Aber Heiner war gar nicht zu sehen, so sprang Sofia auf, raste durch den Hof und klopfte an die nächstgelegene Haustür. Niemand öffnete. Sie drückte alle Klingeln gleichzeitig, doch es dauerte unendlich lang, bis schlappende Schritte im Treppenhaus zu hören waren.

»Sie müssen einen Krankenwagen rufen!«, rief sie dem behäbigen Mann zu, der in weit aufgeknöpftem Hemd endlich in der Tür erschien. »Schnell!«

»Krankenwagen? Da kommt doch nix heute, Deern! Weißt du, was los is inner Stadt? Hörste se nich, die Hubschrauber?«

»Doch, aber ...« Verdammt! Sie raste in den Hof zurück. In dem Schuppen war mittlerweile auch Heiner damit beschäftigt, Abby zu helfen. Mit vereinten Kräften versuchten sie ihren Freund hochzuziehen.

»Krankenwagen kommen heute nicht«, rief Sofia. »Wegen ...«

»Der Sturmflut«, vervollständigte Heiner ihren Satz düster. »Aber was ...«

»Ich fahre ihn«, fiel ihm Abby ins Wort. »Ich bringe ihn ins Hafenkrankenhaus.«

Zu dritt gelang es ihnen, die fast leblose Gestalt über den Hof zu bugsieren und ihn sanft in dem Wagen unterzubringen, an dessen Steuer sich Abby setzte. Heiner war zuvor auf die Rückbank geklettert.

»Hier.« Abby warf Sofia etwas zu. »Wenn du gehst, schließ ab. Aber vielleicht kannst du bleiben? Ich ... Da ist Wasser auf dem Herd und ...« Mit einem Mal wirkte sie vollkommen konfus und geradezu so, als wolle sie wieder aussteigen.

»Klar. Fahrt. Ich bleibe hier und warte auf euch.«

»Da ist Wasser auf dem Herd.«

»Ich kümmere mich drum.«

Abby nickte, rieb sich die Stirn, blickte zu ihrem Freund auf dem Beifahrersitz, dann endlich drehte sie den Schlüssel im Schloss, wendete in drei kurzen Zügen und raste die holprige Straße davon.

Sofia ging zurück in den Hof, schloss die Pforte, schloss auch die Schuppentür und ging in das größere Gebäude, wo tatsächlich aus einem Raum Wasserdampf aufstieg.

Sie nahm den Topf von dem uralten gusseisernen Ofen, sah, dass Abby vier Becher neben die Kaffeekanne gestellt hatte, was wohl hieß, dass sie sie hatte hineinbitten wollen.

Sofia goss das Wasser in die Kanne. Wunderbar würziger Duft stieg auf. Echter Bohnenkaffee. Ihr Lieblingsgetränk. Das ihr das Gefühl vermittelte, dass alles, was schiefzulaufen drohte, ins Lot kam.

Nachdem sie ihren Becher gefüllt hatte, ging sie damit in der Hand die Wände des riesigen Zimmers ab. Sie waren voll mit Bildern, die meisten Fotografien in Schwarz-Weiß, die junge Männer zeigten, stets dieselben, mal mit Gitarren in der Hand, mal mit Sonnenbrillen, die fast ganz ihre Gesichter verdeckten. Der eine, erkannte Sofia, als sie sich vorbeugte, war Abbys Freund. Oder war er nicht sogar ihr Verlobter?

Als sie daran zurückdachte, wie schmerzvoll er das Gesicht verzogen hatte, rutschte ihr fast der Becher aus der Hand, so sehr verkrampfte sich ihre Hand. Die Laute, die er von sich gegeben hatte, klangen in ihren Ohren nach. Mit einem Schauder versuchte sie sich wieder auf die Bilder zu konzentrieren, aber da war etwas ...

Sie neigte überhaupt nicht zu Vorahnungen, so etwas würde sie sich niemals einbilden. Aber wie er sich angehört hatte ... Und ausgesehen, als Heiner und Abby ihn sanft hochziehen wollten ... Da war etwas, etwas Ernstes, Schreckliches. Sie konnte nur hoffen, dass die Ärzte ihm halfen.

Um sich abzulenken, betrachtete sie auch die restlichen Fotografien, ein paar Ölgemälde gab es auch. Düster waren sie. Nicht nur in Schwarz gemalt wie das, was sie im Schuppen gesehen hatten. Aber trotz der Verwendung hellerer Farben, bei einem der Bilder sogar ein sonniges

Gelb, drückten sie eine solche Verlorenheit aus, dass Sofia erneut schauderte.

Aus Mangel an anderen Sitzgelegenheiten nahm sie schließlich auf dem breiten Bett Platz, das in der Mitte des Raums stand. Sie trank einen Becher Kaffee nach dem nächsten, bis er kalt geworden war und ihre Hände zu zittern begannen. Sie dachte an Lukas.

Seit dem dreizehnten August hatte sie auf dem Dach seines Hauses gelebt. Sie hatten einander jeden Tag gesehen, jeden Tag miteinander gesprochen. Er hatte ihr zu essen gebracht, Getränke, er hatte sie gepflegt, als sei sie seine Schwester.

Doch dann dachte sie an ihren Kuss zurück, und ihr dämmerte, dass an alldem gar nichts Geschwisterliches gewesen war. Manchmal hatte Lukas sie sehnsüchtig angesehen, Sofia wiederum schroff den Blick abgewandt. Warum? Sie wusste es jetzt nicht mehr zu sagen.

Immer noch mit dem Becher in der Hand, längst kühl geworden, sah sie vom Bett aus durch das Fenster in die Finsternis dahinter.

Sie hatte nichts für ihn empfinden wollen. So einfach war es. Denn hätte sie zugelassen, dass sie sich in ihn verliebte, wie hätte sie dann gehen können? Aber Berlin nicht zu verlassen wäre gleichbedeutend gewesen mit einer Rückkehr auf die Venerologische Station – oder einem Verstecken bis in alle Ewigkeit. Keines von beiden hatte sie sich vorstellen können. Und so hatte sie die dritte Möglichkeit gewählt.

Nichts fühlen. Alles, was in ihr brodelte, auf taub stellen. Und die Wärme ignorieren, die immer dann in ihr aufstieg, wenn sie ihn vom anderen Ende des Dachs aus auf sie zukommen sah.

Erstaunt stellte sie fest, dass sie zu weinen begonnen hatte. Jetzt gab es keinen Grund mehr, sich blind zu stellen. Und plötzlich sah und fühlte sie alles.

Alles!

Wie eine sich riesig auftürmende Gewitterwolke. Wut und Verzweiflung und Sehnsucht, so verdammt viel Sehnsucht, dass sie ihre Finger um den Becher krallte und sich die Faust vor den Mund schob, um nicht zu schreien. Stattdessen weinte sie. Sie weinte und weinte, mal laut, dann leise. Bis irgendwann, da fühlte sie sich wie mit Plüsch vollgestopft und weich, aber auch gänzlich leer, jemand vor ihr stand.

Sie hatte nichts gehört, keine Schritte, kein Quietschen der Tür, und schrak auf. Doch es war Abby, erkannte sie gleich, die sie mit ausdrucksloser Miene ansah.

Sofia stand auf. »Ich habe mich hierhergesetzt, ich hoffe, das war in Ordnung.«

Weiterhin stumm, starrte Abby sie an.

»Geht es deinem Verlobten besser?«

Abby stieß einen tiefen Seufzer aus, ließ sich aufs Bett fallen und vergrub das Gesicht in ihren Händen. Unschlüssig blickte Sofia auf sie hinab. Sollte sie gehen? Aber sie konnte Abby doch nicht einfach im Dunkeln sitzen lassen.

Verlegen setzte sie sich wieder. Abbys Schultern hatten zu zittern begonnen. Heisere Schluchzer drangen, obwohl sie wohl so leise wie möglich weinen wollte, durch ihre Hände hindurch.

Zaghaft berührte Sofia ihren Arm. Abby hob den Kopf. Sie hatte die Augen weit aufgerissen, und was Sofia darin sah, ließ ihr fast den Atem stocken. Eine solche Verzweiflung und Einsamkeit und so viel Trauer ...

»Er ... Ich war in drei Krankenhäusern«, stammelte Abby leise, »nein, in vier. Und nirgends gab es Platz. Alles voller Leute, die sie aus den Fluten gerettet haben.«

»Und wo ist er jetzt?«

»In einem Krankenhaus ganz im Norden der Stadt. Der Freund meiner Mutter ...« Stockend begann sie wieder zu weinen. »Er hat mir geholfen. Stu ist jetzt dort und wird untersucht, aber ich darf nicht bei ihm bleiben. Nirgends gibt es Platz. Und er ... Und er ...« Sie weinte nun so laut, dass Sofia sie nicht mehr verstand.

»Komm mal her«, sagte Sofia sanft und breitete die Arme aus. Verzweifelt sah Abby sie an, dann nickte sie, wischte sich etwas Rotz aus dem Gesicht, doch gleich schossen die Tränen wieder nach. Als ihr Kopf auf Sofias Schulterblatt aufkam, hatte sie das Gefühl, ein Vögelchen hätte sich dort niedergelassen. Mitfühlend blickte sie auf die junge Frau hinab, die in ihren Armen weinte und weinte.

Irgendwann, es musste längst Nacht sein, stellte Abby das Telefon dicht neben das Bett. Sie war so schwach, dass sie sich kaum mehr auf den Beinen halten konnte.

»Kannst du hierbleiben?«, fragte sie leise.

Sofia nickte.

»Danke.« Damit kippte sie zur Seite. Wie es schien, war sie augenblicklich eingeschlafen.

Sofia war nicht mehr müde, obwohl sie seit ihrer Abreise aus Berlin kaum geschlafen hatte. Aber die Unmengen an Kaffee ... Und all das, was ihr erneut durch den Kopf schoss ... Sie sah auf Abby hinab und hob dann den Blick zu dem gelb-blauen Ölgemälde, das eine Gestalt zeigte, die ein Kind in den Armen trug. Düster die Straße ringsherum, vom Horizont her aber kam grelles Licht.

Wie zuvor beschlich Sofia das Gefühl, die Verlorenheit glimme wie ein trauriges Leuchten von der Leinwand.

»Er hat es gemalt«, hatte Abby ihr traurig erzählt. »Stu.«

Von ihm, den sie ja so gut wie nicht kannte, glitten Sofias Gedanken zu Lukas. Sie wünschte, sie könnte ihm schreiben. Aber wie, ohne ihn in Gefahr zu bringen?

Aber wenn, wüsste sie, was der Brief enthielte.

Ich liebe dich.

Verwundert schüttelte sie den Kopf. Sie war nie verliebt gewesen, sie hatte keinerlei Übung darin, aber jetzt erkannte sie das Gefühl, klar, wie sie nie zuvor etwas erkannt hatte.

Sie liebte ihn.

Leise begann Abby zu wimmern. Sofia streckte die Hand aus und strich ihr behutsam über das Haar.

Nach einer Weile stand sie leise auf. Sie wollte nachsehen, ob es irgendwo eine Matratze oder Sessel gab, wo sie schlafen konnte.

»Wo gehst du hin?«, ertönte Abbys Stimme. Und dann fragte sie erneut: »Kannst du hierbleiben?«

Sofia ging wieder zurück und legte sich, ohne zuvor aus dem Rock oder der Bluse zu schlüpfen, neben Abby.

Plötzlich fiel ihr ein, was ihr vor Monaten, im Sommer, durch den Kopf geschossen war. Dass womöglich jemand auf sie wartete. Drüben. Im Westen.

So ein dummer Gedanke, hatte sie ihn damals abgetan. Nun aber, mit Abby neben sich, die sich im Schlaf immer wieder ängstlich verkrampfte, beschlich sie ein seltsames Gefühl.

Es war, als wäre sie nach Hause gekommen.

Ende

Nachtrag

Abby Brandt ist nicht Astrid Kirchherr, die die Beatles in Hamburg fotografierte, ihnen zu ihrem Look verhalf, die sich in Stuart Sutcliffe verliebte und Stuart Sutcliffe sich in sie. Ich habe mich von ihrer Geschichte inspirieren lassen, mich jedoch weder was konkrete Fakten noch Daten betrifft, an die Wahrheit gehalten. Wer nun Lust hat, in die Materie einzutauchen, dem empfehle ich »Astrid Kirchherr with The Beatles« (Thames & Hudson).

Auch Sofia Nordmann ist meiner Fantasie entsprungen. Ähnlich wie sie aber mussten zahlreiche Frauen in den »Tripperburgen« der DDR leiden. Was Sofia dort widerfuhr, habe ich mir leider nicht ausgedacht.

Dank

Mein herzlicher Dank gilt Katrin Kroll, die mir als Agentin konstruktiv, freundschaftlich, ach was, einfach toll zur Seite stand, und meiner Lektorin Franziska Lieder!